Karen Blixen

Les voies
de la vengeance

*Traduit du danois
par Marthe Metzger*

Gallimard

Descendante d'une famille patricienne danoise, la baronne Blixen Finecke partit en 1918 pour le Kenya. Elle y dirigea avec son mari la ferme qui lui inspira son œuvre célèbre *La ferme africaine* (1942), qui fit récemment l'objet d'une adaptation cinématographique. De retour au Danemark, elle vécut dans la demeure familiale de Rungsted, où elle écrivit tous ses livres.

Outre ses célèbres contes, son œuvre se compose également de recueils de nouvelles dont *Le dîner de Babette* (la nouvelle éponyme du recueil a été adaptée au cinéma) et *Ombres sur la prairie*.

Les voies de la vengeance, inspiré d'une affaire criminelle relatée dans les archives de la police française, est le seul roman qu'écrivit Karen Blixen. Il a paru en 1944 au Danemark, sous le pseudonyme de Pierre Andrézel.

Karen Blixen est morte le 8 septembre 1962.

Titre original :

GEN GÆLDELSENS VEJE

© *1944, Gyldendalske Boghandel, Nordisk Forlag A/S Copenhagen.*
© *1964, Éditions Gallimard, pour la traduction française.*

LIVRE I

Deux amies

Une jeune fille solitaire.

Lucan Bellenden était assise à la fenêtre d'une jolie et vaste maison de campagne anglaise par un soir de printemps. La jeune fille s'abandonnait à de profondes réflexions. Sa chevelure dorée retombait en longues boucles sur sa nuque, à la mode de l'époque. Elle portait une simple robe noire. De temps à autre ses doigts se crispaient contre les plis de sa jupe; mais elle ne faisait pas d'autres mouvements.

Lucan était une pauvre orpheline; elle avait perdu sa mère tout enfant, et depuis un an la mort de son père l'avait privée de son foyer. Ses petits frères avaient trouvé un asile auprès des membres de la famille qui pouvaient se charger d'eux. Mais Lucan était forcée de gagner son pain. Elle avait servi de dame de compagnie à une demoiselle âgée, et fort riche, qui avait été une beauté en son temps. Mais le cœur de la vieille fille jetait des étincelles quand ses cavaliers à cheveux blancs oubliaient leur partie de whist, ou leur verre de punch, pour suivre du regard la jolie Lucan.

Celle-ci avait mené une vie solitaire dans la riche demeure; il lui semblait que pas un être humain, pas un objet, ni le perroquet dans sa cage, et jusqu'aux fauteuils capitonnés du salon ne l'accueillaient avec amitié.

Mais elle était si jeune qu'en dépit de tout, une espérance vivante subsistait en son cœur. Elle ne doutait pas que des jours beaux et heureux l'attendaient.

« Bientôt tout changera », se disait-elle.

Quand la vieille châtelaine mourut brusquement, elle obtint, par une agence de Londres, un emploi dans la propriété où elle se trouvait actuellement. Le maître de maison était un homme d'affaires fort apprécié, et de belle apparence, mais réservé et peu loquace. Il avait perdu sa femme, qui lui avait laissé trois enfants, deux petites filles et un garçon. Cette femme lui avait apporté une grosse fortune mais elle était de santé très délicate et, par suite des couches difficiles, la naissance de chaque enfant avait mis sa vie en danger.

Mr Armworthy désirait passionnément avoir un fils pouvant un jour prendre la suite des affaires importantes qu'il avait fondées. Il avait presque considéré la naissance de ses filles comme un désastre. Enfin, après des années de voyage à l'étranger et de cures thermales, Mrs Armworthy avait donné le jour au fils tant souhaité. Mais, ce fut au prix de la vie de la mère. Une peine plus cruelle encore devait frapper le veuf. Le joli petit garçon naquit aveugle.

Mr Armworthy se retira presque entièrement du monde pour se consacrer de plus en plus à ses affaires. Il rentrait rarement chez ses enfants à Fairhill, et à peine pour un ou deux jours.

Le père de Lucan, savant d'une intelligence remarquable, était trop en avance sur son temps pour être estimé à sa juste valeur. Parmi les hommes de science de l'étranger, il comptait des amis. L'un d'eux, un médecin français, n'était autre que le docteur Braille, inventeur de l'écriture pour aveugles.

Lucan avait vu cet homme célèbre, et l'avait entendu décrire son invention. Elle savait même un peu lire et écrire le braille; et ce fut une des raisons de son engagement chez Mr Armworthy qui l'avait choisie pour instruire ses enfants, entre plusieurs autres jeunes filles.

Lucan remerciait son père dans le secret de son cœur d'avoir été l'occasion de cette chance. Elle croyait presque le voir qui la suivait des yeux, prêt à lui venir en aide à tout moment.

Le petit garçon confié à ses soins était trop jeune pour apprendre à lire. Lucan jouait avec lui, lui chantait des chansons enfantines, et ne tarda pas à aimer ce gamin éveillé et malheureux, qui ressemblait à ses petits frères à elle. Elle se sentait plus libre, et plus heureuse, à Fairhill que dans sa première place en ville. En hiver même, quand le parc était blanc de givre, elle s'émerveillait chaque jour de sa beauté en promenant les enfants et, pour la première fois depuis la mort de son père, elle riait et s'amusait, le cœur léger, avec les petits.

Le printemps allait s'installer, et elle croyait entrevoir le début des heureux jours qu'elle avait attendus.

Dorénavant, chacune de ses journées serait plus heureuse que celle de la veille. Elle s'apercevait, d'ailleurs, que le père des enfants appréciait son travail et la tendresse qu'elle témoignait à ses élèves. Il lui avait parlé à diverses reprises de l'avenir de son fils, ce qui était évidemment une preuve de confiance, car la vieille femme de charge avait dit à Lucan, aux premiers temps de son séjour à Fairhill, que le maître refusait d'aborder ce sujet, et qu'elle devait respecter sa réserve.

Lucan avait été à la fois surprise et flattée de voir un homme, presque contemporain de son père, et qui était doué de beaucoup plus d'intelligence et d'expérience qu'elle-même, prêter une oreille attentive à ses observations et à ses projets. Parfois, lorsqu'il souriait, elle éprouvait une sorte de compassion étonnée devant ce sourire un peu contraint, qu'on devinait inhabituel.

Peu à peu, Mr Armworthy consacra plus de temps à ses enfants et, au cours du dernier mois, il avait plusieurs fois prolongé d'un jour ou deux ses visites à Fairhill.

Quand le temps se fit plus doux, il emmenait le petit garçon et sa gouvernante faire une promenade en voiture dans les environs, admirer d'autres belles propriétés entourées de jardins. Lucan n'avait jamais roulé en si brillant véhicule, tiré par d'aussi beaux chevaux. Son père lui avait appris à connaître les plantes et les fleurs, et elle jouissait du spectacle de la nature autour de Fairhill, et de retrouver les fleurs sauvages qu'elle aimait tant.

A la fin de la semaine qui précéda cette soirée du lundi, que Lucan passa à rêver à la fenêtre, Mr Armworthy était rentré plus tôt que de coutume, et avait fait venir son fils au salon. Il écouta pendant une heure le bavardage du gamin, qui lui décrivait ses faits et gestes de la semaine avec sa gouvernante, et lui chantait les chansons enfantines, que Lucan lui apprenait en les accompagnant au piano.

Quand la bonne d'enfants vint chercher le petit, Mr Armworthy pria Lucan de lui tenir compagnie encore quelques instants. Il lui posa plusieurs questions sur son enfance, et sa maison paternelle. Lucan raconta comment on était venu la chercher à la pension que dirigeait la sœur de son père, quand sa mère était morte. Depuis, elle avait tenu la maison de son père, et essayé de le consoler. On disait qu'elle ressemblait à sa mère, c'est pourquoi, mieux que personne, elle avait réconforté son père quand il était déprimé.

Il y avait longtemps que Lucan n'avait parlé à quelqu'un de son foyer. En ce moment, elle oubliait sa réserve habituelle devant cet homme taciturne, et lui confiait librement sa tendresse pour ses petits frères, et l'intérêt que lui inspiraient leurs jeux au pays familial.

Tout à coup, elle s'arrêta, interdite d'avoir tant parlé d'elle-même. Mr Armworthy se taisait, et regardait la jeune fille avec une sympathie amicale :

— Votre jeunesse, votre bon cœur, et votre confiance dans vos semblables sont de nature à faire croire à la vie même celui qui a beaucoup perdu en ce monde!

Et, prenant la main de Lucan, posée sur le dossier du canapé, il la porta doucement à ses lèvres. Elle se leva tout émue et incapable de parler. Lui se leva en même temps qu'elle et l'accompagna courtoisement jusqu'à la porte. Comme il l'ouvrait pour la laisser passer, elle se trouva tout près de lui et pendant un instant fugitif il l'entoura de son bras, et la serra légèrement contre lui.

Le père de Lucan faisait souvent de même en lui disant bonsoir. Elle eut la courte illusion que cette caresse était une caresse du père disparu, et s'y abandonna l'espace d'une seconde. Mais, presque aussitôt, elle se trouva, un peu étourdie, hors de la pièce, et sur l'escalier qui montait à sa propre chambre.

Le lendemain matin, quand, après le départ de Mr Armworthy pour la ville, elle sortit de la salle d'études où elle avait enseigné aux deux petites filles à écrire soigneusement une lettre, le domestique du maître lui remit un billet. Mr Armworthy la priait de lui pardonner de l'avoir effrayée, ou même froissée, pendant un moment d'oubli ou d'égarement. Il désirait avoir avec elle une explication, et lui demandait de lui accorder un entretien le samedi suivant, au salon, après le dîner, quand les enfants auraient été mis au lit.

La lettre de Mr Armworthy ne fit pas tout de suite une vive impression à la jeune fille; mais, à mesure que la semaine passait, le sens de chaque parole se précisa. Lucan n'avait pas été souvent dans la société d'autres hommes que son père et n'avait jamais reçu une demande en mariage.

« Mais, c'est mon avenir, c'est ma vie entière qui est en jeu », se dit-elle.

Déjà elle avait été surprise de l'attention que lui prêtait, lorsqu'il s'agissait de choses sérieuses, comme de ses enfants et de leur avenir, un homme éminent, dont tout l'entourage parlait avec respect. Mais elle ne fut pas étonnée à l'idée qu'il pouvait l'aimer, sachant bien que n'importe quelle jeune fille innocente peut représenter pour un homme tout le bonheur de sa vie.

Ce ne fut que lorsque, vers quatre heures de l'après-midi, elle entendit sur le gravier, devant la porte, le bruit des roues de la voiture, qui ramenait le maître de maison, qu'elle fut saisie d'une vive émotion. Ce soir même, sans personne pour l'aider de ses conseils, elle allait décider de son sort.

Assise à la fenêtre, elle cherchait à voir clair dans ses propres sentiments, et elle attendait que l'horloge située au-dessus de la porte de l'écurie sonne neuf heures.

La décision de Lucan.

« C'est impossible, je ne peux pas l'épouser car je ne l'aime pas! » avait été la première pensée de Lucan en recevant la lettre de Mr Armworthy.

Mais, assise à cette fenêtre en face du parc, elle fut prise d'une inquiétude. Tous ses amis, toutes ses connaissances ne lui conseilleraient-ils pas d'accepter l'offre de Mr Armworthy si elle leur en parlait?

« Non, non, mon père ne me donnerait pas ce conseil! »

Et, pourtant, à peine avait-elle formulé cette protestation nouvelle, qu'elle se rappela l'angoisse de ce père si joyeux, si insouciant, quand il avait senti venir la mort. Qu'adviendrait-il de ses enfants, de sa fille surtout? S'il avait su qu'un homme riche et considéré demanderait à Lucan de devenir sa femme, peut-être serait-il mort d'un cœur plus léger?

Lucan regrettait que l'obscurité ne lui permît pas de descendre dans le parc; il lui semblait que sous les grands arbres elle eût été plus libre de penser à ce qui la préoccupait; ou bien elle aurait trouvé appui et secours dans la nature. Mais il faisait déjà nuit, et Lucan était forcée de rester dans la maison. Elle se rappelait que son père souriait de la voir décider immédiatement du parti à prendre en toute circonstance, comme avait fait sa mère, et refuser ensuite de voir les choses sous un autre point de vue.

« La première condition d'une attitude raisonnable dans la vie, ma petite, disait le père, c'est l'imagination ! »

Lucan essaya de se servir de son imagination pour envisager toutes les possibilités que lui offrait la demande de Mr Armworthy. Tel Robinson Crusoé dans son île déserte, elle faisait le compte minutieux de tous les avantages et désavantages de cette proposition.

Tandis que ses pensées cherchaient un point où se fixer, elle se représenta le petit aveugle, qui dormait dans la pièce voisine. Il avait été confié à ses soins, et elle n'avait cessé de penser à lui au cours des derniers mois écoulés. Or, si elle repoussait la demande du père, elle ne pourrait plus rester chez l'enfant. Elle chercha à se consoler d'avance du chagrin qu'elle éprouvait à cette perspective. « Il y en a bien d'autres qui l'élèveront beaucoup mieux que moi, se dit-elle. Mais le comprendront-elles, lui qui est si capricieux et entêté ? Auront-elles la patience nécessaire ? » Son inquiétude concernant l'enfant aveugle lui rappela ses petits frères, qui maintenant étaient dispersés chez des étrangers. En épousant un homme riche, elle pourrait leur être d'un grand secours. L'aîné avait eu l'ardent désir de faire une carrière scientifique, comme leur père, et il avait pleuré amèrement lorsque, forcé de renoncer à ses études, il avait dû apprendre la comptabilité dans l'espoir de trouver bientôt une place d'employé de bureau.

Il était impensable que Mr Armworthy, en voyant combien les frères de Lucan étaient bons et intelligents, ne s'intéressât pas à eux, et ne les mît dans les meilleurs établissements scolaires. Quelle joie elle éprouverait en allant les voir, et en leur permettant de courir dans le parc pendant les vacances avec les enfants de Mr Armworthy.

Lucan songeait aussi à la vieille bonne de son père, qui avait eu tant de chagrin en prenant congé d'eux tous. Elle serait heureuse de voir les garçons dans cette grande et belle demeure, dont Lucan elle-même serait la maîtresse...

« Oh! Mon Dieu! se dit la jeune fille, et c'est tout cela que je refuserais! Je ne pense donc qu'à moi-même? Ou bien, qu'ai-je donc si peur de perdre en épousant Mr Armworthy? Serait-ce le bonheur? Mais, tout ce que représente pour moi le mariage, n'est-ce pas ce que la plupart des gens appellent le bonheur?

« Qu'est-ce que j'exige de la vie? A quoi ai-je aspiré? Qu'est-ce que j'ai espéré depuis toujours? »

Et, du fond de son cœur, jaillit la réponse : « C'est l'amour! »

Le père et la mère de Lucan avaient été épris l'un de l'autre et leur amour les avait rendus heureux dans des conditions de vie modestes, et dans des circonstances difficiles. Avant de quitter la maison paternelle, Lucan n'avait jamais envisagé la possibilité d'un mariage sans amour; rien qu'à cette pensée, elle frissonnait comme si elle se fût trouvée au fond d'une cave.

« Mais n'est-il vraiment pas possible que je m'éprenne de Mr Armworthy? » Une voix obstinée répondait : « Non, Non! C'est impossible! Il est trop différent de toi en tout; il a été marié une première fois! »

« C'est principalement ce premier mariage, pensait Lucan qui m'empêche de l'épouser. Il pourrait être plus âgé encore; sa voix pourrait être plus sèche qu'elle ne l'est, que je ne reculerais pas. Mais une fois déjà il a embrassé une jeune fille, et passé un anneau à son doigt. Une fois déjà, il y a longtemps, il est rentré de l'église chez lui avec sa femme... Est-ce que cela ne signifie pas une renonciation à l'amour? »

Tout à coup, sans qu'elle y fût pour rien, et comme si quelqu'un d'autre lui eût présenté cette image, elle sut que jamais plus, si elle épousait Mr Armworthy, elle n'oserait ouvrir les livres qui avaient été sa consolation dans l'épreuve; jamais plus elle n'écouterait de la musique; jamais plus elle ne se réjouirait à la vue de fleurs nouvellement écloses, car le ravissement qu'elle éprouvait devant la poésie, la musique, la beauté des choses ne saurait plus exister. Vivrait-elle encore privée de ces joies suaves? « Non! murmura-t-elle, non, la vie n'est pas un désert pareil. Cette beauté, vers laquelle tendait tout mon être, n'est pas une illusion; je veux croire à sa réalité! »

Tandis qu'elle prêtait l'oreille à sa voix intérieure, les paroles de Mr Armworthy lui revinrent à la mémoire : « Votre jeunesse et votre bon cœur peuvent rendre la foi au bonheur, même à celui qui a tout perdu. »

Elle en fut très émue. C'était elle, elle en vérité,

qui avait quelque chose à donner. C'était l'homme riche, le maître de cette vaste et belle maison, qui avait besoin d'elle, dans sa détresse. Sa vie avait été stérile, et il la suppliait de la faire fleurir. Son cœur froid, même vis-à-vis de ses enfants, il le lui offrait pour qu'elle le réchauffât.

Lucan eut l'impression qu'en cet instant elle avait à la fois la vision du passé, et celle de l'avenir; ce qu'elle n'avait pas compris jusqu'alors lui apparaissait clairement : les riches, les victorieux de ce monde, ceux qui détenaient le pouvoir et en faisaient un cruel usage; ceux qui s'étaient opposés à son père et, en l'accablant de soucis, avaient couché sa mère dans la tombe; ceux qui l'avaient toisée avec dédain elle-même, quand toute tremblante, elle était entrée à leur service, c'étaient eux, qui, ce soir, en la personne d'un homme solitaire, venaient à elle, et imploraient son secours.

Cet homme voulait lui donner, en retour de son aide, tout ce dont, auparavant, il s'était glorifié : la richesse, la puissance, la considération.

En cette paisible soirée de printemps, Lucan sentit une bouffée d'orgueil lui monter à la tête : l'offre, qui lui parvenait de ce monde étranger, était une élévation, une réhabilitation, qui ne la concernait pas uniquement elle-même, mais aussi son père et ses amis. Pourtant, elle hocha lentement la tête devant le tour que prenaient ses pensées. Son père avait voulu donner son travail pour être reconnu par ce monde cruel, et pour obtenir de lui la sécurité de l'avenir de ses enfants;

sa mère lui avait donné sa vie. Aujourd'hui, le même monde lui offrait, à elle, la richesse en échange de quelque chose de bien plus médiocre, car elle n'était pas une personne remarquable, richement douée comme son père; elle ne possédait pas le caractère noble et altruiste de sa mère. Mais le monde des victorieux allait ce soir au-devant d'un refus. Ce soir, il apprendrait qu'on peut demander une faveur, et entendre un : non! pour toute réponse. Lucan se rappela sa vieille patronne et nombre de petites humiliations qu'elle avait subies depuis son arrivée à Fairhill, et une sensation de triomphe l'envahissait.

« Mais non! murmura-t-elle un peu après, ce n'est pas beau d'éprouver des sentiments pareils. Je ferai voir à cet homme si riche, et si pauvre, que je le comprends et que je lui suis reconnaissante; je lui dirai que son offre est flatteuse pour moi. Je veux faire la paix avec tout ce qu'il personnifie à mes yeux. Mais je ne veux pas l'épouser! Non! Alors même que mon père entrerait dans cette pièce, et me prierait de céder à Mr Armworthy, je ne pourrais pas l'épouser. »

Elle laissa errer ses regards sur le parc, qui aurait pu lui appartenir, et qui, pour ainsi dire, lui avait pendant quelques instants vraiment appartenu. Toute la maison avait été sienne en ces courts instants. Lucan n'avait qu'une faible expérience de ce que représentent en réalité un grand domaine, la situation sociale et la respectueuse admiration qui s'y rattachent. Mais c'était une jeune fille, et elle se savait jolie.

Elle pensa à une robe, portée un soir par une invitée de sa vieille patronne : elle en avait rêvé longtemps. C'était une robe de soie rouge, ornée de vraie dentelle. Lucan aurait acheté une robe semblable si elle avait été la femme de Mr Armworthy. Cette robe, suspendue dans l'armoire de sa chambre, aurait attendu son bon plaisir pour la parer.

Elle resta debout un instant fugitif, et fit glisser ses mains le long de sa vieille robe de mérinos noir, et elle sentit au bout de ses doigts ce qu'elle éprouverait en touchant l'étoffe de soie.

Au même moment, la pendule sonna neuf heures. Lucan pâlit et, sans jeter un regard vers la glace, ou recoiffer ses longues boucles, elle sortit de la chambre et descendit l'escalier.

La conversation du soir.

Le grand salon aux lourds rideaux, aux meubles de prix, était faiblement éclairé, mais un feu clair brûlait dans la cheminée. Au-dessus de cette cheminée, pendait un portrait de la femme morte de Mr Armworthy. A la lueur changeante des flammes, elle paraissait bouger, et Lucan, en apercevant ses yeux, crut voir qu'ils la considéraient tristement. Peut-être allaient-ils être deux contre un, dans cette pièce? De quel côté serait la morte? Mr Armworthy était assis près de la cheminée, un livre sur les genoux, mais il n'avait pas l'air de lire. Il se leva à l'entrée de la jeune fille et la fit asseoir sur une chaise à côté de la sienne. Après quelques secondes de réflexion, il parla, lentement, et en apparence avec difficultés :

— Je vous remercie, mademoiselle Lucan, d'avoir bien voulu accepter cet entretien. Pendant toute cette semaine vous n'avez cessé d'être présente à ma pensée, quoi que j'aie fait par ailleurs.

Il fit une courte pause, et reprit :

— J'ai beaucoup pensé à la conversation que nous allons avoir et, avant de commencer, il faut que je vous adresse une prière. J'ai un peu de peine à m'exprimer aussi franchement, comme je vais le faire, devant vous; et vous-même ne devez pas être exposée à prendre une décision précipitée. J'insisterai donc pour que vous m'écoutiez sans m'interrompre. Il faut que vous entendiez ce que j'ai à vous dire comme une enfant douce et obéissante, et que vous restiez assise tranquillement jusqu'à ce que j'aie fini de parler.

Il eut un léger sourire.

— Puis vous quitterez cette pièce sans m'avoir répondu.

Il détourna le regard, et Lucan se dit : « Il a de la peine à demander une faveur; c'est sans doute la première fois que cela lui arrive. » Mr Armworthy reprit après un nouveau silence :

— Ma vie n'a pas été romanesque; je n'ai jamais pensé que le goût du romanesque fût dans ma nature. Mais, alors que j'étais sur le point de croire que l'essentiel de mon existence était chose du passé, votre jeunesse, votre innocence ont croisé ma route, et la violence de mes sentiments m'a surpris et inquiété. Je ne m'attendais certes pas à constater que mon sort, s'il m'est permis d'employer ce terme, dépendît d'une autre personne, d'une jeune fille. Et, cependant, je remercie la Providence de me faire entrevoir la possibilité d'un bonheur dont je n'avais pas la moindre idée jusqu'à présent.

Il s'interrompit l'espace de quelques secondes, puis continua :

— Ce soir, je vais vous entretenir de considérations qui vous paraîtront prosaïques, je le crains, mais, croyez-moi, je ne veux à aucun prix froisser la richesse de sentiments, la foi si noble en la bonté du monde, qui m'ont touché chez vous, et dont j'attends moi-même la joie future de mes jours.

« Pourtant, j'ai appris au cours d'une longue vie ce que les avantages matériels, purement extérieurs, représentent pour les êtres humains. Vous-même, mademoiselle Lucan, parce que votre existence n'était pas assurée matériellement, vous avez connu beaucoup d'épreuves : l'abandon, l'insécurité, le travail épuisant, auxquelles vous n'auriez pas dû être exposée, et qui m'ont souvent ému de compassion. Je souhaite ardemment vous donner cette aisance matérielle, parce que je pense que la plénitude de votre être pourra s'épanouir dans un cadre heureux pour la joie de ceux qui vous aiment... Non ! Ne m'interrompez pas, chère enfant ! »

Mr Armworthy, tout en parlant, prit tendrement la main de Lucan, qu'elle avait posée sur le bras de son fauteuil.

— Rappelez-vous mes conditions ! Vous êtes jeune ;

votre vie est devant vous, et je veux tout de suite assurer toute votre existence. J'ignore comment vous envisagez vous-même ces heureuses conditions matérielles; peut-être n'en savez-vous rien vous-même? Avez-vous rêvé à des voyages à l'étranger? Je serais enchanté de vous faire voir les trésors artistiques de Florence ou les ruines de Rome. Désirez-vous développer vos dons pour la musique, ce qui me plairait fort à moi-même? La bienfaisance envers les malheureux serait-elle une satisfaction précieuse pour votre bon cœur? Nous aurons le temps de parler de tout cela. Quoi que vous choisissiez, j'ai la conviction de pouvoir vous l'accorder plus largement, plus abondamment que vous ne pourriez le faire vous-même, étant donné les dures conditions dans lesquelles vous vivez.

« Ce serait le plus grand bonheur pour moi de vous guider, de vous conduire. Connaissant votre amour de la campagne, des jardins, des fleurs, j'ai pensé vous offrir une jolie maison, aménagée selon votre propre goût, en dehors de la ville...

— En dehors! s'écria Lucan avec surprise.

— Oui! répondit-il, mais assez proche pour que je ne mette pas trop de temps à faire le trajet et, cependant, vous le comprenez bien, je n'ose vous proposer d'habiter trop près. Je suis sûr que vous saurez faire de cette maison un lieu de repos et de loisir pour l'homme, auquel n'ont pas été épargnés les chagrins et pour qui votre inexpérience même a un charme particulier. Je serais heureux de consacrer toutes les heures que mon travail ne réclamera pas à ce petit paradis, que vous créerez pour moi.

Ses regards se posèrent sur la jeune fille : à la lueur du feu, les boucles de Lucan brillaient comme de l'or; ses joues et son cou prenaient une délicate teinte rosée; ses yeux bleus, ombragés de longs cils, s'ouvraient tout grands, comme pour scruter la pensée de l'homme en face d'elle, mais leur éclat était comme figé.

Lui se sentait fier de la voir si gracieuse, si innocente, fier aussi de l'emprise qu'il croyait avoir sur elle. Il détourna la tête pour ne pas céder au désir de la prendre dans ses bras, et de serrer contre lui ce jeune corps délicieux; et il reprit la parole, ému d'avoir été assez loin pour l'appeler familièrement par son nom, et de remarquer qu'elle tremblait :

— Voyez-vous, j'ai vécu dans une situation singulière. Quelle que fût ma haute estime pour ma femme, je n'éprouvais pour elle aucun des sentiments qu'une jeune fille telle que vous qualifierait de romanesques. Après sa mort, mon foyer a été solitaire et morne. Dans d'autres circonstances, j'aurais pu contracter un nouveau mariage avec une personne du même milieu que moi. Mais, comme vous le savez, un grand malheur m'a frappé : mon fils est aveugle. Il est très bien doué, vous l'avez constaté vous-même mieux que quiconque, et je n'ai pas perdu l'espoir de le voir un jour, grâce à une éducation appropriée, en mesure de diriger mon entreprise après moi.

« Mais, si j'avais un fils d'un nouveau mariage,

un conflit entre les deux frères serait inévitable, et je serais peut-être forcé de faire tort à mon fils aîné. »

Il poursuivit, la voix changée :

— Ne doutez pas que je sois à vos côtés quoi qu'il vous arrive. Vous m'avez parlé de vos frères; je comprends que vous chérissiez ces garçons...

— Non, non! fit Lucan brusquement, ne faites pas mention de mes frères!

— Mais si! ma petite! c'est précisément d'eux que je veux vous entretenir. Ce sont, d'après ce que j'ai deviné, des gamins intelligents, mais dépourvus de sens pratique comme leur père.

Lucan protesta encore, tout bas : « Il ne faut pas que vous prononciez le nom de mon père! »

— Si! croyez-moi, Lucan, j'ai beaucoup d'estime pour votre père. J'ai pris quelques renseignements à son sujet, et je sais qu'il aurait mérité un meilleur sort que le sien. J'ai parfois comparé à la sienne la tendresse que j'éprouve pour vous, et je vous prie de compter sur moi. Quoi qu'il vous arrive, je prendrai soin de vous, avec la sollicitude que vous aurait témoignée votre père, s'il l'avait pu.

« Lorsque je vous affirme que je serai un soutien pour vos frères, chaque fois que cela me sera possible, et mon appui ne sera pas à dédaigner, il faut que vous compreniez que tous ceux qui vous tiennent de près me seront également chers à moi. »

Tout à coup, il s'arrêta, détourna les yeux, puis les fixa une fois de plus sur la jeune fille. Puis il se leva, attendant qu'elle se levât aussi.

Mais, comme si elle n'avait pas compris ce qu'il faisait, elle restait assise sans faire un mouvement. Alors, il la souleva doucement de sa chaise, et il crut sentir qu'elle chancelait dans ses bras. Un peu interdit, il ajouta, d'un ton mal assuré :

— Laissez passer cette nuit avant de me répondre.

Et elle crut sentir un frémissement dans le bras qui la retenait.

— Bonne nuit! Il m'est difficile de vous quitter ainsi. Peut-être aurais-je plutôt droit à un baiser? Mais je ne veux faire valoir aucun droit en ce moment. Bientôt! bientôt, je l'espère, cela me sera permis, dans un cadre qui vous prouvera la sincérité de mes sentiments.

Brusquement, le visage de cet homme réservé se couvrit d'une vive rougeur. Il n'ajouta plus un mot, et oublia d'accompagner Lucan jusqu'à la porte. Mais, immobile devant le feu, il suivit du regard la silhouette élancée, tandis que, sans un mot, sans un signe d'assentiment, ou de refus, elle quittait la pièce.

La fuite.

Lucan rentra dans sa chambre, bouleversée comme si on l'avait giflée sur les deux joues. Le plus affreux pour elle, en cette première minute, fut de n'avoir pas su montrer à Mr Armworthy combien elle le méprisait. Elle s'assit sur une chaise, se releva, s'assit sur une autre. A plusieurs reprises, le rouge lui montait au front, puis disparaissait.

En descendant pour retrouver Mr Armworthy, elle avait, par la pensée, appelé son père et ses amis à son aide, et imploré leurs conseils.

Maintenant, il lui semblait qu'il n'existait plus au monde d'autres êtres que l'homme qui l'avait insultée, et elle-même. Elle se dirigea vers la fenêtre, et reconnut, dans la pénombre, les contours des grands arbres du parc, et lentement, lentement, elle se souvint de tout ce à quoi elle avait pensé une heure plus tôt. Elle s'était demandé alors si jamais elle serait capable d'aimer Mr Armworthy. « Et si je l'avais aimé, songea-t-elle, aurais-je pu céder à son désir ? Non, non ! C'eût été mille fois plus affreux. Je lui aurais donné toute ma vie, et lui, en récompense, ne m'aurait offert qu'une partie de la sienne ; c'est-à-dire le temps et les sentiments qui lui resteraient après s'être occupé de choses plus importantes. Sa proposition m'aurait tuée. »

Tandis qu'elle revivait la scène du salon, elle se répéta, les lèvres tremblantes, ce qu'avait dit Mr Armworthy et imaginant la réponse qu'elle aurait dû lui faire, elle comprit au plus profond d'elle-même qu'elle devait partir. Déjà, sans même s'en rendre compte, elle avait ouvert un tiroir, et sorti quelques objets : le porte-monnaie qui contenait le salaire trimestriel, touché récemment, une chemise de nuit, une paire de gants. Après cela, elle resta immobile, cherchant à affermir sa décision au sujet de ce qu'elle allait entreprendre.

Elle ne voulait à aucun prix se retrouver en face de Mr Armworthy. Il s'agissait de partir tout de suite, cette nuit même. Méthodiquement, comme s'il se fût agi d'un départ projeté depuis longtemps, elle emballa les vêtements les plus nécessaires dans un vieux sac de voyage en cuir, qui avait appartenu à son père. Mais elle n'osa pas emprunter l'escalier pour sortir de la maison; un membre du personnel, ou Mr Armworthy lui-même, aurait pu l'entendre, et venir lui parler. Et puis, avec ses seules forces, aurait-elle pu ouvrir la lourde porte d'entrée. Il fallait donc quitter Fairhill par un autre moyen.

La fenêtre de Lucan donnait sur un balcon. Un vieux lierre grimpait depuis le sol jusqu'à la balustrade. La jeune fille s'était parfois représenté, par jeu, qu'il serait possible d'utiliser ce lierre comme une échelle pour grimper jusqu'à sa chambre. Or, elle n'était pas sujette au vertige et n'avait pas le choix quant aux possibilités de fuir.

Un chapeau serait fort gênant pour dégringoler du balcon, et empêcherait Lucan de regarder à droite et à gauche. Elle attacha donc les brides du sien à son sac, et noua ce sac autour de sa taille avec son châle. En franchissant la porte du balcon, elle sentit le froid de la nuit, et ferma les yeux pendant une minute : elle pensait aux enfants qui dormaient, et regrettait de ne pas leur avoir dit au revoir. Mais tout retard était dangereux, et ces enfants, qui étaient aussi ceux de Mr Armworthy, auraient pu lui réserver un jour une aussi cruelle déception que leur père.

Rassemblant tout son courage, Lucan enjamba la balustrade, et chercha où poser son pied entre les branches du lierre.

Le sac cogna à plusieurs reprises contre le mur, ce qui manqua de faire perdre l'équilibre à Lucan; sa robe s'accrocha et remonta jusqu'à ses genoux. Dans les ténèbres où elle se trouvait, la jeune fille ne put s'empêcher de rougir et de penser : « Quel bonheur de n'être vue de personne! »

Il y avait également un balcon à l'étage au-dessous du sien et elle aurait aimé s'y reposer un instant, mais elle vit la lumière briller sous la porte et, se rappelant que ce balcon était celui de la chambre de Mr Armworthy, elle se lança toute chancelante par-dessus le large rebord du balcon. Alors, ses cheveux se prirent dans une branche : Mr Armworthy lui-même n'essayait-il pas de la retenir?... Non, la branche cassa, et un peu plus tard, Lucan sentit le sol sous ses pieds. Ses cheveux étaient pleins de rameaux et de feuilles; sa main écorchée saignait, et ses bas étaient déchirés; mais l'effort et le triomphe lui donnaient chaud, tandis que ses jambes tremblaient au point qu'elle dut s'asseoir.

Elle ne s'arrêta pas longtemps, détachant son chapeau de son sac, elle s'en coiffa.

Le solide portail en fer du jardin restait toujours fermé pendant la nuit, mais au cours de ses promenades avec les enfants, Lucan avait découvert, à l'extrémité du mur, une petite porte, fermée seulement de l'intérieur par un crochet. Elle se dirigea de ce côté et, en refermant la porte sur elle,

elle ferma un chapitre de sa vie : finie l'heureuse insouciance des derniers mois; finies les hésitations récentes; fini l'effroi de cette soirée! Maintenant, elle était dépouillée de beaucoup d'illusions; elle était pauvre comme avant, sinon plus pauvre qu'auparavant, mais elle était libre!

Dès l'instant où elle avait ouvert le tiroir dans sa chambre, elle savait où elle irait et elle se dirigea immédiatement vers son but. La diligence de nuit passait à onze heures et demie par un carrefour à un quart d'heure de marche de Fairhill, et s'y arrêtait, quand elle rencontrait des passagers. Les quatre robustes chevaux emmèneraient rapidement Lucan bien loin, et la jeune fille ne pensa plus qu'au postillon qui les conduisait. Le poids de son sac l'obligea à s'arrêter à plusieurs reprises, et elle eut peur d'être en retard. Cependant, elle ne courut pas en reprenant sa route : Mr Armworthy ne la forcerait pas à une fuite éperdue...

En arrivant au carrefour en moins de temps qu'elle ne l'eût cru possible, elle entendit la cloche du village sonner onze heures... Elle arrivait donc à temps... elle était sauvée.

La lune s'était levée et baignait toute la contrée de sa clarté d'argent, et la voyageuse distinguait les détails du paysage accidenté. Une rosée abondante mouillait les prés. Lucan était sortie bien rarement à cette heure tardive, et jamais seule, mais elle ne ressentait aucune crainte. Tel un prisonnier évadé de son cachot, ou venant d'échapper à ses ennemis, elle n'aspirait qu'aux vastes espaces et à la solitude. Mais de quel côté se dirigeait-elle donc?

Le désir de s'éloigner de Fairhill l'avait amenée jusqu'à ce carrefour; elle n'avait pas envisagé la suite de son voyage. Tout ce qu'elle savait, c'était que pendant la nuit une diligence roulait vers le Nord, une autre vers le Sud.

Le cœur serré, Lucan se disait qu'elle pouvait aussi bien monter dans l'une que dans l'autre; rien ne la poussait dans une direction déterminée.

Sa famille serait effarée si elle arrivait en fugitive, quittant une place, dont elle faisait une description séduisante. Et, si elle cherchait une autre place, on demanderait des références, ce qui, peut-être, la remettrait en relation avec Mr Armworthy. Pourtant, il fallait bien aboutir quelque part. « Oh! songeait-elle, que mon père avait raison : l'imagination est bien nécessaire dans la vie! » Mais elle-même était une jeune fille inexpérimentée et sans imagination. Et, tout à coup, elle craignit tout autant de voir arriver la diligence avant qu'elle eût pris une décision, qu'elle avait craint, un peu plus tôt d'arriver en retard pour la voiture.

Dans son trouble, elle eut une inspiration : celle de passer en revue, selon l'ordre des lettres de l'alphabet, tous les noms de ses amis et connaissances. Peut-être découvrait-elle ainsi chez qui se réfugier.

Déjà, elle arrivait sans résultat à la fin de l'alphabet, quand la lettre Z lui rappela un nom, qui illumina brusquement sa nuit : Zozine! « Mon Dieu! se dit-elle, chère Zozine! Voilà bien longtemps que je n'ai pensé à toi ! Mais tu vas me venir en aide ! »

Zozine avait été la meilleure amie de Lucan à la pension. Ce pensionnat était en réalité destiné à des filles d'un milieu supérieur à celui de Lucan. Il était surtout fréquenté par les enfants de parents fortunés, et d'une situation sociale élevée. Mais la tante de Lucan, qui dirigeait l'école, l'y avait fait admettre, et Lucan y passa d'heureuses années. Il s'avéra que Lucan et Zozine étaient nées le même jour; leurs compagnes de classe les appelaient : les jumelles!

Les deux petites filles s'étaient juré une amitié éternelle, et Zozine, à diverses reprises, avait invité Lucan à passer les vacances à Tortuga, la maison de son père. Elle avait même écrit à son amie : « Rien de ce qui pourrait me faire plaisir à Tortuga ne me plaît puisque tu ne veux pas le partager avec moi. »

Pourtant, après que Lucan fut rappelée chez elle à la mort de sa mère, elle n'avait plus vu Zozine, ni même entendu parler d'elle.

Le souvenir de Zozine fut pour la pauvre jeune fille un rayon de lumière et de chaleur. « Qui sait? pensait-elle, si le souvenir des projets de Zozine, de ses rêves de fuite romanesque et d'aventures pendant nos promenades du soir, n'est pas à l'origine de cette impulsion, qui me pousse à aller vers elle? »

Au même moment, Lucan entendit le roulement de la diligence sur la route; les lanternes brillèrent; la voiture approcha.

Compagnons de route.

Elle s'arrêta avec son chargement de passagers ensommeillés, qui dodelinaient de la tête à la faible lumière, toussaient, frottaient les vitres embuées pour savoir où ils se trouvaient. Une jeune fille s'était faufilée dans un coin, et avait posé son sac à côté d'elle. Elle s'aperçut, en s'asseyant, qu'elle était très fatiguée, et que tous ses membres lui faisaient mal; par instants, son cœur se remettait à battre avec violence comme lorsque, dans sa fuite, elle cherchait des prises entre les branches du lierre.

Mais, dans la diligence, elle n'était plus seule : Zozine était assise à côté d'elle. Tout ce qui se rapportait à Zozine était empreint de gaieté enfantine, était joli, était encourageant. Zozine avait porté de jolies robes, de jolis chapeaux, de jolis gants; elle les prêtait à Lucan pour aller à l'église, ou pour se promener avec les autres élèves du pensionnat. Zozine recevait des boîtes de fruits confits, qu'elle partageait avec son amie. La pensée de la maison inconnue, d'où provenaient toutes ces merveilles, avait obsédé la petite Lucan âgée de douze ans. Aujourd'hui encore, elle essayait de se représenter cette demeure, et l'accueil que l'on pourrait y réserver à une fugitive cherchant un asile.

Zozine, comme Lucan, avait perdu sa mère et, comme Lucan, elle aimait son père plus que tout au monde.

Mr Tabbernor était un commerçant fort riche, de ceux que l'on qualifiait de millionnaires, se disait Lucan. Il possédait dans les Indes occidentales de grands biens qui, avant lui, avaient appartenu à son père, et à son grand-père. Ceux-ci avaient épousé des jeunes filles nobles et très fortunées. Mais la mère de Zozine n'avait pas apporté de somptueuse dot à son mari. En revanche, elle était d'une grande beauté.

De nationalité française elle était née à Saint-Domingue, et c'était d'elle que Zozine tenait son nom.

La maison paternelle de Zozine devait être un vrai paradis, d'après ce que Lucan en avait entendu dire; mais un paradis du caractère le plus original et le plus fantaisiste.

Le parc était planté d'arbres et d'arbustes des tropiques; les serres regorgeaient de fleurs et de fruits. Dans l'une d'elles vivaient de petits singes et des perroquets.

Un personnage exotique régnait à Tortuga : c'était « Olympia », la négresse, qui pouvait à peine franchir les portes, tant elle était grosse. Elle avait été la nourrice du père de Zozine et devait être vieille comme le monde, mais elle appartenait à une race qui ne vieillissait pas. Elle restait vive et bavarde comme les vieux perroquets, et deviendrait centenaire de toute évidence. Si le père de Zozine, comme le prétendait sa fille, était grand et gros comme un éléphant, il le devait au lait de sa nourrice. Olympia disait que Zozine était un ange, mais parfois aussi un démon. Si jamais Olympia s'arrêtait de parler, la fin du monde serait proche.

Dans sa petite enfance, Zozine était allée dans les Indes occidentales; depuis, elle avait parcouru avec son père la France et l'Italie, et se réjouissait d'avance pour d'autres voyages. « Il n'y aura pas de région sous le ciel, disait la jeune fille, qui n'aura pas vu Zozine Tabbernor. »

Zozine avait deux chevaux de selle, dont Lucan se rappelait encore les noms. Dans ses souvenirs, son amie lui apparaissait pareille à un papillon qui ne cessait de voler au soleil.

Pendant que la diligence roulait sur le pavé, Lucan se remémorait les êtres et les choses faisant en quelque sorte partie de la personnalité de Zozine.

Il y avait, entre autres, la tante Arabella, cousine de Mr Tabbernor; une vieille demoiselle incroyablement *laide*, et incroyablement riche. Avant que le père de Zozine rencontrât la jeune fille qu'il épousa, elle avait été sa fiancée, et jamais elle ne s'était mariée. Elle était la marraine de Zozine et elle la comblait de cadeaux.

Il y avait aussi le cousin Ambroise, dont la mère, la sœur préférée de Mr Tabbernor, avait épousé le fils d'un comte. Lorsque son beau-frère eut dilapidé la fortune de sa femme, et mourut, le père de Zozine s'était chargé du fils unique de sa sœur cadette, et l'avait mis dans une bonne école, espérant qu'un jour son neveu lui succéderait dans la direction de ses affaires. Sans doute prévoyait-il même que Zozine et Ambroise se marieraient.

— Mais papa s'est trompé sur ce point-là, disait Zozine, car Ambroise est un bon à rien; il fait des dettes que papa doit payer.

Lucan allait voir de ses propres yeux tous ces gens, qui avaient joué un rôle dans son imagination d'enfant.

Le jour commençait à poindre. Lucan apercevait un paysage inconnu. Les prés étaient blancs de rosée, et le soleil se leva tout rouge dans la brume. Cette lumière matinale convenait aux pensées qu'inspiraient à la jeune fille sa fuite et le souvenir de Zozine. Elle avait eu le courage de prendre en mains son propre sort, et le premier résultat de sa décision était un lever de soleil.

On changea de chevaux à Staines. Les voyageurs descendirent au relais. Un jeune paysan, qui portait un fusil sur l'épaule et n'avait cessé de fixer Lucan depuis les premières lueurs de l'aube, l'attendit devant les marches, et l'aida à descendre. Mais elle refusa d'entrer avec lui et ses autres compagnons à l'auberge, et resta debout au-dehors. Elle frissonnait un peu à la brise du matin, et s'enveloppa dans son châle. A travers la fenêtre ouverte, elle entendait les voix qui commandaient des grogs chauds et du pain. Elle-même aurait eu bien besoin d'une tasse de thé dans l'état d'épuisement où elle se trouvait, mais comment donner des ordres au garçon ou à la serveuse, quand on est une jeune fille voyageant seule, chose fort inusitée évidemment?

Une autre diligence arrivait au même instant. Elle allait repartir pour Londres; le cocher se mettait en demeure de changer d'attelage. Faute d'une meilleure occupation, Lucan le regarda faire. La brume s'épaississait et se mêlait à la vapeur qui s'élevait autour des chevaux. Soudain la jeune fille remarqua qu'une dame, debout près d'elle, l'observait. Elle était vêtue de gris et un petit voile gris couvrait son chapeau. Son arrivée avait eu lieu sans le moindre bruit; elle semblait vraiment ne faire qu'un avec le brouillard matinal.

Au premier abord, Lucan eut presque peur de cette apparition et se demanda si l'inconnue la reconnaissait. Mais elle se tranquillisa en voyant la petite dame lui sourire et, d'ailleurs, elle eut rapidement la certitude de n'avoir jamais vu ce visage ni cette silhouette.

La dame devait avoir atteint la cinquantaine. Osseuse, la poitrine plate, elle avait un long visage et un nez camus. Ses dents, trop nombreuses, ne paraissaient pas trouver assez de place dans sa bouche. Son teint et ses mains de couleur grisâtre s'accordaient avec la nuance de son chapeau et de son châle. Elle continuait de sourire amicalement à Lucan, mais ne dit pas un mot pendant un long moment. Enfin, elle parla :

– Je vous ai vue descendre de la diligence, Mademoiselle, tandis que j'arrivais moi-même de la direction opposée à la vôtre. Attendez-vous quelqu'un ici?

Lucan lui répondit qu'elle était seule, et l'étrangère reprit :

– Ne voulez-vous pas entrer à l'auberge, et

prendre une tasse de thé, cela vous ferait du bien, vous en avez bien le temps encore ?

La vieille dame avait une voix sourde. « Elle vient certainement d'une région éloignée, se dit Lucan, elle accentue les mots tout autrement qu'on ne le fait par ici. » L'autre reprit :

— Ne vous gênez pas pour accepter, j'ai bien envie, moi-même, d'une tasse de thé chaud, et un peu de société me ferait plaisir.

Cette personne inconnue était le premier être humain qui eût parlé à Lucan après Mr Armworthy. La jeune fille vit dans cette invitation un heureux pronostic, et elle accepta avec reconnaissance. Dans l'auberge, un paravent isolait un petit coin du reste de la salle; les voyageuses pouvaient venir s'y restaurer. Lucan répara le désordre de sa coiffure et remit son chapeau devant un petit miroir pendu au mur. La vieille petite dame paraissait avoir l'habitude des voyages. En tout cas, elle ne se laissa pas intimider par le garçon. Peut-être avait-elle aussi l'habitude de servir de duègne, car elle avait véritablement l'air d'entourer Lucan d'une sorte de deuxième paravent. Son seul regard renvoya le jeune homme quand il s'attarda trop longtemps à regarder la jolie voyageuse, en lui versant du thé; et, reprenant l'entretien, elle dit :

— Est-ce vrai que vous circulez sans personne pour vous accompagner ?

— Oui, je suis seule.

— Mais, au moins, quelqu'un viendra à votre rencontre quand vous descendrez de la diligence ?

— Non, je ne le crois pas, répondit Lucan en rougissant un peu.

La vieille dame se tut, puis, par-dessus sa tasse de thé, ses yeux ronds s'attachèrent de nouveau sur la jeune fille :

— Où allez-vous ? J'espère que vous trouverez ce qu'il vous faut là où vous vous rendez. Vous êtes jolie et vous paraissez intelligente. Vous méritez d'avoir une bonne place, bien payée. Une jeune fille se plaît à avoir de jolies robes, de jolis chapeaux, un beau bracelet, une petite épingle pour attacher son châle. La jeunesse passe vite.

Le thé chaud et le petit pain frais avaient rasséréné Lucan; elle pensa : « Cette vieille femme a l'air d'une vieille fée des contes. Va-t-elle me proposer de changer une sauterelle en carrosse, et quatre petites souris en chevaux fringants ? Mais non, j'ai des chevaux et un véhicule. Pourvu qu'elle ne change pas les chevaux de la diligence en souris, et m'empêche ainsi de repartir. »

— Pourtant, on vous attend certainement à votre arrivée ? insista l'inconnue.

Lucan n'avait pas envie de répondre : non; elle se contenta de hocher la tête. Là-dessus, la vieille dame absorba deux tasses de thé en silence. Elle semblait toujours ne pas trop savoir que faire de ses grandes dents, mais paraissait avoir pris l'habitude de les serrer les unes contre les autres lorsqu'elle se taisait.

— Enfin ! Tout cela ne me regarde pas, conclut-elle.

Les autres voyageurs commençaient à sortir de

l'auberge pour rejoindre la diligence. Lucan voulut payer son écot et se leva aussi. « Nous allons régler cela en voiture, fit sa compagne, car, savez-vous, ma chère, l'ennui qui m'arrive. J'ai oublié chez moi un objet des plus importants et je crois que je vais m'en retourner tout de suite, en prenant la diligence que vous prendrez vous-même. Nous aurons l'occasion de bavarder ensemble et de nous connaître un peu mieux. »

Elles quittèrent donc l'auberge de compagnie; mais, en approchant de la diligence, attelée de chevaux frais, la vieille dame ralentit le pas et finit par s'arrêter tout à fait; elle hocha la tête d'un air préoccupé :

— Non! fit-elle, ce n'est pas faisable; il faut que je vous dise adieu, Mademoiselle.

Lucan lui tendit la main. La vieille dame la regardait fixement : « Je pourrais bien vous donner mon adresse, dit-elle avec hésitation, au cas où vous viendriez à Londres pour y chercher une place. »

Pour la seconde fois, elle s'interrompit, puis ajouta d'un ton sec, presque fâché : « Non, non! C'est impossible! »

Quand la jeune fille s'installa dans la voiture, elle vit l'autre immobile à la même place, mais ne la quittant pas des yeux jusqu'à son départ.

Maintenant qu'il faisait jour, la diligence avançait plus vite. L'auberge, les communs, les hautes meules de blé, les grands arbres furent bientôt hors de vue. Le jeune paysan au fusil continua à loucher du côté de Lucan. Elle finit par tirer le voile de son chapeau sur son visage. Derrière ce voile, elle s'abandonna à ses réflexions sur l'étrange rencontre qu'elle venait de faire à l'auberge.

Zozine.

> *Kublakhan a élevé à Xénabu*
> *Un château majestueux.*

En traversant le parc, Lucan se rappelait ce début d'un poème qu'elle avait lu avec son père. Elle s'arrêtait, regardait autour d'elle, puis reprenait sa marche. Le bonheur se peignait de plus en plus sur son clair visage. A cette époque, Tortuga était véritablement une des merveilles de l'Angleterre méridionale. Les propriétaires du domaine, aimant profondément la nature, les arts, la beauté avaient, pendant près d'un siècle, consacré leur temps et leur fortune à embellir leur propriété.

Le premier d'entre eux avait construit la maison, et aménagé le jardin. Le suivant, marié à la veuve d'un membre de la noblesse, fit creuser des canaux et de ravissants étangs. Les travaux étaient en quelque sorte achevés quand le propriétaire actuel reçut Tortuga des mains de son père, mais il y ajouta, comme par jeu, une quantité de détails dus à sa fantaisie.

De tous côtés, le regard était sollicité par un spectacle nouveau, inattendu, enchanteur. Mr Tabbernor ouvrait largement son domaine aux visiteurs plusieurs jours par semaine, pendant l'été.

Le jardin et le parc s'emplissaient alors de promeneurs, messieurs, dames et enfants, qui venaient de loin et ne pouvaient se rassasier d'admirer les splendeurs de Tortuga.

En cette lumineuse matinée de mai, le paysage romantique, qui se déployait devant les yeux de Lucan, était plus beau que jamais; les fleurs embaumaient l'air. Lucan longea une allée de cerisiers du Japon. Les corolles épanouies formaient comme un nuage rosé au-dessus de sa tête.

Un peu plus loin, les branches vert argenté d'un saule chinois, dont les feuilles se dépliaient à peine, retombaient comme de minces cascatelles au-dessus d'un miroir d'eau d'un vert glauque, où nageaient des cygnes noirs. Lucan s'assit un moment au bord de l'étang. Elle avait oublié que sa personne n'était en aucune façon accordée à la beauté de ces lieux. Sa jupe portait un grand accroc; le bas, déchiré pendant la nuit, était en lambeaux à présent; elle avait dû l'ôter derrière un buisson du parc et, jugeant qu'il valait mieux faire de même avec l'autre bas, elle restait pieds nus dans ses chaussures poussiéreuses. Toute à son admiration, elle se disait : « Comment est-ce possible que des habitants de cette terre aient imaginé de créer toutes ces merveilles, et qu'ils aient eu le pouvoir de le faire? »

La richesse, qu'elle avait connue chez Mr Armworthy, était une richesse pesante, consciente d'elle-même; elle ne tentait pas Lucan. Mais ici, elle se croyait dans un paysage de ses rêves.

Au grand portail, le concierge, qui veillait devant son pavillon, les avait accueillis, elle et son sac de voyage, avec un petit sourire amical, à croire qu'il les attendait. Dans le parc, elle avait vu les jardiniers, en train de nettoyer les allées ou de soigner les fleurs. Eux aussi lui jetèrent des regards de connivence, comme si elle eût été attendue. De l'autre côté d'une large terrasse, d'où jaillissait un jet d'eau, s'élevait la maison, dont la façade et le majestueux escalier à double révolution bordé de colonnes étaient inondés de soleil. Quelques personnes étaient occupées à accrocher des lampes de couleur. « Fait-on cela tous les jours, ici? se demanda Lucan, pour jouir le soir d'une lumière multicolore? »

Un vieux domestique sortit d'une porte du rez-de-chaussée, et donna un ordre au personnel. Lucan se souvenait d'avoir entendu citer par Zozine le nom de John, le serviteur de son père, et crut reconnaître le vieux valet de chambre dans le petit homme, digne, aux gestes compassés, aussi se risqua-t-elle à se présenter à lui pour lui demander si Mlle Zozine était visible.

Après l'avoir regardée avec attention, le domestique l'invita à le suivre, et la débarrassa de son sac. Mais, en approchant de la maison, il parut hésiter s'il la ferait entrer par la porte principale, ou l'emmènerait vers une des ailes du bâtiment. A ce moment, une jeune personne, en robe rayée, apparut sur l'escalier entre les colonnes. D'une voix claire, elle donna un ordre; puis, s'arrêtant,

elle se protégea les yeux de la main, et s'écria :
« Qui donc m'amènes-tu, John ? »
C'était Zozine.

Lucan, immobile, considérait la nouvelle venue, tandis que le vieux serviteur s'avançait respectueusement vers elle, qui descendait les dernières marches en courant. Lucan reconnaissait la silhouette élancée et légère de son amie, mais elle ne s'attendait pas à la retrouver grandie à ce point. Zozine était, à présent, une femme élégante, et Lucan éprouvait une vive et joyeuse émotion à constater ce changement.

Cependant, Zozine échangeait quelques mots avec le vieillard puis, s'avançant vivement vers Lucan, elle s'arrêta brusquement en face d'elle, et la dévisagea :

— Lucan Bellenden ? que venez-vous faire ici ? Qui vous a envoyée ?

Lucan, effrayée et désolée en voyant que son amie ne paraissait pas la reconnaître, sentait son cœur battre avec violence; mais il fallait, à tout prix, abattre cette barrière qui se dressait entre elles.

Les deux jeunes filles se regardèrent gravement pendant quelques secondes; puis Lucan parla :

— Je viens répondre à une invitation faite il y a plusieurs années, dit-elle. Tant de choses ont changé pour moi depuis ! Mon père... je n'ai plus de foyer, et je me suis enfuie des lieux où j'étais pour me réfugier près de toi.

— Lucan ? reprit Zozine avec la même lenteur, Lucan ? Lucan ?... et elle ajouta, plus vite, en faisant un geste de surprise : « Vous vous êtes enfuie, dites-vous, pourquoi ? »

Lucan pensait se jeter au cou de Zozine; le vieux domestique lui avait fait plaisir en s'emparant de son sac, car il libérait ainsi ses deux bras. Maintenant, elle tendit tristement une de ses mains, geste d'adieu, plutôt que d'amitié, et murmura : « Oui! Je suis une fugitive; si tu ne veux pas m'accueillir, je ne sais où aller. »

Les yeux clairs de Zozine restaient fixés sur le visage de l'autre. Elle prit la main de Lucan, mais son bras restait tendu comme pour maintenir une distance entre elles, et elle répéta : « Une fugitive! Que peut-on éprouver quand on est une fugitive? »

Soudain, comme si le simple contact de la main de Lucan eût réveillé ses souvenirs, elle poussa une exclamation :

— C'est toi! Comment ai-je pu ne pas te reconnaître tout de suite?

Et Zozine se jeta dans les bras de son amie, puis s'écarta un peu pour la regarder, et, l'enlaçant de nouveau, elle s'écria :

— Enfin! Te voilà! et tout juste aujourd'hui! Tu es aussi délicieuse qu'autrefois! Non, tu l'es davantage encore!

Pendant quelques instants, elles gardèrent toutes deux le silence; mais bientôt Lucan murmura, toute rose de joie :

— Moi, je t'ai reconnue tout de suite! Que tu es jolie et élégante, Zozine!

— Moi? fit Zozine, non, je ne suis pas jolie. Si

tout le monde prétend que je suis jolie, c'est parce que tout le monde croit que j'aime les compliments. Ne faut-il pas qu'une jeune fille soit plaisante, ne serait-ce que pour faire honneur à son papa. J'ai peut-être une taille convenable, mais toi, tu as une poitrine ravissante.

— Que tout est beau ici! reprit Lucan, la vie doit y être idéale!

Elles parlaient pour le plaisir de parler, comme des amies qui se réjouissent d'échanger de tendres propos.

— C'est merveilleux que tu viennes aujourd'hui! dit Zozine, en poussant un profond soupir, qui surprit Lucan.

— Pourquoi aujourd'hui?

— C'est mon anniversaire; j'ai dix-huit ans, et mon père donne un bal pour me fêter.

Lucan l'interrompit : « Ton anniversaire? Mais alors, c'est aussi le mien!

— Bien sûr! l'aurais-tu oublié? N'y a-t-il personne qui s'en soit souvenu à ta place? »

Zozine recula de quelques pas, et examina Lucan de la tête aux pieds, et l'étonnement se peignit sur son visage :

— Tu viens donc toute seule, et tu as fait seule un long voyage! Ta robe est couverte de poussière; tu n'as pas de bas! Que t'arrive-t-il Lucan? Je suis effrayée de te voir si pâle.

Lucan, qui venait de passer subitement du désespoir à la joie, sentait, en effet, les forces lui manquer; sa vue s'obscurcit; elle chancela.

— Mon Dieu! s'exclama Zozine; tu es malade, tu vas perdre connaissance!

Elle entoura Lucan de ses bras : « Appuie-toi sur moi, je te soutiendrai. »

Et, s'adressant au vieux domestique, resté un peu en arrière, et toujours chargé du sac de Lucan :

— Va chercher Marie, nous la transporterons dans la maison.

Lucan protesta faiblement : « Je puis très bien marcher... » Mais, elle s'évanouit en prononçant ce dernier mot et, fermant les yeux, elle ne se rendit plus compte de ce qui se passait, avant de se retrouver dans un fauteuil, dans une jolie petite pièce. Zozine portait anxieusement un verre de vin aux lèvres de son amie :

— Quel bonheur! Tu reprends meilleure mine! Tes joues retrouvent un peu de couleur. Mais, j'y pense, peut-être n'as-tu rien mangé aujourd'hui, et tu viens certainement de très loin. Marie! appela Zozine.

Une jolie jeune servante, en robe noire et petit tablier blanc, qui avait suivi Zozine, s'avança aussitôt :

— Marie! Va dire à Monsieur que j'ai une bonne nouvelle à lui raconter : ma meilleure amie arrive aujourd'hui même à mon secours.

Lucan promena ses regards autour d'elle.

Au milieu du luxe fantastique de Tortuga, la chambre, où elle se trouvait, était bien la pièce la plus charmante, la plus exquise qu'on pût rêver. Les murs tendus d'une soie rose, voilée de mousseline légère, s'accordaient avec le ciel de lit également rose et blanc. Les jolis meubles étaient recouverts d'un tissu clair, imprimé de roses.

Zozine suivait du regard l'inspection que faisait son amie de ce cadre ravissant :

— Vois-tu, fit-elle, avec une nuance de triomphe dans la voix : Je l'ai fait préparer il y a six ans lorsque je m'attendais à ta visite; et tu m'as trompée! Tu n'es pas venue. Mais, à présent, tu es là, je ne te lâcherai plus; je ferais tout au monde pour toi.

Et elle répéta lentement, et avec un grand sérieux :

— Oui! Tout au monde. Et, puisque tu t'es enfuie, comme tu le dis, je veillerai à ce que personne ne te reprenne. Il n'y a rien que je ne ferais pour une fugitive.

La robe rouge.

— Tout ce qui se passe sur cette terre est vraiment inouï! s'écria Zozine. Quel vieux coquin! Un séducteur! ma parole! Pourquoi n'es-tu pas allée tout droit chez la Reine?

— Chez la Reine?

— Mais oui, chez notre gracieuse Reine. Sa Majesté n'a que quatre ans de plus que nous. Tu t'imagines bien qu'elle ne permettrait pas que l'on traite aussi indignement une jeune fille dans son propre royaume. Ou bien, si l'affaire eût été trop compliquée pour que la Reine pût s'en occuper, tu pourrais demander au Prince consort, un homme supérieur, de chapitrer sérieusement cet affreux individu.

Lucan dormit jusque vers la fin de l'après-midi sous la couverture de satin du moelleux lit à baldaquin.

A peine avait-elle cédé au sommeil que les sons d'une valse se mêlèrent à ses rêves. Elle se réveilla à demi pour entendre la voix de Zozine, qui disait : « C'est l'orchestre qui s'exerce dans la salle de bal du rez-de-chaussée. » Un peu plus tard, elle aperçut vaguement la présence de Zozine près de son lit, et d'un vieux monsieur très corpulent, aux nobles favoris blancs. Serrée contre lui, Zozine lui parlait bas, mais avec une vive émotion.

Quand Lucan se réveilla pour de bon, les rideaux avaient été tirés devant les fenêtres, et la chambre baignait dans un délicat brouillard rose. Elle contempla avec étonnement ses deux bras, qui sortaient de manches de batiste ornées de fines dentelles. Puis elle se rappela avoir été déshabillée par Zozine et sa femme de chambre : elles lui avaient passé une chemise de Zozine, et l'avaient mise au lit. Pour la première fois, Lucan avait eu honte de sa vieille robe devant le regard scrutateur de Marie.

— Ne sois donc pas si stupide ! avait dit Zozine. N'avons-nous pas habité la même chambre autrefois, et nous ne sommes pas plus laides à voir qu'en ce temps-là, j'en suis sûre.

Après qu'on eut apporté à Lucan un plateau

chargé d'un petit déjeuner substantiel, Zozine l'avait nourrie comme un bébé à la petite cuiller.

Puis la jeune fille s'était endormie.

Maintenant les deux amies, Lucan vêtue d'une robe de chambre de Zozine, étaient assises, enlacées, sur le canapé. Lucan venait de faire le récit de tout ce qui lui était arrivé, et il lui semblait que son malheur se dissipait dans cette atmosphère amicale. Pour un peu, elle aurait souri de la colère et du ressentiment de Zozine. Celle-ci finit par dire :

— Tu as raison! Ne pensons plus à lui, son image n'est pas digne d'avoir une place dans ta jolie tête. Cependant, ajouta-t-elle d'un air pensif, je crois bien que tu es destinée à la vie la plus aventureuse du monde.

— Oh! Que tu te trompes, Zozine! Ne te souviens-tu pas qu'à l'école, lorsque tu voulais m'entraîner à quelque aventure, j'étais trop craintive pour te suivre? Cette nuit, je me disais que mon père avait raison en prétendant que je manquais d'imagination.

— Eh bien! riposta Zozine, il se pourrait qu'en ce monde le destin ne s'intéresse pas aux gens qui ont l'esprit d'invention; il les laisse tout bonnement réaliser leurs rêves par la pensée. Quant à toi, il te comblera de ses propres fantaisies.

— Ce soir, dit-elle un peu après, nous tâcherons d'employer nos deux intelligences à la découverte de quelque chose de remarquable. J'ai très envie de te voir la plus jolie jeune fille du bal, et nous verrons laquelle de mes robes t'ira le mieux. Tu dois pouvoir les mettre; nous étions toujours de la même taille, et je crois que nous le sommes encore.

Elles prirent solennellement leurs mesures respectives, dos contre dos, devant la glace. En effet, Zozine avait raison.

— A l'école, dit Zozine, j'avais des cheveux aussi beaux et aussi longs que les tiens; mais on a dû me les couper quand j'ai été malade cet hiver. D'ailleurs une chevelure dorée est bien plus jolie qu'une chevelure noire, et j'ai toujours envié tes boucles d'or; mais, pour prendre une sage décision, il nous faut consulter Olympia.

Lucan aurait pris peur si elle s'était trouvée en face de la vieille négresse chez Mr Armworthy; mais, ici, elle avait l'impression que Zozine ne cessait de tourner pour elle les feuillets d'un livre d'images, qu'elle avait admiré dans son enfance.

Olympia était exactement telle que Lucan se la représentait : elle était massive comme un hippopotame et emplissait entièrement le cadre de la porte, mais elle respirait une sorte de bienveillance rassurante, comme certaines bêtes sauvages au Jardin zoologique. Olympia portait un petit bonnet en soie, de couleurs vives, sous lequel s'étalait si largement son visage que les grosses joues cachaient, pour ainsi dire, le cou. Ses mouvements lourds conservaient cependant une grâce balancée, toute particulière.

Olympia paraissait aussi muette qu'une gravure du livre d'images, et Zozine, qui assurait qu'elle était bavarde comme un perroquet! Elle ne dit pas un mot, mais Lucan crut voir dans ses yeux brillants, et même dans la pose de ses bras, qui pendaient inertes à ses côtés, l'expression du plus profond désespoir. « Elle a vieilli, pensa la jeune fille, et elle aspire à retourner dans sa patrie. »

Zozine plaça Lucan au centre de la pièce, et installa Olympia dans un fauteuil :

– Papa m'a offert trois nouvelles robes de bal pour ce soir, car je ne sais jamais faire mon choix longtemps d'avance. Ma mère était Française. La pauvre, ses parents ont émigré aux Indes occidentales pendant la Révolution, et elle n'a jamais revu la France; c'est pourquoi je suis fidèle au drapeau français, et voilà une robe rouge, une robe blanche et une robe bleue. La rouge n'est pas tout à fait rouge sang, comme le drapeau, mais presque rose. Elle te conviendrait à ravir.

Lucan croyait rêver en voyant l'une des robes presque pareille à celle qu'elle avait admirée chez sa vieille patronne, et à laquelle elle avait tellement pensé depuis. Elle était en lourde soie rose, et garnie de larges dentelles au décolleté et aux emmanchures. Des boutons de roses mousseuses retenaient les dentelles de-ci, de-là, si frais, si naturels, qu'on les eût dits cueillis au jardin, un instant plus tôt. On avait, pour le moins, employé vingt aunes de satin pour faire la jupe.

Rien que d'y penser, Lucan devint aussi rose que la robe et, avec un sourire heureux quoique un peu incertain, elle se tourna vers Zozine.

– Mais oui, c'est cette robe qui est pour toi ! dit Zozine.

Devant la glace, la jeune fille assistait avec une émotion grandissante à sa propre transformation en une élégante personne, dont la beauté ensorcelante lui faisait perdre le souffle. Zozine, avec une ardeur qu'elle aurait mise à parer une poupée, ne cessait d'apporter de nouveaux ornements à la toilette de Lucan. Elle fit chercher par Marie un collier, des boucles d'oreilles, des fleurs pour les beaux cheveux de son amie, et, enfin, une paire de gants blancs, aux bords dentelés.

Mais elle regardait d'un air fâché la vieille négresse, qui ne soufflait mot, comme si elle ne s'apercevait pas que le chef-d'œuvre de Zozine atteignait de plus en plus à la perfection. Une fois cependant, comme Zozine disposait les dentelles autour des épaules de Lucan, Olympia prit entre ses mains une des longues boucles dorées, et parut surprise de leur couleur, et de leur éclat.

Tandis que les trois femmes s'absorbaient dans leur contemplation, le vieux serviteur, que Lucan avait rencontré au jardin, entra pour demander quelques indications au sujet du bal, mais Zozine le renvoya :

— Je préfère rester près de toi, Lucan, dit-elle. Papa s'occupera bien de tout; il se fatiguera et sera forcé de se mettre au lit de bonne heure. Il en aura bien le droit, car il est si gros, mon cher papa, que son cœur ne supporte pas de trop grands efforts.

Tout en parlant, elle recula d'un pas et poussa un soupir de satisfaction :

— Tu es adorable, reprit-elle. Que ne puis-je te ressembler?

— Mais voyons! Tout ceci n'est qu'un jeu, une fantaisie! s'écria Lucan; je ne veux pas prendre tes robes.

— Au contraire; prends-en davantage!

Cette phrase jaillit comme une explosion des lèvres de la jeune fille et, comme si elle eût perdu toute mesure, elle ouvrit les portes de l'armoire, tira tous les tiroirs et en versa le contenu sur le lit et le canapé.

Des piles de linge fin et parfumé, des bas de soie, des jupons couvrirent en un clin d'œil les meubles de la chambre. Les chapeaux et les châles vinrent ensuite, puis ce fut le tour de nombreuses paires de petits souliers élégants.

Lucan, toute troublée, se rappela ce que lui avait dit, à l'auberge, la vieille dame inconnue : « Est-ce que tout ceci n'est pas l'effet d'une sorcellerie, d'une puissance magique? »

Elle essaya de retenir son amie :

— Zozine! Zozine! arrête! Crois-tu donc que je vais accepter tout ceci? Tu ne posséderas plus rien toi-même!

Zozine resta immobile pendant quelques secondes, puis :

— Écoute-moi! dit-elle d'un ton grave, dès demain je m'en irai sans rien de ce qui est ici; tu ferais mieux de t'en emparer toi-même.

Lucan devina qu'un grand changement se préparait dans la vie de son amie; mais lequel? Zozine allait sans doute se marier; son trousseau d'épouse était prêt, et c'était pour cela qu'elle distribuait sa garde-robe de jeune fille. Tout en retenant dans la sienne la main de Zozine, qu'elle avait saisie pour l'empêcher de continuer ce jeu fou, elle scrutait son visage en souriant.

— Dis-moi, Zozine, ton cousin Ambroise ne doit-il pas venir ce soir ?

— Ambroise ?

Zozine, à son tour, dévisagea son amie.

— Pourquoi me poses-tu cette question ?

— Tu me parlais si souvent de lui autrefois; je croyais que tu avais un penchant pour lui. Avoue-le donc puisque tu es sur le point de te fiancer.

Mais Zozine éclata de rire :

— Hélas ! Le pauvre Ambroise ! C'est précisément le seul de mes amis que tu ne verras pas ce soir. Il est horriblement enrhumé et ne peut venir au bal. Mais oui, c'est un chic garçon. Mais tu peux être sûre qu'il viendra demain me dire qu'il ne veut pas m'épouser. Et moi, je ne m'arracherai pas les cheveux en entendant cet aveu.

« Je ne pense pas à mes soupirants, ce soir », ajouta-t-elle sérieusement.

Il y avait dans l'attitude de Zozine de quoi surprendre Lucan. Sous des apparences d'enfantine insouciance, on devinait une angoisse passionnée. Mais comment Zozine aurait-elle connu le chagrin, les soucis ? Et d'ailleurs, si elle se trouvait constamment dans cet état de tension, changeant sans cesse de disposition d'esprit, comment avait-elle pu vivre dix-huit années ?

Zozine, les yeux rivés sur le visage de Lucan, semblait vouloir déchiffrer ses pensées, puis elle dit seulement :

— Lucan, tu seras la reine du bal, et tous les hommes te feront la cour, mais ne t'éprends d'aucun d'entre eux. Pourtant, reprit-elle après un court silence, si tu parviens à te faire aimer assez de l'un de tes admirateurs pour qu'il te déclare immédiatement son amour, et que nous puissions annoncer vos fiançailles au dîner, je te le permets, mais pas autrement. Jure-moi que tu m'obéiras, si tu m'aimes! cria-t-elle en se jetant au cou de Lucan.

L'Anniversaire de Zozine.

Pour une jeune fille, un bal n'est pas seulement une aventure, mais une révélation; en dansant, elle comprend le sens de son existence. Tel le poète à l'heure de l'inspiration où, enivré, pris de vertige, il se voit lui-même porteur du mystère du monde, la jeune fille qui danse s'identifie avec l'essence même de l'univers. Le poète n'est plus qu'un pur esprit, mais la jeune fille reste un corps vivant, et la béatitude consiste pour elle en la parfaite harmonie de l'esprit et de la matière. Ses membres se spiritualisent; ils ont des ailes; ils commandent, ils ordonnent. Les puissances célestes elles-mêmes descendent dans la salle de bal et lui obéissent.

Lucan avait pris des leçons de danse à l'école, mais elle n'avait pas été une élève remarquable. Elle ignorait que, portée par un excellent orchestre, et dirigée par un bon danseur, elle était capable de danser comme si elle fût entrée dans ce monde en valsant. Zozine veillait à ce que le carnet de bal de son amie fût rempli ou, du moins, elle y aurait veillé si les danseurs empressés n'avaient, d'une même impulsion, assailli la jeune fille en robe rose.

Pendant la première valse ou le premier quadrille des lanciers, ce fut l'enivrement magique de la danse elle-même qui s'empara d'elle; mais, dès la seconde valse, elle avait dépassé ce degré et s'abandonnait toute à la puissance d'Éros : Lucan était amoureuse, mais ce qu'elle éprouvait valait également pour chacun de ses cavaliers. Elle eût été incapable de préférer l'un d'eux aux autres. Elle sentait même obscurément que si Mr Armworthy lui avait offert un bal tous les soirs, elle n'aurait peut-être pas repoussé sa proposition.

Les autres jeunes danseuses observaient la belle inconnue avec une jalousie croissante; les vieilles dames, chaperons de leurs filles ou de leurs nièces, se servaient de plus en plus de leurs lorgnettes. Sous la lumière qu'irradiaient les trois énormes lustres se mouvait une mer colorée d'étoffes chatoyantes et de clairs visages. Des fleurs emplissaient la salle de bal et les pièces avoisinantes, et les robes du soir des dames ressemblaient à des bouquets multicolores.

La présence des messieurs en habit noir n'avait, semble-t-il, d'autre raison d'être que de rehausser la beauté des femmes. Il n'y eut qu'un seul invité, mais celui-ci en uniforme d'officier, qui parut vouloir rivaliser de coquetterie avec Lucan, mais en même temps, d'un geste chevaleresque, il déposait les armes devant sa grâce féminine.

Les hautes fenêtres de la salle de bal ouvraient sur la terrasse; les couples s'y promenaient durant les intervalles des danses, sous la guirlande des lampes multicolores. Au bout de la salle se trouvait une serre. Une lumière tamisée éclairait des palmiers, des fougères géantes et des plantes grimpantes, d'où pendaient des grappes de fleurs. Au milieu du sol carrelé jaillissait un jet d'eau.

Mr Tabbernor avait ouvert le bal avec sa fille.

En réalité, ce gros homme massif fit à peine quelques tours avec la jeune sylphide, mais ces courtes secondes révélèrent qu'il avait été jadis un parfait danseur, et les sourires qui l'accueillirent furent des sourires admiratifs. On aurait cru voir danser avec adresse un majestueux éléphant.

Aux yeux de Lucan, le maître de céans, qui avait à peine échangé quelques paroles avec elle avant le bal, représentait un protecteur bienveillant, car, en dépit de leur différence d'âge et de taille, il ressemblait à Zozine. La vivacité et la confiante spontanéité de la jeune fille se retrouvaient chez son père, mais tempérées par une dignité douce et paisible.

« Ces bonnes gens, se disait Lucan, ignorent toute préoccupation. Ils ne connaissent même pas le souci du pain quotidien, comme moi. » Et elle essayait de se figurer l'état d'esprit créé par ces conditions de vie.

— Voilà ma meilleure amie! avait dit Zozine, en attendant le roulement des premières voitures devant le portail, et pendant que John, le vieux valet de chambre, allumait les lampes de l'escalier, embrasse-la, papa ! Elle te le permet, bien qu'elle soit très réservée ; qu'elle ait sauté du haut d'une tour et traversé une grande forêt, parce qu'un vieux bonhomme comme toi voulait l'embrasser !

Mr Tabbernor allait de groupe en groupe entre les danses, distribuant des compliments, échangeant des plaisanteries avec les jeunes danseuses.

Pendant une de ces promenades, l'attention de Lucan fut attirée par un jeune homme, dont l'apparence tranchait sur le reste de la société, sans qu'elle pût s'expliquer pourquoi. Très élégamment mis, il avait des cheveux pommadés et frisés. Il paraissait suivre Mr Tabbernor où qu'il se déplaçât avec une admiration presque indiscrète. Pendant que le vieillard lui parlait, le jeune homme se fit présenter à elle et lui adressa quelques compliments avant de suivre de nouveau le sillage de l'autre. « Ce doit être un des jeunes employés de Mr Tabbernor, trop pressé de faire une brillante carrière ! » supposa Lucan.

Un peu plus tard, se retrouvant seule avec Zozine, elle fut étonnée d'entendre dire à son amie :

— Tu as fait une conquête ; tu es en train de tourner la tête à ce jeune homme et de lui faire oublier tous ses autres devoirs.

La soirée s'avançait : « Voici le cotillon ! annonça Zozine. J'ai une prière à t'adresser ! papa ne supportera pas de passer la nuit à nous dire des amabilités ; il a besoin de se reposer dans la serre, en nous regardant nous amuser. Tu serais trop gentille de lui tenir compagnie pendant la prochaine danse, et de lui permettre de fumer un de ses affreux cigares. C'est une terrible habitude que les gens prennent dans les Indes occidentales. Tes cavaliers déploreront ton absence, mais moi, je ne peux pas quitter mes hôtes, et il ne faut pas que papa se sente abandonné. »

Lucan poussa un léger soupir à l'idée de renoncer à danser, mais elle était heureuse de rendre un service à Zozine; elle sourit donc à son amie et à Mr Tabbernor, qui lui souriait aussi en s'entretenant avec elle. De la serre leur parvenait l'arôme de la terre et des plantes exotiques.

Deux grands fauteuils avaient été placés à l'entrée, dont les portes vitrées étaient grandes ouvertes. On avait l'illusion de se trouver à l'orée d'une forêt tropicale, devant cet épais fourré de palmiers et de plantes exotiques. Zozine dit :

— Reste bien tranquille, papa, et ne cesse pas de me regarder m'amuser.

Puis, avant de s'en aller pour de bon, elle revint sur ses pas et entoura de ses bras le cou de son père.

« Comme ils s'aiment, ces deux-là! » pensa Lucan.

Mr Tabbernor s'excusa de fumer auprès de la jeune fille, tout en allumant un gros cigare. Obéissant à Zozine, il ne bougea pas et se contenta de suivre des yeux, avec un léger sourire, ce qui se passait dans la salle.

— Quelle jolie mélodie! dit-il. Et il raconta à

Lucan qu'il avait joué du violon dans sa jeunesse, et qu'il aimait toujours la musique.

— Quand on laisse derrière soi plus de la moitié de sa vie, il vous arrive de penser qu'on a rempli ses jours d'aspirations ou d'ambitions dépourvues de véritable valeur, tandis qu'on a négligé de satisfaire ses goûts les plus profonds.

— Je connais le nom de votre père, reprit-il après un temps, et j'ai lu ses œuvres; elles m'ont aidé à comprendre l'importance de la moindre des créatures. J'ai passé mon enfance dans les Indes occidentales, d'où proviennent quelques-unes des plantes qui nous entourent. Parfois, j'ai eu envie d'y retourner. Ces derniers temps, j'ai souvent pensé qu'on devrait bien passer sa vieillesse comme ces vieux et braves indigènes, assis sous un palmier tandis que l'ombre des petits singes et des oiseaux se joue avec leurs pieds. On s'associerait en communiquant les plus petites choses de la création, à l'essence même de l'univers. Zozine est mon unique enfant, poursuivit le père. J'ai toujours désiré qu'elle eût une sœur. J'avais trois sœurs moi-même : on les appelait les « Trois Grâces de Tortuga ». Deux d'entre elles ont été heureuses, mais le sort de la troisième lui fut contraire. Lorsqu'elles eurent atteint l'âge adulte, mon père fit cadeau à chacune d'elles de pierres précieuses : à l'une des opales, à la seconde des néphrites, à la dernière des émeraudes. Mes sœurs firent enchâsser les pierres dans trois bagues, de telle sorte que les premières lettres du nom de chaque pierre formaient le mot : *one*, « un » en anglais.

« O... opale N... néphrite E... émeraude.

« Elles emportèrent ces bagues dans la tombe.

« Je souhaiterais que vous fussiez pour Zozine ce que mes sœurs étaient les unes pour les autres. Hélas! Zozine ne ressemble que trop à son père! »

Mr Tabbernor s'absorba dans ses pensées. Puis, il parut s'en détacher, et alluma un second cigare, disant avec un sourire :

— Je vais vous apporter une fleur rare; conservez-la bien, c'est le gage de ma reconnaissance pour la valse que vous m'avez accordée.

Il se leva avec lenteur et fit quelques pas entre les palmiers. Zozine passait devant eux en dansant avec le jeune homme aux cheveux pommadés. L'espace d'une seconde, Lucan eut peur que son amie ne fût éprise de son cavalier, et ne voulût l'épouser contre la volonté de son père. C'était là, sans doute, la raison de cette agitation qu'elle s'efforçait de dissimuler, ainsi que de la mélancolie du vieillard.

Mais, déjà, Mr Tabbernor revenait. Dans une main, il tenait un cigare, et dans l'autre une fleur blanche, très parfumée, qu'il tendit à sa jeune partenaire sans dire un mot.

— Oh! Je connais cette fleur, dit Lucan, tout heureuse de sa science : c'est une orchidée de la famille des vanilles. Elle pousse dans les lieux humides, sur les arbres.

Approchant la fleur de son visage, elle respira le doux parfum : « On reconnaît toujours les fleurs à leur parfum, dit-elle. Il n'y a pas à s'y tromper; impossible de confondre l'une avec l'autre.

— C'est vrai! » acquiesça Mr Tabbernor.

Un singulier cavalier.

Les figures changeantes du cotillon se déroulaient dans la salle de bal et ses alentours. A tout instant, c'étaient de nouvelles et ravissantes surprises. L'entrée d'une petite voiture attelée de deux chèvres angora, et chargée de bouquets, attira une foule de danseurs, qui la pillèrent de son contenu. Aussitôt après, ce fut un déluge de fleurs qui tombèrent, par centaines, du plafond.

Pour la figure suivante, un petit Chinois, installé dans une pagode dorée, qu'on apporta dans la salle, distribua des éventails et des clochettes d'argent. Tout alentour, on croyait percevoir des battements et entendre des gazouillements, comme dans une volière. Les jeunes filles, les bras chargés de fleurs, étaient toutes roses du bonheur qu'elles répandaient autour d'elles, et les dames les plus coquettes paradaient comme de vieux généraux, la poitrine couverte de décorations.

Mr Tabbernor déposait de temps à autre son cigare pour applaudir, avec la plus aimable bienveillance. Zozine échappa un instant au cercle qui l'entourait et courut à son père pour attacher un petit bouquet au revers de son habit. Sa robe blanche bouffait autour d'elle pendant qu'elle entrait précipitamment dans la serre, et en ressortait de même. Plusieurs jolies filles imitèrent son exemple et, lorsqu'elles se mêlèrent de nouveau au flot des danseurs, le vieux maître de maison leur envoyait des baisers du bout des doigts, mais sans dire un mot. Lucan, elle aussi, avait des bouquets nombreux sur ses genoux, bien qu'elle eût refusé de danser.

« Peut-être, se disait-elle, pourrai-je, quand même, rester quelque temps dans cette maison, ne serait-ce qu'un mois, ne serait-ce qu'une semaine ? Peut-être pourrais-je m'abandonner encore un peu à ce rêve ?... »

Mr Tabbernor toussota à plusieurs reprises, ôta son cigare et dit : « Regardez donc danser Zozine : tous ces aimables jeunes gens l'admirent, lui font la cour; mais il y en a parmi eux qui lui font la cour parce qu'elle est riche; d'autres, qui font de même bien qu'elle soit riche, et fille de millionnaire. Il se pourrait aussi qu'il y eût parmi ses cavaliers un idéaliste, qui adore Zozine malgré l'héritage de plusieurs millions qu'elle peut espérer. Pour tous cependant, elle est, de toute évidence, l'oiseau du paradis, bref : la riche héritière.

« Vous savez qu'on a représenté des figures de saintes sur fond d'or. La sainte reste une sainte, même si l'on supprime le fond d'or; mais l'image change de caractère. Il en serait de même de la figure de notre charmante Zozine, dans le monde et aux yeux de ses adorateurs, si l'arrière-plan doré, sur lequel elle se détache à leurs yeux, disparaissait brusquement.

— Mais, c'est impossible ! s'écria Lucan.

— Oh! non! Croyez-moi, ce n'est pas impossible; je connais le monde. Et pourrait-on reprocher à ces jeunes hommes un comportement différent de celui qui est le leur aujourd'hui? Non, certes! L'amour de la beauté est à la base de tous les progrès de l'humanité; toute notre vie est inspirée par cet amour-là. Nous en sommes pénétrés, même inconsciemment, à l'école, à l'université. On ne peut être un homme civilisé sans aimer la beauté et, en somme, il est douteux qu'on puisse être un homme civilisé sans faire de dettes. Il faut de longues années d'étude, et sans doute le travail d'une longue suite de générations pour comprendre vraiment, pour sentir que l'amour sans dentelles est une affaire médiocre. Ce point de vue est à l'origine de l'industrie de la dentelle qui, vous ne l'ignorez peut-être pas, chère Mademoiselle, occupe des centaines d'ouvrières. Que pensez-vous que va faire un homme à l'esprit chevaleresque, un véritable gentleman, de cette constatation? Il n'exposera pas une femme qu'il adore, à lui accorder son amour « sans dentelles », indigne d'elle et de lui.

« Et il n'agira pas ainsi par manque de respect pour la femme, bien au contraire. La haute estime, en laquelle nous tenons les femmes, et surtout la jeune fille que nous adorons, nous défend d'agir d'autre façon.

« Tout ce que l'humanité a fait, a réalisé depuis les temps barbares, tend à placer la femme dans le cadre qui lui convient, et qui est digne d'elle. Nous n'avons certes pas atteint ce but; il faudra des centaines d'années encore avant que nous ne soyons en mesure de donner à la femme les perles de l'existence, auxquelles elle a droit.

« Le monde entier, on le sait, dans son devenir, et pour la plus grande partie de ce qu'il entreprend, ne procède que par essais. Mais la Providence, dans sa sollicitude prévoyante, nous a accordé, à la fois, un but et une mesure.

« Une jeune fille comme vous, et comme Zozine, nous devance de cent ans; nous le savons bien, et faisons volontiers tout ce qui est en notre pouvoir pour que notre monde barbare rattrape votre avance, et réponde à ce que vous en attendez. Cependant, quand cette tâche s'avère impossible, quel devoir nous reste-t-il à nous autres, malheureux barbares? Nous n'avons d'autre ressource que de tirer notre chapeau, et dire : Merci pour cet idéal dont vous me faites cadeau, ou que je vous dois. La vulgaire réalité ne réside plus que dans ma triste personne. »

Ce discours du vieillard stupéfia Lucan. La voix même de Mr Tabbernor lui parut changée.

Elle ne répondit pas. Son compagnon garda le silence pendant un moment, puis il se racla la gorge, et reprit :

— En réalité, je ne devrais pas parler des femmes; ce n'est pas mon rôle; je suis un homme d'affaires, comme vous le savez. Les affaires sont mon domaine; l'argent, les comptes, et tout ce qui s'ensuit; voilà ce qui m'intéresse.

« Il faut un instant de liberté, comme celui dont

je jouis en ce moment, pour que j'ose m'occuper de la beauté de la vie.

« J'aurais bien envie de vous initier à la dernière des grandes affaires que j'ai faites. Vous en auriez le vertige, je l'affirme. Le monde des affaires, qui est mon élément, abonde en graves problèmes, en déceptions, en trahisons, en espoirs déçus. Représentez-vous, ma jolie demoiselle, un marchand de vin ajoutant 10 % d'eau à la quantité de vin qu'il vend; s'il y ajoutait 40 % d'eau de plus, le mélange contiendrait autant d'eau que de vin. Combien de gallons de vin avait-il au début de l'opération? »

Lucan eut l'impression que Mr Tabbernor avait bu, en toute hâte un verre d'alcool pendant qu'il cueillait la fleur derrière les palmiers. Mais il semblait très calme, et tout réjoui de son long monologue, qu'il reprit ainsi :

— Si je vous racontais l'histoire de mon enfance, et de ma jeunesse, tandis que vous admirez ma réussite dans l'existence vous me plaindriez pour tout ce que cette réussite m'a valu de dur labeur. L'homme serait plus heureux si l'argent n'était pas nécessaire, et si, comme d'aucuns le prétendent, on pouvait vivre dans un contentement idyllique, sans exigences.

Lucan ne trouvait rien à répondre, et son mutisme parut même inquiéter Mr Tabbernor. Il se tut pendant quelques instants puis il reprit :

— De quoi parlions-nous donc avant que je sois allé cueillir cette fleur pour vous?

— Nous parlions de vos sœurs, répondit Lucan.

— De mes sœurs ? Mais, c'est impossible ! Et pourtant, si ! Nous parlions de mes sœurs. Dieu sait si l'une d'elles est à plaindre ! Vous seriez de mon avis si vous connaissiez son fils. Je ne vous en ai rien dit, si je ne me trompe.

Sur ces entrefaites le cotillon se terminait ; la musique s'arrêta, et les danseurs se dispersèrent. Zozine arriva encore hors d'haleine d'avoir dansé et, s'adressant à son père, elle dit : « Mon cher papa ! Tu es resté assez longtemps dans ce coin comme une précieuse idole qui aurait veillé sur nous. Je te permets maintenant de te mettre au lit ; mais tu ne nous quitteras pas que je ne t'aie offert la dernière fleur de notre cotillon, pour preuve que tu es un homme exquis. »

Mr Tabbernor se leva lentement, et avec tant de difficulté que le soupçon de Lucan devint une certitude : il avait trop bu. Appuyé sur le bras de sa fille, il longea le vaste salon, toujours du même pas, extrêmement lent, et d'un air presque trop digne. Il s'arrêta à plusieurs reprises pour échanger quelques mots avec l'un ou l'autre de ses invités. Au bout de la salle, il passa près du jeune homme, que Lucan avait eu tant de déplaisir à voir danser avec Zozine. Mr Tabbernor s'arrêta, et saisit l'autre par la boutonnière en souriant :

— J'espère que vous vous êtes amusé, dit-il d'un ton très amical. Mais je suis vieux, et il faut que je vous quitte. Les sons de la musique me parviendront dans ma chambre, qui se trouve juste au-dessus de vous, et je suivrai par la pensée cette ravissante et joyeuse jeunesse, et vous, surtout, soyez-en sûr.

Le vieux domestique attendait son maître à la porte, et Mr Tabbernor lâcha le bras de Zozine pour prendre celui de John.

Ceux qui se trouvaient dans la salle de bal purent voir encore la lourde silhouette montant l'escalier pas à pas.

Zozine suivit son père des yeux pendant un instant, puis, se retournant, elle promena ses regards brillants sur la foule qui l'entourait.

Conversation à l'aube.

Les bougies des lustres étaient presque éteintes, et les premières lueurs de l'aube paraissaient au ciel; les invités s'en allaient. Contrairement aux usages, aucun d'entre eux ne passerait la nuit à Tortuga.

– Papa a voulu, dit Zozine, que je passe seule avec lui le premier jour de ma vie de jeune fille accomplie.

Sur ce, elle s'inclina devant les vieilles dames distinguées; embrassa ses amies, et se fit baiser la main des centaines de fois par les jeunes cavaliers. Le dernier à prendre congé fut le jeune homme aux cheveux bouclés.

Les équipages s'éloignaient les uns après les autres, et bientôt la salle de bal resta vide.

– Voilà qui est fini! s'écria Zozine, en poussant

un profond soupir; Dieu soit loué! Viens m'accompagner, Lucan.

Elle prit son amie par la main et l'entraîna sur l'escalier. Arrivée sur le large palier, elle s'arrêta une seconde, et s'appuya, toute pâle, contre Lucan; puis elle ouvrit la porte en face d'elle. Les murs de la grande pièce, où Zozine et Lucan pénétrèrent, étaient couverts de satin rouge broché, et l'immense ciel de lit était de même tissu. Au pied du lit, se trouvaient John, le vieux domestique, et la négresse Olympia. On aurait dit qu'ils étaient là pour assister à une agonie. Le vieillard était très pâle, et la femme noire gardait un profond silence; mais, à présent, elle croisait sur sa poitrine majestueuse ses bras, qui semblaient pendre sans forces un instant plus tôt. Son visage était baigné de larmes et, pourtant, malgré tout, il exprimait une sorte de triomphe secret.

Mr Tabbernor était couché, et ses longs favoris blancs reposaient sur la couverture tirée jusqu'au menton. Il poussa, à plusieurs reprises, de profonds soupirs, mais, en apercevant sa fille, il sauta du lit avec une légèreté surprenante, soupira une fois de plus, et s'écria : « Enfin! »

Zozine ne regarda pas son père; elle regardait John.

Le vieux domestique hocha la tête d'un air grave et dit, d'une voix tremblante :

— Tout est en ordre, Mademoiselle. Monsieur a quitté la maison sans qu'âme qui vive s'en soit aperçu; il est en route maintenant; et, avec les chevaux de relais qu'il trouvera au cours du trajet, il pourra être à Southampton, et peut-être même à bord, vers midi.

— Dieu soit loué! s'écria Zozine, en levant ses deux bras.

Mr Tabbernor se dirigea sans hâte vers la grande glace pendue au mur; il ôta son habit noir, lança par terre les coussins placés sur ses épaules, et devant son ventre; il passa la main sur son visage en faisant la grimace. Puis, détachant ses beaux favoris blancs, il leur fit prendre le même chemin qu'aux coussins. Pour finir, il se débarrassa de sa calvitie lisse et brillante, et des respectueuses mèches blanches qui pendaient sur sa nuque; puis il se retourna vers les jeunes filles.

En moins d'une minute, le vieillard s'était transformé en un grand et élégant jeune homme, qui, s'adressant à Zozine, lui dit :

— Veux-tu, en pensant à moi dans l'avenir, te rappeler que j'ai passé toute une nuit de bal dans un édredon pour l'amour de l'oncle Théodore. Je puis très bien me représenter la tête que j'aurai dans trente ans, et je sais exactement ce que j'éprouverai en ce temps-là, en voyant, à un mètre de distance, le visage de la jeune fille que j'entourerai de mes bras.

Zozine sauta au cou du jeune homme et l'embrassa :

— Je te compterai pour le meilleur de mes amis durant ma vie entière, Ambroise! dit-elle. Jamais plus je ne contredirai papa quand il prétendra que tu es bien meilleur qu'on ne le croit.

Tout en parlant, elle regardait en souriant tristement Lucan, qui restait pétrifiée :

— Pauvre petite Lucan, tu ne sais rien de ce qui se passe, et tu crois sans doute que nous avons perdu la tête, Ambroise et moi. Viens t'asseoir près de moi; je suis trop fatiguée pour rester encore debout; mais je vais tout te raconter :

— Un grand malheur vient de frapper papa, reprit Zozine, en poussant un profond soupir; une de ses spéculations a échoué; il a perdu toute sa fortune. Et, comme si cela ne suffisait pas, de méchantes gens, qui sont jaloux de papa, ont prétendu qu'il a fait des faux, et qu'il est un imposteur; ils voulaient le faire mettre en prison.

Les lèvres de Zozine tremblaient au point qu'elle dut s'arrêter avant de poursuivre :

— Tu comprends que c'était impossible : papa a le cœur faible; il aurait pu mourir en prison avant d'avoir pu dissiper cet effrayant malentendu et cette accusation. Il fallait l'éloigner, l'envoyer aux Indes occidentales, où les autres seraient hors d'état de l'atteindre, et d'où il pourrait tout expliquer : « Accordez-moi six mois, disait papa, et la récolte de tabac sera faite à Cuba; je serai de nouveau un homme riche, plus riche même que je ne l'ai jamais été. »

« Alors ses ennemis regretteront leur méchanceté. Oh, oui! Papa, comme toi, a dû fuir, mais le danger qu'il court est plus grave. Nous avons su que la police allait venir ici aujourd'hui même pour l'emmener. Ce n'est que parce que papa est très connu, et qu'il a beaucoup d'amis, et n'a cessé de consacrer de plus grosses sommes à la bienfaisance que qui que ce soit en Angleterre qu'on a consenti à attendre que mon anniversaire soit passé. Mais on ne le perdait pas de vue pour autant, même ici, dans sa propre maison. La police avait envoyé ses espions au bal; elle ne s'imaginait pas qu'Ambroise, John, Olympia et moi pouvions avoir quelque intelligence quand papa est en cause.

« Les policiers ignoraient aussi qu'au bout de la serre il y a une fenêtre qu'on peut ouvrir, et contre laquelle il est possible d'appuyer une échelle. Lorsque papa a passé derrière les palmiers pour cueillir une fleur à ton intention, il a ouvert la fenêtre, et il est descendu au jardin avec l'aide de John. Songe un peu! mon pauvre gros papa sur une échelle!...

« Ambroise s'était caché dans la serre depuis midi, habillé comme tu l'as vu; c'est lui qui est venu s'asseoir près de toi tandis que papa s'en allait. Tant que ses espions virent papa assis dans son fauteuil, et fumant un cigare, la police crut qu'elle le tenait en son pouvoir. Mais il a couru les plus gros risques quand il a dû traverser la salle de bal. Par bonheur, personne n'avait plus la tête bien solide après les dernières figures du cotillon. Et tu as vu qu'Ambroise ressemble beaucoup à papa, et qu'il a très bien joué son rôle. L'a-t-il bien joué quand il bavardait avec toi?

Lucan, stupéfaite, chercha à se rappeler l'entretien dans la serre... Elle dit enfin :

— Non! Il était si changé que j'ai cru qu'il avait trop bu.

— Mais, c'était vrai, s'écria Zozine, il avait réclamé une bouteille de champagne. Cependant, Ambroise conserve toujours son bon sens même quand il a bu un coup de trop.

Elle se leva, alla à la fenêtre, et regarda dehors :

— C'est par là qu'il est parti; c'est par là que la voiture l'emporte. Il est tout à fait calme, et pense à nous. Oui! Pense à moi, papa! Je ferais tout au monde pour toi!...

Puis Zozine se retourna et, s'adressant aux autres, elle ajouta d'un ton passionné :

— Personne, non, personne ne peut comprendre ce que j'ai souffert tous ces jours derniers. Personne ne peut savoir ce que j'ai éprouvé en pensant que l'on accusait papa d'être un voleur! Mais, Dieu soit loué! Tout est bien, maintenant.

« Oh, que je suis fatiguée, poursuivit-elle plus lentement, je n'aurais jamais cru qu'on pût être aussi fatiguée, si ce n'est dans la tombe. C'est affreux de vivre dans une pareille tension et de craindre pour sa vie. On croit que c'est amusant, passionnant; mais, voyez-vous, c'est quand le danger est passé qu'on meurt.

— Tu n'as pas l'air de croire ce que tu dis, intervint Ambroise, et c'est bien tout ce qu'on attend de la part d'une femme. Mais je doute que tu saches ce dont tu parles. As-tu compris que demain le liquidateur de la faillite viendra pour entrer en possession de toute la maison? Tu ne

possèdes plus rien au monde, ma pauvre cousine !
— Qu'importe ? Puisque papa est en sécurité.

Ambroise reprit : « J'ai quelques notions sur le caractère des créanciers; ils sont d'un commerce peu confortable, cependant, dans le cas actuel, ils te laisseront tes bijoux et tes vêtements et, si tu dis que les meubles de ta chambre t'appartiennent en propre, ils ne les emporteront pas. C'est toujours ça de pris !

— Crois-tu donc, fit Zozine, que je conserverai quoi que ce soit de tout ce qui se trouve ici ? Au temps où papa était riche, tout ce qui était à lui était aussi à moi; aujourd'hui, ce que je possède s'en ira avec lui. J'irai nu-pieds; je vendrai des fleurs dans les rues plutôt que d'accepter des cadeaux de ces gens qui calomnient papa. »

Ambroise l'interrompit : « Oh ! Tu n'auras pas besoin de marcher pieds nus; je compte sur tante Arabella. « Amor vincit omnia », j'ai appris à l'école cette phrase latine. Tante Arabella a adoré l'oncle Théodore pendant sa vie entière, et c'est une des vieilles filles les plus riches d'Angleterre. Tout le monde sait que tu seras son héritière; elle te versera avec joie une avance sur ton héritage, rien que pour que vous restiez l'une près de l'autre à parler de l'oncle Théodore. »

Un peu après, il reprit, tout en continuant à essuyer soigneusement son visage avec son mouchoir, pour en ôter le fard, comme il avait fait pendant tout l'entretien :

— Pour l'instant, ma situation paraît plus grave que la tienne. Jusqu'à ce matin, j'ai été cet

Ambroise Leppinghall, garçon léger, mais charmant, qui devait s'associer avec son oncle, et peut-être devenir son héritier. Mais aujourd'hui, quand je longerai Piccadilly, ou que je franchirai la porte de mon club, je serai ce « propre à rien d'Ambroise Leppinghall », qui, Dieu le sait, n'est bon qu'à servir d'exemple aux bonnes gens exposés à la tentation.

Et il conclut : « L'oncle Théodore m'a toujours reproché mon caractère de joueur; eh bien! je jouerai ce jeu-là jusqu'au bout. L'oncle Théodore, lui aussi, avait un tempérament de joueur, et qui sait s'il ne s'amuse pas un peu en ce moment, de ce jeu qu'il a joué? »

Lucan avait suivi la conversation avec inquiétude; elle se tourmentait à cause de son amie. Elle, qui avait perdu son père et était seule, et sans protection sur la terre! Mais, à son chagrin personnel, ne s'étaient mêlés aucune honte, aucun doute, aucune anxiété pour celui qu'elle perdait; et l'épreuve de Zozine lui parut de beaucoup la plus lourde.

— Oh! Zozine! s'écria-t-elle tout à coup, en prenant son amie dans ses bras, ton père m'a dit, cette nuit, que je devais être ta sœur! Je suis habituée à la pauvreté; tu m'as accueillie quand j'étais dans la peine, et tout à fait seule en ce monde; permets-moi de rester près de toi et d'essayer de te venir en aide!

Le souvenir laissé par une grandeur déchue.

On reparla du fugitif après le lever du soleil, quand la lumière prêta aux robes de bal des jeunes filles, et aux vêtements en désordre d'Ambroise, un caractère d'irréalité, comme si ces trois-là eussent été les personnages d'une mascarade.

— Mr Tabbernor, dit le vieux John, d'un ton solennel, était un maître tel que je ne retrouverai jamais son égal ! Nos maîtres ne savent pas eux-mêmes ce qui nous fait accepter notre condition. La plupart du temps ils se figurent que nous préférons entrer au service d'un maître honorable, juste et patient, dont on sait ce qu'on peut en attendre. Ils s'efforcent de leur mieux d'être justes et patients dans leurs rapports avec nous. Mais, voyez-vous, mademoiselle Zozine, voyez-vous, monsieur Ambroise, je puis être moi aussi honorable, juste et patient, et je n'exagère pas en disant, tout simplement, que c'est ce que j'ai été. Et entre gens égaux, il n'y a pas de raison que l'un d'eux commande et l'autre obéisse; c'est une atteinte à la dignité humaine.

« Tout le monde ignorait le jour même ce que Mr Tabbernor imaginerait de faire le lendemain. Pour ma part, je ne supporterais pas de vivre de cette manière; et c'est pour cela que c'était chose magnifique de le servir : c'était comme de servir Dieu lui-même !

« Il pouvait arriver à Mr Tabbernor de me faire cadeau d'une montre en or garnie de diamants; Dieu sait ce que je pouvais en faire ! Il pouvait aussi refuser la requête la plus légitime, sans savoir le pourquoi de son refus.

« Quand ses affaires marchaient bien, il s'impatientait ; on aurait dit qu'il était en colère de ne pouvoir se débarrasser assez vite de son argent. Mais quand Mr Tabbernor flairait le danger, il était calme et doux comme un chat qui ronronne ; et il accueillait les mauvais jours avec un visage radieux.

« J'étais ici quand sa femme est morte. Veuf moi-même, je crois, mademoiselle Zozine, que je ne me suis pas répandu en lamentations ; j'ai supporté ma perte dignement, comme on dit ; mais je ne l'ai pas acceptée d'un air radieux.

« Comment donc aurais-je pu, après avoir servi Mr Tabbernor, m'engager chez quelqu'un, qui, en somme, n'est différent de moi que parce qu'il possède une plus vaste demeure, plus d'argenterie, plus de chevaux, plus de voitures ?

« Il est bon que j'aie fait quelques économies dans cette maison. Par bonheur, c'était facile chez Mr Tabbernor. Pourtant, si vous voulez de moi, monsieur Ambroise, j'envisagerais bien d'entrer à votre service.

— C'est la meilleure des solutions, John ! dit Ambroise.

John poussa un profond soupir et se retira au fond de la pièce, tandis qu'Olympia, la négresse, s'avançait vers Zozine. Elle promena lentement ses regards autour d'elle, se frappa la poitrine et s'écria :

— Je veux vous parler de mon maître, Mr Tabbernor à présent qu'il est parti. Tout ce qu'en a dit John n'est que bavardage de blanc, une bouillie claire. Mais moi, je suis une femme sauvage. J'ai parcouru vos rues pendant des années, mais je ne suis pas encore habituée à m'y trouver. Maintenant, je vais crier et gémir comme si j'étais dans la forêt vierge.

« Mon maître, qui était en même temps mon enfant, s'en est allé au-delà de la mer et ne m'a pas emmenée. Pourtant, il aurait été bon que je revienne à Saint-Domingue, où j'avais été sa nourrice. Si je n'avais été sa nourrice, je serais morte de chagrin en ce temps-là. Maintenant, je mourrai de chagrin ici.

« J'avais quatorze ans, mademoiselle Zozine et monsieur Ambroise, reprit Olympia en soupirant, et j'étais jolie comme une fleur. J'appartenais à une famille distinguée, de grande naissance : la famille du grand-père de votre père. J'étais la femme de chambre des filles de mon maître. Quand je les parais pour aller au bal, elles s'amusaient à me poudrer les cheveux et à me serrer la taille dans un de leurs corsets. Vous ne le croiriez pas, mais j'étais alors plus mince qu'elles-mêmes.

« Quand le fils aîné fut âgé de dix-huit ans, son père me mit à son service. Quand un fils de bonne famille n'avait pas encore l'âge d'épouser une jeune demoiselle blanche, l'usage voulait qu'on lui fasse cadeau d'une jolie négresse bien élevée. Les sœurs de mon jeune maître ne savaient rien de cet usage; on n'en instruisait pas les demoiselles distinguées de race blanche, ces anges du ciel. Mais, en voyant que leur frère m'aimait tant, elles le taquinaient et m'appelaient la « Vénus d'Ambroise », car il s'appelait Ambroise, comme toi, et Vénus veut dire : bien-aimée.

« Mais, mon vieux maître craignit que je ne devienne trop chère à M. Ambroise, et il envoya son beau garçon faire un voyage. Il me donna pour époux un brave nègre, dont j'ai oublié le nom. Dans notre île de Saint-Domingue persistent des coutumes que vous ignorez. Nous y célébrons des cérémonies dans la forêt, pendant la nuit. Nous avons un grand serpent magique. Vous autres ne comprenez pas ces choses; mais nous nous rencontrions dans la forêt, nous chantions, nous dansions, nous offrions des chevreaux au grand serpent. Celui qui connaît le mieux le grand serpent, et ce qu'il exige, s'appelle Papa-le-Roi. Nous sommes tous obligés de lui obéir; c'est notre grand prêtre, pareil à l'archevêque lui-même en Angleterre : Dieu le bénisse !

« Mon grand-père a été Papa-le-Roi jusqu'à sa mort. C'était un grand et bel homme. Mais, quand il est mort, nous n'avions plus de prêtre, et les danses et les chants cessèrent dans la forêt; le serpent eut faim; rien ne marchait plus.

« A cette époque, poursuivit Olympia, les regards fixés sur le vide, droit devant elle, comme si elle eût été de plus en plus absorbée dans ses pensées, à cette époque, un homme mystérieux arriva à Saint-Domingue. Il avait été marchand d'esclaves; cela n'avait rien d'extraordinaire, et il était très riche; mais il ne se construisit qu'une petite maison, très loin des autres blancs. Il ne rechercha pas la société des bonnes familles, et enfouit son argent dans le sol.

« C'était un homme effrayant. Quoique blanc, il était tout gris. Trop vieux pour continuer à naviguer, il n'osait pas se risquer à retourner en Angleterre, au lieu où il était né, après tout ce qu'il avait fait dans sa vie. Oh! oui! Il était terrible! Il recherchait la chair humaine comme font les léopards en Afrique pendant la nuit. Il y avait des gens qui racontaient que son navire avait sombré au cours d'un voyage, et qu'il s'était réfugié sur un canot de sauvetage avec un autre blanc et un nègre. Ils avaient souffert de la faim dans ce canot, et les deux blancs tuèrent d'abord le nègre et le mangèrent. Puis ils tirèrent au sort pour savoir lequel des deux autres devait mourir. La chance favorisa notre vieil homme, qui mangea aussi son camarade, avant d'être sauvé par un navire qui passait par là. Depuis ce temps-là, il avait pris goût à la chair humaine et ne s'en privait plus volontiers.

« D'autres gens prétendaient qu'en Afrique, dans notre tribu, on lui avait donné cette habitude; et, enfin, certaines personnes disaient qu'il s'était vendu au diable comme font bien des blancs, et comme il est écrit dans la Bible; mais je ne m'entends pas à ces choses.

« Papa-le-Roi nous disait : « J'ai été en Afrique, « où vivaient vos ancêtres; j'ai vécu aux lieux « mêmes où ils vivaient; je connais votre propre

« race, telle qu'elle était avant qu'on l'ait fait
« venir en Amérique; j'ai appris les vieux rites
« magiques, et j'ai vu des serpents tels que vous
« n'en avez jamais vu d'aussi grands. Maintenant,
« c'est moi qui suis Papa-le-Roi. »

« C'était vilain, mes enfants, ajouta Olympia. Il est dans l'ordre des choses que les noirs accomplissent des rites magiques dans la nuit sombre, mais ce n'est pas l'affaire d'un Anglais. Celui-là ne savait pas chanter; sa voix était faible, et pourtant c'était un homme formidable. Il ne pouvait pas vivre sans nous, et bientôt nous fûmes incapables de vivre sans lui.

« Jamais il n'y eut autant de nègres dans la forêt qu'en ce temps-là; nous poussions des hurlements de joie.

« Et puis, l'homme blanc a dit : le serpent exige qu'on lui sacrifie un chevreau sans cornes!

« Oh! Oh!... et un enfant a disparu, puis un autre tout de suite après. Mais c'étaient toujours des enfants des nègres des plantations, et jamais ceux des domestiques des blancs.

« J'avais moi-même un enfant, continua la vieille négresse, mais je m'étais imaginée que j'aurais un enfant d'un blanc, l'enfant de M. Ambroise. Mon vieux maître et sa femme firent baptiser mon enfant, et le nègre que j'avais épousé (je ne sais plus son nom) me dit : « Nous avons un « enfant qui a reçu le baptême; il vaut mieux ne « plus aller danser la nuit dans la forêt. »

« Mais il faut vous dire que Papa-le-Roi ne fut pas du tout de cet avis; il voulait que moi, qui dansais mieux que tous les autres, je continue à venir dans la forêt. Il voulait du reste diriger tout le monde, qu'il y eût pour cela des raisons, ou non. Et cet homme blanc, ou plutôt gris, qui ne fréquentait aucune maison convenable, qui n'avait ni cheval ni voiture, et dont mes demoiselles se moquaient, me rencontra sur la route et me dit : « Viendras-tu ? » Et je continuai à aller dans la forêt.

« Quand Mlle Eulalie, la cinquième de mes jeunes maîtresses, dut se marier, ce fut une grande fête, vous pouvez m'en croire. On servit vingt plats différents, et un orchestre de trente musiciens accompagnaient les danses au salon. Ambroise était là, lui aussi; il avait amené la jeune fille avec laquelle il était fiancé. Mais il me dit : « Viens près « de moi cette nuit, Olympia, pour la dernière « fois. »

« Oh ! Comment aurais-je pu résister quand il me parlait ainsi ? Le nègre que j'avais épousé était ivre et ronflait dans le jardin. Nous avons été heureux ensemble comme deux anges du paradis, croyez-le, mademoiselle Zozine et monsieur Ambroise. Il disait : « Tu ne seras privée de rien au « monde par ma faute, Olympia ! »

« Mais, dit Olympia d'une voix terrible, quand je suis rentrée à l'aube, je n'ai plus trouvé mon enfant. Je me rappelai alors que c'était mon enfant, et je pensais que c'était merveilleux qu'il soit noir. Et puis, je crus entendre de nouveau ce que Papa-le-Roi avait dit des chevreaux sans cornes. Ce matin-là où la lumière pointait à peine, je criai et je pleurai si fort que tous les nègres accoururent. Ils criaient et pleuraient avec moi, mais ils me dirent : « Ne parle pas! Si tu parles, le « maître et la maîtresse sauront ce qu'il est advenu « des autres enfants, et que nous ne l'ignorons « pas. »

« Moi-même, je pensais à ce que dirait la jeune fiancée de M. Ambroise, en apprenant que lui et moi avions couché ensemble cette nuit-là. Je déclarai donc que j'avais écrasé mon enfant en m'étant couchée sur lui, et que je l'avais enterré, et les autres affirmèrent qu'ils avaient assisté à l'enterrement. Mais je ne pouvais m'arrêter de crier, reprit Olympia, d'une voix plus faible. Je m'entendais crier; je pensais : « Je crierai ainsi jusqu'à ce que « j'aie tué ce blanc, qui se dit Papa-le-Roi. »

« Mes maîtres disaient : « Olympia a perdu l'esprit. »

« Les deux fiancés, encore tout engourdis par le sommeil, vinrent me trouver, et la fiancée me dit : « C'est affreux de t'entendre hurler ainsi, Olym- « pia! » Cependant ce doux agneau pleura avec moi. Mais Mlle Clara, qui s'était mariée l'année précédente s'écria : « C'est le lait qui la tourmente, « je vais la prendre pour nourrice de bébé, ainsi « elle aura à qui penser. » Madame ne voulait pas; elle disait : « Non, non, il ne faut pas la « prendre tant qu'elle se lamente ainsi, son cha- « grin pourrait nuire à son lait. »

« Mlle Clara a toujours eu le même caractère que son fils, ton père, Zozine. Elle a simplement répondu : « Ce sont des idées, maman. » J'ai

protesté : « Je ne veux pas être la nourrice d'un
« enfant blanc. Je verrais la tête d'un diable blanc
« contre mon sein, je verrais la tête d'un grand
« serpent qui tète mon lait! » Mais ils m'ont mis le
bébé dans les bras.

« Oh, Zozine, s'écria Olympia, ton père était
quelqu'un de formidable. Sa petite bouche avait
une telle force qu'elle aspira le désespoir et la
fureur hors de mon cœur. Quand il était rassasié et
dormait, je parvenais à dormir moi-même. Vous
vous rappelez tous comme il pouvait sourire : c'est
comme ça qu'il m'a souri à moi la première; il me
reconnaissait; il fixait sur moi ses regards comme il
a fait hier en me disant adieu. Personne sur cette
terre n'aurait pu venir à mon secours à ce
moment-là, mais lui, il n'était pas pareil aux autres
gens. Quand il a su parler, il a dit : « Olympia est
gentille! » Ne devrais-je pas, moi, le défendre
contre le monde entier? Le tribunal et tous les
créanciers ne devraient-ils pas comprendre qu'il ne
faut pas le poursuivre, à cause de sa nourrice? »

Olympia poussa un long soupir, et regarda
autour d'elle fièrement, et avec un grand sérieux;
puis elle ajouta avec lenteur :

– Ne devrais-je pas, si j'en avais le pouvoir, le
débarrasser d'eux tant que je suis en vie?

La vieille femme enfonça la main dans une
grande poche de sa robe plissée, et en tira un vieux
pistolet très lourd :

– Ils ne devraient pas se risquer à venir ici tant
que la vieille Olympia de mon maître est encore
debout sur ses deux pieds!

De sa main libre, elle releva un peu sa jupe pour montrer à ses auditeurs combien ses jambes restaient solides et vigoureuses; et, abaissant le canon du pistolet vers le sol, elle traça un cercle autour d'elle, fit un signe de tête à Zozine et à Ambroise, et réintégra son arme pesante dans sa poche, en concluant : « De toute façon, nous n'aurions pas dû nous séparer, mon maître Théodore et moi ! »

Elle s'arrêta, croisa ses bras sur sa poitrine, et appuya la tête sur ses bras croisés.

Zozine n'avait écouté le récit qu'à demi, mais Lucan restait muette d'effroi. Quant à Ambroise, il s'écria :

— Mais tu ne nous as rien dit, Olympia, de ce qu'il est advenu de ton vieux diable de sorcier ?

Olympia leva sur lui un regard voilé, et répondit :

— J'ai entendu dire qu'on l'a trouvé pendu au bout d'une corde attachée à une poutre de sa maison.

Dans les ruines.

Lucan avait dit qu'elle était habituée à être pauvre, et elle pensait que sa propre expérience pourrait être utile à Zozine. Mais, dès le lendemain, elle dut reconnaître que le désastre, en face duquel elle se trouvait, était d'une tout autre nature que la gêne qu'elle avait connue. Elle sentait, ou comprenait vaguement, qu'autrefois, tel un oiseau en hiver, elle avait glané des grains, et veillé sur le nid, où son père et ses frères trouveraient un abri.

Mais ici, elle était dans une immense demeure effondrée par l'effet d'un tremblement de terre. A chaque heure qui passait s'écroulait un nouveau pan de mur. Lucan en était si épouvantée que son premier mouvement fut de s'enfuir.

Pendant quelques jours, Zozine parla très peu, et s'en remit à son amie pour toutes les mesures à prendre. Bientôt, ce fut la jeune étrangère qui donna les ordres nécessaires; ce fut à elle que l'on s'adressa quand une décision importante s'imposait. Lucan s'étonnait elle-même de sa facilité à s'adapter à ces circonstances imprévues, elle, qui était arrivée inconnue et fugitive dans une fastueuse maison, dont elle n'aurait jamais imaginé la splendeur. Au bout de trois jours, elle en était en quelque sorte la souveraine; et pourtant le cadre où elle se mouvait semblait se désagréger autour d'elle.

Elle n'osait pas laisser Zozine ouvrir un journal, et osait à peine le faire elle-même, car tous les journaux d'Angleterre arboraient en première page des articles sur l'« affaire Tabbernor »; le « scandale Tabbernor », avec d'énormes manchettes.

Lucan s'était chargée de rédiger les comptes de son père; elle s'y entendait un peu en ce qui concernait les questions d'argent, sous un format modeste. Quant à Zozine, elle parlait des spéculations de Mr Tabbernor comme elle aurait parlé du temps et, en réalité, elle n'y comprenait absolument rien. Mais ses explications et ce que Lucan entendait dire autour d'elle permirent cependant à celle-ci de comprendre que le père de son amie s'était livré à des spéculations importantes.

Il s'agissait, semble-t-il, de tabac à Cuba. Mr Tabbernor comptait conquérir le marché avec certaines sortes de tabac. L'opération ne s'était pas effectuée sous son nom, et elle ne fut pas connue en Angleterre. Là-dessus, Mr Tabbernor avait éprouvé de grands revers : un incendie; la perte d'un navire. Il avait dépensé ses capitaux liquides; contracté un emprunt sur ses valeurs; à la fin, même Tortuga, et tout ce que la propriété contenait, fut engagé. Quand les créanciers menacèrent de saisir ses biens, le père de Zozine – et Lucan, ignorant s'il avait, ou non, agi tout à fait légalement, ne posa pas de questions sur ce sujet – avait utilisé des fonds qui lui avaient été confiés, espérant toujours le rétablissement de sa fortune par une spéculation heureuse; il avait emporté tous ses papiers dans sa fuite.

Lucan s'étonnait de voir des gens, pourvus de tout ce qu'il est possible de désirer en ce monde, risquer leur bonheur pour s'enrichir davantage. Mais elle ne voulait pas mal juger le père de Zozine; les soucis journaliers suffisaient largement à occuper ses pensées.

Le lendemain de la fuite de Mr Tabbernor, la police vint mettre les scellés et faire la liste des objets de valeur, qui se trouvaient dans la maison. Lucan contemplait presque avec effroi la vaisselle d'argent et d'or, les porcelaines délicates, les objets d'art, les collections, qui furent apportés et comptés; et les chiffres que l'on cita devant elle lui parurent inouïs, inconcevables.

L'élève d'un astronome, qui transcrit les observations de son maître, n'est pas plus désorienté devant les vertigineux espaces interstellaires que la jeune fille ne le fut au début de l'inventaire. Elle se rappela avoir pensé lors du bal : « Est-il vraiment possible de vivre de cette manière? », et elle soupira au souvenir de son beau rêve. Toutes les splendeurs de cette terre ne sont que vanité.

Les employés du tribunal, eux-mêmes, accoutumés pourtant aux faillites et aux ruines, plaignaient visiblement ces deux jeunes filles abandonnées dans la grande maison. Ils permirent à Zozine de continuer à habiter sa chambre et de garder tout ce qu'elle voudrait de ses biens personnels. Elle aurait pu obtenir bien davantage si, dès le début, elle n'avait refusé opiniâtrement quoi que ce soit qui ressemblât à une faveur. Elle dit qu'elle avait résolu de partager entièrement le sort de son père.

Le vieux notaire, qui essaya de la faire changer d'avis, se heurta à une résistance enfantine et passionnée, presque hostile. Les robes, qu'elle avait offertes à Lucan le soir du bal, furent les seuls objets que la fille de cet homme, qui avait été si riche, consentit à garder. Après s'être concertée avec le vieux notaire, Lucan choisit les robes, dont Zozine pourrait avoir le plus besoin. Les jours suivants furent consacrés à recevoir des visites. Du matin au soir, des membres de la famille de

Mr Tabbernor arrivaient, effarés, à Tortuga. De lourdes et élégantes voitures s'arrêtaient devant le perron, presque aussi nombreuses que le soir du bal. En descendaient des messieurs à l'air digne, portant hautes cravates; des dames en manteaux de soie et chapeaux de velours. On lisait sur tous les visages l'inquiétude et l'indignation.

Zozine reçut les deux ou trois premiers de ces visiteurs, et Lucan n'entendit pas la conversation entre son amie et ses oncles et ses tantes. Mais, après leur départ, Zozine, les joues en feu, vint lui raconter tout ce qui avait été dit, et Lucan resta désolée de ce récit, car elle avait l'impression qu'après chaque visite, la situation de Zozine devenait plus inquiétante, et elle devinait que le refus de la fille de tolérer la moindre critique concernant les agissements de son père lui valait des difficultés croissantes, comme ç'avait été le cas avec la police. Le plus léger reproche révoltait Zozine et, dès la première rencontre, sa réaction passionnée la brouilla définitivement avec ceux qui étaient venus lui offrir leur aide.

La susceptibilité indignée de Zozine atteignit un tel degré qu'au bout de quelques jours, elle s'opposa à toute entrevue avec n'importe quel membre de sa famille; et ce fut Lucan qui dut recevoir ces visiteurs, fâchés contre son amie. Tout embarrassée, elle s'efforça de leur expliquer la raison de sa propre présence à Tortuga, et celle du comportement de la jeune maîtresse de maison.

Un vieil oncle, accouru de loin au secours de sa

nièce, resta toute une journée à Tortuga, et fut contraint de s'en aller sans avoir vu Zozine.

Parfois, quand les deux amies se retrouvaient seules, Lucan essayait de raisonner Zozine, mais Zozine ne voulait pas l'écouter. Malgré cela, il était évident qu'elle avait de plus en plus confiance en son ancienne camarade d'école. Souvent elle lui prenait la main, l'embrassait, et lui parlait de son père. Elle disait : « Maintenant papa a quitté l'Irlande! »

Toutes ses pensées s'envolaient vers la mer; Tortuga, et ce qui s'y passait, n'existait plus pour elle. Il semblait qu'elle eût fermé les yeux, et que, dans les ténèbres qui l'environnaient, elle se raccrochât à l'autre jeune fille.

Lucan, le cœur serré, se rappelait avoir guidé de la même façon, le gamin aveugle.

La nuit, pendant que Zozine dormait, elle restait éveillée, réfléchissant à l'avenir qui attendait Zozine, et à son propre avenir. Elle avait écrit à sa tante, sa parente la plus proche, qu'elle avait quitté sa situation précédente, et qu'à présent, séjournant chez une amie, elle cherchait une autre place. C'est ce qu'elle aurait fait, d'ailleurs, si Zozine n'eût dépendu aussi complètement d'elle, ce qui rendait toute démarche impossible. Au bout de quelque temps, Lucan cessa de penser à elle-même, et ne pensa plus qu'à Zozine.

Le cousin Ambroise venait souvent à Tortuga, où son beau cheval de selle, un cadeau de son oncle, restait toujours à l'écurie. Quand il ne galopait pas aux environs, il demandait conseil à

Lucan : devait-il garder, ou vendre, le noble animal ?

Il était le seul membre de la famille que Zozine recevait avec joie. Jamais, il ne parlait d'avenir à sa cousine; tous deux se contentaient d'évoquer leurs souvenirs d'enfance, leurs jeux ou leurs bons tours de cette heureuse époque. On eût dit qu'Ambroise était son seul ami, sans compter Lucan, bien entendu, comme si, à eux trois, ils dussent faire front contre le monde entier.

De temps à autre, Ambroise demandait à Zozine si elle avait des nouvelles de la tante Arabella, et si elle attendait sa visite ? La vieille dame inconnue prenait chaque jour une place plus importante dans les pensées de Lucan. Zozine lui avait déclaré : « Tante Arabella n'est pas comme tous les autres; elle a aimé papa. »

Un jour, Ambroise, l'air un peu penaud, posa à sa cousine quelques questions au sujet d'une de ses amies, riche héritière écossaise. Il projetait évidemment de demander la main de cette jeune demoiselle, et envisageait déjà son avenir conjugal. Après son départ, Zozine dit à Lucan : « Pauvre Ambroise ! Il est à plaindre, car véritablement il n'est bon à rien ! »

Pourtant, quand Lucan émit l'éventualité d'un refus de la part de cette personne si fortunée, Zozine, pour la première et dernière fois de leur vie à deux, se fâcha contre son amie.

Une seule fois aussi, Lucan vit Zozine en proie au découragement : ce fut le jour où elle dut se séparer de ses chevaux. Elle ne s'arrêta pas de pleurer pendant toute la soirée, et s'attarda longuement à parler de ses chevaux, répétant aussi, d'une manière enfantine, mais touchante, qu'elle avait été une excellente écuyère. Elle n'aurait pas fait autrement l'éloge d'une morte.

Un profond silence régnait dans les quartiers du nombreux personnel de Tortuga. Lucan en concluait que les domestiques avaient été extrêmement attachés à leur maître. La plupart d'entre eux quittèrent la maison à la fin du mois. Quelle chose étrange de voir cette grande demeure se vider progressivement de toute vie, de tout mouvement! Quand on sortit la vaisselle des buffets, et qu'on en fit la liste, on aurait pu croire que le vieux John procédait à l'inventaire de sa propre existence pour l'emporter dans la tombe.

Olympia restait bien plus énergique, mais son énergie gênait souvent Lucan.

La vieille négresse était jalouse de la nouvelle amie de Zozine, et trouvait à redire à tout ce qu'elle faisait. Quand Zozine s'enfermait dans sa chambre, Olympia s'asseyait sur une chaise devant sa porte, et restait là pendant des heures, comme pétrifiée dans sa colère et son désespoir.

Lucan se demandait parfois si la catastrophe n'avait pas ébranlé la raison de la vieille négresse. Elle confondait parfois Zozine et son père, et appelait la jeune fille : « Mon petit garçon! » ou « Master Théodore! »

Au moment des perquisitions du tribunal, on emporta une caisse à jouets, qui semblait avoir appartenu à un gamin. Mais Olympia eut un tel accès de fureur qu'elle arracha la caisse aux employés qui l'enlevaient. Un brave vieil officier de justice indiqua d'un haussement d'épaules qu'il fallait laisser son bien à cette pauvre femme, et Olympia disparut avec la caisse qu'elle cacha, sans doute, dans un lieu connu d'elle seule.

Pour distraire son amie, Lucan lui raconta le vaillant combat et le triomphe final de la négresse. Zozine l'écouta gravement et en silence. Enfin, elle dit à Olympia :

— Vieille folle! Pourquoi te mêles-tu des affaires de Tortuga? Ces hommes se moquent de toi; ils savent bien que tu n'as aucune force, malgré toute ta graisse. S'ils le voulaient, ils t'assiéraient sur une chaise comme une poupée, et tu serais obligée d'y rester. Tout le monde s'amuse à tes dépens et à ceux de papa.

Pas un muscle du visage d'Olympia ne bougea, mais elle savourait tranquillement sa victoire :

— Et quoi? dit-elle, permettrais-je donc qu'on emporte la petite hache et le pistolet avec lesquels Master Théodore a joué? J'ai plus de bon sens que vous ne croyez, et je sais très bien ce qui peut nous être utile. Une hache est une bonne chose à tenir dans sa main!

A ce moment-là, l'état nerveux de Zozine était inquiétant. Elle restait enfermée dans sa chambre comme si elle eût estimé être en prison dans la maison de son père. Il fallait user de persuasion pour lui faire faire quelque promenade dans le parc.

Mais, quand les deux jeunes filles cheminaient

ensemble dans la tiédeur des soirs de mai, Zozine rappelait parfois les événements qui s'étaient passés au cours de la journée.

Un de ces soirs-là, elle dit à Lucan :

— Tu as passé par beaucoup d'épreuves, et pourtant tu n'es pas plus âgée que moi. Je me demande si ce sont tes chagrins qui te valent ta singulière sagesse et ta bonté. Moi, je n'ai eu aucun chagrin. Ma mère est morte à ma naissance, et personne ne me parla d'elle avant ma dixième année. Alors, on m'a montré son portrait; et, pour moi, ce fut comme si j'avais trouvé un bonheur de plus. Un bel ange, plein de douceur, m'aimait, me suivait partout, veillait sur moi...

Se peut-il que certaines vieilles gens aient raison de dire que les épreuves améliorent ceux qui les subissent ?

J'ai toujours cru qu'ils disaient des bêtises, pensant faire preuve d'originalité.

La lettre de tante Arabella.

Un beau jour, Ambroise apporta à Lucan un petit paquet de papiers noués d'un ruban de soie :

— Ce sont des poèmes dédiés à Zozine, pendant que j'étais à l'école et à l'université, dit-il. A cette époque, je croyais, en quelque sorte, que c'était mon devoir de faire des vers. Et maintenant que je regarde en arrière, et que je pense à cette période de ma vie, je m'aperçois que j'ai vécu dans un état de béatitude couleur de rose, en tant que futur héritier de l'oncle Théodore, et futur mari de Zozine. Elle n'était pas amoureuse de moi, et n'avait pas pour moi une grande admiration, mais elle aurait bien fini par céder aux désirs de mon oncle. Ces poèmes, Miss Lucan, sont fort mélancoliques; ils m'ont fait rire au milieu même de notre misère actuelle. Peut-être feront-ils rire Zozine, elle aussi, et même vous. N'avez-vous pas déjà ri de moi quand nous étions assis ensemble dans la serre? Mais, que diable! il n'était pas facile de converser quand un seul mot pouvait signifier la mort ou la vie pour l'oncle Théodore.

Lucan ne put résister à l'envie de jeter un regard sur les poèmes; et, en effet, ils la firent rire. Aussi elle les apporta à Zozine, espérant qu'ils l'amuseraient un peu.

Elle trouva son amie à la fenêtre du petit salon. Zozine tenait à la main un papier, qu'elle contemplait attentivement; elle était très pâle, et fixa Lucan de ses yeux sombres, en s'écriant : « Enfin! des nouvelles de ma tante Arabella! Et je vais te faire la lecture de sa lettre. Je voudrais savoir l'effet que font les mots quand on les entend prononcer à haute voix. »

La lettre ne portait pas d'en-tête, ou bien Zozine négligea-t-elle de la lire, car elle commença tout de suite, d'une voix tremblante :

« *Depuis la fuite de votre père...* (Zozine fit une petite pause au mot : fuite)... *j'ai attendu un mot de lui. Ma lettre n'est, en réalité, que la réponse à celle que votre papa aurait dû m'écrire avant de s'enfuir loin de ce pays. Ce n'est pas ma faute si vous recevez ces lignes à sa place. La chose ne serait pas arrivée s'il avait pensé à me donner son adresse.*

« *Quand j'étais une femme jeune, j'aimais votre père, mais lui me dédaignait parce que j'étais laide. Je savais bien pourtant que je n'étais pas aussi laide qu'il se le figurait. Mon amour pour votre père, et le dédain qu'il me témoignait furent la grande aventure de ma vie. Elles furent ma jeunesse. Ma conception de la vie, qui inspire cette lettre, est par conséquent l'œuvre de votre père. Je le déclare sans amertume, car la connaissance de la vie est, sans conteste, bonne et utile. Vous aussi, lisez donc ma lettre sans amertume.*

« *Même quand votre père épousa votre mère, qui était une beauté, je me serais donnée à lui sans hésitation, si, ne fût-ce qu'un instant, il m'eût fait entendre qu'il me désirait. Mais cet instant ne vint jamais, et c'est votre père qu'il me faut remercier. Aujourd'hui, je le remercie, en vérité, d'être restée fille jusqu'à l'heure d'entrer dans la tombe.*

« *A présent, nous voilà vieux tous les deux, et l'aspect d'un visage n'est plus de nature à influencer notre destin. Moi, qui ai conservé ma sveltesse, je suis de toute façon en aussi bonne forme que Théodore. A présent aussi est venu le moment où, pour sauver son honneur et le bonheur de sa vie, il aurait eu besoin d'argent. Moi, j'avais cet argent; il le savait parfaitement; il n'ignorait pas que je suis une riche vieille femme, l'une des plus riches d'Angleterre. Je lui aurais donné tout ce que je possède en ce monde si, rien qu'un instant, il m'avait fait entendre qu'il en avait besoin.*

« J'ai perdu grâce à lui le bonheur de ma jeunesse, mais le bonheur le plus grand, dont j'aurais pu rêver au soir de ma vie, eût été de sacrifier pour lui ma fortune. Pour lui, j'aurais accepté d'être une indigente, une exilée, comme il est lui-même indigent et exilé aujourd'hui; j'aurais tout donné pour le sauver de la ruine, lui et l'enfant qui lui ressemble.

« Mais il ne devait pas en être ainsi et, une fois de plus, votre père m'a dédaignée. Je ne me doutais même pas qu'il était en danger, jusqu'à ce que, par la bouche d'étrangers, j'aie appris qu'il était déjà perdu. Aujourd'hui, c'est par sa volonté, et selon sa décision, que je reste installée sur un monceau d'or qui, à mes yeux de vieille fille au cœur gelé, ne vaut pas plus qu'un tas de chiffons.

« C'est votre père qui a choisi, je ne m'en plaindrai pas et je ne m'attristerai pas sur mon sort, pas plus que je ne m'attristerai sur son sort ou sur le vôtre; cette assurance est pour l'instant ce que je puis vous offrir de meilleur.

« Nous n'avons guère de chance de nous rencontrer encore dans la vie, vous et moi. Pourquoi donc aurais-je envie de vous revoir? Ne suffit-il pas que tout ce que je possède me rappelle chaque jour votre père, son malheur et sa honte, et que ma fortune ne me prouve, à tout instant, que je n'ai jamais réellement existé pour lui ni comme amie à l'heure du besoin ni comme femme au temps de la jeunesse. C'est cette certitude que j'emporterai dans la tombe.

« Vous vous apercevrez que ma main a tremblé en écrivant ces lignes; j'en suis surprise moi-même, car je ne me croyais plus capable de souffrir autant. Mais ne prenez pas mes paroles trop à cœur. Je sais qu'en ce moment votre *père porte un fardeau aussi lourd que le mien, et que ce qui pèse le plus pour lui, c'est son inquiétude pour votre avenir.*

« *Je suis sûre, moi aussi, que vous connaîtrez la souffrance au cours de votre vie, et cette pensée ne me réjouit aucunement, mais mes pensées ne changeront rien au cours des choses.*

« *Puisque votre papa ne s'est jamais très bien rendu compte que j'existais, vous, qui lui ressemblez, oublierez bientôt également mon existence. Moi seule, je devrai me rappeler d'heure en heure que je vis, que ma vie est telle qu'elle est, et qu'il faut que je conserve jusqu'à la fin la dignité qui consiste à accepter son sort.*

« *Pour la dernière fois, je signe au bas de cette lettre.*

« *Votre tante* ARABELLA. »

Zozine déposa la feuille de papier et resta, pendant quelques minutes, près de la fenêtre, absorbée par ses pensées. Son visage était pâle; elle se tenait très droite. Enfin, elle dit :

— Cette lettre n'a pas le même accent quand on la lit à haute voix, mais elle n'en est pas moins terrible. Voilà un être humain auquel papa a fait du mal. Je n'ai jamais fait état des accusations portées contre lui par d'autres gens : ceux-là parlent de dettes; des sommes qu'il leur doit; je ne connais rien à ces choses. Mais papa a contracté envers tante Arabella une dette qu'il aura de la peine à payer.

Zozine porta la main à son cœur, et ajouta :

— En ce qui concerne les créanciers de papa, je ne puis accepter ni succession ni responsabilités. Je suis ignorante et frivole; personne ne peut s'attendre à ce que je gagne jamais assez d'argent pour leur rendre leur dû; mais, à l'égard de tante Arabella, je reconnais avoir contracté une dette.

— Oh! Zozine! dit tristement Lucan, comme tu comprends mal ta tante! Son plus grand bonheur, et sa vraie consolation dans sa détresse, serait de te voir s'adresser à elle. Tu oublies qu'elle aime toujours ton père.

— Non! dit Zozine, jamais je ne l'oublierai; mais je n'oublie pas non plus que tante Arabella est fière; et papa et moi, qui lui avons fait si cruellement tort, nous sommes fiers, nous aussi. Jamais plus elle ne nous verra!

Elle serra la lettre contre sa poitrine et dit lentement et d'un ton solennel :

— Je jure que, de toute ma vie, je ne parlerai plus ni de tante Arabella ni de sa lettre.

Lucan était consternée. Zozine anéantissait, par son obstination enfantine, le seul espoir qui lui restait. Qu'adviendrait-il d'elle, à présent? Lucan s'écria :

— C'est mal de ta part de parler comme tu le fais. On dirait, à t'entendre, que ton père et toi vous êtes sur la scène, où ce qui importe c'est de frapper le public par ses paroles et ses gestes. Mais tu n'es pas au théâtre; tu es en face de décisions qui engageront toute ta vie. Un serment, comme celui que tu viens de faire, est indigne de toi, et de toute personne intelligente.

Zozine regarda son amie, et dit :

— Lucan! Papa et moi, nous nous maintiendrons debout, ou bien nous tomberons ensemble. Mais, puisque tu restes avec nous, bien que tu sois si différente de papa et de moi, je ne veux pas te désoler. Pour te remercier de ta sympathie et de ta sincérité, je te promets que si, par là, je devais sauver ma vie, je ferais mention de tante Arabella et de sa lettre; mais jamais en aucun autre cas.

Zozine poussa un profond soupir et, après un court silence, elle prit la main de Lucan et, attirant la jeune fille à elle, elle l'embrassa.

— Viens! Brûlons cette lettre! fit-elle; mais, cependant, elle jeta un dernier regard sur le papier qu'elle avait repris, et dit : « J'ai oublié de lire le *post-scriptum*... le voici :

« *Que vas-tu faire d'Olympia? Cette toquée ne sera jamais acceptée chez des gens qui se respectent. Envoie-la-moi; je m'occuperai d'elle pendant tout le temps qui lui reste à vivre.* »

Au cours de la même soirée, Zozine raconta à Lucan qu'elle avait reçu trois demandes en mariage pendant cette unique semaine.

— La première, dit-elle, m'a été faite par un jeune homme qui avait déjà demandé ma main à papa, il y a quelque temps, et papa et moi nous l'avions éconduit. Comment peut-il croire que je l'accepterais maintenant. Les deux autres garçons n'avaient jamais fait de demande; qu'est-ce qui peut bien, au nom du ciel, les inciter à la faire maintenant ?

Contre le monde entier.

D'après les calculs de Zozine, le voyage de son père durerait six semaines. Quand les six semaines furent écoulées, la jeune fille dit à Lucan : « Maintenant, je puis réfléchir à notre avenir. »

Pour un peu, Lucan en aurait voulu à son amie de vivre en apparence dans les nuages, et d'éviter toute pensée concernant la suite des événements présents. Mais, après la déclaration de Zozine, elle ne chercha plus qu'à l'aider, en faisant appel à son expérience, et à son imagination. Cependant, elle était inquiète : serait-elle à la hauteur de sa tâche, dans la position difficile où elle se trouvait ?

— Ne crois pas, disait Zozine, que j'aie peur de l'avenir. Je sais bien qu'il me faudra faire un rude apprentissage avant d'être bonne à quelque chose; mais je me dis que ce sera peut-être très amusant d'être, pour un temps, aussi sage et aussi prudente que toi. Je ne crains qu'une chose : notre séparation, mais nous ne nous séparerons pas, n'est-ce pas, Lucan ?

— Je ne te quitterai pas tant que je te serai de quelque utilité ! dit Lucan. Ne suis-je pas venue chez toi en fugitive, sans foyer ?

— Que Dieu soit loué de t'avoir amenée ! s'écria Zozine. Si tu avais un foyer, je ne pourrais m'opposer à ce que tu y retournes; mais les circonstances veulent que nous fassions entre nous un pacte de vie commune. Notre camaraderie sera pareille à celle des seigneurs des anciens âges : ce sera une alliance pour la vie et pour la mort.

Les deux jeunes filles se prirent les mains en souriant, mais leurs lèvres tremblaient :

— Il est certain que nous concluons une alliance solennelle, reprit Lucan; nous avons toutes deux dix-huit ans et quelques semaines. Il n'y a guère d'êtres humains contre lesquels nous pourrions lutter victorieusement, si nous étions appelées à une épreuve de force; et voilà que nous avons l'intention de résister au monde entier.

— Tu as mis le doigt sur le vrai problème, s'écria Zozine; c'est précisément là que réside notre force. Nous ne sommes que deux frêles jeunes filles, et il est évident qu'en dépit de notre charme, et de nos talents, n'importe quel homme pourrait nous coller un œil au beurre noir, ou nous abattre d'une chiquenaude. Mais il est évident aussi que l'homme le plus fort de ce monde, Hercule lui-même, échouerait s'il voulait entreprendre la lutte contre le monde entier. La force qu'il possède, alors que nous ne la possédons pas, ne signifierait plus rien du tout. D'où il ressort clairement que nous devons sans cesse nous opposer au monde entier, et éviter d'entrer en conflit avec une personne en particulier. Jette ton gant au monde entier, Lucan, et nous serons fortes comme Hercule.

— Le monde entier?... répéta Lucan d'un ton pensif... Dans notre cas, il m'apparaît sous la forme d'un bureau de placement. Je n'ai pas envie de retourner au bureau auquel je me suis adressée précédemment, car on me posera des questions sur la situation que j'ai quittée. Mais, en général, ces bureaux font des annonces dans les journaux; jetons un coup d'œil dans ceux qui sont ici.

Les deux têtes, la brune et la blonde, se penchèrent sur la feuille du jour. La liste des bureaux de Londres ne fut pas longue à parcourir.

— La position de « dame de compagnie » n'est pas très agréable, opina Lucan; pourtant, si ma vieille patronne n'était pas morte, je serais sans doute aujourd'hui encore à son service. Mais, je t'ai raconté, n'est-ce pas? que, pendant un temps, mon métier de gouvernante m'a été une grande joie?

— Oui, seulement, moi, je ne puis me placer comme gouvernante, riposta Zozine; on ne m'a rien appris que je puisse enseigner aux autres.

— Tu sais le français et l'italien; tu sais réciter des vers et jouer de la guitare. Peut-être pourrons-nous quand même trouver des places de gouvernantes?

— Et puis, nous serons forcées de nous sauver en pleine nuit parce qu'on nous aura trouvées trop charmantes...

Zozine s'interrompit en voyant Lucan prendre l'air triste et perplexe; elle dit vivement :

— Non! Tu as raison! Ayons confiance en notre fortune, ou bien nous n'arriverons à rien. Viens! Consultons le sort! Tu vas compter tous les boutons de ton corsage pendant que je compterai les annonces du journal. Tu me diras les chiffres au fur et à mesure; je m'arrêterai quand tu me diras le dernier. Puissent tes boutons nous porter bonheur! Et quand nous aurons fait notre choix, rien au monde ne nous fera plus changer d'avis. Le pire qui pourrait nous arriver serait de perdre confiance et de courir d'un bureau à l'autre. Quoi qu'il arrive, nous penserons qu'un ange nous conduit. Combien as-tu de boutons?

— Onze, répondit Lucan.

C'est ainsi que les deux jeunes filles, deux mois après leur anniversaire, s'installèrent à Londres, dans une petite pension de famille, d'où elles entreprirent un long pèlerinage. On était en juillet. Lucan s'aperçut que la chaleur fatiguait Zozine, qui avait toujours vécu dans le luxe. Elle en perdait ses belles couleurs, et Lucan elle-même, dans ce cadre mesquin et sans joie, se sentait étrangement coupable envers son amie, comme si elle l'avait délibérément attirée dans un piège.

Déjà Tortuga semblait bien loin. Zozine avait déclaré que la séparation avec la maison et le parc ne serait pas une épreuve pour elle; elle était si sûre de les retrouver dans peu de temps, en compagnie de son père, quand celui-ci aurait triomphé de ses ennemis. Et même, elle n'avait dit qu'un adieu rapide à John et à Olympia, qui, de tout l'important personnel de la propriété, étaient seuls restés près d'elle.

Au début, Lucan croyait presque que le départ l'affligeait, elle, plus que Zozine; mais, pendant le voyage de Tortuga à Londres, Zozine s'évanouit dans les bras de sa compagne, et au grand effroi de celle-ci, elle ne reprit connaissance qu'au bout d'une heure. Ce fut alors que Lucan sentit le monde cruel et impitoyable se fermer autour d'elle et de Zozine, comme une prison. Cependant, dès que Zozine reprit ses forces, elle s'insurgea contre les tristes pressentiments de Lucan.

La pauvreté même, qu'elle connaissait pour la première fois, semblait exercer sur elle une sorte de fascination, comme une scène comique au théâtre. Elle était stupéfaite à la vue des ronds de serviette à la pension de famille, et demanda à Lucan à quoi ils pouvaient bien servir. Jamais elle ne voulut ajouter foi à ses explications, et elle éclatait régulièrement de rire en les voyant. Les trajets à pied dans les rues, l'obligation de s'habiller avec la plus grande modestie afin de n'attirer l'attention de personne, ou de s'asseoir sur les misérables bancs dans les parcs, tout prenait l'aspect d'un conte de fées pour cette enfant capricieuse et gâtée par la richesse.

Un jour, les amies passèrent devant une belle demeure contiguë à un parc. « C'est la maison de Londres de papa », dit Zozine. Seul Ambroise savait où habitaient Zozine et Lucan, et allait les voir. La première fois il resta muet à la vue de la pension de famille; mais, plus tard, il parut s'y trouver à l'aise. Il apportait aux jeunes filles de grandes boîtes de chocolats, des fruits et des bouquets. Il les invita aussi à l'Opéra, mais Zozine n'accepta l'invitation qu'à la condition de s'asseoir au dernier rang des fauteuils, où ses anciennes amies ne pouvaient l'apercevoir de leurs loges. En rentrant du théâtre, elle fut plus grave et silencieuse qu'à son ordinaire, et refusa ensuite de recommencer l'expérience.

Le soir qui précéda la première visite au bureau de placement, Zozine rêva que les tenanciers se moquaient de son père quand elle déclina son nom, et répétaient les calomnies qui couraient sur son compte. Elle vivait d'ailleurs dans la peur que pareille chose n'arrivât et, le lendemain, elle demanda, tout agitée, à Lucan de lui permettre dorénavant de se donner pour sa sœur, et de porter le même nom qu'elle.

— Je crains que nous soyons trop différentes pour faire croire que nous sommes jumelles, mais mes cheveux courts me font sans doute paraître plus jeune que toi; nous dirons aux gens que nous avons un an de différence.

Et, dans son rôle de sœur, elle se montra particulièrement affectueuse et docile à l'égard de Lucan.

Le bureau de placement auquel s'adressèrent les deux jeunes filles, et où elles passèrent la plus grande partie de leurs journées, la semaine suivante, ouvrait sur une impasse petite et sombre. Les meubles étaient luisants d'usure, et un papier fané et graisseux couvrait les murs.

Les propriétaires du lieu : un homme maigre et long, au crâne chauve et portant lunettes, s'appelait Mr Quincy; sa femme était petite, boulotte et sans couleurs. C'était Mrs Quincy qui faisait la plus grosse part du travail. Elle besognait dur du matin à la nuit, et faisait de son mieux pour rendre service à ses clients. En l'occurrence, elle s'efforça de remonter le moral des jeunes filles quand la première semaine se passa sans résultat. Mais elle avait, elle-même, un aspect si résigné, l'air d'être si familiarisée avec les épreuves de la vie, et de croire si peu à la possibilité d'un miracle que ses paroles de réconfort eurent un effet contraire à celui qu'elle en attendait.

Son mari, qui s'occupait assez peu des affaires du bureau, était de tempérament romanesque. Il donnait à Lucan et à Zozine une foule de détails d'une précision surprenante sur toutes les dames et tous les messieurs, qui venaient demander une demoiselle de compagnie, ou une gouvernante.

Les jeunes filles éprouvèrent d'abord quelque inquiétude qu'il ne tournât vers elles ses regards inquisiteurs, mais il est probable que leur jeunesse et leur simplicité lui inspirèrent confiance, et qu'il n'eut même pas l'idée de les soupçonner de mensonges. Il resta seulement convaincu de les intéresser par son bavardage. Et quand elles passaient de longues heures d'attente au bureau, il les distrayait par de fantastiques récits au sujet de ses autres clients.

La plupart du temps, Lucan se contentait d'en sourire, tandis que Zozine les prenait quelquefois très au sérieux; mais, certains soirs, elle riait aux éclats, quand elle évoquait le bavardage de Mr Quincy, en faisant sa toilette avec son amie.

La recherche d'une occupation s'avéra bien lente.

Chaque jour, Lucan et Zozine étaient l'objet de longs interrogatoires; mais, le soir, leurs affaires n'avaient pas avancé le moins du monde. Un grand nombre de vieilles dames mariées, ou de demoiselles non mariées d'âge respectable cherchaient des demoiselles de compagnie; et de tendres mères étaient en quête d'institutrices capables d'enseigner à leurs filles le français et l'italien, en même temps que les bonnes manières. Mais, à peine avaient-elles fait une apparition dans l'existence des amies, que ces bonnes dames en disparaissaient.

Un jeune dandy, chargé de trouver une lectrice pour sa mère, jeta des regards si ardents sur le joli visage de Lucan, que Zozine fut tentée de lui frotter les oreilles. Mais, quand la digne mère arriva elle-même au bureau, elle décida visiblement de mettre fin illico presto à la tendre inclination de son fils.

Les jeunes filles ne tardèrent pas à s'apercevoir qu'il leur serait extrêmement difficile de se placer ensemble.

Par deux fois, Lucan aurait obtenu une situation satisfaisante, mais elle refusa tout pourparler, en voyant le visage terrifié de Zozine. Celle-ci ne pouvait supporter la pensée de rester seule. Pour Lucan aussi, la perspective d'une séparation prenait figure de catastrophe. Les épreuves les avaient indissolublement unies, elle et Zozine; leur ancienne amitié d'écolières était devenue une passion au cours des dernières semaines. Elles se donnaient le nom de sœurs, même quand elles étaient seules, et elles n'étaient heureuses que l'une près de l'autre. Mais les choses ne pouvaient continuer de cette manière.

Le petit capital fondait rapidement, bien que Lucan le gérât avec la plus stricte économie; il ne durerait pas toujours.

Lucan se rappela, un jour, la vieille dame rencontrée à l'auberge, et qui avait fait allusion à la possibilité d'une bonne situation. Peut-être cette vieille dame pourrait-elle être leur bon ange? Mais Lucan ignorait son adresse.

— Qui sait, suggéra Zozine, si nous ne pourrions pas nous faire engager dans une troupe de ballets? Mais la famille nous repérerait et mettrait fin sans tarder à notre carrière.

Cette insouciance enfantine décourageait Lucan. Elle se demandait si Zozine ne ferait pas bien de se réconcilier avec ses oncles et tantes, et de revenir dans la véritable sphère de sa vie. Mais, en même temps, la dépendance de Zozine fortifiait le désir de lui venir en aide, et elle cherchait à l'égayer et à la réconforter :

— Ne perds pas courage, lui disait-elle, tenons bon! et tout finira bien! Il est préférable de réduire nos prétentions et de supporter quelques jours pénibles. Si nous gardons le respect de nous-mêmes, nous forcerons celui des autres.

Mais tant Lucan que Zozine trouvaient affreux de s'occuper de toutes ces questions matérielles, sans la moindre aide masculine. Parfois, elles se sentaient devenir grossières, hommasses et, à certains moments, se voyant obligées de circuler dans les rues sans être escortées par un gentleman, elles avaient l'impression d'être descendues de leur chambre à demi vêtues ou en chemise de nuit.

Il arrivait fréquemment qu'un jeune homme les accostât. Elles étaient prises, alors, d'une grande frayeur; aussi prenaient-elles bien soin de baisser le voile de leur chapeau chaque fois qu'elles sortaient.

A présent, le soir, quand elles se retrouvaient à la pension, leur conversation tournait invariablement autour d'Ambroise, de Mr Tabbernor, du vieux John, du père de Lucan, et même de Mr Armworthy, comme si elles avaient le besoin de retenir un élément masculin dans leur existence.

Leur situation était donc bien triste, lorsqu'un beau jour elles reçurent une lettre de Mrs Quincy, leur demandant de venir au bureau de placement le plus tôt possible : de bonnes nouvelles les y attendaient.

Le révérend Mr Pennhallow.

— Vous avez une chance merveilleuse, mes petites, cria Mrs Quincy quand les jeunes filles, frémissantes d'impatience, vinrent s'asseoir dans le petit bureau.

— Un estimable gentleman, pieux et instruit, le révérend Pennhallow et sa femme veulent recevoir, pour faire une bonne œuvre, deux jeunes filles bien élevées, mais sans fortune. Elles habiteront avec eux, seront défrayées de toute dépense, et Mr et Mrs Pennhallow se chargeront de les instruire et de parfaire leur éducation. La santé de Mr Pennhallow l'oblige à habiter la France. Je suis sûr que la région est très intéressante. J'attends le révérend dans une demi-heure.

Lucan et Zozine échangèrent un regard : par la pensée, elles se voyaient déjà en France, bien loin de leurs tracas et de leurs soucis.

Installé de l'autre côté du vieux pupitre couvert de taches d'encre, Mr Quincy intervint dans la conversation et dit :

— J'ai l'heureux privilège de pouvoir vous donner quelques informations particulières sur la famille Pennhallow. Elle est très connue dans le Nord du pays où, pendant des générations, elle a accompli un travail splendide et joui d'une grande influence. Les Pennhallow appartiennent à une secte d'un ascétisme sévère — j'ai oublié son nom. On y croit au retour très prochain du Christ et à la fin imminente du monde. Tous les Pennhallow ont été des prédicateurs très admirés, mais ils doivent surtout leur réputation à l'élévation et à la pureté de leur vie morale.

« Le grand-père de « notre » révérend (je prends la liberté de dire « notre ») a été presque considéré comme un prophète et un oracle dans son propre pays. On raconte encore à son propos plus d'une merveilleuse légende. Bien entendu, certains bruits ont également couru au sujet de brebis galeuses dans la famille, mais ces bruits sont fréquemment dus à l'envie et au manque de compréhension de ce qui est grand et inusité.

« Dans sa jeunesse, le révérend Pennhallow a été le précepteur de gens qui portent les plus grands noms d'Angleterre.

« Il y a sept ans, il a eu le malheur de perdre la voix. Il semble que ce soit une infirmité de famille. Et il a dû renoncer à sa profession. Depuis lors, il vit en France, occupé sans doute à de savantes études, et il est revenu rarement en Angleterre.

« Quel bienfait pour vous, Mesdemoiselles, de vivre sous les yeux d'un homme pareil! Je vous en félicite d'avance! »

A ce moment-là, quelqu'un tourna doucement la poignée de la porte, et un vieux petit monsieur entra sans bruit dans la pièce. Il était habillé d'une étrange manière, tout à fait démodée : longue redingote noire élimée, lourdes chaussures de fatigue, vaste et ridicule vieux chapeau. A la main, il portait un parapluie décoloré. Tout son aspect était plus celui d'un bedeau de village que celui d'un pasteur.

Zozine porta son mouchoir à sa bouche pour cacher son envie de rire. Cependant, Mr Pennhallow, en dépit de ses vieux habits, salua avec une dignité surprenante, et presque solennelle, d'abord Mr et Mrs Quincy, puis les deux jeunes filles. Il parlait très bas, mais ne paraissait pas souffrir d'une affection de la gorge; il donnait plutôt l'impression d'adopter délibérément cet accent assourdi par une sorte de respect pour son auditeur.

— Me voilà donc, dit-il en regardant Lucan et Zozine, en présence de mes filles futures : c'est un privilège et un bonheur d'être autorisé à protéger et à guider de jeunes êtres sur les routes périlleuses de la vie de ce monde. Mais il est tout aussi désirable que les brebis se sentent heureuses et confiantes sous la conduite de leur berger. Je suis un vieillard, et il se peut que je comprenne mal les désirs et les rêves de deux jeunes filles, mais je vous offre tout ce que je puis vous donner. Si vous désirez accroître vos connaissances et enrichir votre esprit, je pourrai vous être utile. J'essaierai de vous enseigner l'histoire de l'humanité et les langues d'autres pays et, si vous le désirez, je vous initierai aussi aux langues mortes, bien que certaines gens prétendent que ces études-là ne sont pas faites pour les femmes.

« Les garçons et les filles, qui ont été mes élèves autrefois, ont fait, de l'enseignement, un plaisir pour moi. Je prévois que la même chose se répétera quand nous travaillerons ensemble. »

Mr Pennhallow était âgé de cinquante à soixante ans. Petit et menu, il restait très droit, et respirait le calme et la maîtrise de soi. Ses cheveux, rares, étaient presque blancs et son teint, singulièrement gris, prouvait qu'il vivait surtout enfermé chez lui. Ses traits grossiers et plats semblaient taillés à la hache dans du bois, et deux rides profondes descendaient de son nez aux commissures de ses lèvres. Il avait le nez large, la lèvre supérieure allongée et une bouche étroitement fermée.

Mais ceux qui regardaient Mr Pennhallow restaient surtout frappés par ses yeux : des yeux clairs, attentifs et perçants. Par une sorte de double vue, ils semblaient fixer des objets lointains, en même temps qu'ils ne se détachaient pas de ceux qui étaient proches de lui. En cet instant, où il s'adressa à Lucan et à Zozine, une faible rougeur, comme de plaisir, monta à ses joues grises.

Lucan lui rendit son regard, tout en se disant qu'elle avait déjà vu ce visage quelque part, mais où ?

Mr Pennhallow s'assit et joignit les mains sur son vieux parapluie, puis il posa lentement quelques questions aimables concernant les circonstances de la vie de Zozine et de Lucan, et s'informa de leurs goûts. Au cours de la conversation, il leur sourit à deux reprises, et son sourire leur parut aussi singulier que ses yeux : il semblait que ce sourire aurait pu avoir un sens plus profond que celui d'autres gens, mais qu'il réglait en quelque sorte l'expression de sa bonne humeur d'après la personne à qui il souriait, et cela par une prévenance particulière.

Au début, Zozine avait cru que les rides profondes autour de la bouche de Mr Pennhallow étaient dues à la méditation, à des veilles, peut-être aussi à des soucis, à un travail épuisant, à la pauvreté. Mais, à présent, elle pensait qu'il fallait les attribuer aux constants sourires que ce petit homme avait distribués pendant sa vie.

Il décrivait maintenant, sans hâte mais avec précision, la vie qui attendait les deux jeunes filles en France. Sa femme et lui menaient une existence paisible dans une maison isolée et tranquille; la contrée était belle et romantique. Les filles adoptives des Pennhallow passeraient leurs jours, comme les Pennhallow eux-mêmes, à étudier, à lire ou à faire de menus travaux dans la maison et le jardin.

De temps à autre, le révérend observait un court silence, comme absorbé par ses pensées; dans ces moments-là, il passait doucement sa langue sur ses lèvres.

Après un de ces silences, il demanda comme par hasard à ses interlocutrices si elles étaient seules au monde? Quand elles répondirent que oui, ajoutant qu'elles n'avaient ni famille ni amis, il poussa un profond soupir et murmura avec humilité :

— Je doute qu'il se trouve en ce monde bien des êtres pouvant éprouver plus de sympathie pour des jeunes filles isolées que moi, qui ai de bonnes raisons pour cela. Ce sujet est bien triste! Il est pénible de penser que de jeunes et pures créatures sans défense vont si souvent à leur perte, parce qu'elles n'ont trouvé ni protection ni direction dans la vie.

Mr Pennhallow ajouta qu'il avait consacré beaucoup de temps et de pensées à ce problème. Il devait être possible de pourvoir ces jeunes filles d'un foyer, d'un refuge et d'un travail, tout en permettant l'épanouissement de leurs forces et de leur grâce.

Ce discours suscita chez Mrs Quincy une vive émotion et, de temps en temps, elle jetait un coup d'œil rapide du côté de ses jeunes clientes, pour voir si, elles aussi, appréciaient les paroles du révérend. Quand celui-ci se tut, elle lui demanda respectueusement s'il accomplissait sa tâche par pure philanthropie ? Mr Pennhallow réfléchit pendant un court moment, puis répondit que sa femme et lui avaient perdu un enfant, une petite fille. C'était en souvenir de cette petite fille qu'ils désiraient ouvrir leur demeure à deux jeunes filles sans foyer. Les filles adoptives prendraient, dans leur maison, la place de l'enfant mort.

Cependant, il n'avait pas l'intention de lier ses interlocutrices avant qu'elles sachent à quoi elles s'engageaient et, par conséquent, il leur proposait un contrat d'un an.

Un peu plus tard, il dit encore qu'il était venu en personne voir Lucan et Zozine, parce que sa femme prenait cette question très à cœur et qu'il importait qu'elle ne fût pas désappointée. Mais il ajouta qu'il était plein de reconnaissance en constatant que, cette fois, aucun désappointement n'était à prévoir. La Providence elle-même les réunissait tous les quatre. Après cela, Mr Pennhallow s'absorba dans ses réflexions au point que Mrs Quincy se décida à rompre le silence, et lui demanda si jamais auparavant il avait eu l'intention de prendre chez lui une jeune fille sans famille à la place de sa fille morte ? Mr Pennhallow leva les yeux ; comme auparavant, il parut fixer de ses yeux clairs la personne à laquelle il parlait, tandis qu'en même temps il semblait perdu dans la contemplation de choses étranges et merveilleuses, invisibles pour son entourage.

— Si, dit-il, ma femme et moi avons fait une expérience précédente...

Il soupira une fois de plus, et ses auditeurs comprirent que l'expérience avait été triste.

Il dit à Mrs Quincy qu'il reviendrait au bureau un ou deux jours plus tard, et qu'il amènerait sa chère épouse pour discuter des dernières dispositions à prendre. L'instant d'après, il était parti. En dépit de sa lenteur et de sa dignité, il marchait presque sans bruit dans ses lourdes chaussures. Il était sorti de la pièce sans que le moindre son eût annoncé son départ.

Jusqu'à ce moment-là, les deux jeunes filles n'avaient pas décidé soit d'accepter, soit de refuser l'offre du révérend Pennhallow; mais comment résister au sincère et aimable triomphe de Mr et Mrs Quincy, et à leurs joyeuses félicitations?

Et puis, un je ne sais quoi dans les manières de Mr Pennhallow lui-même semblait rendre un refus impossible. Ce petit monsieur humble et tranquille, aurait certainement dirigé toute une paroisse avec l'autorité et la puissance d'un prophète.

Lucan était habituée à entendre Zozine se répandre en remarques amusées, ou pleines d'indignation, sur les gens rencontrés au bureau, chaque fois qu'elles en avaient fermé la porte pour rentrer chez elles. Aujourd'hui, elle s'attendait à l'explosion habituelle. Mais Zozine n'ouvrit pas la bouche. Ce ne fut que lorsqu'elles furent tout près de leur pension de famille qu'elle s'écria :

— Que ce vieux bonhomme avait donc l'air content, et heureux! Je voudrais bien savoir comment il parvient à être aussi satisfait de son sort. Il a l'air d'être pauvre et, de toute façon, il est vieux et laid. Pourtant, je crois n'avoir jamais rencontré d'être humain aussi heureux. D'où tient-il ce bonheur de vivre? Saura-t-il nous enseigner son art à nous aussi?

— Dans un an, poursuivit Zozine, quand les deux amies, après avoir ôté leurs chapeaux, s'assirent l'une près de l'autre dans leur petite chambre. Dans un an, tout ira bien : papa sera de retour, et il me retrouvera bien plus intelligente, plus « accomplie » qu'à son départ. Il sera fier de moi, car j'ai bien l'intention de profiter de l'érudition de Mr Pennhallow, et d'apprendre beaucoup de choses en France grâce à lui.

Le lendemain matin, elle parlait encore du vieux révérend, et demanda à Lucan si elle avait rêvé de lui.

— Non, je ne rêve jamais, dit Lucan.

Zozine avait l'air pensif, elle reprit : « Moi, j'ai rêvé de lui! » mais elle refusa de raconter son rêve.

Deux jours plus tard, les jeunes filles se rendirent une fois de plus au bureau de placement pour y rencontrer Mr et Mrs Pennhallow. Lucan éprouva un léger choc en reconnaissant en Mrs Pennhallow la petite vieille dame, qui, la nuit de sa fuite, lui avait parlé devant l'auberge, et qu'elle avait prise pour une vieille fille, ou comparée, pour rire, à une marraine fée.

La femme du révérend était vêtue comme lors de leur première rencontre, et elle portait le même petit voile gris sur son chapeau. Quand elle ne parlait pas, elle semblait, comme alors, broyer quelque chose entre ses dents trop longues. Mais, à l'auberge, elle s'était approchée de Lucan; elle avait entamé une conversation de l'air d'avoir beaucoup à dire. Mais, en présence de son mari, elle restait muette. A deux reprises cependant, elle regarda Lucan avec tant d'insistance que la jeune fille en fut toute gênée. Lucan s'aperçut aussi qu'elle échangeait quelques mots à voix basse avec le pasteur. Les deux époux la considérèrent ensuite avec attention. Pendant quelques instants, Mr Pennhallow resta pensif, puis il hocha doucement la tête et se remit à parler avec la même tranquillité qu'auparavant. Un peu plus tard, son mari étant occupé avec Mrs Quincy, Mrs Pennhallow vint vers Lucan et lui dit, d'un ton bref :

— Je crois que nous nous sommes déjà rencontrées.

Son attitude troubla un peu Lucan, mais aucune autre parole ne fut échangée entre elles.

Cette fois, l'entretien fut très court : la convention entre les vieux époux et les jeunes filles resta entièrement verbale, et se conclut sans cérémonie. On paya ses honoraires à Mrs Quincy et elle prit cordialement congé de ses jeunes clientes.

Le petit groupe de quatre personnes devait partir pour la France la semaine suivante.

Depuis qu'elles avaient fait la connaissance du vieux pasteur, une certaine réticence timide se manifestait dans les rapports entre les deux amies. Elles ne riaient plus le soir en faisant des projets d'avenir; elles sentaient que les dés étaient jetés et, chose étrange, elles avaient l'impression de n'avoir eu aucune part dans la tournure des événements; elles étaient comme livrées au pouvoir d'une autre personne, de ce vieux pasteur de campagne presque ridicule. Jamais ces jeunes conquérantes du monde n'eussent envisagé pareille solution de leurs difficultés.

Lucan ne raconta pas à Zozine qu'elle avait déjà rencontré Mrs Pennhallow; mais, un jour, elle demanda à son amie ce qu'elle pensait de la vieille dame. Zozine répondit après un instant de réflexion : « Je la plains, vois-tu, elle paraît si malheureuse! »

Au cours de cette même semaine, elle dit aussi :

— Nous ne ferons savoir à personne où nous allons. J'écrirai à l'oncle Archibald, qui est chargé de veiller sur moi, que je vais passer quelque temps dans la famille de ma mère. Cette nouvelle le fâchera encore davantage, ainsi que mes autres oncles et tantes, car les parents de papa ont toujours considéré maman avec dédain parce qu'elle n'avait pas autant d'argent qu'eux. Et, puisque maman est venue de France, il doit y avoir sûrement là-bas quelque membre de sa famille; de sorte, qu'après tout, je dis peut-être la vérité.

Un autre jour, Zozine dit encore :

— J'aurais aimé dire au revoir à Ambroise; il m'a promis de m'avertir aussitôt qu'il aura des nouvelles de papa; mais il est parti pour l'Écosse, dans la famille de sa fiancée, et maintenant je ne peux même pas lui donner mon adresse. Mais, plus tard, je serai fière de m'être tirée d'affaire toute seule sans réclamer les conseils et l'aide de personne.

Les amies étaient en train de faire leurs modestes emballages quand, tout à coup, Zozine déposa l'objet qu'elle tenait à la main :

— Arrêtons-nous! cria-t-elle, je veux porter une jolie robe pour le voyage, quoi qu'il puisse advenir de moi ensuite. Et toi aussi Lucan, prends-en une jolie. En France – et personne ne peut dire quelles sont les merveilleuses aventures qui nous attendent là-bas –, nous ne serons, au début, que les filles adoptives d'un vieux pasteur de campagne et de sa femme. Aussi, faut-il que nous soyons belles en quittant l'Angleterre!

Zozine choisit donc deux toilettes élégantes pour elle et pour son amie, et y ajouta des châles, des chapeaux, des souliers et des gants assortis; puis, embrassant Lucan, elle dit :

— Nous allons être deux jeunes demoiselles fort élégantes pour traverser la Manche. Oublions donc tout souci.

LIVRE II

Les canaris

La ferme française.

A six ou sept kilomètres de la petite ville de Lunel, et à un kilomètre et demi du village de Peyriac, s'élevait une longue maison rose; un jardin l'entourait, clos d'un mur bas, en pierres. La maison, qui avait été jadis le corps de logis d'une ferme, portait le nom de Sainte-Barbe.

Son histoire était singulière, et elle gardait encore une situation exceptionnelle parmi les propriétés rurales des environs. Toute la contrée alentour appartenait au domaine féodal de Joliet, mais Sainte-Barbe était une propriété de franc-alleu. Elle l'avait été depuis cinquante ans, c'est-à-dire depuis l'époque de la Révolution. Un commissaire de la Convention arriva un jour brusquement dans le district, et logea à Sainte-Barbe. Dans la nuit, il fit arrêter le seigneur du château, accusé d'avoir aidé dans sa fuite à travers la France un prince royal, parent du roi Louis. Le prisonnier fut amené à Sainte-Barbe, et fusillé. Quelques jours plus tard, on incendia la plus grande partie du château de Joliet, mais la femme et les enfants du comte eurent la vie sauve. Ils s'établirent dans ce qui restait de leur demeure jusqu'au retour en France du roi Louis XVIII. Alors, ils rentrèrent dans leurs droits et le château fut rebâti. Mais, après la nuit sanglante, la veuve du comte assassiné ne voulut plus rien avoir à faire avec Sainte-Barbe :

— Cette maison est maudite! disait-elle; et elle ne désirait plus que la ferme appartînt au domaine de Joliet. Elle ne cherchait même pas à la vendre.

Réunissant les champs, qui avaient fait partie de Sainte-Barbe, à ceux des fermes tenues à bail du voisinage, la châtelaine céda la maison et le jardin, où s'était perpétré l'assassinat, au fermier qui y demeurait, et qu'on soupçonnait d'avoir trahi son maître, bien qu'il fût impossible de rien prouver.

Sainte-Barbe ne pouvait plus être une exploitation rurale; son propriétaire en fit une auberge pendant quelque temps; mais la chance ne lui sourit pas, et il dut renoncer à son entreprise.

Sa fille hérita de Sainte-Barbe et du triste renom de la propriété. Elle ressentait une vive amertume en se voyant rejetée par tous, mais elle travailla dur dans l'espoir de racheter un jour les champs et les vignes, que son père cultivait jadis.

Elle épousa un valet de ferme pour se procurer de la main-d'œuvre à bon marché, mais le mari ne put supporter l'isolement et encore moins le travail et l'avarice de sa femme. Il l'abandonna, et s'enrôla dans l'armée; après quoi personne n'entendit plus parler de lui. La femme resta seule une fois de plus. Mais, comme auparavant, elle accepta sa solitude, continuant à travailler et à amasser de l'argent.

Devenue presque une vieille femme, Baptistine Labarre, – c'était son nom – loua Sainte-Barbe et devint la femme de charge, et la cuisinière de ses locataires : un vieux pasteur anglais et sa femme.

Les paysans du voisinage avaient d'abord été scandalisés par la présence inusitée d'un ménage sacerdotal dans la vieille demeure. On leur apprit qu'en Angleterre les prêtres étaient autorisés à se marier; mais ils continuèrent à trouver les nouveaux habitants de Sainte-Barbe bien singuliers, comme la propriété elle-même, et les fréquentèrent peu. D'ailleurs, les deux Anglais étaient eux-mêmes gens réservés, et il était visible qu'ils ne désiraient pas entrer en relation avec leurs voisins. Ils avaient vécu cinq ans à Sainte-Barbe sans connaître aucun de leurs voisins.

La nuit était presque tombée quand la petite carriole, empruntée par les voyageurs au village, s'arrêta à la porte du jardin.

Une étoile filante raya le firmament au moment où Mr Pennhallow tira le cordon de sonnette et Zozine poussa une exclamation qui attira l'attention de ses compagnons sur la délicate raie lumineuse dans le ciel sombre. Quand elle s'éteignit, elle s'écria :

– J'ai fait un souhait!
– Moi aussi! dit Lucan.

— Et moi, également, fit Mr Pennhallow, avec un rire bref.

Une lumière apparut derrière les contrevents. Peu après, un jeune homme, portant une lanterne, vint ouvrir la porte. Mr Pennhallow s'adressa à lui en français, mais avec un fort accent anglais, en l'appelant Clon.

Les voyageurs furent reçus à la porte par une vigoureuse paysanne, coiffée d'un bonnet blanc. A la lueur de la lampe, Zozine et Lucan virent que le jeune homme, qui leur avait ouvert la porte du jardin, était un grand garçon, solidement charpenté; il avait une grosse tête et un visage pâle.

Un couloir dallé, aux murs blanchis à la chaux, menait à une pièce longue et sombre, dont le papier de tenture était vert, et le plancher ciré. Sur la table, un souper modeste, mais appétissant, attendait les nouveaux arrivants.

— Cette maison, dit Mr Pennhallow en s'asseyant, était autrefois entourée de champs et de vignes; ce n'était pas une ferme de peu d'importance. Suivant la coutume de la province, le fermier et ses ouvriers agricoles mangeaient à la même table, et l'on peut deviner l'aisance de ce fermier, et le nombre de ses employés, rien qu'en voyant les deux grands crochets du plafond auxquels on suspendait les lampes.

Le vieux révérend était visiblement satisfait d'être parvenu au bout de son voyage. Quand il joignit les mains pour la prière, ses paroles furent presque une action de grâces...

Plus tard, Zozine dit à son amie :

— Ces bonnes gens ont vécu dans la terreur d'avoir le mal de mer ou d'être kidnappés par des voleurs en traversant la France. A présent, ils remercient Dieu d'avoir échappé si facilement à tous ces périls.

— Ils ont bien veillé aussi à notre bien-être pendant tout le voyage, fit Lucan.

— Oh! Ils étaient fiers de nous; ils nous exhibaient presque devant les autres voyageurs à bord, et dans les diligences.

Et elle ajouta : « C'est parce que tu es si jolie! Ils étaient fiers d'être accompagnés par une si jolie fille. »

La vieille maison était de construction irrégulière : on rencontrait partout des marches et des recoins. Une grande cuisine ouvrait sur un long couloir. Le mobilier était simple, mais propre et plaisant. On voyait que Mr Pennhallow habitait Sainte-Barbe depuis plusieurs années : la vieille ferme française avait pris un aimable aspect anglais. Des gravures, représentant des scènes bibliques, ornaient les murs, et sur les rayonnages se trouvaient des ouvrages anglais classiques.

La chambre des deux jeunes filles communiquait avec le couloir par une petite porte. Cette pièce, elle aussi, modestement meublée, avait le même caractère de douce intimité que le reste de la maison : rideaux blancs autour des lits, table de travail et deux chaises anciennes près de la fenêtre. La chambre sentait un peu le renfermé, comme il arrive quand un lieu n'est pas habité.

Lucan ouvrit la fenêtre et regarda dehors. Malgré l'obscurité, elle aperçut deux grands peupliers en deçà du mur du jardin. Derrière eux se dessinait une succession de collines basses.

Zozine s'approcha de son amie et entoura sa taille de ses bras. Elles restèrent pendant quelques instants serrées l'une contre l'autre, puis Zozine murmura :

— Dieu sait pourquoi Mr Pennhallow a choisi cette maison entre toutes les maisons de France. Si le bateau et les diligences ne m'y avaient amenée tout droit, je ne me serais jamais figurée qu'une maison pareille pût exister. Et pourtant, je n'ai pas cessé d'être convaincue au fond de moi-même, que nous allions vers un but précis ou, mieux encore, que nous étions poussées vers ce but sans qu'il nous soit possible de dévier de notre route, en direction de quelque autre lieu du monde. Celui où nous étions attendues, c'était Sainte-Barbe, nous venons de le voir. Que peut donc être l'attrait magique de Sainte-Barbe, Lucan? Crois-tu qu'un trésor soit enfoui dans le jardin, et qu'un jour Mr Pennhallow nous ordonnera de creuser le sol? Et crois-tu que ce soit le bonheur qui nous attend dans cette longue salle où on nous a servi à souper?

Lucan répondit après un court silence :

— Mon père disait toujours que lorsque nous posons à d'autres des questions concernant nos propres affaires, nous devrions être capables d'y répondre bien mieux nous-mêmes si nous les posions avec tout le sérieux nécessaire. Interroge ton propre cœur, Zozine.

— Je crois que nous serons heureuses ici, dit

Zozine, d'un ton pensif; je crois que notre présence a une grande importance pour Mr Pennhallow, et qu'il s'en passerait difficilement. Je crois aussi qu'il nous enseignera bien des choses que nous ignorons totalement. En quittant Sainte-Barbe, nous serons différentes de ce que nous sommes maintenant, et je crois, en outre, qu'un trésor est vraiment enfoui dans le jardin, et que c'est à nous de découvrir où il se trouve.

« Écoute ! fit-elle encore, tandis qu'au même instant un oiseau nocturne faisait entendre un cri bref, écoute cet écho, qui nous vient de l'avenir : c'est le bruit que fait notre bêche en déterrant le trésor. »

Là-dessus, Zozine ferma la fenêtre, et se tourna vers la chandelle posée sur la table; puis elle poursuivit :

— Ce soir, cependant, j'ai compris qu'en entreprenant ce long voyage d'Angleterre à Sainte-Barbe, nous nous sommes aussi éloignées du but que nous nous proposions à Londres. Nous voulions alors être libres et indépendantes, puisque nous nous risquions dans le vaste monde.

« A Sainte-Barbe, j'ai l'impression que nous prenons une direction inverse. C'est ce vieux pasteur qui, tout seul, dresse devant nous de hautes barrières. Mais il n'est pas impossible de sauter par-dessus ce mur. »

La région aux alentours de Sainte-Barbe était pierreuse et peu accidentée. Au début, les deux jeunes Anglaises furent déçues par l'absence de couleurs du paysage; mais ce paysage était trop différent de tous ceux qu'elles avaient vus jusqu'alors, pour ne pas faire sur elles une impression profonde. Les vignes, les bosquets d'oliviers, les longues files de peupliers, qui protégeaient les champs contre le vent du Nord, prenaient à leurs yeux un aspect mystérieux et romantique.

Les maisons du village étaient serrées les unes contre les autres; construites en pierres grises et couvertes de tuiles plates, elle formaient une longue rue, qui débouchait sur la place du marché. La plupart des fenêtres donnant sur la rue étaient pourvues de volets, ce qui prêtait un air secret à la petite ville.

Cet été-là était sec. De temps en temps d'épais nuages s'amassaient; la poussière tourbillonnait en hautes spirales au-dessus des routes, mais il ne tombait pas une goutte d'eau. Le soir, Baptistine ouvrait la porte d'entrée et reniflait l'air nocturne avec solennité pour déceler une possible approche de la pluie. Puis, secouant la tête, elle disait : « Cette année est bien étrange; il est possible que des événements remarquables se préparent. »

Baptistine était une vieille femme, qui ne se confiait à personne, et dont personne ne pouvait deviner les pensées. Elle avait l'œil à tout dans la maison et le jardin; mais il lui arrivait de ne pas prononcer une seule parole pendant des journées entières. Pourtant, elle était au courant de tout ce qui se passait dans le voisinage et le canton, et parfois elle en révélait brusquement quelques faits aux jeunes filles.

En ces occasions-là, elle ne s'attardait pas à

étaler les vertus des habitants de Peyriac, mais elle parlait d'eux avec une malice mordante, comme si elle eût pris un malin plaisir à dévoiler les faiblesses et la folie des êtres humains.

Deux jours après leur arrivée à Sainte-Barbe, le pasteur parla aux deux jeunes filles de Clon, l'aide de Baptistine.

— Ce malheureux garçon, dit-il, a déjà été en prison, malgré sa jeunesse. C'est un enfant au point de vue mental; un enfant trouvé, qui n'a jamais connu ni son père ni sa mère, et à qui personne n'a enseigné à temps à distinguer le bien du mal. Je l'ai pris chez moi par charité, et je lui ai promis de ne jamais dire à qui que ce soit pourquoi il a été mis en prison.

La vie journalière.

Si l'on avait dit six mois plus tôt, à Lucan et à Zozine, qu'elles passeraient leur vie au milieu de livres poussiéreux et en compagnie d'un vieux bonhomme, poussiéreux lui aussi, elles auraient été prises de panique, ou bien elles auraient éclaté de rire.

Mais Mr Pennhallow était un professeur né, professeur par la grâce de Dieu; et, dirigées par lui, ses deux élèves pénétrèrent pleines d'admiration, et presque dévotement, dans le temple du savoir. Le maître leur avait confié qu'il terminait, dans la solitude de Sainte-Barbe, un grand ouvrage philosophique et religieux auquel il travaillait depuis des années. Elles le voyaient souvent absorbé dans son manuscrit, et l'entendaient froisser du papier jusque bien avant dans la nuit.

Durant les premières semaines, il parut tenir les leçons qu'il donnait aux jeunes Anglaises, bien plus pour un passe-temps que pour un travail réel. Mais, emporté par son propre génie, il se consacra tellement à son enseignement qu'il en oublia la fuite du temps, et la fit oublier à ses élèves. Elles restaient penchées sur leurs livres jusqu'à ce que l'obscurité ne leur permît plus de lire. On aurait pu croire que pendant longtemps le vieux pasteur avait été empêché de déployer la force de son intelligence, et qu'à présent il en retrouvait la grisante possibilité.

Dans cette lourde tête, grossièrement charpentée s'étaient amassées une foule de connaissances, bagage presque trop riche pour une seule personne, mais qui étaient sans doute en partie le legs de plusieurs générations. Quand il disait, par exemple : « Mon grand-père a passé de longs jours à étudier ces questions », ou bien « Mon arrière-grand-père a publié un livre sur ce sujet! » Lucan et Zozine avaient l'impression que, par un procédé magique, les ancêtres de Mr Pennhallow avaient transmis leur savoir à leur descendant.

Cependant, le charme particulier des leçons ne résidait pas dans l'omniscience du professeur. Ce qui fascinait les jeunes filles, c'était la faculté de Mr Pennhallow de faire revivre, par touches légères, comme dans une pièce de théâtre, les événements et les personnages d'époques révolues, oubliés depuis longtemps.

Les silhouettes gigantesques de Moïse et de Pharaon surgissaient du passé, comme le roi Richard III, comme Tamerlan, comme le docteur Faust. Lucan et Zozine entendaient réellement Néron jouer de la lyre pendant que Rome flambait à ses pieds. Elles étaient avec horreur comme la Pucelle d'Orléans devant les juges à face de pierre dans la prison et sur le bûcher. Et elles se rappelèrent leur vie durant, sans d'ailleurs en parler à personne, qu'au retour d'Ulysse, les servantes infidèles avaient été pendues au bout d'une corde, comme des grives, et qu'elles avaient agité leurs pieds « pendant un moment, mais pas pendant longtemps ».

Lucan avait étudié l'histoire avec son père; mais, pour Zozine, le monde des livres était tout à fait nouveau. A l'école, elle l'avait plutôt fui, et dans son heureux foyer, ou au cours de ses voyages, elle en oubliait l'existence. Maintenant que les derniers événements la laissaient émue et sensible, elle cherchait un refuge dans l'étude, et elle ne tarda pas à vénérer le professeur, dont l'aspect l'avait fait rire lors de leur première entrevue. Elle se prenait pour lui d'un enthousiasme d'écolière. Elle ne le trouvait plus ni rébarbatif ni gauche, et affirmait à Lucan qu'il ressemblait à Socrate.

Si les deux jeunes filles avaient vécu avec des compagnes de leur âge, elles auraient craint peut-être d'être taxées de « bas-bleus »; mais, à Sainte-Barbe, et vivant avec des gens bien plus âgés qu'elles, elles s'entretenaient, même en tête à tête, de choses savantes et, les doigts tachés d'encre, elles prenaient des allures de véritables étudiantes en théologie.

Parfois, la conscience de Zozine lui reprochait d'avoir des secrets pour le vieux maître qui lui ouvrait de si vastes horizons. Elle était prête à avouer son vrai nom au pasteur Pennhallow, et à lui raconter son histoire. Mais elle s'était juré une fois pour toutes, à elle-même, par amour filial, de ne pas trahir son père, et elle continua à se taire.

— Peut-être, disait-elle comme pour s'excuser à son amie, que Mr Pennhallow n'y prêterait aucune attention, si je lui disais la vérité : tout cela est trop peu sérieux pour l'intéresser.

Une autre fois, pourtant, elle dit à Lucan d'un air tout à fait solennel : « Il sait tout! Il nous connaît l'une et l'autre, et rien de ce qui nous concerne ne lui est caché. Il nous connaît mieux que nous ne nous connaissons nous-mêmes! C'est un homme singulier. »

Le pasteur Pennhallow avait aussi des dons artistiques. Il faisait au crayon de délicates esquisses de fleurs et de paysages. En outre, certains soirs, il allait prendre dans la longue salle à manger une flûte démodée et jouait d'anciennes mélodies; parfois aussi des airs étranges, qui évoquaient des contrées lointaines. Les sons doux ou pleins de malicieuse gaieté, qu'il tirait de son instrument, étaient si enchanteurs et d'un charme si captivant que Mrs Pennhallow ne faisait plus un mouvement; elle restait les yeux baissés tout le temps que durait le jeu de son mari, et les deux jeunes filles écoutaient aussi, comme ensorcelées.

Lorsque le pasteur s'arrêtait, et déposait sa flûte, elles soupiraient, et promenaient autour d'elles des regards étonnés.

La femme du pasteur n'avait rien de la force magnétique ni du calme réfléchi de son mari. Elle n'agissait, en quelque sorte, que par « à-coups », « comme un véhicule sur une vieille route », disait Zozine. Celle-ci, en toute innocence, et pour son propre plaisir, s'était forgé une théorie personnelle au sujet de Mrs Pennhallow. Elle prétendait que cette dame s'adonnait aux liqueurs fortes, dégustant de temps à autre, en secret, un petit verre de rhum ou de gin. Bien entendu, la jeune fille ne prenait pas tout à fait au sérieux les caprices de son imagination; mais elle s'en amusait, et expliquait ainsi les manières brusques et irrégulières de la vieille femme.

Lucan ne pouvait s'empêcher de rire lorsque Zozine laissait libre cours à sa fantaisie et faisait preuve des inventions les plus surprenantes, comme dans une comédie qu'elle aurait composée.

Mrs Pennhallow enseignait l'allemand et l'italien à ses filles adoptives, mais il semblait que ce fût contre son gré. Et, cependant, il arrivait parfois à cette vieille femme, au corps desséché, de faire briller les livres d'un singulier éclat. Elle paraissait alors en proie à une sorte de ravissement.

Elle était, à sa façon, aussi instruite que son mari, et celui-ci s'adressait souvent à elle pour tel ou tel renseignement. Mais dans ces cas-là, elle paraissait presque honteuse d'en savoir plus long que lui. A certains moments, d'ailleurs, elle semblait ne plus savoir que dire et considérait ses élèves d'un air absent comme si elle eût été absorbée par des calculs difficiles.

Zozine prétendait qu'elle fixait son regard particulièrement sur Lucan.

— Tu deviens plus jolie de jour en jour, disait-elle, il y aurait de quoi en être jalouse. Quand Mrs Pennhallow te dévore de ses ronds yeux gris, elle essaie de faire passer un peu de ta beauté sur son propre visage.

« J'ai lu ou entendu dire, opina Zozine un peu plus tard, que deux époux qui sont heureux ensemble, finissent par se ressembler; il en est ainsi de nos deux vieux. Elle a l'air plus grande et plus vigoureuse que lui, parce qu'elle est une femme, mais, vus à côté l'un de l'autre, ils sont exactement de la même taille, et comme il remplit plus qu'elle une chambre ou une maison! « Te souviens-tu de notre première rencontre avec eux? Nous trouvions que le pasteur Pennhallow avait l'air d'une vieille femme en habits d'homme, et son épouse d'un vieux monsieur déguisé en femme.

« Parfois, je pense encore qu'il est plus qu'un homme, mais bien une vieille divinité, sculptée dans un morceau de bois. Elle, pourtant, ne pourrait être jamais qu'un vieux bonhomme fatigué et desséché.

— Peut-être est-elle de cet avis, elle-même, dit Lucan, car elle adore son mari. Elle, si décidée en général, obéit au moindre de ses regards, et quand il est absent, elle a l'air perdue.

Les jeunes filles cependant relevaient rarement les faiblesses de leurs parents adoptifs, car la vie à Sainte-Barbe avait pour singulière caractéristique de leur inspirer une complète dévotion pour leur professeur et une reconnaissance quelque peu espiègle pour la vieille femme. Visiblement, Zozine et Lucan étaient indispensables aux deux époux : elles constituaient pour eux un bien des plus précieux, plus que la prunelle de leurs yeux.

Au début, le pasteur et sa femme ne permettaient pas aux deux amies de s'éloigner d'eux, et plus tard encore, lorsqu'elles s'attardaient un peu au-dehors, Lucan et Zozine trouvaient leurs parents adoptifs inquiets et agités par leur absence. Il arrivait à Mrs Pennhallow d'entrer à l'improviste dans leur chambre pour s'assurer qu'elles s'y trouvaient encore.

Le pasteur ne leur parlait qu'en souriant, et sa femme adoucissait pour elles sa grosse voix. Zozine, habituée à être choyée et gâtée, ne s'étonnait qu'à demi de cette tendre et vigilante sollicitude. D'autres fois les deux vieux l'impatientaient, car elle trouvait qu'ils la traitaient comme une enfant. Mais leur sollicitude envoûtait Lucan, qui s'était trouvée seule au monde, et elle pensait à la petite fille que les Pennhallow avaient perdue bien des années auparavant.

Sans doute, les parents adoptifs n'étaient pas habitués à vivre avec des jeunes filles; la peine qu'ils prenaient pour prouver leur amitié aux deux amies avait quelque chose de maladroit et d'hésitant ; mais cela faisait rire Zozine et Lucan, et les disposait à aimer les deux vieux sans enfants.

Parfois, le pasteur Pennhallow disait à Baptistine de faire un gâteau pour ses filles adoptives, comme s'il se rappelait avoir entendu dire que la jeunesse apprécie les douceurs.

Il arrivait aussi que sa femme, consciente tout à coup de ses devoirs d'éducatrice, se lançât dans une longue tirade morale, mettant ses élèves en garde contre les tentations de ce monde, leur exposant ses dangers et ses mensonges.

Dans ces moments-là, Lucan ne pouvait s'empêcher de penser à sa première rencontre à l'auberge avec Mrs Pennhallow, et de se demander si, épuisée et bouleversée comme elle l'était alors, elle avait bien entendu les paroles de son interlocutrice.

Certains jours, Mrs Pennhallow, après les avoir longuement contemplées en silence, chargeait les jeunes filles de besognes ménagères, et les poussait au travail avec sévérité. Elle agissait ainsi à l'encontre des désirs de son mari qui lui reprochait doucement sa sévérité de maîtresse de maison et sa tendance à abuser de toutes les bonnes volontés qu'elle rencontrait sur son chemin. Elle prenait ses observations fort à cœur, et restait alors muette, et comme anxieuse, pendant un long moment.

D'autres fois, le vieux pasteur félicitait amicalement Mrs Pennhallow pour sa manière d'agir envers leurs protégées. Un soir, par exemple, où il n'avait cessé de les regarder toutes les trois, pendant la leçon d'allemand, il dit en souriant :

— Ma chère ! Nous voici devenus, dans nos vieux jours, de bons bergers pour nos deux agneaux blancs !

A ces mots, Mrs Pennhallow eut un petit rire satisfait, le rire de quelqu'un qui n'est pas habitué à rire.

Zozine et Lucan remarquèrent que les époux ne se parlaient guère lorsqu'ils étaient seuls. Mais parfois, le soir, lorsque les jeunes filles s'étaient mises au lit, elles entendaient le bruit d'une longue conversation entre le pasteur et sa femme :

— Ils s'entretiennent du grand ouvrage de Mr Pennhallow, disait Zozine.

Il arrivait aussi que le ménage pastoral s'absorbât dans l'étude de gros livres de comptes. Elles en concluaient que le pasteur avait noté toutes les dépenses faites pour ses nombreuses bonnes œuvres dans le passé, et Zozine disait :

— Lorsqu'on les regarde attentivement, on voit bien que ce sont des adventistes : ils attendent un événement.

— Qu'attendent donc les adventistes ?

— Le retour de Jésus-Christ sur terre. Je ne comprends rien à la théologie, mais l'expression de leur visage me prouve qu'ils vivent dans l'attente.

Clon.

Le pasteur Pennhallow était un ascète : il ne mangeait pas de viande et, comme les anciens anachorètes, il se nourrissait le plus souvent de pain sec et de légumes.

Mrs Pennhallow n'avait pas le sens du ménage. Ses livres et son mari l'absorbaient entièrement. Mais Mme Baptistine était une excellente ménagère. Les repas à Sainte-Barbe étaient à la fois abondants et savoureux, à la manière campagnarde.

Baptistine s'entendait aussi à jardiner. Elle vendait des fruits et des légumes à Peyriac, et, les jours de marché, elle chargeait Clon de transporter ses marchandises à dos d'âne jusqu'à Lunel. Elle était renommée pour ses salades, ses melons sucrés, et ses pêches juteuses et parfumées.

De bon matin, ou le soir lorsque l'air fraîchissait après une journée brûlante, les jeunes Anglaises aidaient Clon à travailler au jardin. C'était pour elles une agréable diversion, après leurs heures d'étude, de puiser de l'eau fraîche pour arroser les carrés de légumes, d'attacher les melons, de planter les salades. Le petit âne gris devint le favori de Zozine : elle le caressait, lui donnait du sucre, l'emmenait brouter de l'herbe le long du fossé qui bordait à l'extérieur, le mur du jardin.

Lucan s'intéressait à toutes les plantes; elle veillait au bon état des rangées de haricots ou de concombres, et elle suivait les conseils de Clon lorsqu'il s'agissait de creuser la terre, ou de sarcler, mais elle était capable aussi d'enseigner au jeune garçon ce qu'il ignorait concernant les soins à donner aux jeunes pousses.

Pendant ces heures paisibles passées au jardin, les amies s'entretenaient de leurs études, mais elles parlaient aussi de l'avenir, et ne tardèrent pas à se poser la question de ce qu'il adviendrait d'elles une fois qu'elles auraient quitté Sainte-Barbe. Zozine s'attendait à de multiples aventures. Lorsque son père serait de retour, ils voyageraient ensemble et iraient même jusqu'en Chine. Elle ne se marierait pas, et ne mènerait pas une vie sédentaire avant d'avoir des prétendants à sa main dans tous les pays du monde.

Lucan se contentait d'écouter Zozine. Comment aurait-elle pu imaginer pour elle-même un avenir aussi coloré ? Cet avenir restait voilé ; parfois le voile était incolore, mais parfois il se parait d'un éclat rosé, et elle vivait dans une sorte d'attente muette de ce que le sort lui réservait.

« Peut-être, se disait-elle en souriant à cette pensée, suis-je adventiste comme le pasteur Pennhallow et sa femme. »

Puis, elle emplissait son tablier de petits pois pour les emporter à la maison.

Clon était un garçon taciturne. Il était fier de sa force, et déclarait gravement qu'il était capable de creuser une tombe plus vite et mieux que le fossoyeur de Peyriac. Mais il était timide et, pour un peu, il aurait eu peur des deux jeunes filles, bien qu'il ne cessât de les suivre des yeux quand elles parcouraient le jardin. Zozine, qui ne comprenait pas les gens craintifs, pensait qu'il avait l'esprit un peu dérangé. Mais Lucan attribuait son caractère singulier au temps qu'il avait passé en prison. Elle songeait à ses petits frères et se prenait de pitié pour ce garçon, orphelin de père et de mère, et elle disait à Zozine :

— C'est injuste! C'est un péché d'avoir enfermé un pauvre enfant parce que, mourant peut-être de faim, il a volé un morceau de pain; et puis, de l'avoir fait vivre parmi les malfaiteurs. Après cela, il a naturellement peur du monde entier.

Un jour que Clon fendait du bois, il se coupa le doigt, et Lucan le lui pansa. Son amabilité parut le surprendre, mais depuis lors, il la suivit partout, et ne lui permit plus de puiser de lourds seaux d'eau au puits. Il avait appris à féconder les melons en transportant du pollen, au bout d'un bout de bois, d'une fleur de melon à une autre. Le pasteur Pennhallow vit avec inquiétude les jeunes filles assister à cette opération, qui touchait de si près au mystère de la vie. Puis il s'aperçut que Lucan en était déjà instruite, et même s'entendait mieux que Clon lui-même à cette manière d'aider la nature. Mais, toute innocente elle-même, elle ne faisait qu'une œuvre d'amour sans y ajouter aucune arrière-pensée.

Par une belle journée sans nuages, Lucan et Clon étaient seuls et travaillaient avec ardeur dans le champ de melons. La jeune fille essayait d'obtenir la confiance du jeune garçon, mais ses paroles amicales restaient un peu gauches, car elle ne s'exprimait pas encore en français comme elle l'aurait désiré. Certes, elle ne voulait pas interroger Clon sur les circonstances de sa vie, car elle devinait combien cette vie avait été sombre et douloureuse. Elle lui parla, en revanche, de son foyer à elle, de ses frères, et de la joie qu'ils éprouvaient tous à être bons et secourables les uns pour les autres.

Clon l'écoutait d'un air fermé ; sur ses lèvres apparaissait un sourire un peu moqueur. Cependant, lorsqu'ils se redressèrent après s'être longuement penchés sur les melons, il resta un moment plongé dans ses pensées, et soudain, il dit :

— Un jour, moi aussi, j'ai essayé de venir en aide à quelqu'un ! et il ajouta, tandis qu'une singulière émotion transfigurait ses traits : « Quelqu'un qui avait les mêmes cheveux que vous, et qui parlait comme vous ! »

Il se tut un moment, puis reprit, plus bas : « Mais personne ne le sait ! »

Lucan, qui était tout près de lui, fixa sur lui ses beaux yeux bleus : « Clon ! dit-elle avec une grave douceur après être restée pensive un instant, Celui qui voit tout sait aussi ce que tu as fait. »

Le jeune garçon pâlit en regardant la maison :
— Non, non ! murmura-t-il.

Et il refusa de poursuivre la conversation.

Le lendemain, pourtant, il vint retrouver Lucan, le visage éclairé comme par une joie secrète ; il tenait dans ses mains grossières et terreuses, un écureuil qu'il venait d'attraper. Maintenant, lui aussi pouvait faire plaisir à Lucan; elle allait voir quelque chose qui l'amuserait.

Comme elle lui demandait en souriant ce qu'il avait l'intention de faire de la petite bête épouvantée, il lui exposa son plan, un plan si cruel et si fou que la jeune fille commença par se boucher les oreilles. Après quoi, toute pâle, elle lui enjoignit de rendre la liberté à l'écureuil.

Clon ne la comprit pas, ou ne voulut pas lui obéir : il serra la bête au contraire le plus étroitement qu'il pouvait contre sa poitrine.

— Clon! dit Lucan, d'une voix tremblante, ne te souviens-tu pas de ce que je t'ai dit hier de Celui qui voit tout! Que dirait-Il en te voyant martyriser une créature sans défense, qui ne t'a rien fait?

Clon plissa le front comme s'il ne comprenait pas Lucan, puis il se mit lentement à rire, d'un rire dur et sauvage :

— Ah! fit-il, il s'en réjouirait.

Lucan pensa que Zozine devait avoir raison quand même, en prétendant que le jeune garçon n'avait pas toute sa tête. Dans son angoisse, elle retira de force le petit animal des mains de Clon, et le laissa s'enfuir.

Clon aussi avait pâli, et il considérait la jeune fille d'un air effaré. Tout à coup, il l'interrogea avec colère :

— Où irez-vous maintenant?
— Où nous irons?
— Mais oui, répéta Clon. Où irez-vous?
— Où veux-tu que nous allions, Clon?
— Il faut vous en aller, partir d'ici! cria Clon,

comme les autres demoiselles qui sont venues avant vous.

Pendant le souper, le pasteur Pennhallow, qui en rentrant de sa promenade, avait aperçu Lucan et Clon, demanda à la jeune fille de quoi elle avait parlé avec ce jeune paysan taciturne. Lucan, qui ne voulait rien dire de la sauvagerie de Clon, répondit avec un peu d'embarras : « Il m'a raconté que d'autres jeunes filles ont été avant nous à Sainte-Barbe, et qu'elles sont reparties. Je ne comprenais pas bien ce qu'il disait. »

Ce soir-là, Lucan resta si inquiète, en pensant à la dureté de Clon envers le pauvre animal sans défense, dont il s'était emparé qu'elle ne parvenait pas à s'endormir. Pendant son insomnie, elle se souvint d'avoir oublié le petit arrosoir dans l'allée du jardin. La chose s'était déjà produite, et on avait grondé Clon à cause de cet oubli, dont elle, ou Zozine, était responsable. Il ne fallait pas que Clon fût grondé une fois de plus.

Zozine dormait. Lucan s'enveloppa de son châle et sortit tout doucement pour ne déranger personne, afin de remettre le petit arrosoir dans le hangar, au coin du mur, où l'on rangeait les outils de jardin. Il faisait encore un peu clair, et elle trouva l'arrosoir là où elle l'avait laissé.

A l'angle du mur, elle s'arrêta effrayée en entendant des gémissements : un être humain enfermé dans le hangar se lamentait. Elle hésita un peu, et lança deux ou trois appels, puis, soulevant le loquet, elle ouvrit la porte.

Aussitôt, Clon sortit à quatre pattes du hangar

et tomba à genoux dans l'allée. Il paraissait hors d'état de se relever, et à moitié fou de terreur. Tremblant de la tête aux pieds, il continuait à gémir tout bas.

Lucan crut d'abord qu'il s'était endormi dans le réduit. Quelqu'un en avait évidemment fermé la porte sans se douter de la présence du garçon.

Lucan resta un moment indécise, répugnant à toucher Clon, car elle ne pouvait oublier son méchant regard lorsqu'il serrait contre lui le petit écureuil. Mais, surmontant sa répugnance, elle se pencha vers lui et posa sa main sur son épaule :

— Clon ! dit-elle, en essayant de le relever.

— Je ne puis pas sortir d'ici, gémit Clon, je ne puis pas sortir d'ici.

Il tremblait si fort que ses dents claquaient, et Lucan ne put comprendre ce qu'il disait avant qu'il eût répété sa phrase trois fois. Elle saisit alors sa main et réussit à le mettre debout. Lui, se cramponna à elle dans la pénombre, sans la quitter du regard :

— Vous le voyez bien ! cria-t-il, il sait tout !

Sa voix, toute changée, était rauque; il haletait, et Lucan prit peur, elle aussi :

— Jamais je ne parlerai plus des demoiselles qui ont disparu ! reprit Clon; et que m'importe, à moi, ce qu'elles sont devenues ? Jamais plus je n'en parlerai.

Mazeppa.

Lorsqu'une fois par hasard Baptistine renonçait à son mutisme habituel, et parlait aux jeunes Anglaises des habitants du voisinage, deux noms revenaient toujours dans ses récits. Celui de Joliet, la propriété dont les terres entouraient Sainte-Barbe de tous les côtés, et celui des Valfonds, les maîtres de cette propriété. Baptistine, si dure et si encline à se moquer de chacun, évoquait avec respect tout ce qui touchait à cette famille.

Elle, qui se sentait bannie de Joliet, et qui devait attribuer aux Valfonds la responsabilité de son isolement, paraissait singulièrement attachée au domaine et à ses propriétaires. Mais Lucan et Zozine devinaient que Joliet, dont la famille de la paysanne avait, en quelque sorte, fait partie intégrante pendant des siècles, ainsi que les Valfonds, qu'elle avait servis, gardaient pour elle l'éclat de la terre promise, et d'une race royale. Elle n'aspirait qu'à les retrouver.

Baptistine disait fièrement : « Dans la France entière, il n'y a pas un seul domaine aussi bien cultivé que Joliet; nulle part on ne récolte un meilleur vin, et nulle part non plus les régisseurs, les métayers, les journaliers ne sont aussi bien traités.

« L'ancien propriétaire, qui avait été assassiné dans le jardin de Sainte-Barbe, était un maître juste et bon, un véritable père pour ses gens à l'époque, où les hommes de son rang écrasaient et exploitaient les paysans. Sa femme, très jeune à la mort de son mari, était restée à Joliet, tandis que d'autres familles nobles s'enfuyaient à l'étranger, et elle avait continué l'œuvre du défunt, mais elle y avait ajouté un trait particulier. Aucun membre de la famille des Valfonds ne quitta la province après l'assassinat : ils vivaient et mouraient dans le Languedoc. »

Baptistine cita encore cette tradition avec orgueil, comme si les de Valfonds s'étaient acquis par là un droit de propriété sur toute la province.

— La veuve du maître assassiné résidait encore au château. Son fils unique et sa bru étaient morts; son petit-fils, le châtelain actuel, habitait avec sa grand-mère. Ce jeune homme n'avait jamais quitté le pays, sauf peut-être pour aller à Paris. Il ne dépassait pas les limites du Languedoc, et on le trouvait toujours sur ses propres terres.

Les récits de Baptistine avaient excité l'imagination des deux amies : Joliet devint pour elles un château de conte de fées, mêlé à l'histoire de France, qu'on leur enseignait à ce moment-là.

Lorsqu'elles étudiaient les Croisades, elles voyaient les seigneurs de Valfonds qui partaient pour la Terre sainte, tandis que leurs épouses agitaient leur mouchoir du haut des murs de Joliet.

Cependant, un beau jour, Lucan et Zozine quittèrent le monde des livres pour celui de la réalité. Au cours de l'une de leurs promenades de l'après-midi, elles dirigèrent leurs pas vers une charmille de Joliet et, du banc où elles s'assirent, elles virent briller la façade blanche du château entre les arbres.

Le pasteur Pennhallow et sa femme encourageaient d'ailleurs leurs pupilles à parcourir un peu la contrée, à présent que la saison des vendanges était proche. Ils ne voyaient aucun inconvénient, disaient les vieux époux, à quelques conversations entre les jeunes filles et les villageois, ou les fermiers des environs. Ils paraissaient même regretter de connaître si peu, pour leur part, les habitants du voisinage, à cause de la vie retirée qu'ils menaient, et de ne pouvoir aider Lucan et Zozine à lier connaissance.

Au pied de la petite colline où se trouvait le château, il y avait un vaste enclos herbeux, où paissaient quelques beaux chevaux : les chevaux de selle du baron de Valfonds. De tout temps, les de Valfonds avaient été des éleveurs de chevaux réputés et de bons cavaliers. Zozine, qui devait se contenter d'un âne depuis son arrivée en France, fut transportée à la vue des chevaux. Bientôt, elle les connut tous et gratifia chacun d'un nom imaginaire. Elle obtint de Baptistine des morceaux de pain sec, qu'elle emportait dans un panier, pour les offrir à ses amis. Eux aussi se familiarisèrent vite avec la jeune fille : ils accouraient lorsqu'elle les appelait de sa voix claire.

Baptistine approuvait cette distribution du pain de Sainte-Barbe aux chevaux de Joliet, et elle se montrait moins bourrue envers Zozine qu'envers les autres habitants de la maison.

Tandis que, par instants, les yeux de Mrs Pennhallow se fixaient sur le joli visage de Lucan, Baptistine pouvait considérer Zozine avec une attention singulière, comme si les traits de la jeune fille eussent rappelé à la paysanne d'autres traits presque oubliés.

En France, Zozine n'avait jamais dit un mot de Tortuga, mais en voyant les chevaux de l'enclos, elle parla librement de sa maison paternelle, comme si elle venait de la retrouver.

Elle prétendait qu'un beau cheval blanc ressemblait au cheval de selle que montait son père quand elle était petite, et elle donna au cheval de Joliet le nom de Mazeppa, que portait celui de Tortuga. Il arrivait qu'elle escaladât la haie pour caresser Mazeppa, et un jour elle courut avec lui dans le pré en se retenant à sa crinière.

Un soir d'été, les deux jeunes filles se trouvaient près de l'enclos; l'orage menaçait; le ciel était bleu foncé, et les vieux chênes-verts autour de la prairie étaient presque noirs. Dans ce sombre paysage, le cheval blanc s'avançait vers Zozine, la tête levée, telle une splendide apparition.

Zozine se tourna vers Lucan et dit :

– J'ai envie de monter Mazeppa; je suis déjà montée à cheval sans selle. Quand j'étais enfant, un cirque s'était installé dans le village, près de Tortuga. Je voyais des dames assises sur des chevaux non sellés, et j'ai été prise d'un tel désir de les imiter, que papa, sur mes instances, m'a fait donner des leçons par un cavalier du cirque.

Veux-tu donner du pain à Mazeppa, et le tenir pendant que je grimperai sur son dos?...

Lucan essaya de la faire renoncer à son caprice : Que diraient le maître, ou la maîtresse de Joliet, s'ils passaient par hasard et la voyaient montant un de leurs chevaux?

Zozine objecta qu'ils n'étaient jamais venus jusqu'à présent, mais Lucan la vit rougir à la pensée que, s'ils l'apercevaient réellement, ils admireraient ses prouesses d'écuyère; et elle persuada son amie de tenir le cheval, tandis qu'elle-même rassemblait les plis de sa robe...

— Lâche Mazeppa! cria-t-elle, joyeuse comme un oiseau qui s'envole, en tapotant le cou du cheval, tandis qu'elle se retenait à sa crinière, et le faisait défiler au pas devant Lucan.

Lucan la suivait des yeux, en se disant que Zozine avait dû monter avec grâce de tous temps.

D'abord la promenade se fit au pas, mais bientôt Zozine mit son cheval au trot. Elle s'était assise à la manière des femmes, mais en accélérant l'allure de Mazeppa, elle passa rapidement une jambe par-dessus le cou de sa monture, et se trouva à califourchon, comme un jeune garçon. Elle riait en regardant Lucan et fit trotter Mazeppa tout autour de l'enclos, puis le mit au galop. Pendant un moment, tout alla bien, mais tout à coup Lucan vit glisser Zozine et, peu après, celle-ci fut projetée dans l'herbe. D'effroi, le cœur de Lucan cessa de battre. Cependant, Zozine s'assit par terre, secoua ses boucles et tourna vers son amie un visage radieux.

Au même instant, un jeune homme parut entre les arbres, de l'autre côté de l'enclos, et regarda Zozine. Lucan rougit. Zozine, qui avait le soleil dans les yeux, ne voyait pas que sa robe était remontée jusqu'à ses genoux, et sa compagne voulut s'approcher d'elle. Mais déjà le jeune homme avait sauté par-dessus la haie, et venait aider l'amazone à se relever. Elle, encore étourdie, restait assise dans l'herbe, mais elle sourit à l'inconnu :

— Vous ne vous êtes pas blessée, Mademoiselle ?

— Grand Dieu ! s'écria Zozine sans répondre à sa question, quel délicieux cheval de selle que ce Mazeppa !

Tout à coup, elle vit ses jambes dans l'herbe. Elle avait de jolies jambes, mais elle les trouvait trop minces, et elle se releva avec hâte.

L'étranger était vêtu comme un paysan, mais il avait une allure distinguée et des manières pleines de charme. Ses cheveux blonds, exceptionnels dans ces régions méridionales, étaient rejetés en arrière, découvrant un front haut et blanc. Il fixait la jeune fille de ses yeux brillants.

— Vous êtes habituée, semble-t-il, à monter un cheval non sellé, Mademoiselle ? dit-il.

— Je l'ai fait étant petite fille, répondit Zozine, mais cette fois, je n'ai pas trop réussi.

En comprenant que le jeune homme l'avait vue tomber, elle avait envie de s'en aller ; mais il lui témoignait tant de respect qu'elle reprit courage :

« Ce doit être un des palefreniers de Joliet, pensa-t-elle. Peut-être ne dira-t-il rien à ses patrons. » Et elle lui demanda :

— Est-ce vous qui soignez le cheval blanc ?

— Oui, Mademoiselle, et il me connaît bien.

Zozine le regarda. Éblouie par le soleil et un peu étourdie après sa chute, elle distinguait mal l'homme du cheval; était-ce le jeune homme, ou Mazeppa lui-même, le cheval aux beaux yeux doux, aux naseaux frémissants, près duquel elle se trouvait, et à qui elle parlait ? Elle reprit :

— J'ai vu un jour des tableaux représentant des centaures, qui sont moitié homme et moitié cheval. Que ce doit être merveilleux d'être un centaure !

— Il se pourrait bien qu'il y en eût encore un certain nombre ici, dans la forêt, Mademoiselle, dit le jeune étranger.

Lucan et Zozine rentrèrent chez elles, tout émues par leur aventure. Il y avait bien longtemps qu'elles n'avaient parlé à personne, sauf aux habitants de Sainte-Barbe. Lucan restait intimidée et elle gronda doucement Zozine, en lui déclarant qu'elle ne la suivrait plus jusqu'à l'enclos.

Zozine accepta patiemment les reproches et ne répliqua rien. Mais lorsqu'à un tournant du chemin, elles se retrouvèrent en vue de Sainte-Barbe, elle s'arrêta brusquement en face de son amie.

En cet instant, elle n'était plus l'élève diligente et le disciple appliqué du pasteur Pennhallow; mais l'ancienne Zozine de Tortuga, la Zozine du bal, l'enfant gâtée, brillante et capricieuse, dont la vie avait été un parterre de fleurs et les difficultés un jeu. Son visage avait pris un nouvel éclat après sa chevauchée, le danger qu'elle avait couru, et tant d'impressions inaccoutumées. Elle dit tendrement :

— Ne me gronde pas, ma sœur Lucan! Vous les gens sérieux, faites des reproches aux autres êtres parce qu'ils ont trouvé une occasion de s'amuser, après avoir été enfermés, sans même pouvoir dire qu'ils étaient en prison. Si je ne trouve pas bientôt quelque possibilité de rencontrer d'autres gens, je mourrai.

Les avertissements de Mrs Pennhallow

On faisait les vendanges dans la région de Peyriac, où l'on cultive le célèbre vin de muscat de Lunel. Les vendanges sont le grand événement de l'année. Le vieux curé du village les inaugurait d'abord par une messe dans la petite église de la place, après quoi il se rendait dans le vignoble. Toutes les personnalités de marque du canton venaient à la fête; elles s'y rendaient à pied, en procession, et s'agenouillaient par terre comme les vignerons, mais leurs voitures les avaient suivies et les attendaient à l'ombre des arbres.

Les parents adoptifs de Lucan et Zozine les autorisèrent à se rendre au village avec Baptistine et à assister aux cérémonies. Baptistine l'avait fait chaque année, mais sans se mêler à la foule. Cette fois, son sourire habituel de méchanceté narquoise apparut sur ses lèvres.

En voyant arriver une élégante calèche, elle dit que c'était une voiture de Joliet, amenant la vieille baronne et sa dame de compagnie. Le petit-fils de la baronne devait, selon l'usage, rencontrer la procession dans le vignoble, au milieu de ses gens.

Le visage distingué de la vieille dame était d'une pâleur de cire, sous ses cheveux blancs coiffés de dentelle noire. Elle répondait par une aimable inclinaison de tête aux saluts respectueux de l'assistance.

— Il est temps que le baron Thésée se marie, dit Baptistine, mais sa grand-mère veut qu'il épouse une femme de cette province, et qu'elle consente à y rester. Les jeunes personnes du pays veulent bien devenir baronne de Valfonds, mais elles ont envie de vivre, de s'amuser, de voir le Roi et la reine Amélie. Or, le baron de Valfonds ne peut s'en aller d'ici, et encore moins laisser partir sa femme toute seule pour Paris.

— Le baron Thésée ressemble-t-il à sa grand-mère? demanda Lucan, que le beau et noble visage de la vieille dame avait vivement frappée.

— Non, fit Baptistine, il ressemble à son grand-père, qui est mort à l'époque de la Révolution. Mais son père, le baron Sigisbert, le fils de la vieille baronne, ressemblait à sa mère. On disait que c'était le plus beau garçon du pays. Lors du retour du roi Louis, celui-ci fit appeler le baron à sa cour à Paris, et il lui offrit une haute situation. Certaines personnes disaient même que le Roi avait l'intention de lui donner pour femme une des princesses du sang, puisque la famille de Valfonds avait témoigné une telle fidélité au roi de France. Mais le baron Sigisbert refusa de quitter notre province.

Un jeune homme, vêtu de noir, et au teint éclatant, passa à ce moment devant le petit groupe et la paysanne se mit à rire :

— Voyez donc M. Emmanuel Tinchebrai! fit-elle, l'assistant de notre vieux juge de paix de Lunel. Qu'en dites-vous, Mesdemoiselles? A-t-il des cheveux roux ou non?

Elle poursuivit en s'apercevant de l'étonnement des deux jeunes filles : « On raconte que le père de M. Tinchebrai était un marchand de grains et de farine, considéré à Lunel, et qu'il avait une jolie femme. Sa maison était située un peu au-delà, mais tout près de l'évêché, et lorsqu'un été, il y a vingt-cinq ans, un incendie détruisit celui-ci, l'évêque de Nîmes, qui venait en visite à Lunel, descendit chez le marchand de grains. Son Éminence était d'une grande famille, dont tous les membres sont de beaux et galants hommes; mais ils ont des cheveux roux.

« Lorsque maître Emmanuel vint au monde, tous les voisins accoururent pour voir les cheveux du bébé : s'ils étaient roux, l'enfant ferait son chemin dans la vie; mais alors, on tiendrait des propos injurieux sur le compte du papa Tinchebrai et de sa dame. Que désirait le petit Emmanuel lui-même, lorsqu'il se regardait dans la glace?

conclut Baptistine, en riant. En tout cas, il restait à l'écart des autres enfants, qui l'évitaient aussi. Mais il a fait ses études dans une école réputée, et sans doute deviendra-t-il, lui-même, un juge, dans l'avenir.

« Autrefois, il venait souvent chez mes patrons, peut-être pour constater l'air que peut avoir un prêtre marié.

« Peut-être se sont-ils brouillés depuis, car il ne s'est plus montré à Sainte-Barbe depuis six mois. »

Les jeunes filles suivirent la procession pendant un bout de chemin, puis revinrent sur leurs pas, puisque, étant protestantes, elles ne pouvaient s'agenouiller avec le reste de la foule. Quelques jours après, elles rencontrèrent le père Vadier, curé du village, sur la grand-route. Il leur adressa amicalement la parole, et leur posa quelques questions sur leur vie à Sainte-Barbe, mais il se tut en apprenant qu'elles étaient des hérétiques. Au cours de la conversation, il avait dit qu'il était le confesseur de la vieille baronne de Joliet et de son petit-fils.

Lucan et Zozine le regardèrent alors avec plus d'attention. Le château les intéressait vivement; il avait fait travailler leur imagination. Elles se demandaient ce qu'on y disait, ce qu'on y pensait ? Et cet aimable vieillard le savait.

A l'encontre de ses habitudes, le pasteur Pennhallow était absent à l'heure du retour de ses protégées à Sainte-Barbe, mais on l'attendait dans la soirée. Mrs Pennhallow paraissait agitée et garda le silence pendant le dîner. Mais, un peu plus tard, elle eut l'air de se souvenir de ses devoirs envers les jeunes filles qu'elle avait reçues chez elle. Elle s'assit en face d'elles, et s'entretint intimement avec Lucan et Zozine, comme elle en avait l'habitude.

Lorsqu'elles lui parlèrent de leur rencontre avec le curé et des questions qu'il leur avait posées concernant leur vie et leurs études, son visage se rembrunit, et elle dit avec un sourire un peu dédaigneux :

— Les prêtres catholiques sont des gens ignorants et sans éducation. Ils fourrent leur nez partout, et veulent que nous venions tous à confesse. Ce n'est pas la première fois que le père Vadier s'est mêlé de nos affaires à Sainte-Barbe. Il devrait pourtant se garder de le faire.

Un peu après, elle reprit d'une voix un peu tremblante :

— Il ne faut jamais écouter ces papistes. Les prêtres de cette religion obscurantiste boivent eux-mêmes le vin de la communion sans en donner une part aux fidèles. Il leur est aussi défendu de se marier. L'Église catholique adore une femme. Dans les églises, on voit une image de femme sur l'autel : c'est offenser Dieu, c'est un vrai sacrilège !

Les mains de Mrs Pennhallow tremblaient pendant qu'elle parlait et, quand elle voulut déplacer la lampe, elle dut la reposer sur la table.

— L'homme, reprit-elle, est fait à l'image de Dieu, c'est écrit dans la Bible. Mais la femme est la plus laide des créatures. La femme nue est si horrible à voir que la pensée s'en détourne. Je n'ai jamais osé me représenter réellement la femme nue. S'il m'était arrivé de me voir moi-même, nue, dans un miroir, je me serais enfermée dans une chambre obscure pour le reste de ma vie. La fonction particulière des femmes est si repoussante même, qu'entre elles, elles n'osent en parler qu'en chuchotant.

« Quel singulier destin pour un être humain que d'être forcé de se mépriser soi-même, et de se prendre en horreur !

« Quelques-unes d'entre nous ont espéré, peut-être, que l'homme, en tant que créature supérieure, se montrerait indulgent envers notre misère, mais celles-là aussi ont fini par dire : C'est impossible ! »

Les traits de Mrs Pennhallow se contractaient, se crispaient comme si elle contemplait un spectacle repoussant; ou qu'elle fût sur le point d'éclater en sanglots.

— Mais alors, reprit-elle après un court silence, tandis que son visage s'éclairait, alors un miracle s'est produit. Oh ! celui qui en a fait l'expérience ne peut que dire que c'est un miracle. L'homme, dont nous n'osions pas espérer le pardon, ne nous pardonne pas : il nous adore. Il ne ferme pas les yeux pour ne pas voir notre honte, car il ne peut se rassasier de nous regarder.

Mrs Pennhallow s'arrêta de nouveau, puis s'écria :

— Voilà la Grâce ! Voilà l'Élévation de la

femme, et sa sanctification par l'homme. C'est la grande merveille de notre existence. Celle qui devrait être punie, est honorée. Celle dont on devrait se détourner de dégoût, est l'objet de chants de louange.

La vieille femme s'était levée; elle était debout près de la table. Son menton, où apparaissaient quelques poils gris, tremblait; elle pressait ses mains contre sa poitrine plate. Les deux jeunes filles avaient cessé de coudre, surprises de voir se manifester dans ce corps décharné, une passion à laquelle elles ne se seraient jamais attendues. Mais Mrs Pennhallow ne les regardait pas; elle ne s'adressait qu'à sa propre personne, et elle finit par dire seulement et d'un air méditatif :

— Nous passons par des jours affreux, tant que nous ne sommes pas sûres qu'un homme veuille et puisse nous sauver. A quel efforts ne sommes-nous pas contraintes pour présenter, dans sa réalité, la vie à laquelle nous aspirons. Nous sommes déchirées entre l'espoir d'être bénies et les plus amers scrupules de conscience, car nous sentons bien que tandis que l'homme nous retire de l'abîme, nous l'y plongeons, lui. Notre attente est longue, parfois trop longue, et parfois il semble qu'elle soit vaine, mais nous ne pouvons lâcher celui qui nous délivrera, dussions-nous user de violence pour l'y forcer, et nous souffrons en agissant ainsi.

Elle frissonna, et posa pendant quelques secondes les mains sur ses lèvres, puis elle reprit encore plus lentement :

— Mais quand nous avons réussi, nous avons

atteint la félicité, la sanctification de la femme. Alors, ne devrions-nous pas, à partir de ce jour de gloire et jusqu'à notre mort, remercier l'homme et le servir?

En parlant, elle laissait errer ses regards au plafond, où les deux gros crochets de suspension des lampes se détachaient sur la boiserie sombre.

– Oui! Il faut nous soumettre à lui, être ses esclaves; sa volonté doit être notre loi. Par son regard, nous sommes belles, et si jamais ce regard se détourne de nous, nous retomberons dans notre misère; nous serons perdues pour toujours. Ne faut-il donc pas que nous exécutions tout ce qu'il exigera de nous?

– Comment notre soumission nous amoindrirait-elle? Même s'il nous marchait sur le corps, ce ne serait pas payer trop cher notre bonheur. Jamais nous ne pourrons oublier que nous lui devons tout, et nous donnerons joyeusement notre vie pour celui qui nous a relevées.

Mrs Pennhallow garda de nouveau le silence, plongée dans ses pensées; ses traits se détendirent peu à peu et son visage n'eut plus aucune expression.

Les deux amies échangèrent un regard : Zozine, convaincue qu'elle-même et toutes les autres jeunes filles étaient irrésistibles, se mit à rire, et jeta un regard vers l'armoire de l'encoignure où Baptistine enfermait sa liqueur de cerises. Mais, à ce moment-là, on entendit un pas lourd sur le gravier de la cour, et quelqu'un tourna la clé dans la serrure de la porte d'entrée. Une délicate rougeur monta aux joues de la vieille femme; son corps rigide se détendit; elle fit quelques brefs gestes des mains, et se laissa tomber sur sa chaise près de la table :

— Voilà le pasteur Pennhallow qui rentre, murmura-t-elle avec une visible émotion; restez bien tranquilles; nous ne lui parlerons pas de tout cela.

L'ancien élève du pasteur Pennhallow.

A cette époque, il arrivait souvent à Lucan d'avoir le cœur serré : elle aimait de plus en plus Zozine comme une sœur; la confiance et l'intimité de son amie devenaient de jour en jour plus indispensables à sa vie. Mais elle ne parvenait plus à se confier complètement à Zozine.

La jeune fille riche, élevée à Tortuga, ne connaissait guère le monde où il lui fallait vivre à présent, il l'étonnait. Elle pouvait en rire ou donner libre cours à son imagination à son sujet, mais elle ne cherchait pas à en pénétrer le véritable caractère par son propre effort. Dans les conditions nouvelles où elle se trouvait, elle se fiait à Lucan, qui l'avait entraînée, pour en tirer le meilleur parti, puisqu'elles lui étaient plus familières.

Or, à Sainte-Barbe, il y avait un mystère, que Lucan ne parvenait pas à éclaircir.

Parfois, elle avait l'impression que la maison était habitée par des hôtes secrets, qu'elle n'avait pas vus. Elle se répétait qu'elle était victime de son imagination, mais la singulière inquiétude ne cessait de l'assaillir.

« Où donc, se disait-elle, ai-je amené cette sœur si joyeuse, qui s'est fiée à moi ? J'ai pourtant fait l'expérience de l'insécurité de ce monde, et je devrais pouvoir comprendre la réalité de notre situation actuelle, et juger de ce qu'elle implique. »

Au contraire de Lucan, Zozine paraissait plus heureuse qu'à leur arrivée à Sainte-Barbe et se montrait encore plus tendre envers son amie. Elle demanda à plusieurs reprises à Lucan si elle était souffrante ou si elle était obsédée par quelque souci. Lucan secouait la tête, elle ne voulait pas détruire l'heureux équilibre de Zozine en lui avouant ses appréhensions. Mais parfois elle recherchait la solitude et, une fois seule, elle observait anxieusement tout ce qui l'entourait, et prêtait l'oreille au moindre bruit.

Un après-midi, le temps parut se mettre à la pluie. Lucan était en train de ramasser des pommes dans le jardin, lorsqu'elle vit venir un jeune homme sur le chemin qui longeait le mur. L'étranger s'arrêta pour regarder la maison, puis il tira le cordon de sonnette. La jeune fille courut lui ouvrir le portillon. En la voyant, il eut un regard de surprise et d'admiration ; il ôta son chapeau et demanda si c'était bien ici qu'habitait le pasteur Pennhallow. Sur la réponse affirmative de Lucan, il sortit une carte de visite de sa poche et la lui tendit en la priant d'avoir l'obligeance de l'introduire auprès du pasteur.

C'était un beau garçon, robuste, aux cheveux bruns, aux épais sourcils de couleur sombre, aux grands yeux bleus. Il avait une attitude libre et dégagée, comme ceux qui ont beaucoup vécu en plein air. Sa voix était sonore et mélodieuse mais il hésitait un peu en parlant français.

Lucan s'écria : « Vous n'êtes pas Français; vous êtes Anglais n'est-ce pas?

— Et vous êtes Anglaise? » répondit-il, avec un joyeux étonnement.

Lucan lui dit son nom, et lui raconta que sa sœur et elle vivaient chez le pasteur Penhallow et sa femme. L'étranger l'interrompit :

— Tiens! Il est marié?

Puis il ajouta gaiement : « Mais alors vous pouvez bien m'amener chez lui et lui dire qu'un de ses anciens élèves est venu lui faire une visite dans sa retraite. »

Il n'avait pas fini de parler que le pasteur Pennhallow ouvrit en personne la porte de la maison. Il avait entendu le coup de sonnette, et mis la main devant ses yeux pour voir qui arrivait. Le jeune homme avait gardé son chapeau à la main, il avança de quelques pas et dit :

— Ne me reconnaissez-vous pas, mon vieux maître?

Le pasteur Pennhallow le fixa pendant quelques secondes, après quoi il répondit en souriant :

— Est-ce vraiment toi, Noël? Non, excuse-moi : Sir Noël? J'ai su que ton sort a changé par la mort de ton cousin et que tu es maintenant Sir Noël

Hartranft. Mais qu'est-ce qui t'amène en France, Noël?

— Permettez-moi d'entrer, mon honoré maître! dit Sir Noël. Permettez-moi de me reposer à votre foyer. J'ai besoin de votre sagesse et de votre amitié. Mais, avant tout, rappelons les souvenirs des jours passés.

Jamais le pasteur Pennhallow ne paraissait pris au dépourvu, ou même étonné; pourtant, il examina avec attention le jeune homme en l'emmenant avec lui à l'intérieur de la maison.

Il le présenta en ces termes à Zozine et à sa femme, qui étaient accourues en entendant une voix inconnue.

— Voici Sir Noël Hartranft, un de mes plus anciens et plus chers élèves.

Et il ajouta en s'adressant au nouveau venu, en souriant :

— Tu n'étais pas un disciple de tout repos, et tu as valu plus d'un cheveu gris à ton maître. Mais il faut avouer aussi que tu n'as jamais connu la peur, et que tu n'as jamais dit un mensonge. J'ai appris que tu avais été en mer, et je pensais que la mer t'avait rendu raisonnable.

— Il m'est arrivé bien des choses, dit Noël, en se passant la main sur le front. J'ai passé cinq ans en mer à naviguer autour de la terre entière, mais aujourd'hui, je suis, comme vous dites, un honorable terrien chez nous en Angleterre. « Nihil est agricultura melior. » Rappelez-vous que c'est vous qui m'avez appris cela. Et maintenant je me retrouve près de vous dans l'état d'esprit d'un gamin de quatorze ans.

La présence de son hôte semblait inquiéter Mrs Pennhallow; ses yeux se posèrent à plusieurs reprises sur son mari. Mais le pasteur approcha du feu de larges fauteuils pour lui et pour Sir Noël; il offrit au jeune homme un verre de porto, et s'entretint amicalement avec lui.

Le vieux maître interrogeait son disciple sur ses aventures, et sur leurs amis communs d'autrefois; il lui rappela les événements passés dix ans plus tôt et lui posa, en riant, des questions concernant les connaissances qu'il lui avait inculquées en ce temps-là.

Sir Noël expliqua que son navire était à l'ancre à Marseille et que lui-même logeait, pour l'instant, à Lunel, où il devait se rendre le soir même.

Les jeunes filles contemplaient le beau marin avec de grands yeux. Ce ne fut que lorsqu'on servit le thé du soir que le jeune homme se frappa le front, et dit qu'il ferait aussi bien de ne pas tarder davantage à expliquer le but de sa visite à Sainte-Barbe :

— Bien que, poursuivit-il, mes raisons vous paraîtront sans doute aussi fantaisistes et absurdes que mes inventions de jadis qui vous valaient tant de soucis.

Comme le pasteur Pennhallow faisait mine de vouloir enjoindre à sa femme et aux deux amies de les laisser seuls :

— Non, non! fit Sir Noël, je n'ai pas l'intention de vous parler entre quatre-z-yeux. Toute cette affaire prendrait un aspect solennel, surtout pour moi-même. Que votre aimable femme et ces deux jeunes filles écoutent tout ce que j'ai à dire et se moquent de moi. Pourtant, personne au monde plus que des dames ne sauraient me comprendre.

Apparemment, Sir Noël répugnait à prendre sa requête trop au sérieux; pourtant sa jolie voix avait un accent tout changé quand il commença ainsi :

— Vous rappelez-vous, mon vieux maître, toutes les exhortations et les mercuriales que vous étiez obligé de m'adresser, pour me maintenir sur le droit chemin. Parfois vous estimiez, sans doute, que vos efforts se heurtaient à l'obstination d'un jeune pécheur endurci. Mais je vous certifie qu'il n'y a personne au monde dont les paroles, ou les actes, aient influencé aussi profondément que les vôtres mon esprit inquiet.

« Évidemment, vos principes me paraissaient trop élevés pour un individu, qui savait qu'il n'était pas différent de la plupart des gens et vos règles de vie étaient trop sévères pour celui qui n'aspirait nullement à la sainteté. Cependant, je sentais, d'autre part, que nul autre que vous ne comprenait aussi bien ma propre nature et tout ce qui était en moi, et que je ne pouvais expliquer à personne, sinon à vous, et d'ailleurs à peine à moi-même.

« Parfois, lorsque vous me révéliez l'histoire, j'avais l'impression que vous compreniez le caractère de tous les êtres humains et que vous pénétriez jusqu'au fond les mystères les plus cachés des vivants et des morts.

« Vous rappelez-vous que mon oncle m'avait puni, parce qu'un jour d'orage, j'étais parti sur le fjord dans ma petite barque ? Ce jour-là, j'étais furieux contre lui et contre le monde entier. Alors, vous êtes venu et vous m'avez parlé comme si vous aviez été avec moi dans le bateau, et même comme si vous aviez déjà navigué par des nuits plus obscures, et au cours de plus violents orages. J'en suis resté muet, et ne me suis plus opposé à mon oncle.

« Vous souvenez-vous aussi, poursuivit Noël, que, dans votre impérieux désir d'arracher nos âmes précieuses aux puissances des ténèbres, vous nous parliez des gens qui se donnaient au Malin et qui lui vendaient leur âme. Vous nous citiez bien des cas de ce genre; il semblait que vous les eussiez étudiés avec soin. »

Une fois de plus, le pasteur Pennhallow considéra Noël d'un long regard scrutateur, puis il dit aimablement :

— Et tu t'en souviens encore ?

— Oui, répondit Noël, je m'en souviens, ou plutôt j'y ai repensé plus tard, après ce qui m'est arrivé. J'y ai tant réfléchi qu'il m'a fallu absolument venir vous trouver, pour vous en parler. Vous êtes la seule personne qui puisse me donner un conseil, et m'éclairer sur mon devoir.

Après un silence, le pasteur Pennhallow dit lentement :

— Il y a longtemps que je ne me suis plus occupé

de ces questions; et il ajouta, comme en plaisantant : « Je ne crois pas que je sois qualifié pour établir un contrat, comme celui qui te tient à cœur. Mais je te promets de prêter une oreille attentive à tes confidences et, quand tu t'arrêteras de parler, je te répondrai dans la mesure de mon expérience et de mes capacités. » Noël se tut quelques instants, et commença son récit.

Une âme perdue.

— Le sort s'est livré avec moi à un jeu singulier. Il y a un an, j'étais tout à fait satisfait du monde et de ma propre personne, mais il y a six mois j'étais en enfer. Je vous demande pardon, je vous demande mille fois pardon : ce que j'entends par là, c'est qu'il y a six mois j'étais plongé dans le désespoir le plus profond; et, aujourd'hui, j'ignore si j'ai été acheté ou vendu, au sens le plus solennel de ces mots.

En parlant ainsi, Noël eut un petit sourire amer.

— Comme vous le savez, j'ai été élevé à Wanlock Hall, la propriété de mon oncle, avec mon cousin, qui avait le même âge que moi. Je me suis engagé dans la marine, vous l'avez dit, et j'ai atteint le grade de capitaine sur un vaisseau de Sa Majesté : le *Lion*. Une adorable jeune fille, dont tous mes amis recherchaient la main, me dit qu'elle me préférait à eux. L'avenir se dessinait donc en rose pour votre respectueux serviteur. Mais brusquement tout changea, c'est-à-dire que la malédiction s'abattit littéralement sur moi.

« Un soir que j'étais à terre, je jouai aux cartes avec mon cousin et quelques-uns de ses bons amis, dans son club de Londres. Je gagnais depuis le début, de sorte que mon cousin, qui ne supportait pas de perdre, fut de très mauvaise humeur et, tout à coup, il m'accusa de tricher au jeu. Une violente querelle s'ensuivit. J'exigeai des excuses qu'il refusa. Il jouissait d'une grande considération au club, où nous nous trouvions; mais moi, j'y étais un inconnu. Furieux, je quittai le club.

« Le lendemain, mon oncle me fit appeler : on l'avait naturellement monté contre moi, mais je lui dis ce que je pensais de son fils. Bref, je quittai l'Angleterre, brouillé avec toute ma famille et en outre ridiculement soupçonné d'avoir agi malhonnêtement. Ma fiancée pleura, mais me promit quand même de m'attendre, ce qui me consola.

« Cependant, quand mon bateau arriva à Cadix, deux lettres m'y attendaient. La première était de mon oncle. La bile avait eu le temps de lui empoisonner le sang et il me déclarait qu'il ne voulait plus me voir, ni rien savoir de moi et qu'il me déshériterait tout simplement. L'autre lettre était de ma fiancée, et elle m'assurait qu'elle l'écrivait dans les larmes. Mais à quoi me servaient-elles, ces larmes? Sa famille avait tourmenté cette charmante enfant au-delà de tout ce qui se peut concevoir : elle était forcée de rendre sa parole et me demandait de la libérer de son serment, car elle allait épouser mon cousin dans un mois.

« Deux coups pareils vous font un étrange effet. Incapable de surmonter ce brusque vide de mon cœur, je m'en allai parcourir la ville, et d'abord je cherchai à me distraire en assistant à une course de taureaux. Mais le combat ne m'amusa nullement. J'avais l'impression d'être moi-même un taureau harcelé de tous côtés, et que ce n'était pas un procédé honnête à faire usage contre un animal ou contre un homme. Au cours de la nuit, je me retrouvai dans une maison de jeu en train de jouer aux cartes; je ne me rappelle pas avoir bu auparavant. Je perdis et ne cessai de perdre. A la fin, il ne me restait plus un sou. D'ordinaire, je ne prends pas une perte de jeu fort à cœur, mais, cette nuit-là, on aurait dit que la dame de pique et le valet de trèfle étaient de petits démons qui me narguaient. Je ne sais plus ce qui se passa ensuite, continua Noël, en soupirant encore.

« Mais tandis que j'étais assis à cette table, et que tous mes souvenirs d'Angleterre me revenaient en foule, je pensai soudain aux histoires que vous nous contiez sur des gens qui avaient vendu leur âme au diable, et s'étaient tirés d'affaire grâce à ce pacte.

« On distribua les cartes une fois de plus, et je me dis, à part moi : « Nous autres, Hartranfter, « n'avons jamais bien su vendre quoi que ce soit, « et je ne sais pas, non plus, Dieu m'est témoin, à « quel prix je dois estimer mon âme, si je la mets « en vente. Mais, ce soir, j'ai besoin de l'assistance

« de Sa Majesté satanique et je veux lui faire un
« cadeau ; je veux lui offrir mon âme. Si comme le
« prétend Shakespeare, Satan est un gentleman, il
« me fera, pour le moins, une gracieuseté en
« échange. »

« Mon bon vieux maître ! vous ne comprenez évidemment pas qu'un être humain puisse raisonner de la sorte, mais durant cette chaude nuit de Cadix, je trouvais ma manière d'agir tout à fait naturelle. « S'il vous plaît, Seigneur Belzébuth,
« dis-je avec le plus grand sérieux, venez à mon
« aide ! » Jamais je n'avais été aussi sérieux de ma
« vie.

« Quand je repris mes cartes, je trouvais ma
« main pleine d'atouts. La chance tourna, bien
« entendu, et je continuai à gagner pendant tout
« le reste de la nuit. En revenant à bord, le lendemain, j'avais les poches pleines de billets, de pièces d'or et de pièces d'argent. »

Sir Noël leva les yeux pour constater l'effet de ses paroles sur son auditoire. Lucan l'avait écouté avec effroi, mais aussi avec une pitié profonde. Le regard de ses doux yeux bleus rencontra celui du narrateur, qui resta fixé un instant sur le visage de la jeune fille. Il semblait que de la sorte, il retrouvait le fil de ses idées.

— Le lendemain, reprit-il, je ne pensais plus aux événements de la nuit ; mais je cherchais comment ne pas faire de ma vie un échec, en dépit de la colère de mon oncle et de l'infidélité de ma fiancée ; je pensais à ma carrière et au moyen de naviguer de nouveau au large et je m'arrangeai à reprendre

Les canaris

la mer au plus vite. Mais dans le premier port où mon vaisseau aborda, j'appris que mon oncle était mort et, peu après, que mon cousin avait fait une chute de cheval à la chasse et qu'il avait rétracté quelques jours plus tôt son accusation portée contre moi. A présent, on m'appelait Sir Noël Hartranft, et Wanlock Hall était ma demeure. Il ne se passa pas un mois avant que ma fiancée m'écrivît pour me prier de me pardonner sa faiblesse et me dire qu'elle était à moi pour toujours.

Le jeune homme resta un instant silencieux, plongé dans ses pensées.

– Tout a continué depuis sur le même rythme, dit-il enfin, tout ce que je fais, tout ce que j'entreprends réussit infailliblement. Un cheval, que j'ai acheté par hasard, a eu le Grand Prix à une course de chevaux, en mai. Quand je vais à la pêche, je n'ai pas plus tôt jeté ma ligne que je prends un poisson. A la chasse, je ne manque pas un oiseau et je célébrerai mes noces le mois prochain. Mais, chose singulière, et la voix de Noël changea brusquement de ton, je n'éprouve pas la moindre joie de mes succès. Mon argent me fait horreur. J'ai, comme il est dit dans l'Écriture, la bouche pleine de cendres. Je crains que mes amis ne me recherchent que pour ma fortune; je n'éprouve plus le même sentiment qu'autrefois pour ma fiancée et, pour un peu, j'aurais peur d'elle.

« Il me semble que je n'ai plus rien à attendre de la vie; l'existence me paraît une œuvre de Satan.

« J'ai fait un dernier voyage dans mon bateau pour m'éloigner de toutes mes splendeurs anglaises, mais le bateau même ne me servit de rien.

« Me voici donc chez vous; répondez-moi, vous qui avez fait mon éducation au temps où j'étais un gamin, et que j'ai toujours cru plus sage et plus instruit que nul autre. Suis-je devenu fou? Ou bien faut-il vraiment admettre que le diable, dont vous-même nous aviez parlé, et de la présence duquel toute la Sainte Église se porte garante, a accepté le cadeau que je lui ai offert?

« Je ne pense guère à ce que deviendra mon âme après ma mort; mais ne puis-je plus, en cette vie, me sentir un gentleman? »

Noël avait parlé avec tant de force et de sincérité que son étrange récit avait pris le caractère d'une réalité vécue pour le petit groupe réuni dans la salle à manger de Sainte-Barbe. Le pasteur Pennhallow garda tout d'abord le silence puis, sans quitter sa chaise, il sourit au jeune homme.

— Tu peux être tout à fait tranquille, Noël! dit-il, tu n'as pas fait un pacte avec le diable. Puisque tu m'avoues que tu es mécontent au fond de toi-même, et que les biens que tu possèdes ne sont d'aucun prix à tes yeux. Satan et toi n'avez rien à voir l'un avec l'autre. Le prince des ténèbres s'est un peu amusé avec toi, à tes dépens. Notre immortel poète l'a bien dit : « Satan est un gentleman », et comme un gentleman il a su reconnaître la valeur de ton beau geste, geste rare en vérité. Mais il n'a pas accepté ton âme. Peut-être d'ailleurs n'accepte-t-il pas de cadeau. Non!

tout ce que l'on gagne, selon nos vieilles idées superstitieuses, et pour autant que je m'en souvienne, en concluant un pacte avec cette grande puissance à laquelle tu t'es adressé, ce n'est ni l'or ni les honneurs ; ce n'est pas non plus une belle épouse. Celui dont tu parles a plus d'esprit qu'on ne croit. Il ne nous donne pas ce qu'un être humain peut donner à un autre. Le salaire qu'il accorde à ses serviteurs ne peut se décrire par des paroles : c'est un bonheur intime, une félicité silencieuse pour laquelle les conditions extérieures ne jouent aucun rôle, car elle implique la sécurité d'être dans sa main.

« La richesse, poursuivit le vieillard, du même ton doux et ironique, la considération des hommes ?... tout cela n'est que monnaie de singe en comparaison de l'or vrai ; en comparaison des valeurs véritables qui, seules, importent. Les fidèles serviteurs de Satan sont en sécurité où qu'ils se trouvent, dussent-ils même vivre dans une cabane et dans des circonstances dont se plaindraient d'autres gens... »

En prononçant ces mots, le pasteur avait jeté un regard autour de lui, puis il avait fixé pendant quelques secondes le visage de sa femme.

– Ils ont, au tréfonds d'eux-mêmes, la conviction d'avoir été largement dédommagés pour le don qu'ils ont fait au diable.

Le jeune homme leva les yeux, il prit une forte aspiration et sourit comme à part soi en posant cette question :

— Pouvez-vous me garantir que vous dites la vérité, mon vieux maître ?

— Oui, répondit le pasteur. Une fois de plus, Lucan resta interdite devant la singulière autorité de ce petit homme laid et ridé. Il semblait en cet instant que personne ne pût douter de sa parole. Sir Noël passa sa main sur les yeux :

— Alors, dit-il, je veux le croire ; je vois que j'ai eu raison de venir vous voir et de vous parler franchement, bien que mon récit ait été assez sot. Il est probable que nul autre que vous ne m'eût écouté et nul autre que vous n'aurait pu décharger ma conscience du poids qui l'oppressait.

Le pasteur reprit la parole :

— Il y a une chose qui m'intrigue, Noël. Je voudrais bien que tu me dises comment tu as su où j'étais. Pour autant que je m'en souvienne, je n'ai pas donné en Écosse mon adresse actuelle.

— Oh ! cela a été assez curieux ! s'écria Noël. Au cours de son dernier voyage, le *Lion* a fait escale à Buenos Aires ; et c'est là que j'ai rencontré dans un endroit assez mal famé un de mes compatriotes, qui n'était plus retourné en Angleterre depuis des années. Il fit sauter des bouchons de champagne pour boire à la santé du vieux pays et de nos amis. Comme je citais mon lieu de naissance, il me dit qu'il y avait un bon ami et il vous nomma.

« — Vous connaissez donc mon vieux maître ?

« — Et oui ! Ce serait bien fâcheux pour moi si je ne connaissais pas le pasteur Pennhallow ! Il m'a écrit tout récemment.

« Il tira une lettre de sa poche et me la tendit

pour que je recopie votre adresse. Mais après cela, il n'ajouta plus un mot et resta muet, bien que j'essayasse d'obtenir quelques renseignements sur vos relations. A vrai dire, cet homme n'était pas de ceux avec lesquels je vous aurais associé dans ma pensée. Il me suivit encore pendant un bon moment dans les rues de Buenos Aires et me pria, à plusieurs reprises, de lui rendre la lettre qu'il m'avait donnée. Je m'imaginais que j'avais affaire à un malheureux, dont vous vous étiez occupé par amour du prochain et que vous cherchiez à maintenir dans le droit chemin, mais j'ai oublié son nom.

– Ah! Vraiment! dit le pasteur Pennhallow.

Au clair de lune.

Pendant cette conversation, le vent s'était mis à souffler et tandis que s'établissait un court silence après la réponse du pasteur Pennhallow, on perçut le bruit d'une violente averse.

Le vieux pasteur ne voulut pas permettre à son hôte de se mettre en route par un temps pareil, mais il ordonna à Baptistine de préparer une petite pièce qui, dit-il, servait occasionnellement à des hôtes inattendus. La petite société resta un instant autour du feu. Les jeunes filles auraient vraiment désiré une prolongation de l'entretien. Sir Noël avait lui-même l'air de trouver sa confession un peu trop romanesque et semblait presque désireux d'effacer l'impression qu'il avait faite sur ses auditeurs, aussi se mit-il à décrire ses aventures de voyage : un naufrage, une mutinerie à bord, un incendie en mer. Il avait visité Saint-Domingue et parla de la région, où Zozine avait vécu dans son enfance. La jeune fille, qui n'osait pas révéler sa connaissance de ces lieux, l'écoutait les yeux brillants.

On voyait clairement que l'hôte du presbytère se sentait de plus en plus à l'aise au milieu de ses habitants; ses regards ne cessaient d'aller de l'une à l'autre des jeunes Anglaises.

Rentrées dans leur chambre, Lucan et Zozine s'entretinrent longuement de ce remarquable étranger. Zozine le connaissait de nom. Elle avait dansé en Angleterre avec son cousin et elle déclara gaiement que Sir Noël éprouvait pour elle et pour Lucan une admiration allant jusqu'à la folie.

— Ne vois-tu pas, s'écria-t-elle, qu'il ressemble à Lord Byron? Lucan avait eu la même pensée quand les auditeurs de Sir Noël étaient réunis devant le feu; mais pour elle, cette ressemblance était une chose solennelle. Ses premiers souvenirs d'enfance se rattachaient aux larmes de sa mère lorsque l'on apprit, en Angleterre, les événements de Missolonghi. Elle était fort émue d'avoir rencontré en cet homme, pour qui elle venait d'éclairer l'escalier menant au premier étage, quelqu'un qu'on pût comparer à Lord Byron. Un singulier sentiment de sécurité lui venait de cette présence dans la maison, comme si un ami, un protecteur dormait sous le toit de Sainte-Barbe; un protecteur pouvant la délivrer de toutes les craintes qui l'obsédaient depuis quelque temps; lui qui pourtant était venu chez le pasteur pour retrouver l'équilibre de son esprit inquiet.

Le lendemain fut un jour paisible.

Le vieux pasteur s'amusa à souligner à son élève comment, après avoir fait l'éducation de gamins indisciplinés, il avait passé au rang de Mentor de sages jeunes filles auxquelles il imposait pour rire des examens de latin et d'histoire.

Quand Sir Noël fut sur son départ, il pria Zozine et Lucan de l'accompagner un bout de chemin. Il faisait frais. Zozine s'enveloppa d'un châle blanc et Lucan d'un châle à carreaux. Le pasteur Pennhallow prit cordialement congé de son ancien élève et sa femme eut pour lui un sourire aimable, comme jadis pour Lucan, lors de leur première rencontre. Les jeunes filles ne purent s'empêcher de penser que l'amabilité de la vieille dame se manifestait surtout envers les gens en voyage.

Une fois que les trois jeunes gens se trouvèrent seuls, le ton de la conversation changea. Ils marchaient vite dans l'air léger. Zozine, habituée à voir ses cavaliers à ses pieds, plaisantait avec Noël et le taquinait un peu au sujet de son histoire romanesque. Elle se mit à chanter, pour lui faire plaisir et il ne tarda pas à chanter aussi, de sa voix bien timbrée, des mélodies de son pays.

Chez son père, Lucan n'avait connu que des hommes plus âgés qu'elle; elle les respectait et les admirait. L'intimité libre et joyeuse de ses deux compagnons la surprenait et quand il arriva, pendant la promenade, qu'elle restât un peu en arrière, elle fut frappée par la beauté, l'élégance des deux silhouettes qui se détachaient dans le paysage. Zozine se comportait, comme toujours, avec aisance et non sans coquetterie. « Ils se ressemblent, pensa Lucan. Si Noël n'était pas fiancé en Angleterre, il s'éprendrait certainement de Zozine et elle de lui. Je n'aurais plus d'inquiétude pour son avenir et ne me tourmenterais plus de l'avoir amenée à Sainte-Barbe. »

Une autre fois, Zozine qui avait envie de cueillir quelques baies se laissa distancer par Noël et Lucan. Lucan s'aperçut alors que Noël la regardait avec douceur; il lui souriait mais son visage était empreint de gravité lorsqu'il dit : « Vous ne pouvez certes pas comprendre et moi je comprends à peine pourquoi je quitte avec tant de regrets ces lieux, où j'ai passé une seule journée, alors que je rentre dans ma patrie. Vous qui êtes si jeune, ne vous doutez pas, sans doute, qu'on puisse en vingt-quatre heures vivre plus intensément qu'en une année entière. »

« Peut-être se dit Lucan, voudrait-il me parler de Zozine? »

Les trois jeunes gens se séparèrent à l'un des tournants de la route. Le voyageur baisa respectueusement les mains de ses compagnons. En s'éloignant, il se retourna à plusieurs reprises pour leur faire signe. Lorsque la haute silhouette disparut, Zozine se jeta au cou de Lucan et s'écria :

— Sais-tu que je crois que son avenir sera tout différent de celui qu'il prévoit.

Ce soir-là, Zozine se mit au lit de bonne heure pour rêver de leur hôte, dit-elle, cet hôte qui déjà était bien loin. Lucan, craignant de ne pouvoir dormir, eut envie de respirer un peu d'air pur. Comme son manteau ne se trouvait pas à portée de sa main, elle s'enveloppa du châle de Zozine. La lune était levée, mais il y avait du brouillard. Le jardin et tous les alentours baignaient dans une brume blanchâtre. Lucan s'assit sur un banc. Elle crut voir bouger une ombre indistincte près de la porte et, au même moment, elle entendit quelqu'un jouer doucement de la flûte et elle reconnut la mélodie que Noël avait chantée le long du chemin. Le cœur battant, elle se leva et se dirigea vers le portillon. A la clarté de la lune, elle vit Noël en personne, debout devant l'entrée. Il tenait son chapeau à la main, comme la veille lorsqu'elle lui avait ouvert la porte de la maison; mais il ne franchit pas le seuil.

— C'est moi, dit-il, pardonnez-moi d'être revenu de Lunel ce soir. Je ne cherchais qu'à voir la lumière de votre fenêtre et je n'osais pas espérer vous trouver dans le jardin : mes pensées vous auraient-elles attirée?

Le rayon lunaire frappait directement le visage du jeune homme, mais Lucan savait que pour lui, elle était presque dans l'ombre. Il était très pâle et, soudain, il fit un pas en avant et il se trouva dans le jardin. Il dit avec une vive émotion :

— Voici que j'ai le bonheur de vous voir une fois encore. Je n'osais pas m'y attendre. Que j'ai eu peur en distinguant votre châle. Pourtant il *faut* que je vous parle.

Elle fit un mouvement vers lui, mais il la retint.

— Non! Ne parlez pas. Que pourriez-vous me dire si ce n'est m'ordonner de me taire, je vous en supplie, ne dites rien! Mais, écoutez-moi pendant quelques brèves minutes avant que je reparte. Je me souviendrai ma vie entière de cet instant, permettez que cette vie tienne toute dans cet instant.

Le cœur de Lucan s'arrêta de battre et puis reprit à coups violents. A quel sort cruel n'était-elle pas destinée? Elle croyait en sentir le coup mortel. Pour la seconde fois, un homme lui déclarait son amour et la priait de garder le silence. Pour la seconde fois, il lui fallait l'écouter dans un affreux et muet désarroi.

Le temps ne s'était-il pas arrêté depuis que dans le salon faiblement éclairé, elle devait entendre les paroles de Mr Armworthy. Tout ce qui s'était passé depuis lors s'évanouissait. Mais, à ce moment-là, elle avait hésité à lui crier son refus et son mépris en plein visage. Ce soir, dans le jardin, au clair de lune, la prière instante de Noël l'émouvait trop pour qu'elle pût lui dire qu'il se trompait, qu'elle n'était pas celle qu'il croyait. Une résistance venue du plus profond d'elle-même fermait ses lèvres. Elle était convaincue que les paroles de Noël allaient à une autre, mais elle les écoutait avec un ravissement indescriptible, qu'elle n'avait jusqu'à présent connu que dans ses rêves. Le temps, l'espace n'existaient plus : la voix de Noël vivait seule, seule et infiniment précieuse.

Noël reprit :

— J'ai beaucoup réfléchi en ces dernières heures, pendant que j'attendais à l'auberge de Lunel qu'il fasse assez nuit pour que je revienne ici, et j'ai compris ce qui m'arrive et ce que je suis moi-même. Ce n'est pas vrai, comme me l'assurait mon vieux maître que, si les biens dont le sort m'a si généreusement gratifié, ne m'ont pas valu la moindre joie, c'est parce qu'ils sont dus au hasard, ou à une cause surnaturelle. Non, mon inquiétude, mes craintes proviennent de ma vanité. Tout ce que j'ai désiré, tout ce que j'ai obtenu, n'est que vanité. Le clinquant, voilà ce qui m'est resté, mais je n'en méritais pas davantage. Il faut avouer que jusqu'à hier, je n'avais jamais vu de l'or véritable.

« J'étais un garçon insouciant, puis un jeune homme superficiel, comme la plupart des gens. C'est vous qui m'avez ouvert les yeux au moment où je confessais mon stupide désespoir. Maintenant, je crois que j'ai changé, mais Dieu sait que ce n'est pas par mon propre mérite.

« Que vaut donc la fortune pour que nous courrions toujours après elle ? Elle ne vaut plus rien pour moi. La jeune fille qui m'attend en Angleterre ne m'aime pas, peut-être même qu'elle est incapable d'aimer. Elle m'a abandonné, et j'ai retrouvé grâce à ses yeux, à cause de la fortune que je pouvais lui offrir. Je n'ai d'ailleurs rien à lui reprocher, car je sais aujourd'hui que moi aussi je ne l'aimais pas : je voulais seulement avoir le dessus dans la lutte contre ceux qui la désiraient, comme je voulais gagner au jeu.

« Comment se fait-il donc que les yeux puissent s'ouvrir un beau jour, en un seul instant? Et que, pour la première fois, on reconnaisse la valeur d'une femme, d'une belle et innocente jeune fille et de l'immense bonheur qui consisterait à la servir durant toute une vie? Comment se fait-il que, ému et ravi, on sache que son amour à elle, s'il était possible de l'obtenir, serait le paradis? »

Noël s'arrêta, sa voix tremblait et semblait prête à lui manquer. Un peu après, il dit :

— Un jeune homme n'est qu'une créature faible et inquiète; dans votre innocence, vous ne pouvez vous douter de cette faiblesse et de cette instabilité. Le jeune homme ne devient véritablement un homme que lorsque se révèle à lui la pureté céleste d'une femme. Moi, j'ai considéré la femme comme un jouet offert à ma nature sauvage et grossière; j'ai mésestimé le don le plus délicieux de la vie. A partir d'aujourd'hui, je ne pourrai jamais voir une femme, fût-elle tombée aussi bas que possible, sans la respecter profondément. N'est-elle pas de votre sexe, le reflet de votre claire image et par là bien supérieure à moi?

« Je serai dorénavant le chevalier de toutes les femmes parce que vous ne serez jamais absente de mes pensées.

« Mais, continua Noël, d'un ton amer, je parle de mes désirs comme si j'étais libre de mes actes, alors que ma situation est déplorable et ridicule. Je suis le bouffon de la chance, et mon devoir m'oblige à revenir chez moi. Je sais que vous, la première, m'engageriez à tenir ma promesse; cependant, dès maintenant et pour toujours, je suis à votre service. Je respecterai mon épouse et je veux la rendre heureuse parce qu'elle est une femme comme vous. »

Lucan tremblait de la tête aux pieds.

« Oh! se disait-elle, tu qualifies ton sort de terrible et ridicule, que dirais-tu du mien? »

Mais Noël parla encore, en s'approchant d'elle un peu plus :

— Puisque je puis vous donner ma parole que je ferai ce que je dis, et parce que, à partir de cet instant et jusqu'à ma mort, je serai votre serviteur, j'ai le droit de prononcer une fois, une seule fois, les paroles qui me brûlent le cœur et les lèvres. Vous ne pouvez ignorer avec quel respect je les prononce. Ces paroles ne sont pas fugitives ou évanescentes comme la lune, qui nous regarde en ce moment, elles dureront plus que tout ce qui fait partie de mon être; elles me resteront sacrées parce que vous les aurez écoutées : je vous aime.

Avant qu'elle pût l'en empêcher, il s'agenouilla devant elle, saisit sa main, et la porta à ses lèvres.

Lucan ne fit pas un mouvement. Le désespoir et le bonheur se confondaient dans son âme. Elle se sentit sourire dans l'obscurité qui cachait son visage. Puis, elle posa une main frémissante sur la tête penchée, dont elle voyait la sombre chevelure.

L'instant d'après, Noël s'était relevé, et reculant

de quelques pas, il était sorti du jardin, dont il ferma la porte sur lui.

Elle prêta l'oreille au son de ses pas rapides sur la route. Quand elle ne les entendit plus, elle leva son visage vers la lune et les nuages, et porta à ses propres lèvres la main qu'il avait baisée.

Elle percevait encore la voix qui disait : « Je vous aime! »

Sommes-nous rivales?

Jusqu'à ce jour, Lucan n'avait guère pensé à elle-même et à sa propre situation; dans son enfance, elle ne s'était préoccupée que de sa mère et de ses frères; plus tard, son père fut son principal souci. Puis vint Zozine en ces derniers mois.

Maintenant, les choses avaient changé et leur aspect inaccoutumé émouvait la jeune fille. Elle croyait comprendre que le monde entier se dressait contre elle. Quel destin aurait pu être plus cruel que le sien?

Elle se rappelait les paroles de Noël au sujet du taureau de combat, attaqué de tous côtés à la fois. Elle avait appris avec horreur, par son père, l'existence des courses de taureaux, et leur image sanglante persistait dans ses souvenirs d'enfance. Mais la cruauté n'était-elle pas plus affreuse encore quand elle s'attaquait à une jeune fille innocente, qui avait toujours craint le combat?

Pour un peu, Lucan se serait enfuie; mais de

quel côté aurait-elle cette fois dirigé sa fuite ? On ne fuit pas son destin.

« N'était-ce pas assez, se disait-elle, que d'aimer un homme épris d'une autre femme ? » Et, pour comble, quand cette autre était l'amie la plus chère. Fallait-il ajouter à son épreuve l'aveu d'un amour, qui faisait trembler la voix de Noël, mais qui ne s'adressait pas à elle ? Et devait-elle encore accepter la triste certitude que Noël n'était pas heureux, et qu'elle n'avait aucun pouvoir de le consoler ? Au contraire, l'existence de l'amour de Lucan, si par hasard, il s'en doutait, ne susciterait, à coup sûr, que son indifférence, voire ses railleries.

Lucan était aussi obligée de trahir sa sœur d'adoption, et de lui taire ce qui s'était passé entre elle et Noël au clair de lune dans le jardin, car il lui était impossible d'en parler. Mais, alors même qu'elle eût tout raconté à Zozine, elle ne l'aurait pas rendue heureuse : Noël, lié par son serment, rentrait en Angleterre pour se marier.

Parfois, Lucan se disait tristement : « Si même il avait été libre et m'avait aimée, moi, comment pourrions-nous songer au mariage ? » Noël appartenait à l'aristocratie anglaise ; d'après ce qu'il disait sa demeure était somptueuse et de grande allure ; et Lucan était une fille pauvre, sans foyer, sans relations ; elle avait été forcée de gagner son pain, et elle s'était sauvée pendant la nuit de la maison où elle était engagée comme gouvernante.

Six mois plus tôt, l'amour de Mr Armworthy

avait paru naturel à Lucan; elle avait trouvé naturelle aussi la possibilité de le rendre heureux si elle l'avait voulu. Les gens d'expérience, et le milieu qui se gratifie lui-même de « monde », auraient ouvert de grands yeux devant la passion d'un homme réfléchi et sur le retour, mais chacun aurait haussé les épaules en souriant à l'idée de l'amour brusque de ce jeune marin étourdi.

Cependant, celui qu'aimait la jeune fille était auréolé d'une lumière qui éblouissait Lucan comme l'éclat du soleil. Elle avait le vertige en pensant à lui; elle avait envie de tomber à genoux devant lui, comme il était tombé à genoux devant elle à la porte du jardin de Sainte-Barbe.

Elle était incapable de croire, et même de rêver, qu'il pût l'aimer encore.

Pourtant, elle sentait bien qu'elle ne vivait plus de la même manière qu'auparavant : tout était changé. Chaque jour, chaque heure prenaient un sens particulier. Lucan en était bouleversée. Tout son être était tendu à l'extrême mais, en même temps, elle éprouvait un enrichissement, une plénitude inconnus.

La tête lui tournait un peu au souvenir de la soirée où, assise à la fenêtre, elle avait considéré l'offre de Mr Armworthy, et s'était posé la question suivante : « Qu'est-ce que je demande, moi, à la vie? A quoi est-ce que j'aspire depuis toujours? Qu'est-ce que j'espère? » Et la réponse avait jailli spontanément de son cœur : « L'amour! »

Il est vrai qu'en ce temps-là elle se représentait l'amour comme un sentiment heureux. Elle aurait été épouvantée à la pensée d'éprouver un sentiment méprisé, comme celui qui l'obsédait maintenant. Pourtant, le pressentiment qu'elle avait eu de l'affinité profonde de la musique, de la poésie, de la beauté de la nature et de l'amour, s'avérait l'absolue vérité.

Elle avait pensé alors que celui qui renonçait à l'amour n'avait rien à voir avec la beauté de la vie et la poésie, mais ce n'était qu'aujourd'hui qu'elle comprenait avec joie, et chagrin, que toute la splendeur de l'existence se révèle spontanément à celui qui aime, comme à l'héritier légitime de ces biens.

Les fades préoccupations de la vie journalière et ses succès mesquins n'existaient plus. Chaque fois que Lucan revivait par la pensée les courtes heures passées avec Noël, il émanait de ces souvenirs de bonheur une telle suavité, une telle force, qu'elle en demeurait submergée. L'image de Noël la suivait partout. Était-ce donc possible que le seul fait d'aimer, même d'aimer sans espoir, fût un grand bonheur? Lucan hésitait à le croire. Elle se désespérait, mais finissait toujours par espérer encore... quoi?... elle l'ignorait.

Ses propres émotions l'absorbèrent au point qu'elle ne remarquait plus ce qui se passait autour d'elle. Jadis, elle avait pressenti un mystère à Sainte-Barbe, mais son secret personnel avait fait pâlir ses soupçons, et l'inquiétude qu'elle en avait conçu s'était effacée de son esprit. Ce qui occupait, émouvait son entourage, ne signifiait plus rien, en comparaison de ses émotions personnelles.

De temps à autre, elle considérait Zozine avec une vague surprise de la trouver si jeune, si charmante, mais aussi avec compassion, car Zozine était évidemment malheureuse comme l'était Lucan; il n'en pouvait être autrement. Pendant un certain temps, Zozine avait beaucoup parlé du beau jeune Anglais, mais Lucan s'était sentie incapable de lui répondre et, peu à peu, ces conversations, si pénibles pour Lucan, avaient pris fin d'elles-mêmes.

Cependant, Zozine demanda une fois de plus à son amie si elle était malade, mais Lucan parut ignorer cette question.

Elle se consacrait toujours à ses études avec assiduité, parce qu'elles étaient si éloignées de la vie réelle. Mais elle évitait tout ce qui aurait pu déranger le cours de ses pensées.

Elle passait avec Clon la plus grande partie de ses journées. La jeune fille, plongée dans ses souvenirs, et l'ancien prisonnier travaillaient la main dans la main au jardin; ils portaient à la cave des paniers de fruits et de légumes, nourrissaient les pigeons et les poules de Baptistine.

Pendant longtemps, après la soirée, où elle l'avait délivré de sa captivité dans le hangar, Clon avait évité Lucan; il ne lui adressait que de sombres regards, voire même craintifs. Maintenant, il se rapprochait prudemment de la jeune fille, comme s'il comprenait qu'une solitude commune les unissait.

De son côté, Lucan n'était plus choquée par le

singulier état d'esprit de Clon; elle cherchait doucement à éclairer et à redresser son jugement.

Par une belle journée de fin septembre, Lucan et Zozine allèrent se promener en forêt, et s'assirent sur un tronc d'arbre écroulé à la lisière du bois. Elles laissaient errer leurs regards sur le vaste paysage des champs et des collines lointaines. Zozine jouait avec une branchette. Tout à coup, sans se tourner vers son amie, elle dit : « Crois-tu, Lucan, que l'amour puisse faire des miracles? »

Cette brusque question éveilla un tel écho dans l'âme de Lucan, un écho trop violent, pour qu'elle pût répondre.

Peu après, Zozine dit encore : « Tu es si jolie, Lucan! Beaucoup d'hommes ont dû être épris de toi; mais toi, as-tu pensé qu'ils t'aimaient vraiment? »

Cet interrogatoire troublait Lucan, dont un seul homme occupait toutes les pensées, tandis qu'elle ne pouvait croire à son amour à lui; elle se sentait pâlir et rougir aux questions de Zozine. Mais comment renier la puissance qui régnait sur sa vie? Elle répondit : « Je suis sûre que l'amour peut opérer des miracles. »

— J'ai eu bien des prétendants, reprit Zozine, mais je n'ai jamais pensé qu'un seul d'entre eux m'aimait vraiment; cela m'était bien égal, d'ailleurs. Je riais d'eux tous et papa riait aussi.

« Mais ici, en France, les choses ont changé pour moi; c'est sans doute parce que la France est la patrie de ma mère. Bien qu'elle n'y soit jamais allée, la France m'est étrangement chère. Parfois, je pense qu'il y a très longtemps, des centaines d'années peut-être, je vivais dans un château en France, forçant le cerf dans les bois ou allant à la chasse au faucon. Je suis sûre qu'ici j'ajouterais foi aux paroles de celui qui me dirait qu'il m'aime.

— A qui penses-tu? demanda Lucan à voix basse.

— A personne. Je suis en train de composer une histoire pour mon seul plaisir.

Lucan eut un léger sourire : « Et qu'arrive-t-il dans ton histoire?

— Tu as bien lu le conte, où il est question d'une biche apprivoisée, qui était en réalité une jeune fille; elle devait retrouver sa forme véritable si un homme lui avouait son amour pour elle.

« J'ai composé une anecdote sur une biche apprivoisée, si gâtée et si choyée par tout le monde qu'elle croyait devoir obtenir la réalisation de ses moindres désirs. Et puis, est arrivé un jeune chevalier, un de ces merveilleux chevaliers, dont nous ont parlé nos lectures, un chevalier qui possède un château.

« La biche se disait : « Il m'aime, et, s'il me le
« disait, je redeviendrais un être humain. Mais
« comment le chevalier pourrait-il dire à une
« petite biche apprivoisée, qui gambade et folâtre
« autour de lui, qu'il l'aime? »

— Est-ce que la biche aime aussi le chevalier? questionna Lucan le cœur battant.

Zozine secoua lentement la tête : « Non vois-tu, elle, est certainement incapable d'aimer avant d'être un être humain; et pourtant, il lui est impossible de l'oublier.

— Épousera-t-elle le chevalier pour finir?

— Bien sûr que non; trop d'obstacles se dressent entre eux; il en est toujours ainsi dans les contes; et puis, je n'ai pas encore terminé celui-ci. Je n'ai pensé qu'à une seule chose : c'est qu'un homme peut faire des miracles s'il aime vraiment une jeune fille. »

« Hélas! songeait Lucan, lorsque les amies prirent le chemin du retour, sommes-nous donc rivales pour une histoire d'amour qui ne s'accomplira jamais et ne sera qu'un rêve? Sommes-nous la main dans la main à l'entrée de la terre bénie que nous ne foulerons jamais? »

Lucan avait éprouvé une vive inquiétude, une sorte de coup au cœur en se représentant une autre dans le pays de ses rêves. Pendant une brève minute, elle avait été jalouse de Zozine à cause de cet aveu. Mais, peu après, elle reconnut qu'il ne pouvait en être autrement :

« Qui donc n'aimerait pas Noël? Je ne puis empêcher ma sœur de penser à lui comme moi, et de souffrir, comme moi, d'être séparée de lui. »

Elle prit tendrement la main de Zozine.

Le sermon du pasteur Pennhallow.

Le vent froid, que les gens du pays appelaient le mistral, soufflait sur les vignes jaunes, dépouillées de leurs raisins. Le vieux pasteur ne supportait pas le mistral; sa voix était faible de tout temps, mais le mistral le rendait tout à fait aphone pendant un mois.

Les jeunes filles s'apercevaient, tout étonnées, que cette voix basse et enrouée avait rempli toute la maison. Un silence de mort semblait régner à Sainte-Barbe.

Le vieillard se transformait également : lui, qui toujours s'occupait à enseigner ou à feuilleter ses livres, restait de longs moments inactif. Assis dans son grand fauteuil, depuis le matin jusque fort avant dans la nuit, il ne se souciait pas des allants et des venants, ni des propos qu'ils échangeaient. Ses élèves avaient l'impression que le corps même du vieux pasteur s'alourdissait du poids de ses pensées.

Il ne se plaignait pas de son épreuve et, pour un peu, on aurait pu croire qu'il s'imposait volontairement la perte de la parole, pour s'absorber dans le monde de l'esprit. De temps à autre, une lumière délicate illuminait le visage gris et impassible.

La femme du pasteur s'inquiétait de son état; elle le quittait à peine et ordonnait à Baptistine de préparer des tisanes pour le malade, qui les absorbait docilement, sans d'ailleurs en retirer aucun bien. Mrs Pennhallow enjoignit aussi, et presque avec violence, aux jeunes filles de faire la lecture au pasteur pour le distraire.

Lucan était habituée à lire à haute voix à son père; sa voix était claire et douce. Ce fut elle qui se chargea de faire passer le temps à son vieux maître muet. Assise sur un escabeau près de son fauteuil, elle lui fit d'abord la lecture des livres pieux que lui donnait Mrs Pennhallow. Mais elle n'y trouva pas la consolation de sa propre peine. Ces livres ne parlaient que du renoncement à la vie terrestre, et ne mettaient leur espérance que dans le ciel; mais le ciel de Lucan était sur la terre.

Plus tard, elle lut des ouvrages savants, que le pasteur allait prendre dans sa bibliothèque, et qui, au début, valurent à la jeune fille bien des cassements de tête.

Ils contenaient tant de mots incompréhensibles pour elle!

Cependant, pendant qu'elle lisait, elle se sentait singulièrement consciente d'acquérir un savoir nouveau et surprenant. Était-ce la présence du vieux maître, son clair regard en se posant sur le visage de la jeune lectrice, qui, par des voies inconnues, permettaient au contenu des livres de pénétrer en elle?

Au cours de ces quelques semaines, elle vit moins son amie qu'à l'ordinaire. Les pensées, qu'elle n'accordait pas à son propre sort, semblaient se porter sur le vieillard silencieux, au lieu de se consacrer à la jeune fille si heureuse de vivre. Lucan se demandait ce qu'on pouvait bien éprouver en se sentant vieillir, et en sachant que l'heure était proche, où l'on n'aurait plus rien à espérer ni à craindre de la vie.

Au bout d'un mois, le pasteur Pennhallow parvint de nouveau à prononcer quelques mots. Un soir, il alla chercher un livre et le donna à Lucan, en disant, d'une voix éraillée, mais en souriant d'un air paternel : « Ma chère petite, vous m'avez fait la lecture de bien des pages savantes; pour ce soir, voici un livre qui convient mieux à votre âge. »

Lucan fut toute contente en lisant sur la couverture le nom de Daniel Defoe. Elle avait lu *Robinson Crusoé* avec son père, et ils en avaient parlé ensemble. Le livre était intitulé *Moll Flanders*. Elle ne comprit pas le sens de certaines pages, et d'autres la firent rougir; mais le texte la fascina, et elle lut avec passion jusqu'à la dernière ligne l'histoire de Moll.

Quand elle ferma le volume, le pasteur Pennhallow observa un long silence.

— Les ouvrages de ce genre, murmura-t-il enfin, font de la vie une description animée, comme s'il s'agissait d'un jeu plein de grâce; mais, en réalité, la vie de la femme légère est effroyable, effroyable.

Lucan détourna ses yeux, mais le vieillard reprit :

— C'est une chose affreuse de savoir que chaque année des centaines d'innocentes jeunes filles anglaises en fleur, jeunes filles aux cheveux d'or, aux pensées enfantines, prennent une voie qui se termine dans l'horreur, après qu'elles ont été séduites par la perspective du bonheur.

Pendant quelques instants, Mr Pennhallow parut absorbé par ses tristes réflexions, il continua cependant :

— Une horreur que rien n'égale. L'être le plus

misérable, le plus pauvre, qui vit au milieu des rats et des poux, recule à la vue de ces femmes-là. Toute autre misère peut éveiller la compassion dans un cœur humain; mais le voleur même se détourne avec dégoût de cette misérable créature; l'assassin lui crache au visage. Ceux qui sont tombés au plus bas de l'échelle sociale refusent de porter à leurs lèvres le verre dans lequel elle a bu. Le parjure retrouve l'estime de soi, quand, d'un coup de pied, il l'a bannie de sa porte. Elle ne rencontre que regards haineux et vengeurs chez les sans foyer. Le seul fait de penser à elle sans mépris et sans désirer sa perte complète est un péché.

Il frotta longuement l'une contre l'autre ses mains osseuses et ridées, et ajouta, d'une voix tremblante :

— Si nous agissons ainsi, c'est au nom d'un idéal, et pour servir la pure féminité.

« Un ancien philosophe français a dit : « Si « Dieu n'existe pas, il nous faut le créer. » Il en est de même dans le cas de la féminité pure et sans tache; si elle n'existe pas, c'est à nous de la faire naître. C'est pourquoi nous jetons dans l'abîme une grande partie des femmes, et laissons les autres dans l'ignorance, pour les empêcher d'être contaminées par le mal. Nous agissons ainsi par pitié.

« Ce n'est pas notre propre faiblesse, ou notre propre chute, que nous essayons ainsi de cacher aux femmes, c'est bien la faiblesse et la chute des femmes elles-mêmes. Un jeune homme pourrait avouer à sa sœur qu'il est un assassin, sans déchoir; mais il se mordrait plutôt la langue que de lui raconter qu'il a des relations avec une femme légère, car il répugne à troubler, ou à ébranler par la connaissance du déshonneur d'une autre, l'équilibre de la jeune fille pure et sans tache.

« Les hommes estiment la femme qui visite le condamné à mort dans sa prison, ou qui, par pitié, accompagne l'assassin à la potence; mais aucun homme n'accepterait la société d'une femme qu'il sait avoir essayé d'apporter quelque consolation à l'une de ces pécheresses dans leur sombre demeure.

« Et même, lorsque la pécheresse, écrasée, repentante et aux portes de la mort, implore une parole de pitié, une jeune fille sans tache n'osera pas apporter cette parole à la malheureuse, de peur de mettre en grand danger sa féminité et la paix de son âme.

« Un homme pourrait le faire, car sa vie morale est consciente et dépend de sa volonté. Mais une femme est contrainte de s'enfuir en détournant son visage, et sans même verser une seule larme.

« Notre Église savait bien autrefois que la contagion de ce vice affreux se répand d'une femme à l'autre; elle approuvait les visites de la femme pieuse aux prisonniers, aux criminels, même à ceux qui n'avaient plus aucun espoir de salut. Mais, dans sa sagesse, l'Église ne permettait pas à une femme, fût-elle la plus pure et la plus ferme dans la foi, d'aller voir ces sorcières, condamnées au bûcher, dans le taudis, où elles attendaient d'être brûlées.

« Et c'est bien ainsi qu'il faut agir encore, car à

l'arrière-plan des ténèbres, la blancheur du lys n'a pas le même éclat... »

Le vieillard passa, selon son habitude, sa langue sur ses lèvres... et, sans nos lys blancs, quelle joie nous vaudraient notre effort et notre patience?

— Il se pourrait bien, mon enfant, que le sourire par lequel les puissances supérieures récompensent nos efforts s'éteigne à jamais. Oh, il nous faut nos lys, et les plus blancs que puisse offrir notre monde.

Lucan était restée seule avec le vieux pasteur pendant ce long discours. D'abord, elle en avait été épouvantée. Certes, elle ne comprenait pas tout ce qu'il disait; mais elle avait entendu certaines conversations masculines, grâce auxquelles elle avait deviné l'existence d'abîmes, qui la faisaient frissonner.

Elle se souvenait des paroles que lui avait adressées Mr Armworthy. Elle se sentait glacée comme si elle se fût trouvée elle-même au bord d'un de ces précipices.

Son cœur l'avertissait que la valeur et le bonheur d'une femme étaient en étroite relation avec ces dangers menaçants. Mais la voix de Noël, dans le jardin, qu'elle croyait entendre sans cesse, la ramenait à d'autres pensées. N'avait-il pas dit que pour l'amour de la femme qu'il aimait, il pardonnerait à toute femme, même à celle qui était tombée le plus bas, et même l'honorerait.

La force de l'amour dépassait donc celle du mal, celle de l'épouvante. La lumière pénétrait les plus épaisses ténèbres.

Sans bien s'en rendre compte, la jeune fille secoua doucement la tête, tandis que le vieillard se taisait et que la pièce se remplissait de silence.

— Pourquoi secouez-vous la tête ? fit Mr Pennhallow.

Elle répondit à voix basse : « Parce qu'il est impossible que les choses se passent comme vous dites : le pardon est certainement accordé à tous les hommes, la miséricorde qui règne sur ce monde est infinie. »

Les paroles de Lucan eurent sur le vieux pasteur un effet singulier : son visage devint d'un gris de cendres.

— La miséricorde, le pardon pour tous les hommes ? souffla-t-il.

Puis il se tut et chercha à reprendre sa respiration, avant de murmurer d'une voix inintelligible :

— Vous ne savez pas ce que vous dites.

Un étrange et indéchiffrable sourire se répandit sur ses traits et il n'ajouta plus rien.

Deux fonctionnaires de la police.

— Il faut que je te dise quelque chose que tu aurais pu te dire toi-même, déclara Zozine à Lucan, si tu n'étais devenue trop rêveuse pour entendre et voir ce qui se passe autour de toi.

« M. Tinchebrai, le jeune homme au teint blanc et rose que nous avons rencontré à Peyriac, est amoureux de toi. Tu t'es aperçue pourtant, le jour où nous avons mis à la poste le courrier de Mr Pennhallow, qu'il ne te quittait pas des yeux, comme si tu étais un ange descendu directement du ciel et, le vendredi suivant, ne s'est-il pas trouvé devant le bureau de poste, à la même heure, juste à point pour ramasser le mouchoir que tu avais laissé tomber ?

« Mais ce que tu ne savais pas, poursuivit Zozine, c'est qu'il est venu jusqu'à Sainte-Barbe et qu'il a longé lentement le chemin près de la maison, dans l'espoir de te revoir. J'étais au jardin avec Baptistine, en train de ramasser des châtaignes ; il ne pouvait pas me voir d'où il était. Toi, tu étais assise à coudre à la fenêtre, et tu n'as pas levé les yeux. Il est resté debout contre le portillon, pareil à une belle statue et, par trois fois, il a porté la main à ses lèvres, comme pour t'envoyer un baiser.

« Il y a trois jours de cela, Mr Pennhallow était installé près de l'autre fenêtre, et lisait ; il a vu la scène et a remonté ses lunettes sur son front tant l'aplomb de ce jeune amoureux l'a effrayé. Je crois qu'il n'est pas encore remis de sa frayeur ; il est tout pâle. Mais, que penses-tu, toi-même, d'Emmanuel Tinchebrai ? S'il te demande en mariage, l'accepteras-tu, ou le refuseras-tu ? »

Les deux jeunes filles se trouvaient dans une petite pièce à côté de la salle à manger, et fabriquaient des sachets devant contenir la lavande répandue sur la table, car Mrs Pennhallow appréciait le parfum de lavande dans tous ses tiroirs. Le vent ne cessait de souffler au-dehors, mais dans la petite pièce il faisait bon, et une odeur d'été flottait dans l'air grâce aux fleurs desséchées.

Lucan et Zozine parlaient bas. La porte ouvrant sur la salle à manger où travaillait Mr Pennhallow était entrebâillée et ses pupilles ne voulaient pas le déranger.

— Accepte-le donc, reprit Zozine, sans laisser à Lucan le temps de lui répondre. Baptistine dit que c'est un jeune homme qui fera son chemin dans le monde, et cela ne me déplairait pas de te voir épouse d'un haut fonctionnaire à Lunel.

— Quelle satisfaction en pourrais-tu bien tirer? demanda Lucan, toute surprise.

Zozine quitta sa place devant la table et s'assit sur le bras du fauteuil de Lucan.

— Voilà une bonne partie de notre année écoulée, dit-elle, et il est clair que nous ne reviendrons plus ici; mais si tu épousais par exemple un juge de paix de Lunel, je pourrais venir chez toi, et revoir la région de Sainte-Barbe.

— As-tu donc tellement envie de revoir ce pays?

Zozine entoura de son bras les épaules de Lucan.

— C'est bien étrange, répondit-elle, qu'il faille abandonner un endroit que l'on connaît aussi bien; je m'imagine que je manquerais au sentier de la forêt si jamais plus je n'y revenais.

Lucan eut la brusque intuition d'une aventure personnelle arrivée à Zozine pendant qu'elle-même faisait la lecture au vieux pasteur, et que ses pensées ne cessaient de lui rappeler la nuit du clair de lune; elle déposa son ouvrage et dit :

— Ne serais-tu pas éprise, toi, de M. Tinchebrai? Te rappelles-tu ce que Baptistine nous a raconté à son sujet?

— C'est une histoire romanesque qu'il ne pouvait raconter lui-même; je crois qu'il y a un roman dans toute vie, si l'on y regarde de près. Ici, j'ai le temps de réfléchir. Représente-toi ce que nous éprouverions si nous ignorions quel sang coule dans nos veines. Emmanuel Tinchebrai a passé par beaucoup d'épreuves. Une petite ville, telle que Lunel, a des yeux perçants, et ce n'est certes pas agréable de savoir tous ces yeux fixés sur soi. Emmanuel Tinchebrai t'a vue, et il se rend compte que la possession d'une jeune fille comme toi équivaut à celle d'un trésor. Il rêve d'associer son sort à tes boucles blondes; son sort lui paraît assuré s'il réussit.

Malgré elle, Lucan resta muette à cette innocente parodie, due au seul hasard, des paroles de Noël à la douce lumière lunaire. Mais Zozine continuait :

— Le destin des hommes est bien curieux : je croirais volontiers que notre vieux couple pastoral connut une aventure romanesque, seulement nous deux, nous ignorons tout de ce roman. Je me demande souvent quelles ont été les circonstances qui les ont amenés à s'installer à Sainte-Barbe, et à s'y tenir cois, comme des souris. Est-ce cette aventure à laquelle ils veulent avoir le temps de penser sans cesse ? Ou bien, est-ce quelque chose qu'ils cherchent à oublier ?

Elle se leva pour aller à la fenêtre, et contempla le ciel nuageux.

— Est-ce une bonne chose, ou bien une chose insupportable, que nous ne puissions connaître l'avenir, et ce qu'il nous apportera ? Si l'avenir était un livre, où il s'agisse de toi et de moi, on pourrait sauter quelques pages, dont la lecture paraîtrait trop monotone, ou trop passionnante, et être tout de suite amusé, ou tranquillisé. Parfois, je pense que c'est bien ainsi que tout se passe, mais que c'est nous qui ne comprenons pas comment il faut ouvrir le livre.

« Ma gouvernante se fâchait lorsque je lisais d'abord la fin des romans, dont on me faisait cadeau. Mais, si nous pouvions lire d'avance quelques pages de notre propre vie, ne serait-ce pas un progrès ? Nous reviendrions avec un plaisir et un repos d'esprit accrus, à la page actuelle, pour reprendre notre course à partir de là. »

Elle parlait encore quand un bruit de roues se fit entendre sur la route. Une voiture approchait. Le fait était rare à Sainte-Barbe. Zozine pressa son visage contre la vitre pour voir qui passait devant la maison :

— Tiens ! Ils s'arrêtent ici ! s'écria-t-elle, tout étonnée ; c'est Tinchebrai lui-même qui arrive !

Lucan, toute pâle, l'interrompit :

— Qui ? Qui est-ce qui arrive ?

— Celui dont nous parlions, M. Emmanuel Tinchebrai. Il vient dans une belle voiture, avec un beau monsieur. Me croiras-tu une autre fois ? C'est le juge de paix de Lunel, en personne, qui va l'aider à obtenir ta main de celle du pasteur Pennhallow. Mais, c'est curieux, ni l'un ni l'autre n'apportent de bouquet. En revanche, ils ont de grandes serviettes noires sous le bras.

Lucan alla rejoindre son amie à la fenêtre et vit, en effet, une belle voiture, un peu démodée, arrêtée devant le portillon. Un domestique sauta à bas du siège et aida les deux messieurs, le vieux et le jeune, à descendre à leur tour. Puis, il tira le cordon de sonnette.

Lucan, en voyant que le jeune homme était bien Emmanuel Tinchebrai, resta derrière le rideau. Elle s'était bien aperçue de l'admiration qu'elle avait suscitée, bien qu'elle n'en eût rien dit à Zozine.

Quelques minutes s'écoulèrent avant que Clon, qui était au jardin, vînt ouvrir le portillon. Lorsqu'il aperçut le domestique, il se comporta de bien étrange façon : il s'arrêta tout net, puis se retira lentement comme un lapin qui rentre à reculons dans son terrier; puis il disparut complètement et on ne le vit plus. Après un instant d'attente, le vieux monsieur tira lui-même le cordon de sonnette avec autorité. Cette fois, l'appel fit accourir Baptistine. Elle vint avec son bonnet blanc et son fichu croisé sur la poitrine; « elle a l'air solide et inébranlable d'une souche », murmura Zozine; mais la servante reçut les visiteurs avec plus de politesse qu'elle n'en montrait d'ordinaire :

— Ils vont s'informer d'abord si le pasteur Pennhallow est chez lui; puis on t'appellera. La voiture est attelée de deux vieux chevaux, mais ils sont très bien soignés. M. Emmanuel a des battements de cœur et ses joues sont blêmes aujourd'hui; il n'y a pas là de quoi s'étonner puisque cet entretien va décider de sa vie. Il me fait pitié : que ferions-nous dans un cas pareil? Jusqu'au domestique du juge qui a un air solennel.

Le chuchotement de Zozine s'arrêta brusquement :

— Mon Dieu! s'écria-t-elle presque à haute voix, ce n'est pas un domestique, c'est un gendarme!

Les deux jeunes filles se regardèrent tout interdites, puis Zozine fit un signe de tête amusé du côté de la porte entrebâillée : elles allaient entendre tout ce qui se dirait dans la salle à manger.

Le pasteur Pennhallow se leva et, aussitôt après, la porte s'ouvrit pour laisser passer les étrangers. L'espace d'une seconde, on entendit le frottement des chaussures sur le plancher, puis les hommes se saluèrent.

Le vieux monsieur prit alors la parole d'une voix assourdie comme par le poids de sa propre dignité, et celui de sa charge :

— Permettez-moi de me présenter : je suis M. Belabres, juge à Lunel et voici mon adjoint : M. Emmanuel Tinchebrai. Je ne me trompe pas, n'est-ce pas, en croyant m'adresser au pasteur Pennhallow qui est Anglais?

— Non, vous avez raison, monsieur le juge, répondit Mr Pennhallow. Lui aussi parlait bas, selon son habitude, mais d'un ton extrêmement déférent, par contraste avec celui, fort autoritaire du fonctionnaire français. On devinait presque un léger sourire indulgent à l'adresse du vieux monsieur si solennel :

— Ayez la bonté de vous asseoir. Qu'est-ce qui me vaut l'honneur de votre visite?

L'accusation.

Le juge de paix de Lunel était un beau et imposant vieillard aux boucles blanches; ses manières distinguées ne parvenaient pas cependant à cacher une sorte d'agitation, voire d'indignation.

— Je regrette beaucoup, dit-il, de devoir aborder un sujet aussi pénible chez un citoyen instruit et honorable d'une nation dont la famille royale est en relation d'amitié avec la nôtre, et donne à son peuple l'exemple des plus hautes vertus. Mais, je ne viens pas de mon propre chef; je viens au nom de la loi et de la justice.

— En ce cas, intervint le pasteur Pennhallow, je vous souhaite encore une fois la bienvenue.

Le juge posa son chapeau et sa serviette sur la table, et reprit : « C'est précisément au nom de la loi et de la justice qu'il me faut vous poser une série de questions, et vous prier d'y répondre avec une consciencieuse véracité.

— Y a-t-il quelque événement dans le voisinage au sujet duquel je puisse vous fournir des éclaircissements? dit le pasteur Pennhallow. Je sors peu de ma bibliothèque mais, pour autant que je sois capable de vous rendre service, je suis à vos ordres.

— Non, affirma M. Belabres; il ne s'agit pas d'une affaire locale. C'est pour défendre la justice en France, et même dans deux parties du monde, que je franchis votre porte.

— Grand Dieu ! » dit le pasteur Pennhallow.

M. Belabres s'assit dans le fauteuil devant la table, et son jeune adjoint prit place, sans dire un mot, sur une chaise près de la fenêtre. Mrs Pennhallow avait pâli et ses mains tremblaient; mais le vieux pasteur gardait une attitude attentive, et semblait tout à fait à son aise, comme s'il écoutait une conférence intéressante.

— Je crois savoir, dit le juge, que vous avez été pasteur en Angleterre pendant plusieurs années.

— En effet, j'ai eu ce bonheur.

— Mais, vous avez renoncé à votre activité pour raisons de santé.

— Oui ! Cette croix m'a été imposée.

— Ensuite, reprit M. Belabres, vous avez habité la France et vivez depuis sept ans à Sainte-Barbe.

— C'est vrai.

M. Belabres garda le silence pendant quelques minutes puis il dit : « Les gens de Peyriac racontent qu'au cours de ces sept années, vous avez reçu chez vous une série de jeunes filles de votre pays. On a remarqué qu'elles étaient toutes très jeunes et exceptionnellement jolies, blondes pour la plupart. »

Le pasteur Pennhallow fit un mouvement, comme pour interrompre le juge, mais, d'un geste de la main, M. Belabres l'obligea à le laisser continuer :

— Ces jeunes filles se sont succédé à votre foyer, de telle sorte que, lorsque l'une d'elles vous quittait, une autre la remplaçait aussitôt. Répondez-moi, pasteur Pennhallow, sur votre honneur, savez-vous ce qu'il est advenu d'elles ?

Le pasteur Pennhallow joignit lentement ses grandes mains, poussa un profond soupir et dit :

— Vous mettez le doigt sur un point douloureux; je vais vous répondre; mais, je vous en prie, dites-moi d'abord pourquoi vous m'interrogez ?

Le juge le considéra pendant quelques secondes :

— Je vais vous le dire, si, déjà, vous ne savez vous-même pourquoi je vous pose ces questions. Notre époque a banni la traite des esclaves par humanité. Mais, il y a dans la société des gens si avides, si dépourvus de cœur, qu'ils ne répugnent pas à traiter comme une marchandise les membres de cette société les moins capables de se défendre, c'est-à-dire les jeunes filles. Ils s'enrichissent par la vente de nos propres sœurs et de nos filles, les condamnant à un sort pire que celui des esclaves nègres, dans toutes les parties du monde.

— Que dites-vous ? fit le pasteur.

— Voyons ! Vous ne pouvez pas ne pas avoir entendu parler de ce honteux trafic !

— Qui donc n'a pas entendu parler de ces abîmes de perdition, ou ne les a pas connus par ses lectures? répondit Mr Pennhallow. Mon frère a consacré sa vie à la lutte contre la traite des nègres; il s'est rendu sur la côte de l'Afrique occidentale pour savoir réellement à quoi s'en tenir; et, sans doute qu'il y est mort, car il n'est jamais revenu. Mais il n'est personne qui ne cherche à effacer ces horreurs de sa mémoire, à les bannir de sa maison.

— Certaines de ces ventes contre nature, monsieur le Pasteur, sont entachées de sang, comme la traite des nègres en Afrique. Quand les criminels sont poursuivis, ils abandonnent leurs victimes et, alors, le dernier mot reste à la guillotine : c'est ce qui est arrivé en France récemment.

Mr Pennhallow se passa la main sur le front.

— Et même à Marseille, il n'y a pas un an de cela, poursuivit le juge d'une voix forte, deux des malheureuses victimes en ont perdu la vie; et une vieille femme a été condamnée à la prison à perpétuité. Mais, d'après les papiers trouvés dans les cachettes des mortes, il appert que le principal coupable, dont on ne peut qualifier l'odieuse conduite, a échappé à toute punition.

« La vieille femme interrogée dans sa prison ne nous a rien révélé. On aurait pu croire qu'elle avait peur elle-même de cet homme sans nom, ou bien qu'elle était envoûtée par une puissance incompréhensible. Peu après, d'ailleurs, elle est morte dans sa cellule.

— Et vous pensez que je puis, en quelque manière, vous aider à retrouver cet homme? J'y suis tout prêt.

Le juge ne répondit qu'au bout d'un moment :

— Pendant l'enquête, des témoignages qui vous concernaient nous sont parvenus.

— Qui me concernaient, moi?

— Oui, vous.

— Une jeune paysanne de la région, mariée à un ouvrier du port de Marseille, raconta qu'un soir, où le travail sur un bateau, qui allait faire voile pour l'Amérique, s'était prolongé au-delà de l'heure habituelle, elle avait apporté le dîner à son mari au port même. En y arrivant, elle vit qu'on entraînait une jeune fille dans une barque chargée de marchandises et de passagers pour le bateau. La jeune fille était ivre au point que deux femmes étaient obligées de la soutenir. Notre témoin la reconnut : c'était une jeune fille blonde, extrêmement jeune, qui avait habité chez vous, et avec laquelle l'autre avait souvent échangé quelques mots; elle avait dit s'appeler Rosa.

Le juge s'arrêta comme pour laisser au pasteur le temps de répondre; mais celui-ci appuya ses coudes sur la table et, le front dans les mains, ne dit pas mot.

— Tandis que nous écoutions la déposition de la jeune femme, dit le juge, de l'air d'arriver à la fin de son interrogatoire, un agent de la police vint nous donner une information de plus : la semaine, au cours de laquelle le navire fit voile pour l'Amérique, il avait fait la chasse à une bande de voleurs et surveillé une rue mal famée près du port. Il y aperçut un soir un monsieur anglais, dont le signalement correspond au vôtre. Cet étranger sortit d'un petit hôtel de mauvaise mine en compagnie de sa propriétaire, précisément la vieille femme qui mourut peu après en prison. L'Anglais eut avec elle un entretien sous un réverbère et notre inspecteur, qui passait par là, entendit ce qu'ils se disaient. Il se souvenait encore, bien qu'il y eût longtemps de cela, de la voix du vieil Anglais, et il l'imita devant nous : cette voix ressemblait à la vôtre.

— Il a imité ma voix, fit le pasteur Pennhallow, et il leva les yeux, en souriant d'un air un peu embarrassé.

« Ce n'est pas trop difficile de s'en moquer, semble-t-il; et pourtant, ajouta-t-il sérieusement, il faut admettre que cette faible voix l'a frappé, est-ce vrai?

— Attendez! dit le juge, qui, pendant cette conversation, avait pris un ton de plus en plus autoritaire, mais semblait, en même temps, en proie à une répugnance qui confinait à la frayeur et à une extrême gêne devant cet homme qu'il accusait, et qui n'avait même pas l'air de le comprendre.

« Il y a encore une circonstance, pour laquelle vous nous devez une explication. Après la mort de la vieille femme, un papier est tombé entre mes mains d'une façon bien extraordinaire : c'est la quittance d'une somme d'argent que vous avez effectivement reçue; elle est datée de Sainte-Barbe.

— Oui! dit le pasteur Pennhallow, en paraissant

consulter ses souvenirs; elle est datée de Sainte-Barbe, le 15 mars.

M. Belabres se renversa sur sa chaise comme pour augmenter la distance entre son adversaire et lui. Il reprit la parole après un instant de silence. D'une voix changée, et aussi enrouée que celle du pasteur, il dit :

— Vous vous rappelez et reconnaissez avoir écrit cette lettre?

— Oui, je me le rappelle très bien; je possède aussi la facture qui s'y rapporte dans mon tiroir. La date m'avait frappé.

Et il ajouta, d'un air un peu moqueur : « Méfie-toi des Ides de Mars! »

— Je puis vous montrer la lettre, si vous le désirez; mais je vous prierai d'abord de terminer l'histoire de ce criminel inconnu de Marseille; elle m'intéresse au plus haut point, monsieur Belabres. Je ne pourrais penser à rien d'autre avant d'en avoir entendu la fin.

La défense.

Seul, le tic-tac régulier de la vieille horloge, continuant à marquer la fuite du temps, rompit le silence qui survint. Personne ne bougea dans la salle à manger. Le visage de M. Belabres changea d'expression à plusieurs reprises. Enfin, il reprit la parole, accentuant chaque mot, comme s'il siégeait au tribunal :

— C'est à vous de parler, pasteur Pennhallow. Je

demande votre témoignage concernant trois points de ce que vous appelez mon histoire du criminel inconnu.

Le pasteur répondit : « En ce cas, je vous prierai de préciser encore une fois ces trois points.

— Comme vous voudrez, je ne demande pas mieux.

— Répondez donc d'abord à cette première question : Où sont à présent les jeunes filles qui ont vécu sous votre toit ?

— C'était en effet votre première question.

Avant d'en dire plus long, Mr Pennhallow parut absorbé dans ses pensées, puis il déclara :

— Nous n'avons pas reçu à Sainte-Barbe une série de jeunes filles comme le prétendent les gens du voisinage. Trois jeunes Anglaises ont vécu sous notre toit. Il est vrai qu'elles sont retournées à plusieurs reprises en Angleterre et sont revenues chez nous. Il est vrai aussi que, irréfléchies comme on l'est souvent dans la jeunesse, elles se sont teint les cheveux; ceux-ci n'ont retrouvé leur teinte naturelle qu'ici, où nous ne pouvions tolérer pareille sottise. Les habitants du pays ont pu s'y tromper. A ces trois jeunes filles-là, nous avons certainement cherché à offrir un foyer.

« La première d'entre elles était la nièce de ma femme; elle était fiancée en Angleterre, mais la famille du jeune homme s'opposait au mariage. Pour la consoler, nous l'avons prise chez nous, et puis l'orgueil et les préjugés nobiliaires cédèrent, et la fille de mon beau-frère est mariée à présent.

« Quant aux deux autres, continua Mr Pennhallow, après s'être tu un moment, je n'en puis parler qu'avec un vif chagrin.

« L'une était la fille d'un comédien, que j'avais essayé d'arracher à un foyer misérable et nuisible, mais elle a choisi, de son plein gré, d'y retourner et de monter elle aussi sur les planches.

« Quant à la dernière, – et Mr Pennhallow regarda brusquement le juge bien en face – la dernière s'est enfuie de chez nous dans la nuit, avec l'aide d'un pauvre garçon dépourvu d'intelligence, qui est à notre service. Nous nous sommes efforcés de retrouver sa trace, mais en vain; elle a complètement disparu.

« Cette affaire-là m'a beaucoup tourmenté; j'ai craint d'avoir été trop sévère pour ces enfants. La vie à Sainte-Barbe est solitaire; que pouvais-je offrir pour contrebalancer les séductions de ce monde. Il est dur de constater combien, en dépit de la meilleure volonté, on est impuissant en face des forces dévastatrices de la vie.

« Nous avons ici une femme de charge, qui est en réalité la propriétaire de Sainte-Barbe; si vous le désirez, elle confirmera mes dires. »

Baptistine resta sur le seuil de la porte, et répondit très brièvement aux questions qu'on lui posa. M. Belabres lui demanda combien de jeunes filles anglaises ses patrons avaient hébergées pendant les sept années de son service chez eux : deux.

Le pasteur la contredit avec douceur, mais elle s'obstina, et lorsqu'il lui fut prouvé qu'elle se trompait, elle déclara, d'un ton bourru, que le sort de ces jeunes personnes ne la regardait pas. Et, traînant ses savates, elle retourna dans sa cuisine.

Le juge reprit l'interrogatoire, mais avec plus de mansuétude :

— Avez-vous reçu ces jeunes filles pour vous assurer un revenu ou simplement pour faire acte d'humanité ?

— Ce n'était pas pour nous assurer un revenu, répondit le pasteur, d'un ton presque impatient; peut-être n'était-ce pas non plus par humanité pure. Nous avons reçu ces jeunes filles en souvenir d'Évangéline, la fille que nous avons perdue. Nous l'avons perdue dans des circonstances tragiques, d'une manière affreuse. La région solitaire, où nous habitions, reçut un jour la visite de romanichels. La beauté de notre petite fille attira l'attention de ces nomades; quand une bande de ces gens quitta le pays, ils emmenèrent Évangéline.

— Juste ciel! s'écria M. Belabres, et vous ne l'avez plus retrouvée?

— Si! Longtemps après, à la suite de constantes recherches, nous l'avons retrouvée dans un des grands marchés, dans une ville peu éloignée du lieu où nous demeurions; mais la vie errante et les conditions qu'elle implique avaient épuisé notre fille : elle est morte un mois plus tard.

Le juge garda le silence pendant quelques instants, ému par un si grand malheur.

Jusqu'alors Mrs Pennhallow n'avait pas ouvert la bouche; elle s'était contentée de regarder alternativement son mari et le juge, avec une extrême attention. Mais, tout à coup, elle dit d'une voix dure où perçait cependant une sorte de triomphe :

— Nous avons encore deux jeunes Anglaises chez nous; vous êtes libre de les interroger.

Son mari esquissa un geste de protestation et dit, en se tournant vers le juge :

— Que vouliez-vous me demander encore?

— Je voudrais apprendre de votre propre bouche ce que vous aviez à faire dans un petit hôtel de la rue du Port à Marseille.

Mr Pennhallow parut s'arracher lentement aux souvenirs du passé pour revenir aux choses présentes; il poussa un profond soupir et s'écria : « Est-il possible que l'homme, qui est mort à Marseille, soit celui que vous cherchez? En ce cas, ce serait lui qui... mais non, je ne puis le croire... Pourtant, s'il en est ainsi... »

L'accent presque inquiet du pasteur devint solennel :

— C'est que le criminel se sera repenti à la dernière heure, et peut-être a-t-il obtenu le pardon de son crime...

Le juge l'interrompit :

— Je ne sais de quoi vous parlez, mais je vous prie de me dire tout ce que vous savez.

— Ce ne sera pas difficile.

« Dans les premiers jours de mars, je me suis rendu à Marseille au sujet d'une affaire fort importante pour moi : un de mes vieux amis était mort aux Indes, et m'avait laissé une caisse de livres précieux; je suis allé prendre cette caisse à bord même du navire, et un jeune garçon l'a portée à mon hôtel. Quand je l'ai payé, et ai voulu le renvoyer, il m'a demandé si je n'étais pas un pasteur anglais. Sur ma réponse affirmative, il m'a raconté que, dans le petit hôtel près du port, où il demeurait lui-même, un pilote ou un capitaine anglais était mourant, et demandait avec insistance qu'on lui amenât un pasteur de son pays. Je me suis rendu aussitôt avec le jeune homme à cet hôtel, une sinistre bâtisse dans une rue mal famée qui n'avait rien de rassurant.

« J'y trouvai un vieux charpentier de marine qui se mourait de consomption, et je passai plusieurs heures près de lui. Il s'est confessé à moi, monsieur le Juge; mais une confession nous est sacrée aussi à nous autres protestants.

« Voilà toute mon histoire; elle n'a pas grande importance, semble-t-il, mais, à mes yeux, elle est belle et pleine de sens.

— Vous souvenez-vous, dit M. Belabres, que la propriétaire de cet hôtel vous a accompagné quand vous êtes sorti.

— Bien sûr.

— Que lui avez-vous dit en prenant congé d'elle?

— J'ai quelque peine à m'en souvenir aujourd'hui. Pourtant, en vous écoutant, chaque mot me revient à la mémoire. Rappelez-vous que nous venions de quitter un mourant; je parlais de la mort comme d'un long voyage, et de la consolation puisée dans la certitude de la résurrection de la chair dans un autre monde.

« Mais, comme je me souviens de votre troisième question, je vais y répondre sans hésiter, car elle se rattache au récit que je viens de vous faire.

« Quelque temps après ces événements, j'ai reçu, à ma grande surprise, une lettre et une petite somme d'argent d'une vieille femme de Marseille. L'homme, qui logeait chez elle, était mort et l'avait chargée, après lui avoir versé ce qu'il lui devait pour son hébergement, de m'envoyer cet argent, toutes ses économies, pour mes pauvres.

« Quelle chose étrange! Cette femme, qui aurait pu, sans difficultés, s'approprier cette somme, accomplit fidèlement les désirs du mort. N'ai-je pas le droit de croire, monsieur le Juge, que mes paroles, prononcées en une heure solennelle, ont touché son cœur?

« Je lui ai donné quittance de la somme versée, comme vous savez », conclut le pasteur, tandis que M. Belabres feuilletait les papiers étalés devant lui, sur la table, et il ajouta : « Je crois que la pensée du constant travail, au prix duquel cet argent avait été gagné jour après jour, m'avait vivement ému. »

Le juge repoussa sa serviette sans rien dire; enfin, il reprit l'entretien en ces termes :

— Monsieur le Pasteur, vous paraissez certain d'avoir dissipé les soupçons qui pesaient sur vous.

— Les soupçons? J'ai donc été accusé? J'ai mis très longtemps à comprendre le sens de vos questions, et je vous avoue que si je les avais comprises plus tôt, je ne vous aurais pas du tout répondu.

Le pasteur se leva et resta debout près de la

table. Ce petit homme, aux jambes courtes, n'était pas beaucoup plus grand debout qu'assis; mais son personnage insignifiant avait une surprenante dignité et, dans ses yeux, brillait un éclair de douce raillerie.

— Croyez-vous vraiment, dit-il, que ma propre vie, et les coups du destin qui m'ont frappé ont pour moi la moindre importance, en comparaison du péché, de la misère et de l'horreur de ce monde. Car le mal est puissant; c'est un abîme, un océan, qu'on ne videra pas à la cuiller ou par des entreprises humaines. Moi qui connais, qui puis dénoncer la puissance du Malin, aurais-je peur, et perdrais-je courage à mon propre sujet?

« Je me refuse à écouter toute accusation. Le juste est condamné; l'innocent est méprisé; on écrase celui qui est faible. Prononcez votre sentence, je vous en prie; elle ne saurait me nuire; je suis en sécurité où que je me trouve. »

Tout en parlant, il semblait grandir, s'élargir.

Le visage de Mrs Pennhallow s'était assombri pendant la dernière partie de l'interrogatoire; maintenant, il respirait le calme comme celui du pasteur. Le juge ne détachait pas ses regards de celui-ci.

Le jeune adjoint, assis près de la fenêtre, parla alors pour la première fois :

— Ne faudrait-il pas entendre le témoignage des deux jeunes Anglaises, qui habitent ici, monsieur le Juge? dit-il.

L'acquittement.

Grâce à l'entrebâillement de la porte, Lucan et Zozine avaient entendu les paroles échangées dans la salle à manger; elles ne les avaient pas toutes comprises, mais leur surprise et leur émotion ne cessaient de croître : il s'agissait évidemment de faits extrêmement graves. Un étranger était venu à Sainte-Barbe, un juge français formulait des accusations inouïes contre le pasteur anglais.

Lucan se souvint de la vague méfiance qui l'avait tourmentée pendant un certain temps. Elle éprouva un véritable saisissement en retrouvant ses propres pensées; il lui semblait presque être responsable de la suspicion qui frappait la maison où Zozine et elle-même avaient trouvé un refuge, et le jardin, où Noël lui avait parlé au clair de lune. Ses pensées, sans qu'elle en eût conscience, ou qu'elle l'eût voulu, n'avaient-elles pas appelé dans ces lieux un hôte mystérieux et secret?

Zozine se penchait par-dessus la table, comme elle se serait penchée au bord d'une loge au théâtre, en écoutant le combat de la vertu contre le vice. Cela lui rappelait certains événements de l'histoire que le pasteur Pennhallow avait fait revivre pour elle. Le récit du pasteur, concernant la fille qu'il avait perdue, bouleversa les deux amies. Elles aussi avaient perdu des êtres chers, et leurs yeux se remplirent de larmes.

Après l'intervention de M. Tinchebrai, elles comprirent que le devoir leur commandait de prendre leur part de responsabilités. Elles tremblaient en réunissant toutes leurs forces pour suffire à la tâche qui s'imposait à elles, mais dont elles ne discernaient pas bien l'étendue.

Lorsqu'elles entendirent que Mrs Pennhallow repoussait sa chaise, elles se remirent précipitamment au travail qu'elles avaient abandonné; mais la lavande tombait de leurs mains.

— Êtes-vous là, mes petites? appela Mrs Pennhallow; sa voix était d'une douceur exceptionnelle. Venez dans la salle à manger; deux messieurs de Lunel voudraient vous parler.

Lucan et Zozine se levèrent aussitôt. Lucan était pâle, mais les joues de Zozine brûlaient.

Sans se regarder, elles franchirent le seuil de la salle à manger à la suite de la silhouette osseuse, vêtue de gris. Les deux Français se levèrent à leur entrée.

Le juge, qui pourtant avait été absorbé par l'étude de ses documents, les contempla avec une admiration involontaire. Mrs Pennhallow paraissait vraiment avoir apporté un bouquet de roses dans la pièce.

Pendant l'entretien qui suivit, Lucan sentit peser sur elle les yeux du jeune adjoint; elle le regarda à son tour, mais il se détourna aussitôt. Mrs Pennhallow baissait la tête; seul de tous les assistants, le pasteur n'avait pas l'air fort ému. Il restait immobile, comme absorbé par une image lointaine. Quand il vit les jeunes filles, une fugitive lueur de pitié, ou de tendresse, illumina ses traits, mais une seconde plus tard, son regard se perdait à nouveau.

Lucan et Zozine s'assirent. Autour de la table se forma un cercle de trois vieillards et de trois jeunes gens, tous dans un étrange état d'esprit.

M. Belabres s'excusa auprès des jeunes filles de les avoir dérangées, inquiétées peut-être. Il les pria de ne pas avoir peur, car il ne leur demanderait que des éclaircissements sans grande importance. Mais elles savaient bien qu'il ne disait pas la vérité, et Zozine lui jeta un regard provocant, pour ne pas dire dédaigneux. L'attitude même et le ton de la voix du juge la révoltaient. Elle se souvenait des accusations portées contre son propre père. La silhouette, moitié ridicule, moitié insignifiante du pasteur Pennhallow, ressembla pour un instant à celle de Mr Tabbernor, si majestueuse et si florissante.

Le juge interrogea rapidement les deux amies sur leur âge et leur situation. Lucan dut répondre pour Zozine. Elle dit que Zozine avait exactement un an de moins qu'elle, pour ne pas mentir au sujet du mois et du jour de leur naissance; mais elle rougit un peu à ce mensonge, et elle rougit encore plus parce que M. Tinchebrai parut s'apercevoir de son trouble.

Le juge resta un moment sans parler; son visage était presque figé, tant il était empreint de gravité et d'indécision. Fallait-il croire que l'homme debout devant lui était aussi innocent, aussi ignorant du crime dont il était accusé, qu'il le prétendait? En ce cas, la loi, en la personne du juge, avait fait cruellement tort à un chrétien pieux, obéissant à une sainte vocation.

Mais, si l'accusation ne contenait qu'un grain de vérité, le vieux pasteur anglais n'était plus qu'un être vil, dont la méchanceté dépassait tout ce que M. Belabres pouvait imaginer en fait de dépravation.

— Il est indispensable, Mesdemoiselles, d'y voir clair dans une affaire qui, d'ailleurs, ne vous causera aucun désagrément. Comment êtes-vous venues en France, et comment êtes-vous entrées en relation avec le pasteur Pennhallow ?

« Par bonheur, se dit Lucan, le juge ne fait pas mention de Mrs Pennhallow ; cela me dispense de parler de notre rencontre à l'auberge de Staines, dont le souvenir ne m'est pas resté très net. » Elle répondit :

— Ma sœur et moi cherchions un emploi à Londres, et nous nous sommes trouvées dans un bureau de placement avec le pasteur Pennhallow. La tenancière de ce bureau s'appelait Mrs Quincy.

Le juge considéra avec commisération les deux jolies filles en face de lui.

— Puisque vous cherchiez à vous placer par l'entremise d'un bureau, je dois conclure que vous étiez seules au monde et n'aviez aucune famille ? Le pasteur Pennhallow le savait-il ?

— Oui, dit Lucan ; le pasteur Pennhallow en a été informé la première fois que nous lui avons parlé. Il dit que c'était bien fâcheux, et que des jeunes filles comme nous avaient besoin des conseils et de la direction de personnes douées d'expérience et de bonté.

— Et, quand le pasteur vous a proposé de vous emmener, n'aviez-vous reçu aucune autre proposition plus avantageuse, vous offrant la perspective de plus de liberté et d'une meilleure situation, dans un pays étranger, peut-être ? Vous pouvez parler en toute liberté et sincérité et sans crainte de nuire à vos parents adoptifs, je vous en donne ma parole.

Cette fois, ce fut Zozine qui répondit pour son amie :

— Nous parlerons sincèrement, comme nous le faisons toujours, dit-elle; nous n'avons pas peur de nos parents adoptifs, et n'avons d'ailleurs aucune raison d'avoir peur. Personne n'a voulu de nous à Londres. Nous avons cherché pendant très longtemps à nous placer, et nous craignions fort de ne rien trouver quand nous avons rencontré le pasteur Pennhallow.

Le juge reprit : « Ne vous a-t-on jamais offert de jolies robes par exemple, des chapeaux, des châles, toutes choses auxquelles aspire certainement votre jeunesse ? »

Un rire moqueur de Zozine l'interrompit :

— Non ! Et vous ne savez évidemment pas de quoi vous parlez. Regardez donc autour de vous : c'est à peine s'il y a un miroir dans cette maison; nous n'avons pas le temps de penser aux frivolités.

Le juge posa encore une question : « Le pasteur

Pennhallow ne vous a-t-il jamais fait connaître d'autres gens que vous avez jugés singuliers?

— Mais si! bien sûr! s'écria Zozine. Chaque jour, il nous a donné des leçons de latin et d'histoire; il nous a parlé des héros et des philosophes de l'Antiquité, dont nous ignorions l'existence auparavant. »

Et Zozine jeta un coup d'œil du côté de son vieux professeur, qui acceptait en silence, et sans faire un mouvement, les attaques de l'impitoyable loi. Elle songea à Socrate devant l'aréopage d'Athènes, et une vive émotion s'empara d'elle. « Faut-il donc, se dit-elle, que les êtres les plus nobles soient victimes de la calomnie? »

— Non, non! fit-elle d'un ton solennel, vous *devez* me croire : le pasteur Pennhallow ne nous a pas trompées et n'a trompé personne. Puisque vous me demandez de dire toute la vérité, j'avouerai que c'est moi qui ai trompé le pasteur Pennhallow. Je ne lui ai pas dit tout ce que j'aurais dû lui dire. Même, à Sainte-Barbe, j'ai fait certaines choses, dont il n'a rien su. J'aurais d'ailleurs préféré être libre de lui en parler; à présent, je suis prête à tout raconter.

Zozine respirait avec un peu de peine, et des larmes perlaient à ses yeux. L'ombre d'un sourire passa sur le visage du juge :

— Non, Mademoiselle, nous ne sommes pas si cruels; nous permettons à des jeunes filles telles que vous de garder leurs petits secrets.

Les regards de M. Belabres allaient de la jeune fille en fleur, dont il écoutait le témoignage, aux traits grisâtres et ridés du pasteur. La confiance de Zozine faisait apparaître le vieillard sous un autre jour aux yeux du juge. M. Belabres ne reprit l'entretien qu'au bout d'un moment en ces mots : « Il y a une chose qu'il me faut dire encore. Est-ce que, dans cette maison, la légèreté a été jugée avec indulgence? A-t-on parlé sans sévérité de la femme légère? Vous a-t-on encouragées à croire que le bonheur peut se trouver en dehors de la voie étroite du devoir et de l'obéissance à la loi? »

Le juge s'exprimait avec embarras, les yeux baissés. Il ne s'était pas imaginé qu'il rencontrerait à Sainte-Barbe des jeunes filles aussi jolies et distinguées. M. Belabres était lui-même père d'enfants innocentes, et il évoquait avec répugnance un pareil sujet dans cette atmosphère douce et pure.

Trop bouleversée par ses propres sentiments, Zozine ne comprit pas où il voulait en venir; elle regardait le magistrat les sourcils froncés. Mais Lucan poussa une exclamation involontaire; elle rougit, et pâlit d'avoir crié :

– Non! Oh non!

Le juge et son assistant se tournèrent vers elle :

– Vous avez quelque chose à objecter, Mademoiselle?

– Je ne comprends pas bien ce que signifie la question que vous avez posée à ma sœur, mais je suis sûre que vous commettez une erreur. Le pasteur Pennhallow m'a précisément parlé un jour de ce qui semble vous intéresser. Il a décrit le châtiment réservé à la légèreté et le sort de la femme légère sous un aspect si terrible, que j'en suis restée bouleversée. Jamais je ne l'avais entendu parler de la sorte, et je ne saurais oublier ce qu'il m'a dit.

Le juge regarda Zozine, puis Lucan, et il soupira :

— Ces deux jeunes personnes, répondant à ma prière, ont parlé sincèrement. Sans aucun doute, leur déposition venait du cœur et leur témoignage a puissamment fortifié et affermi la défense du pasteur Pennhallow. Maintenant, je peux quitter Sainte-Barbe convaincu de l'inutilité de l'action que j'ai été forcé d'accomplir.

« Je ne puis vous demander de me pardonner, monsieur le Pasteur, car je ne suis pas venu ici de mon plein gré; mon devoir m'y obligeait. Mais je nous félicite, vous et moi, pour cette journée d'aujourd'hui : s'il est amer de voir l'innocence accusée, il est doux de savoir l'accusation sans fondement. Et on ne peut que se réjouir de trouver la droiture là où on a pu craindre un instant d'être en face du crime. »

Pénitence et perfectionnement.

Les deux jeunes filles se sentirent à la fois fières et honteuses les premiers jours qui suivirent l'interrogatoire. Les paroles qu'elles échangeaient ressemblaient à celles des jeunes soldats après un coup dur. On leur avait assigné un poste dangereux, et elles avaient été à la hauteur de la situation. Mais souvent elles se taisaient, se rappelant que le héros du drame, qui s'était déroulé dans la vieille ferme et qui, sans leur participation, eût tourné à la tragédie, n'était autre que le vieillard, dont elles s'étaient moquées, à cause de ses manières et de ses vêtements ridicules.

A présent, il grandissait à leurs yeux : une lumière émanait de lui, et elles se sentaient diminuer à côté de lui.

Aussi prirent-elles la résolution d'être dignes de leur maître; d'être assidues au travail, pour lui plaire. Zozine se promit de garder dorénavant son sérieux pendant la prière du soir; et toutes deux s'appliquèrent à apprendre par cœur d'interminables poèmes latins, pour les réciter sans faute à l'occasion.

Du reste, elles avaient aussi des raisons de se comparer à de jeunes soldats décorés au front, car l'indulgence et la bienveillance du vieux professeur pour ses élèves ne connut pas de bornes en ces jours-là. Le pasteur était fatigué, mais son égalité d'humeur restait inébranlable. Il paraissait même plus heureux qu'auparavant.

Le lendemain de la visite du juge, Mr Pennhallow fit un petit discours à ses élèves. Il dit qu'il avait réfléchi au cours de la nuit, se demandant s'il ne devrait pas reprendre d'un peu loin le sujet, qui avait ébranlé la veille leur heureuse tranquillité. Jusqu'à présent, il s'était efforcé d'orienter les pensées des deux jeunes filles vers les beautés de l'histoire et de la poésie. Mais le monde extérieur

venait de faire irruption dans leur vie, monde
méfiant, monde dissimulé, plein de suspicion et de
méchanceté. Il s'était donc décidé à leur parler,
très brièvement, de la réalité du monde des ténèbres, de son aspect visqueux, de l'égoïsme et des
bas instincts dont il est souillé. Mais il les priait
d'oublier ce qu'il leur révélerait.

Il avait oublié lui-même les soupçons dont il
avait été l'objet. « Il est doux, dit-il, d'oublier et de
pardonner », et, en parlant, il avait véritablement
l'air de déguster quelque chose de suave. Il avait
plus de peine, dit-il, à oublier le tort qui, à cause
de lui, avait été fait à d'innocentes jeunes créatures, plus chères à son cœur que jamais.

Il leur témoignait une constante et affectueuse
sollicitude. Tout ce qu'elles faisaient et disaient
semblait lui plaire; son visage brillait d'orgueil et
de tendresse lorsqu'il les regardait.

Il les interrogeait sur ce qui les intéressait ou les
frappait en histoire ou en littérature, et ses explications les ravissaient par leur profondeur et leur
éloquence ailée.

Il ordonna en souriant à Baptistine de faire des
gâteaux et des entremets. Parfois, pendant que
Zozine et Lucan étudiaient leurs leçons, il entrait
chez elles comme s'il ne pouvait se séparer des
deux amies, et il leur disait qu'il songeait, après
leur année passée en France, à les placer chez des
pasteurs éminents de l'Église d'Angleterre, qui
avaient été ses camarades d'études. Lucan les
connaissait de nom.

Peut-être, disait-il aussi, réussirait-il un jour, à

leur procurer une situation encore supérieure en les associant à un travail auquel il avait consacré sa vie.

Il arrivait même, ce qui ne s'était encore jamais produit, que le pasteur leur caressât le bras, ou les prît par le menton avec une paternelle et délicate affection, qui semblait maintenant être inhérente à sa personne. Il les taquinait parfois en disant des choses qu'elles ne comprenaient pas du tout. Voulait-il effacer chez elles tout souvenir de ce qui les avait inquiétées et bouleversées?

Zozine fronçait les sourcils, point disposée à pardonner; elle restait indignée au fond d'elle-même contre le juge de paix de Lunel, le représentant de la loi à ses yeux : cet être glacial, sans pitié pour ceux qui, comme son père et le vieux pasteur, vivaient dans le monde des sentiments et de la beauté.

Sa colère allait aussi à ce joli garçon de Tinchebrai; sans penser qu'elle l'avait plaint jadis; elle ne ménageait pas ses reproches au jeune homme, au marchand de grains et à l'évêque de Nîmes lui-même.

Lucan ne disait rien, mais elle n'était pas tranquille. L'injustice du monde ne l'avait pas épouvantée moins que Zozine; mais elle devinait que le cauchemar de la journée de l'interrogatoire cachait une réalité, plus terrible encore, et qui subsistait.

Le petit sermon du pasteur avait fortifié chez elle cette conviction, et augmenté ses craintes; le pasteur Pennhallow avait dissipé un soupçon injustifié, mais quel était donc le crime dont il avait été soupçonné?

Lucan se réjouissait d'avoir été appelée à défendre un innocent faussement accusé; mais la seule pensée des événements, de plus en plus obscurs et inexplicables auxquels elle restait mêlée, la faisait reculer d'horreur.

Elle se replongeait alors dans ses souvenirs personnels; ceux qui concernaient l'homme qu'elle aimait, et son amour pour lui. Bien que ces souvenirs fussent très douloureux, ils la délivraient de son obsession.

Elle réfléchit souvent, en ces jours-là, au caractère et au sort de la femme, et ce fut pour elle une sorte de bonheur de penser à ses chagrins d'amour, qui restaient sans espoir plutôt que de s'occuper du monde extérieur, même si elle se réjouissait d'avoir soutenu le droit contre l'injustice. « Tant que je pourrai m'absorber dans ma peine, j'y trouverai un refuge », se disait-elle, mais, s'il arrive à une femme d'être obligée, comme un homme, d'oublier ses chagrins d'amour pour se consacrer aux œuvres du monde qui l'entoure, elle est véritablement chassée de son abri et exposée au vent et à la tempête. Ce qui est pire encore, elle en viendra à perdre la raison, à n'être plus qu'une démente en contradiction avec sa propre nature.

Pourtant, les êtres qui l'entouraient trouvaient place dans ses pensées, elle était heureuse de montrer au pasteur Pennhallow combien elle l'estimait. Elle rivalisait avec Zozine d'ardeur pour ses études, et elle prit aussi le temps de s'occuper de Zozine.

– Notre vieux pasteur et sa femme ont bien changé! dit tristement Zozine.

Lucan répondit : « Ils ont passé par une grande épreuve; il faut du temps pour s'en remettre. »

Mais Zozine restait pensive : « Non, ce n'est pas ça, ils ont changé d'une façon particulière. J'ai dit autrefois qu'on reconnaissait en eux des adventistes rien qu'à les voir : ils avaient toujours l'air de vivre dans l'attente. Ils n'ont plus cet air-là. On pourrait croire qu'ils en ont fini avec ce qu'ils avaient entrepris. Après la visite du juge, Mrs Pennhallow est restée sombre et triste; il lui est arrivé même de pleurer. Le pasteur ne s'est pas aperçu de ma présence dans la pièce et il a essayé de la consoler, mais je n'ai pas bien compris ce qu'il disait, quand il lui a pris le menton en riant. J'ai quand même entendu ces mots : « Pourquoi donc, maintenant que tout va bien, te faire du souci parce que j'ai plaisanté avec une vieille bonne femme de Marseille, qui était centenaire, et est morte il y a trois mois? »

Que signifie cette phrase?

– Il doit certes être difficile d'oublier que l'on a été, à tort, l'objet d'affreux soupçons, dit Lucan. Et le pasteur a fait preuve de grandeur d'âme en ne se laissant aller à aucune amère rancune. Vois donc comme ces deux vieillards sont bons pour nous! On dirait vraiment, comme le pasteur l'affirme, que nous leur sommes plus proches, que nous sommes tous les quatre plus unis par cette sinistre aventure.

« Mais, dis-moi, reprit-elle un peu plus tard pour détourner ses pensées et celles de Zozine de ce qui s'était passé. Qu'entendais-tu donc en prétendant que tu as trompé ton vieux maître? Tu avais l'air de parler sérieusement; qu'avais-tu à cœur d'avouer? »

Zozine, assise près de son amie sur l'étroit canapé recouvert de crin, esquissa un sourire :

— Je m'imaginais que tu me poserais cette question plus tôt, dit-elle, en jouant avec les longues boucles de Lucan. Mais je vais tout te raconter maintenant.

« Te souviens-tu du jeune homme, qui est venu à mon aide quand le cheval, qu'en ce temps-là j'appelais Mazeppa, m'avait jetée par terre? »

Lucan parut surprise :

— Bien sûr, que je m'en souviens.

— Je l'ai revu, dit Zozine, quand tu es devenue tellement silencieuse et que tu étais tout absorbée par tes propres pensées. Il n'était pas, comme nous le supposions, valet d'écurie, ou palefrenier? C'était le baron Thésée de Valfonds, de Joliet.

L'ouvrage de couture de Lucan lui tomba des mains; elle se retourna d'un brusque mouvement pour regarder Zozine bien en face :

— Tu lui as parlé? De quoi vous êtes-vous entretenus?

— Nous avons surtout parlé des chevaux, et Dieu sait que j'ai regretté d'avoir laissé en Angleterre mon cheval de selle! Mais, à dire vrai, nous avons aussi parlé d'autre chose.

Pourquoi donc Lucan éprouva-t-elle une si joyeuse émotion en écoutant l'aveu de son amie; elle était prête à éclater de rire. Était-ce donc à ce jeune homme et à cette amourette que pensait Zozine lorsqu'elle avait raconté ce conte de fée dans la forêt? Lucan prit les deux mains de Zozine dans les siennes, et les appuya contre son cœur :

— L'as-tu revu depuis?

— Nous ne décidions pas de nous revoir, mais il savait bien à quelle heure je venais donner à manger aux chevaux. C'est quelqu'un de pas ordinaire, vois-tu! Tu te rappelles bien que Baptistine nous a raconté qu'il n'a jamais quitté sa province, et que son père avait fait de même avant lui. Il se promène vêtu d'une blouse de bûcheron, et se qualifie lui-même de paysan.

« J'ai connu bien des jeunes gens qui se faisaient une haute idée de leur propre personne, quand je voyageais autrefois avec papa; mais je n'ai jamais vu quelqu'un, dont les manières et la conversation valaient celles du baron Thésée. Je suis sûre qu'il n'y a pas un cavalier, à la cour de France, qui soit plus distingué. Jamais je n'aurais cru que la noblesse du sang eût une telle importance chez un homme. Quand il s'asseyait sur la palissade et me parlait des chevaux, j'ai compris que, pendant des siècles, ses aïeux ont été des chefs et ont fréquenté des altesses royales; n'est-ce pas extraordinaire?

— Est-il épris de toi? A-t-il demandé ta main? demanda Lucan, le souffle coupé.

— Non! Pourquoi l'aurait-il fait? Tout cela n'était qu'un jeu. Il m'a fallu être sérieuse pendant si longtemps, j'avais bien le droit de m'amuser un peu. Je ne lui ai même pas dit mon nom mais je lui ai fait croire que je m'appelais Hippolytta, car Hippolytta était la reine des Amazones; et puis, ce nom convenait très bien puisqu'il s'appelle Thésée. Mais il a trouvé Hippolytta trop long et trop solennel pour moi, et il m'appelait Mlle Litta.

Lucan se mit à rire : « S'il veut t'épouser, dit-elle, il faudra bien qu'il demande ta main. »

Zozine ne répondit pas tout de suite.

— Nous ne voulons pas nous marier, fit-elle enfin.

Lucan lâcha ses mains, qu'elle avait retenues :

— Que dis-tu? s'écria-t-elle. Et moi qui t'admire et qui t'estime si fort! Peux-tu avouer que tu aimes un homme que tu ne veux pas épouser?

— Comprends-moi, Lucan, dit Zozine en posant ses mains, que Lucan avait lâchées, sur l'épaule de son amie, et en y appuyant sa joue, comme elle le faisait souvent; il y a deux raisons pour lesquelles nous ne pouvons nous marier, alors même que Thésée me demanderait d'être sa femme. Je vais te dire la première.

« Rappelle-toi nos lectures sur les croisades, nous pensions alors que les croisés étaient partis de Joliet pour la Terre sainte, et nous avons pensé aussi que Jeanne d'Arc avait pour écuyer un chevalier de Joliet. Il en est encore ainsi : c'est ainsi qu'on vit à Joliet depuis des siècles. Chaque fois que je me suis trouvée en compagnie du baron

Thésée, j'ai parfaitement compris qu'un baron français, comme lui, ne pouvait tout bonnement épouser une jeune étrangère, qui vit chez ce vieux pasteur à Sainte-Barbe, et n'a pas un foyer qu'elle puisse appeler sien dans le monde entier. »

Lucan songea à tous les prétendants de Zozine, en Angleterre; elle se rappela combien Zozine brillait au bal dans la somptueuse demeure de son père, et son cœur se serra.

— Et quelle est ta deuxième raison? demanda-t-elle un peu après, tandis qu'elle enlaçait Zozine. Celle-ci avait repris sa voix claire et gaie.

— La deuxième raison? la voici : je lui suis vraiment trop supérieure. J'ai voyagé, j'ai observé le monde, et me suis permis de faire le tour de la terre. Faudrait-il donc que je m'incruste dans un vieux château et que je regarde mon mari labourer le sol, tandis que je garderais les chèvres, sans jamais aller plus loin qu'aux environs de Lunel?

Zozine parlait-elle sérieusement, ou n'était-ce qu'une plaisanterie? Fallait-il en rire ou en pleurer?

Lucan attira la tête de son amie contre son épaule et murmura : « Oh, Zozine! Que nous sommes différentes l'une de l'autre! Tu as raison de penser que tu as été gâtée, et choyée pendant toute la vie, mais cela n'a pas toujours été à ton avantage. Pour moi, je vivrais bien dans une chaumière, et je m'estimerais la plus heureuse des femmes si j'y retrouvais l'homme que j'aime. »

Cet aveu la bouleversa au point qu'elle dut

garder le silence pendant quelques instants avant d'ajouter :

— Mais toi, tu exagères beaucoup, et tu obtiendras un jour ce que tu désires.

A part soi, Lucan pensait : « C'est bien étrange que Zozine et moi, qui sommes de si intimes amies, ayons eu chacune un amour secret, que nous nous sommes caché réciproquement : un amour, qui ne sera jamais qu'un secret au plus profond de nos cœurs. Pourtant, pour Zozine, il en est ainsi parce qu'elle l'a voulu. Moi, je n'ai pas de choix à faire; mon destin est de me taire et de ne révéler à personne le sentiment le plus important de ma vie; et cela jusqu'à ma mort. Mais, tout est bien ainsi, sans doute. Zozine est la favorite du bonheur, et c'est naturel. Quant à moi, je ne suis qu'une jeune fille comme les autres, et mon bonheur sera d'aimer, même si personne ne me rend son amour. Mais, Dieu merci! personne ne s'interposera entre mon amie et moi. Pourtant, je ne puis ni comprendre ni croire qu'une femme que Noël aime ne l'aime pas en retour. »

A ce moment-là, Zozine et Lucan, qui restaient serrées l'une contre l'autre sur le canapé, perçurent le bruit de voix.

Le pasteur venait de rentrer, après une courte absence, et il parlait à sa femme dans la pièce voisine.

Zozine chuchota à l'oreille de son amie : « N'entends-tu pas que leurs entretiens sont tout différents de ceux d'autrefois? Ils en ont fini avec quelque chose; ils ferment un compte.

— Te souviens-tu ? dit Lucan, que tu disais, le matin après le bal : c'est terrible de vivre dans l'attente et de craindre pour sa vie; mais c'est quand le danger est passé que l'on meurt.

— Oh, oui, je m'en souviens bien ! répondit Zozine.

Elle se tut pendant quelques secondes, puis elle dit encore : « Mais, en ce temps-là, je savais depuis longtemps l'existence du danger : c'était alors une sorte de jeu pour sauver papa. Oh ! Qu'il y a longtemps de cela ! »

Paroles échangées la nuit.

Lucan était déjà couchée et presque endormie; elle rêvait qu'elle rangeait une collection de papillons dans la classe d'histoire naturelle de son ancienne école. Elle fut tirée brusquement de son demi-sommeil par la chute d'une chaise sur le plancher. Aussitôt, la voix de Mrs Pennhallow se fit entendre dans la pièce voisine : « Qu'y a-t-il ? » et Zozine répondit : « Je voulais prendre un verre d'eau et j'ai renversé une chaise. »

Lucan pensa, bien que mal réveillée : « Que peut bien faire Mrs Pennhallow dans le couloir au milieu de la nuit ? »

Au bout d'un moment, le rêve reprit le dessus mais, cette fois, c'était Noël qui attrapait des papillons, et Lucan était elle-même un papillon; elle était contente de voleter de-ci de-là, sans avoir l'air provocant et sans qu'on puisse lui trouver une attitude peu féminine. Noël l'attrapa, et la tête de Lucan fut prise dans le filet. Elle eut l'impression d'étouffer, et se réveilla pour sentir la main de Zozine passer sur son visage, puis se poser sur ses lèvres :

— Ne dis rien, souffla Zozine à son oreille, et fais-moi place dans ton lit.

Effarée, Lucan se serra contre le mur, et Zozine se glissa sous la couverture dans le plus complet silence. Elle passa son bras sous la tête de Lucan, qu'elle attira à elle en soupirant profondément. Une minute s'écoula ainsi, puis elle murmura :

— Ne fais pas un mouvement, j'ai quelque chose à te raconter.

Lucan s'aperçut que son amie tremblait toute. Elle se mit à trembler elle-même, mais n'osa ni bouger ni poser de question. Zozine lui chuchota à l'oreille : « Tout est vrai! »

Lucan aurait voulu demander ce qui était vrai, mais elle était incapable d'articuler une seule parole, et Zozine reprit :

— Oui! C'est vrai!

Sa voix avait un accent si désespéré qu'on eût dit qu'elle gémissait : « Le vieillard est coupable de tout ce dont il a été accusé par le juge! »

Elle respira à plusieurs reprises, et attira la tête de Lucan plus près de ses lèvres à elle : « Ne souffle pas mot! » dit-elle encore; et elle ajouta : « Maintenant que j'ai compris ce qui se passe, tu vas le savoir à ton tour :

« Le pasteur Pennhallow a reçu ici les jeunes filles, dont on parlait; il les a aussi vendues. Je ne sais pas bien ce que cela veut dire, car je croyais qu'on ne pouvait pas vendre des personnes de race blanche; mais cela doit être possible, car il l'a fait. La jeune fille du bateau, que le juge a citée, venait d'ici. Il n'est pas vrai que le nombre de ces jeunes filles n'ait pas été au-delà de trois; il y en a eu beaucoup plus, beaucoup, et il les a toutes vendues; elles ont eu le même sort que celle du bateau. Il lui avait fait prendre une boisson forte ce jour-là, et les hommes qui l'accompagnaient étaient ceux auxquels le pasteur l'avait vendue, ou bien ils étaient ses complices; mais lui est pire que tous les autres. »

Lucan écarta les mains que Zozine appuyait sur sa bouche. Elle avait été réveillée si brusquement, et ce qu'elle apprenait était si affreux, qu'elle était incapable d'y ajouter foi d'emblée. Elle chercha donc à tranquilliser Zozine et murmura : « Calme-toi, Zozine, tu dois avoir rêvé; couche dans mon lit, cette nuit! »

Mais, tout en chuchotant dans l'obscurité, elle sentait sa voix trembler sous l'effet d'une inquiétude mortelle.

— Tout est vrai, reprit Zozine très bas, tout est vrai! Mais il ne faut pas qu'ils nous entendent parler; nous nous tairons pendant une demi-heure. Alors, ils nous croiront endormies.

Lucan répondit : « Il est bien difficile pour eux de nous entendre parler d'ici. »

Pourtant, Zozine se tut pendant une demi-heure, ce qui étonna Lucan. Quand elle recommença son récit, elle était plus calme et elle parlait d'un ton plus ferme et plus dur :

— Ils avaient l'intention d'agir de même avec nous quand ils ont appris que ce qu'ils avaient fait avait été partiellement découvert. On se méfiait d'eux; c'est pourquoi ils nous ont prises en Angleterre même. Nous devions avoir d'eux la meilleure opinion; et ils ne se pressèrent pas d'agir : ils travaillèrent avec nous, nous apprirent beaucoup de choses et furent bons pour nous. Chaque mot, qu'ils prononcèrent au cours de toutes ces journées, n'était destiné qu'à préparer l'exécution de leur projet : lorsque viendrait l'accusation, nous devions être toutes prêtes à les aider, à les sauver.

« Et voici que nous les avons sauvés réellement. »

Lucan essaya de se redresser dans son lit pour lutter contre le désarroi que provoquaient chez elle les révélations de Zozine. Mais Zozine la retint. Elle poussa un gémissement sourd et dit à voix basse : « Non, Zozine! Non, Zozine! », se refusant à croire que son amie était devenue folle et, dans sa folie, s'abandonnait à d'affreuses imaginations. Et elle n'acceptait pas non plus de plonger ses regards dans l'abîme, que les paroles de Zozine creusaient devant elle. Elle se rappelait cependant la vague méfiance contre Sainte-Barbe éprouvée depuis longtemps; et il s'y ajoutait maintenant un sentiment de culpabilité, comme si, par sa faute, une ombre menaçante s'étendait sur la maison.

— Quel cœur de pierre ils doivent avoir! murmura Zozine, pour parler comme ils font, et ne pas se trahir !

Et, une fois de plus, elle se mit à trembler, et Lucan entendit qu'elle claquait des dents :

— Oh! Lucan! Ils attendaient... ils attendaient non pas le retour du Christ, mais leur propre, leur sinistre victoire. Ils savaient ce qui allait se passer. Comment donc auraient-ils eu une réponse toute prête à chaque accusation, s'ils n'avaient tout prévu d'avance? Quelqu'un les a avertis et les a conseillés et, du fond de leurs cœurs froids, a dû monter un épouvantable rire, car tout s'est passé comme ils s'y étaient attendus...

Zozine ajouta : « Cela eût mieux valu pour nous d'être nous-mêmes en danger.

— Mais, ne le sommes-nous pas? interrogea Lucan.

— Non. Il n'y a pas de jeune fille au monde qui ne doive les craindre, mais nous n'en avons aucune raison : nous sommes leurs deux canaris dans une jolie cage. Ils ont de la patience, et nous accorderont encore six mois de répit avec joie. Pour l'instant, ils ont un peu changé, mais ils ne tarderont pas à être comme auparavant. Ils nous instruiront, seront pleins de sollicitude envers nous, et nous enseigneront à aimer le bien. Ils tiennent à ce que nous revenions en Angleterre, et fassions leur éloge; peut-être auront-ils besoin de nous une fois encore. Mais oui, Lucan, ils nous aiment maintenant et nous sont reconnaissants; c'est ce qu'il y a de plus terrifiant.

— Zozine! dit Lucan, si tu as raison, si tout ce que tu prétends est vrai, que faut-il faire ?

Zozine ne l'écouta pas ; elle suivait le cours de ses pensées :

— Je comprends tout aujourd'hui, mais ce que je ne comprends pas c'est qu'on puisse être comme les Pennhallow. Comment peuvent-ils assassiner une jeune fille, et montrer autant d'amitié à une autre ? Certes, Mrs Pennhallow ne l'a pas fait sans peine ; elle est moins forte que lui. Lorsqu'elle te regardait si fixement, et te voyait si jolie et si blonde, aussi blonde que celle qu'ils ont emportée sur le bateau à Marseille, elle a dû se faire violence pour ne pas te saisir dans ses griffes. Elle évaluait déjà ton prix dans sa tête. Mais lui... et la voix lui manqua presque de terreur et de dégoût, mais lui est resté ferme dans sa résolution, sans trébucher un seul instant. Il était si sûr de son affaire qu'il ne voulait même pas permettre à sa femme de nous appeler. Il a attendu le moment, où le petit adjoint du juge a estimé lui-même naturel d'entendre notre déposition.

« Tout, en lui, n'est que mensonge ; il vit et prospère dans le mensonge. Il ment quand il prétend avoir eu une fille et que cette fille est morte. Il ment en affirmant que son oncle a lutté contre l'esclavage, et il dit encore beaucoup d'autres mensonges que j'ignore.

— Mais Baptistine ? objecta faiblement Lucan.

— Baptistine a été pour lui un précieux complice. Elle n'est plus guère un être humain, cette

Baptistine : elle déteste tout le monde, elle voit avec plaisir que l'on vend des jeunes filles.

— Et Clon alors?

Les paroles de Lucan n'étaient plus qu'un gémissement. Zozine ne répondit pas tout de suite, puis elle dit :

— Qui sait ce qu'ils ont fait à Clon, ce malheureux garçon? Ils disent qu'il a été en prison, mais ils ne veulent pas dire pourquoi. Peut-être l'ont-ils eux-mêmes poussé au crime, qui l'a fait incarcérer? Peut-être toute cette histoire est-elle plus sinistre que ce que nous en savons; et, depuis lors, ils peuvent effrayer Clon en le menaçant de la prison. Ne sont-ils pas capables d'effrayer tous ceux qui les approchent?

Lucan l'interrompit :

— Mais, si tout ce que tu dis est vrai, que devons-nous faire, Zozine?

Cette fois, Zozine fut arrachée à ses méditations.

— Que devons-nous faire? répondit-elle, lentement d'abord, puis avec de plus en plus d'énergie, quitter Sainte-Barbe; je mourrai en restant ici, la vue de ces gens m'étouffera. Comment les écouter encore, ou leur permettre de nous toucher. Il faut partir tout de suite.

— Nous laisseront-ils partir? demanda Lucan.

Après un moment de réflexion, Zozine répondit :

— Bien sûr que non! Comment le pourraient-ils? Ils veulent nous garder pour l'instant, nous témoigner leur affection, faire tout le possible pour nous.

Ils nous gâtent de leur mieux, parlent de nous trouver de bonnes places quand notre année de séjour sera écoulée. Rien que de penser à cela me donne le frisson. Non! Il faut nous enfuir d'ici.

— Fuir! dit Lucan à voix basse.

N'avait-elle pas dû s'enfuir sans cesse, toujours chassée d'un lieu à un autre?

— Ma montre et ma chaîne d'or faciliteront notre fuite : elles ont appartenu à ma mère; son nom et ses armes sont gravées dans le boîtier, papa m'a dit de ne jamais m'en séparer, mais papa, lui-même, ne voudrait pas me voir périr ou rester avec des gens comme ceux avec lesquels nous vivons. Nous vendrons la montre et la chaîne à Peyriac, et en obtiendrons assez d'argent pour notre voyage de retour en Angleterre.

L'évocation de l'Angleterre bouleversa Lucan plus que n'avaient pu le faire les terrifiantes révélations de Zozine. Allait-elle donc se rapprocher de Noël, fouler le même sol que lui, peut-être même le revoir? Elle repassait par la pensée tout son roman d'amour, mais que pouvait-elle espérer? Noël ne l'aimait pas. S'il passait en voiture devant elle avec sa jeune femme, la reconnaîtrait-il seulement? Et, s'il la reconnaissait, tout ce dont il se souviendrait c'est qu'elle était la sœur de Zozine.

Elle mit longtemps avant de répondre :

— Et si tes suppositions étaient fausses et que nous fassions grand tort à ces gens? Ce serait bien curieux, Zozine, que deux jeunes filles s'entendent mieux que le juge en personne à une affaire pareille. D'ailleurs, que deviendrons-nous en Angleterre?

— Mais tout est vrai, tout, tout! fit Zozine passionnément. Tu n'y crois pas parce que tu es si bonne, et que jamais tu n'as trompé personne; tu es presque un ange, Lucan, mais moi, je ne suis pas un ange : j'ai trompé d'autres gens le soir où nous avons parlé de la fuite de papa, et où j'ai caché mon jeu; j'ai bien compris comment ces Pennhallow ont pu se décider à mentir, et à ne pas en démordre puisque, moi, j'ai menti par amour, pour sauver un autre être, mon papa. Je sais que tu m'as comprise, Lucan, n'est-ce pas que tu peux encore croire à mes paroles?

Lucan était très émue.

— Certainement, Zozine, dit-elle, je ne doute pas de tes paroles, et je veux croire que tu as raison. Il faut nous enfuir de Sainte-Barbe.

Elles gardèrent le silence pendant un long moment; enfin Lucan reprit : « Comment partir?

— Peu importe le prix que nous paierons pour notre fuite; elle est urgente. Une diligence quitte Peyriac dans la soirée. Comme en ce moment le pasteur Pennhallow et sa femme sont si bien disposés à notre égard, ils nous permettront de sortir un de ces soirs... »

Et elle se réfugia dans ses réflexions avant de dire :

— Tu demandes ce qu'il adviendra de nous? Je veux retrouver Olympia. Cette nuit, j'ai beaucoup pensé à Olympia. Sa famille a été vendue par la mienne; nous lui avons évidemment fait grand tort, et je veux lui en demander pardon.

Elle conclut : « Il faut partir, Lucan, et pas plus tard que demain ou après-demain, pour qu'ils ne devinent pas que nous savons leurs mauvais desseins. Oh, mon Dieu! Dire qu'il faudra encore leur dire : Bonjour! deux fois! »

Lucan pensait au sort de son amie, elle murmura :

– Mais, toi, Zozine, te sera-t-il facile de quitter la France et de t'éloigner de Joliet?

Zozine l'entoura de ses bras :

– Oui, Lucan, dit-elle tout aussi bas, il me serait impossible de le revoir tant que je serai chez ces gens, et que je mange leur pain, pendant que leurs yeux méchants peuvent observer mon visage; c'est le sort qui décide à ma place. Si nous devons jamais nous revoir, le sort nous le permettra. Ici, je sens le mensonge coller à ma peau comme de la boue.

Et, encore une fois, elle entoura le cou de Lucan de ses bras.

– Dieu soit béni pour ta présence, Lucan! Toute seule, je pourrais me perdre dans le monde mauvais; mais tu es ma sœur, comme disait papa. Il savait tout mieux que nous; et on ne doit jamais abandonner une sœur.

Rosa.

Une maison ou un paysage ont un autre aspect que la veille pour celui qui, au cours de la nuit, a décidé de les quitter.

Lucan revint de Peyriac après avoir vendu la montre de Zozine au vieux marchand du village, et elle regarda, comme si elle la voyait pour la première fois, la longue bâtisse rose.

La vente de l'unique objet de valeur des deux jeunes filles lui avait été confiée car, de sa vie, Zozine n'avait rien vendu, tandis que Lucan, après la mort de sa mère et lorsque son père eut peine à maintenir son foyer, avait vendu ce dont elle pouvait se passer à la maison, pour acheter des denrées de première nécessité.

On lui avait versé deux cents francs pour la montre et la chaîne, somme qui suffirait, pensait-elle, à payer son voyage et celui de son amie. Elle avait mis l'argent dans le sac pendu à son bras.

L'idée du départ et de la fuite la préoccupait encore davantage que l'horrible récit de Zozine, car les faits cités par Zozine perdaient leur réalité en son absence. Lucan ne voulait pas croire à tant de méchanceté.

Quelle souffrance pour Noël, qui aimait son vieux maître et qui était venu chercher auprès de lui conseils et appui dans une heure de détresse, s'il apprenait que cet homme était un criminel, un démon sous une apparence humaine!

Tandis qu'elle contemplait la maison, Lucan se rappelait le soir de leur arrivée, alors que Zozine avait émis, pour rire, l'idée qu'elles avaient été attirées tout juste en ce lieu par une force magnétique, parce qu'un trésor, enfoui dans le jardin, attendait d'être déterré par elles.

« Dans quatre ou cinq heures, se disait Lucan, je verrai cette maison pour la dernière fois. »

Zozine avait prétendu qu'elle avait mal aux dents, et avait enveloppé sa tête d'un châle, et Lucan devinait qu'elle usait de ce prétexte pour éviter de parler aux autres habitants de Sainte-Barbe et, peut-être, pour leur cacher la pâleur de son visage. Cette ruse de Zozine surprenait Lucan; elle se tourmentait plus pour Zozine que pour elle-même; le silence de cette Zozine, si gaie et exubérante, avait quelque chose d'effrayant.

Dès qu'elles furent seules, Zozine interrogea Lucan sur le résultat de sa démarche et se mit, en toute hâte, aux préparatifs de la fuite. La pensée de s'éloigner de ces lieux d'horreur lui donnait la fièvre; elle en était comme obsédée.

Quand Lucan la supplia d'être prudente, elle lui jeta un regard indigné, comme si elle la soupçonnait de vouloir défendre ces gens, qu'il fallait fuir à tout prix.

Bien que les bagages que les deux jeunes filles avaient apportés d'Angleterre fussent de dimensions fort modestes, ils étaient encore trop volumineux pour ne pas attirer l'attention au moment où elles sortiraient de la maison. Mais Lucan, en plus de sa valise, possédait un vieux petit sac de voyage, qu'elle avait attaché autour de sa taille lors de sa périlleuse descente chez Mr Armworthy; ce petit sac contiendrait bien leurs objets de valeur et de première nécessité. Zozine se proposait de les transporter en secret dans la forêt, au cours de l'après-midi et de les y cacher; les deux amies les retrouveraient dans la soirée, en allant prendre la diligence à Peyriac.

Les heures de classe s'étaient passées comme à l'ordinaire, mais, dans l'après-midi, Zozine et Lucan s'arrangèrent de façon que l'une d'elles se trouvât toujours avec le pasteur Pennhallow tandis que l'autre préparait la fuite. Cette dernière tâche finit par incomber entièrement à Lucan.

Zozine avait déclaré tout d'abord qu'elle n'emporterait rien de Sainte-Barbe, de même qu'elle n'avait rien emporté de Tortuga; et, lorsqu'elle se laissa persuader de prendre quand même certaines petites choses, elle pria Lucan de les choisir et de les emballer. Pour la seconde fois, Lucan, dans l'angoisse de la fuite et d'un avenir incertain, déposa ses effets de nuit et ses chaussures dans le vieux sac de voyage; mais, cette fois, elle y ajouta ceux de Zozine.

A travers la porte, elle entendait le pasteur Pennhallow faire la lecture à sa femme et à Zozine et, peu après, la pendule de la salle à manger sonna trois heures. L'un des tiroirs de la vieille commode de sa chambre était coincé et, en tirant fort, Lucan fit tomber derrière une feuille de papier. C'était une lettre écrite sur un papier d'une singulière couleur jaune et plié très serré, comme si le destinataire l'avait froissé dans un mouvement de colère, et jeté n'importe où pour ne plus le voir. Ni Zozine ni Lucan n'avaient reçu la moindre lettre à Saint-Barbe; celle-ci avait dû être oubliée dans le tiroir avant leur arrivée. Lucan lissa le feuillet pour voir si elle devait le remettre au pasteur Pennhallow, ou peut-être à Baptistine. Elle pensait ne lire que l'adresse, mais un mot, écrit un peu plus bas, retint son regard : le nom de Rosa; et elle lut la lettre d'un bout à l'autre. En voici le texte :

Mon très honoré pasteur Pennhallow,

Je vous écris cette lettre le cœur battant, et d'une plume tremblante; je vous prie instamment de ne pas m'en vouloir quand vous l'aurez lue, mais de vous mettre à la place de votre humble serviteur.

Ne croyez pas, monsieur le Pasteur, que j'ai oublié l'éternelle reconnaissance que je vous dois, depuis que vous m'avez sauvé dans une situation désespérée, alors que ma bonne éducation ne m'était d'aucun secours. Étant donné les circonstances du moment, ne croyez pas non plus que je n'aie pas été digne de partager les nobles pensées, auxquelles vous m'avez fait l'honneur de m'initier.

Mais, permettez-moi de dire en toute humilité que l'accomplissement pratique d'un projet est tout différent des idées et des principes qui ont été à l'origine de ce projet.

Vous-même, mon bienfaiteur et ami, fidèle à vos idées et principes, vous avez accordé par vos actes une importance décisive à la vertu et l'innocence. Mais votre humble serviteur a souvent fait l'expérience, dans l'exécution pratique d'une mission, que la vertu et l'innocence peuvent n'être que des éléments passifs, aussi bien que des éléments actifs, et sont alors susceptibles de susciter de grandes difficultés, et même de véritables désastres.

Les canaris

J'écris ces lignes dans l'espoir d'éveiller votre indulgence avant de passer à l'exposé de cette triste affaire. La jeune fille, que vous nous avez envoyée récemment, Rosa, Écossaise, dix-huit ans, nous a causé un grand préjudice; vous le verrez par le compte ci-joint.

Cette jeune fille était inutilisable pour nous. Je vous assure que j'ai fait usage de tous les moyens, et que je n'ai pas épargné ma peine. J'ai fait preuve envers elle de la plus grande patience, et j'ai tenu bon six semaines.

Mais cette fille était pareille aux fous qui ne s'aperçoivent pas de ce qu'on fait pour eux. Lorsqu'une autre jeune fille de la maison essayait de lui parler, elle la frappait.

Afin de se défigurer et vous nuire, monsieur le Pasteur, elle s'est servie d'une bougie, que je lui avais donnée, pour se brûler la figure. Après de longues hésitations, et au bout des six semaines, dont je viens de vous parler, j'ai été convaincu que son cas était désespéré.

Je n'essaierai pas de vous cacher qu'à cette époque, j'aurais pu mettre cette fille dans une maison de la ville, de moindre importance, pour un prix trois fois moindre que celui qu'elle nous coûtait. Vous verrez les chiffres qui serviront de commentaire à mon récit.

Je savais aussi que c'était ce que vous auriez désiré, ou attendu de moi selon vos idées et principes; et pourtant je n'ai pas osé le faire après les difficultés qu'a connues notre entreprise; car cette fille, même dans une autre maison, aurait pu nous mettre dans une situation regrettable.

Je vous assure, monsieur le Pasteur, que c'est cependant en pensant à vous, et dans une grande angoisse, que j'ai, mardi dernier, entouré le cou de la fille d'une corde, et mis fin à ses jours, mercredi vers midi; car, dans la nuit, on n'est pas tranquille pour faire ces choses. Je l'ai enterrée dans notre cave.

Rappelez-vous, en lisant cette lettre, que jadis vous m'avez vous-même complimenté pour la conscience avec laquelle j'ai toujours exécuté toutes les missions dont vous m'avez chargé. En terminant cette lettre, je suis, avec le plus profond respect,

   votre humble serviteur,

         PEDRO SMITH.

Lucan recommença deux ou trois fois sa lecture. Au début, elle n'en comprit pas un traître mot. Lorsqu'elle finit par y voir un peu plus clair, elle s'aperçut qu'elle avait les mains glacées et que ses genoux tremblaient. Elle dut s'asseoir et, pendant longtemps, elle eut l'impression qu'elle s'enfonçait dans une mer ténébreuse, dont les vagues menaçaient de l'engloutir.

Elle revint lentement au sens de la réalité, et elle eut peur un moment d'avoir crié tout haut; mais le bruit continu de la lecture, qui venait de la pièce voisine, la rassura.

Elle essaya de déchirer la lettre, comme pour empêcher quelqu'un d'autre de partager son épouvante, mais ses doigts lui refusèrent tout service; des sanglots montèrent à ses lèvres.

Dans sa douloureuse impuissance à détruire la preuve de cet horrible attentat, elle se refusait à accepter de vivre dans le monde où il s'était passé. Elle se sentait écrasée comme sous une meule de moulin.

Elle voulut lire encore une fois la lettre; en vain, les lignes se confondaient devant ses yeux.

Pendant qu'elle restait assise dans cette inertie paralysante, la porte s'ouvrit pour laisser passer Zozine; et Lucan entendit la voix claire de son amie :

— Ils viennent de partir, disait Zozine; dépêchons-nous pendant qu'ils sont absents.

Mais Lucan ne comprenait pas le sens des paroles qu'elle entendait.

— Pourquoi restes-tu là sans ouvrir la bouche? reprit Zozine; puis elle ajouta tout de suite : « Qu'est-ce que tu es en train de lire? »

Lucan voulut retenir la lettre, mais Zozine la lui prit des mains et la lut. Lucan leva lentement la tête et la regarda comme si elle voulait rassembler toutes ses forces dans ce regard. Zozine s'était tournée vers elle, blanche comme un linge, la bouche ouverte et les mains pendantes. Pendant une longue minute, les deux jeunes filles restèrent muettes en face l'une de l'autre.

Une ombre passa devant la fenêtre : le pasteur Pennhallow sortait pour faire sa promenade quotidienne; alors Zozine s'écria :

— Tu vois bien, Lucan! puis encore une fois : « Tu vois bien! »

Lucan se sentait comme délivrée par la présence de Zozine. Il lui semblait qu'elle avait passé des heures seule avec la lettre. Elle se leva et vint s'appuyer contre son amie, puis toutes deux allèrent, en chancelant, à la fenêtre, pour lire la lettre une fois de plus.

Elles avaient à peine achevé leur lecture qu'on frappa à la vitre : Mrs Pennhallow, vêtue de son châle et de son chapeau d'après-midi, était au jardin, près de la fenêtre; elle s'apprêtait à leur donner ses instructions pour le repas du soir, qu'elles devaient transmettre à Baptistine. Les deux amies ne distinguaient pas les traits de la vieille femme, car elle portait un chapeau cloche et la lumière était derrière elle.

Soudain, elle s'arrêta au milieu de son discours et resta sans bouger ni parler pendant un moment; puis elle fit volte-face. Zozine et Lucan l'entendirent ouvrir et refermer le portillon. Zozine tomba à genoux, et appuya ses mains et sa tête contre la feuille jaunie. Elle resta si longtemps immobile que Lucan la crut morte et se vit elle-même toute seule au monde. Elle saisit son amie à l'épaule en gémissant : « Zozine! Zozine! », tandis qu'elle essayait de la relever.

Zozine se redressa lentement; elle prit la lettre, la froissa entre ses doigts et murmura :

— Aura-t-elle vu nos visages?

Lucan ne la comprit pas d'abord; mais Zozine répéta : « A-t-elle vu nos visages?

— Je n'en sais rien, répondit Lucan.

— Mais il faut que nous le sachions, notre vie à toutes deux en dépend. Mon fichu cachait sans doute mes traits, et toi, tu n'étais pas en face d'elle. Nous saurons d'ailleurs ce qu'il en est, car elle va rentrer bientôt.

— En tout cas, elle a vu la couleur du papier, reprit Zozine un instant plus tard; et elle le connaît. Je ne me risquerais pas à lui dire que nous ne l'avons pas vu nous-mêmes, et je n'ose pas le déchirer; que faut-il que j'en fasse ? »

Après un long silence, elle dit encore :

— Donne-moi ta soie verte à broder, qui se trouve sur l'appui de la fenêtre.

Lucan lui tendit ce qu'elle réclamait, et Zozine, posant la lettre sur la table, la lissa soigneusement, puis la plia et la replia jusqu'à n'en faire qu'une étroite bande, autour de laquelle elle enroula, avec plus de soin encore, la soie verte à broder. Enfin, tout le papier disparut sous la soie. Zozine défit ensuite, d'un geste à la fois sûr et lent de somnambule, le fichu qui lui enveloppait la tête, et s'assit sur la chaise, près de la fenêtre. Elle ne dit pas un mot, et Lucan, elle aussi, resta incapable de parler et d'interroger son amie sur ses intentions, jusqu'à ce qu'elles entendissent de nouveau qu'on ouvrait et refermait la porte du jardin. Le pasteur Pennhallow et sa femme rentraient chez eux. Cette fois, ils pénétrèrent ensemble dans la maison mais ne se parlèrent pas.

— Prends le livre qui est sur la table, dit Zozine, de sa voix habituelle, et fais-moi la lecture.

Sans comprendre où son amie voulait en venir, Lucan ouvrit le volume. C'était un recueil des poésies de Wordsworth. Lucan commença à lire d'une voix assourdie et tremblante, à peine perceptible :

La robe du soir tombait sous le regard clair des étoiles
Une voix dit très doucement : Bois, mon doux petit!
[Bois!
Je regardais par-dessus la haie, et vis s'abritant derrière
Une petite paysanne tenant un agneau sur ses genoux.

Zozine et Lucan entendirent quelqu'un bouger, mais sans parler, dans la salle à manger, et peu après Mrs Pennhallow ouvrit doucement la porte de leur chambre et entra. Elle resta debout à contempler les deux jeunes filles, et Lucan comprenait que Zozine désirait la voir continuer sa lecture. Elle reprit donc et, tout en lisant quelques autres strophes mélodieuses, elle sentit que sa voix s'affermissait. La vieille dame s'approcha de la table; elle était trop près de Lucan pour que celle-ci eût la force de continuer à lire, aussi déposa-t-elle le volume.

— Il commence à pleuvoir, dit Mrs Pennhallow, aussi nous avons dû revenir sur nos pas. Que lisiez-vous? poursuivit-elle.

Lucan crut percevoir un léger tremblement de sa voix. Elle lui tendit le livre.

— C'est très joli, approuva Mrs Pennhallow, en parcourant la chambre du regard.

— Je vois que vous avez rangé vos tiroirs, mes petites, et vous en félicite.

Le sac de voyage avait été caché dans le lit de Zozine, mais deux tiroirs de la commode restaient ouverts. Lucan essaya de dire quelques mots, mais la voix lui manqua.

— Non, dit Zozine, nous n'avons pas rangé, mais cherché un bout de papier sur lequel enrouler ma soie verte à broder.

— Avez-vous trouvé ce qu'il vous fallait?

— Oui, nous avons trouvé une vieille lettre, qui a pu nous servir.

— Que disait cette lettre?

Encore une fois, Lucan crut remarquer un léger tremblement de la vieille voix enrouée.

— C'était une lettre d'affaire, dit Zozine. Quelqu'un se plaignait d'avoir subi une perte. Peut-être n'aurions-nous pas dû prendre cette feuille?

— Où est-elle?

Zozine regarda autour d'elle, aperçut le petit paquet enroulé de soie verte, et le tendit à Mrs Pennhallow, qui le prit en considérant attentivement soit l'une, soit l'autre des jeunes filles.

— J'ai cherché une vieille lettre, dit-elle, et il m'a été impossible de la trouver; je déroulerai votre soie et vous donnerai de quoi l'enrouler de nouveau.

La résolution de Zozine.

Peu après que Mrs Pennhallow fut sortie de la chambre, Zozine rapprocha sa chaise de celle de Lucan et entoura son amie de ses bras; elle regardait obstinément le livre des poèmes de Wordsworth resté ouvert sur la table. « Désormais, nous ne pourrons plus nous parler! dit-elle tout bas.

— Nous ne pourrons plus nous parler? répéta Lucan, effarée.

— Non, car il ne sert à rien qu'ils ne soient pas dans notre chambre; ils peuvent nous entendre à travers la porte. Ils sont chez nous, même quand nous ne les voyons pas; ils nous font surveiller par Baptistine; nous ne pourrons plus du tout nous parler. »

Lucan restait atterrée, elle objecta faiblement :

— Mais cet état de choses ne durera que vingt-quatre heures, jusqu'à demain soir; rien que vingt-quatre heures!

— Oui! Vingt-quatre heures! dit Zozine.

L'effroi, le désir aveugle de fuir, de s'éloigner de Sainte-Barbe, qui avait obsédé Zozine et que son amie n'avait pas compris quelques heures plus tôt, s'emparaient maintenant de Lucan. Elle se sentait glacée; ses dents claquaient de terreur. Elle ne voulait pas révéler sa faiblesse à Zozine et s'efforçait de hâter les préparatifs de la fuite, mais ses membres lui refusaient leur service.

Elle avait réfléchi, sérieusement réfléchi, à ce qu'elles devaient emporter, elle et Zozine, et voici qu'à présent elle ne s'en souvenait plus. Du reste, il n'était plus possible de partir pour la forêt et d'y cacher le sac de voyage; elles ne pouvaient fuir que telles qu'elles étaient. Mais, peu importait, l'essentiel était de quitter cette maison de meurtre, qui les enfermait de plus en plus étroitement.

Si elles arrivaient à Peyriac et atteignaient la diligence, elles seraient en sécurité, sinon le pasteur

Pennhallow et sa femme les poursuivraient et exigeraient leur retour.

« Oh, mon Dieu! pensait Lucan, si Noël m'avait aimée comme je l'aime , ou si seulement il avait de l'amitié pour moi, nous aurions pu nous réfugier chez lui; lui, qui ne connaît pas la peur et qui est si fort! »

Sans se rendre bien compte comment il les aurait sauvées, elle et Zozine, elle s'abandonnait librement à ses pensées, puisqu'elle ne pouvait parler.

Les deux jeunes filles furent obligées de dîner et de passer la soirée avec leurs hôtes. Lucan comprit que Zozine attendait d'elle qu'elle se montrât aussi calme qu'elle-même, et elle réunit toutes ses forces pour ne pas faillir à sa tâche. Ce qu'elle n'aurait pas fait pour sauver sa propre vie, elle le fit pour sauver Zozine. Elle souffrait cruellement de devoir manger et boire, et elle se sentait pâlir à chaque instant, tandis que les habitants de Sainte-Barbe étaient groupés autour du feu après le repas; elle se leva à plusieurs reprises, incapable de rester assise. Mais le regard de Zozine, qui ne la quittait pas, la força à reprendre sa place.

Dans son agitation, elle remarqua pourtant que le pasteur Pennhallow et sa femme étaient peu loquaces eux aussi. Ils considéraient alternativement Zozine et Lucan, ou échangeaient un regard entre eux. Baptistine, elle-même, qui avait servi à table, paraissait comprendre qu'il se passait un événement inhabituel : elle était plus sombre et taciturne que jamais.

Il pleuvait comme le soir du passage de Noël à Sainte-Barbe. Quand il avait raconté son histoire, sa présence avait été pour Lucan un tel réconfort! Près de lui, elle se sentait protégée contre tout danger. Mais, qu'il était loin maintenant! Un abîme la séparait de lui.

Elle entendait Zozine parler de son ton habituel, et se demandait comment elle avait la force de ne pas se trahir; mais son amie disait tout naturellement au pasteur Pennhallow qu'elle avait appris un poème latin en son honneur, et elle le récita de mémoire d'un bout à l'autre sans une seule faute. Le pasteur, stimulé par la récitation de Zozine, se mit, lui aussi, à déclamer un long poème en langue latine, et il décida sa femme à suivre son exemple.

L'atmosphère de la longue salle à manger de Sainte-Barbe était redevenue paisible et amicale, et même un peu plus animée qu'à l'ordinaire; mais, quand Lucan se mêlait à la conversation, c'était avec l'impression de vivre un rêve. De temps à autre, elle jetait un coup d'œil du côté de la vieille pendule, et disait : « Dans bien moins de vingt-quatre heures... »

Zozine ne s'arrêta pas de bavarder avec entrain, même quand elle se trouva seule avec Lucan dans leur chambre. Il y avait une clé dans la serrure, et Lucan s'apprêtait à enfermer son amie et elle, quand Zozine l'arrêta et, sans dire un mot, remit la clé dans sa position précédente.

Elles se déshabillèrent comme les autres jours, mais n'osèrent se réfugier l'une près de l'autre dans le même lit. Quelqu'un, écoutant à la porte, devait entendre le grincement des deux lits. L'instant vint, où il fallut éteindre la bougie. Zozine se tut et pâlit visiblement : la petite flamme vacillante restait leur unique réconfort.

Quand elle s'éteignit, Zozine et Lucan, assises dans leur lit et appuyées chacune contre un coin du mur, se sentirent vraiment englouties dans les ténèbres, où plongeait cette maison.

Quelle distance jusqu'à la première habitation voisine?

Allaient-elles survivre à cette affreuse nuit? Si ceux qui tendaient l'oreille dans la pièce à côté avaient deviné que leur secret était découvert, ne profiteraient-ils pas de la nuit pour leur mettre la corde au cou, à elles aussi, et mettre fin à leur vie?

Les heures s'écoulaient avec une lenteur désespérante.

Au cours de la nuit, les amies crurent entendre quelqu'un bouger dans le couloir près de leur porte, puis le silence retomba, absolu. Lucan frissonnait, mais n'osait pas s'étendre dans son lit. Elle savait qu'elle avait pleuré, car elle avait senti ses joues baignées de larmes; puis les larmes avaient séché. Pas le moindre bruit ne lui parvenait du lit de Zozine. Quand les premières lueurs de l'aube dessinèrent les contours de la fenêtre, les forces de Lucan cédèrent brusquement. Elle essaya de rester les yeux ouverts pour voir grandir le jour, mais ses paupières se fermèrent d'elles-mêmes. Elle s'endormit d'épuisement, encore à moitié assise.

Au début, son sommeil ne fut qu'un cauchemar :

elle rêvait qu'elle se noyait ou qu'on l'enterrait vivante; mais au bout d'une heure, elle se perdit dans les miséricordieuses ténèbres de l'oubli.

Lorsqu'elle se réveilla, c'était le matin. Un joli rayon de soleil dorait les murs. Zozine dormait, le visage enfoui dans son oreiller.

Lucan reprit lentement conscience de ce qui s'était passé la veille; elle en fut épouvantée; mais aussitôt la pensée que ce matin était le dernier qu'elle passerait à Sainte-Barbe lui fit reprendre courage, comme une annonce du jour après la nuit. Entre elle et la délivrance ne s'interposait plus aucune nuit.

En parcourant la chambre du regard, elle s'aperçut que son vieux sac de voyage avait disparu. Pendant qu'elle dormait, Zozine elle-même serait-elle sortie par la pluie, emportant le sac et faisant ainsi le premier pas vers la liberté?

La tendresse et l'admiration que Lucan éprouvait pour Zozine lui gonflaient le cœur; elle en était comme fortifiée; comment désespérer alors qu'elle gardait Zozine? Elle s'en remettait à Zozine pour tout son avenir.

Lucan possédait un petit livre, hérité de son père; c'était une collection de courts poèmes ou de pensées pour chaque jour de l'année. En dépit des dimensions réduites du sac, la jeune fille y avait déposé le livre dès la veille, car elle ne s'en était jamais séparée. Or, voici qu'en se redressant, elle toucha du coude un objet dur placé sous son oreiller : c'était le petit volume. Pour un peu, elle crut rêver quand elle vit un bout de papier dépassant la reliure. Elle le déplia et lut ces mots griffonnés d'une écriture irrégulière :

Je t'écris dans la nuit; je t'aiderai à t'enfuir d'ici, mais je ne puis moi-même quitter Sainte-Barbe. Déchire cette feuille.

ZOZINE.

Lucan resta immobile pendant que son amie ouvrait les yeux et, lorsque Zozine fut tout à fait réveillée, elle s'assit dans son lit, regarda Lucan et le livre qu'elle tenait en main. Elle pâlit et hocha la tête à plusieurs reprises avec une sorte de solennité; puis, d'un signe, elle fit comprendre à Lucan qu'il fallait détruire le billet. Elle suivit du regard les mouvements de son amie, tandis que celle-ci lui obéissait. Les deux jeunes filles se regardèrent longuement. Les yeux bleus de Lucan exprimaient le désespoir et la surprise, mais sur le pâle visage de Zozine se lisait une ferme résolution. Il était trop tôt pour qu'une conversation ne fût pas insolite. Mais, quand vint l'heure habituelle du lever, et que le bruit des objets de toilette ou celui d'une chaise renversée purent étouffer leurs chuchotements, Lucan prit la main de Zozine et l'appuya contre sa poitrine.

— Zozine, murmura-t-elle, explique-moi ce que tu veux dire; je ne te comprends pas?

Zozine répondit : « J'ai sorti mes affaires de ton sac, que j'emporterai dans la forêt si tu le désires; mais, moi, je ne m'en irai pas.

— Pourquoi ne veux-tu pas t'en aller? »

Zozine ferma les yeux, comme par l'effet d'une vive souffrance physique, et dit des mots à peine perceptibles : « Je ne peux pas partir.

— Mais, qu'est-ce qui te retient donc? »

Dans son désespoir, Lucan craignait presque que la terrible secousse, qui avait ébranlé Zozine, n'eût troublé sa raison. Le jeune visage qu'elle contemplait était d'une pâleur mortelle; les yeux étaient fermés, on eût dit un masque de marbre. Cependant, Zozine fit un effort pour parler, mais elle paraissait trop souffrir pour émettre le moindre son, et ce fut au mouvement de ses lèvres que Lucan devina qu'elle prononçait ce seul mot : Rosa...

Puis, d'un geste, elle repoussa Lucan.

Elles s'habillèrent dans le plus complet silence.

Lorsqu'elles furent prêtes, Zozine alla prendre un livre sur l'étagère, et le tendit à Lucan, et dit, d'une voix claire et solennelle :

— Je vais te réciter cette pièce de vers, mais je ne suis pas sûre de bien la savoir.

Elle se redressa et, parlant un peu plus bas, récita le poème tranquillement; il commençait ainsi :

O armées des cieux! ô terre! en faut-il davantage?
Dois-je appeler les enfers à mon secours?
Non! Tiens bon, mon cœur
Et toi, mon corps, ne vieillis pas trop vite
Rappelle-toi, pauvre âme, rappelle-toi.
Pendant que le souvenir demeure encore
Je veux effacer de ma mémoire tous les mauvais jours...

*Et ne laisser subsister au fond de mon cœur
Que ton message pur de toute médiocrité.*

Puis, elle regarda Lucan; son regard était à la fois humble et sévère : « Ne me suis-je pas trompée? » dit-elle.

Le livre échappa des mains de Lucan.

Après un long silence, Zozine reprit, très bas :

— Ils se sont trahis une fois déjà, et ils nous ont empêchées de produire la preuve que nous avions de leur crime. Mais, tôt ou tard, ils se trahiront de nouveau, et laisseront entre mes mains une autre preuve décisive; cette fois, je ne la céderai pas. Je ne peux abandonner Rosa, auparavant, c'était une jeune fille comme nous; elle avait dix-huit ans comme nous. Quand les autres jeunes filles, qui étaient de véritables esclaves, lui adressaient la parole, elle les frappait. Elle a pris une bougie qu'il lui avait donnée, et s'est brûlé le visage. Et elle te ressemblait, Lucan; elle avait un joli, un charmant visage comme le tien. Elle compte sur nous pour la venger.

— De qui parles-tu? interrogea Lucan.

— De Rosa!

Les deux amies ne trouvèrent pas le temps d'un nouvel entretien pendant leurs heures de classe. Plus tard, assises à coudre dans la salle à manger, elles s'aperçurent que leurs parents adoptifs ne quittaient jamais la pièce en même temps; l'un d'eux y restait toujours.

Au début de l'après-midi, Zozine découvrit dans

sa boîte à ouvrage quelques petites perles de verre, qu'elle enfila sur un cordon pour se distraire. Pendant un court instant, les jeunes filles se trouvèrent seules dans un coin de la salle à manger. Alors Zozine avança la main vers son amie :

— Regarde, Lucan! dit-elle.

A l'un de ses doigts, elle avait passé une bague ornée de trois de ces perles.

— Te rappelles-tu ce que papa t'a raconté au sujet de ses trois sœurs, qui s'étaient fait faire des bagues avec les bijoux, dont les lettres initiales formaient le mot : *one* = une?

— Oui, dit Lucan, sans comprendre où Zozine voulait en venir.

— J'ai fait une bague semblable. Mes perles n'ont aucune valeur, mais leur signification est pareille à celle de ces pierres de prix. Veux-tu une bague comme la mienne?

— Moi?

— Oui, toi! Ces bagues nous diront le mot : UNE, de la sorte nous serons liées nous trois.

— Qui, nous trois? Toi? Moi? et qui d'autre?

— Rosa! murmura Zozine.

Lucan pâlit jusqu'aux lèvres :

— Dieu nous soit en aide! dit-elle. Je ne t'abandonnerai pas, Zozine; mais que Dieu nous soit en aide!

LIVRE III

Rosa est vengée

Les masques.

Pendant deux jours, on ne parla guère à Sainte-Barbe : les jeunes filles se sentaient surveillées et se taisaient. Certes, on les laissait souvent seules comme auparavant, mais le regard de Zozine arrêtait Lucan dès qu'elle paraissait vouloir entamer une vraie conversation : quelqu'un écoutait peut-être en secret. Les amies n'échangeaient donc que quelques mots au sujet de leurs besognes journalières, puis elles se remettaient à coudre en silence.

Il leur était arrivé plus d'une fois d'entendre quelqu'un remuer dans la pièce voisine, c'était Mrs Pennhallow, qui leur avait dit « au revoir » en leur annonçant qu'elle se rendait à Peyriac.

Les deux vieux époux n'étaient guère loquaces, non plus; ils pouvaient rester plusieurs heures de suite dans la salle à manger, absorbé chacun dans sa lecture. Ils allaient se promener mais, tant que Zozine et Lucan pouvaient les voir, ils semblaient cheminer en silence. Ils rentraient et pénétraient dans la maison sans que le plus léger bruit de voix annonçât leur arrivée.

Ils avaient suspendu les leçons, disant qu'ils attendaient de nouveaux livres d'Angleterre.

Les repas étaient très tranquilles. De temps à autre, le pasteur Pennhallow rompait leur uniformité monotone par une petite plaisanterie et, parfois, Zozine lui répondait; mais très vite les convives se replongeaient dans leurs pensées.

Lucan ne quittait pas Zozine d'une semelle; quand son amie n'était pas à côté d'elle, elle avait l'impression d'être perdue dans une forêt ténébreuse et elle pensait : « A Londres, quand nous cherchions une place, Zozine ne me quittait pas; elle était inquiète dès qu'elle ne me voyait plus; elle me laissait décider de tout, et remettait entièrement son sort entre mes mains. Maintenant, c'est moi qui me cramponne à elle.

« A cette époque-là, il s'agissait de gagner notre pain, et je m'y entendais, tandis qu'elle ne s'y entendait pas. Mais, ce dont il s'agit aujourd'hui pour nous, je n'y comprends rien, et je ne comprends pas ce que veut Zozine : la vengeance! Qu'est-ce que la VENGEANCE? La vengeance ne sert à rien. Rien que d'y penser donne le frisson.

« Je n'ai pas eu envie de me venger de Mr Armworthy, quoique je fusse bien en colère contre lui. Je ne sais que fuir le mal quand je le rencontre.

« Et pourtant, je ne veux pas fuir Sainte-Barbe! se disait encore Lucan. Il est bien vrai que je ne suis pas une héroïne : ici, j'ai peur; je n'ose pas tourner la tête de crainte de ce que je pourrais voir; j'ai à peine le courage de dormir... Mais, je n'abandonnerai pas Zozine; ne lui aurais-je pas donné même celui que j'aime? Il est donc naturel que j'accepte de mourir avec elle, si c'est cela qu'elle veut. »

Cependant, au bout de quelques jours, l'atmosphère de Sainte-Barbe changea du tout au tout : le pasteur et sa femme ne surveillèrent plus leurs protégées. Au contraire, ils leur accordaient plus de libertés que jamais. Souriant amicalement, ils les engageaient chaque jour à faire de longues promenades, car, disaient-ils, « vous avez besoin de vivre au grand air, et d'oublier au contact de la nature les sinistres histoires qui vous ont effrayées ».

Un jour, les vieux époux leur suggérèrent : « Vous devriez aller cet après-midi jusqu'à Neuvéglise, où s'arrête la diligence de Paris; on y jouit d'une belle vue... »

Au retour des deux jeunes filles, le pasteur et sa femme s'écrièrent avec surprise : « Vous voilà déjà! »

Pendant leurs promenades à travers champs et dans les bois, Lucan et Zozine ne craignaient pas de parler :

— As-tu jamais assisté à un bal masqué? demanda Zozine.

— Non, répondit Lucan, étonnée par cette question.

— C'est drôle, dit Zozine. On danse avec un cavalier masqué, et on croit savoir qui se cache sous le masque. Lui aussi croit vous reconnaître; mais ni le cavalier ni sa danseuse ne sont sûrs de leur affaire.

Le ciel était clair, mais le vent soufflait et faisait flotter les vêtements des deux jeunes filles autour de leurs corps sveltes.

— Pourquoi parles-tu de bal masqué? interrogea Lucan.

— Parce que nous sommes en plein bal masqué en ce moment à Sainte-Barbe.

Et elle ajouta, peu après : « Ne comprends-tu pas pourquoi les deux vieux nous permettent d'aller jusqu'à Neuvéglise, où s'arrête la diligence de Paris? C'est pour nous donner une occasion de nous enfuir. Ils le feront encore pendant plusieurs jours. Cette mascarade est des plus comiques.

« Nous parlons des masques et les vieux en portent. Nous ignorons s'ils nous ont reconnues, et ils ignorent si nous avons vu leurs visages, derrière leurs masques.

« Mais, ici, dans cette solitude, je puis te dire ce dont ils doutent, et ce dont ils sont certains. Je te dirai aussi ce qu'ils mijotent là-bas, à Sainte-Barbe. Ils ne sont pas certains que nous sachions qu'ils sont des assassins, et même, si par mesure de sécurité ils envisageaient cette éventualité, ils ne peuvent être sûrs que *nous sachions* qu'*ils savent* que *nous savons* qu'ils sont des assassins.

« Ce dont ils sont certains, c'est qu'ils nous ont pris la seule preuve que nous puissions produire contre eux. Et, sans preuve, nous ne sommes pas de force à les attaquer ou à leur nuire. C'est cela dont ils ne doutent pas. Ils se creusent la tête et le feront encore pendant plusieurs jours sur les raisons qui nous obligent à rester à Sainte-Barbe.

« Tout cela a eu pour résultat cette délicieuse entente entre eux et nous. Si nous cherchons à nous enfuir, ils nous y aideront avec empressement. Nous sommes libres de retourner en Angleterre et de raconter combien nous avons été terrifiées.

« Et eux, de leur côté, décideront le juge et son adjoint à témoigner que nous n'avions pas la moindre raison d'être terrifiées. Nous ne ferons alors qu'ajouter, en apparence, à la triste expérience de vieilles gens s'apercevant que les ingrates jeunes filles, auxquelles ils voulaient tant de bien, ne songent qu'à les quitter. Nous leur serions fort utiles en prenant la fuite.

— Mais si, au contraire, nous restons chez eux ?

— Oh! Ils nous garderont aussi sans regrets car, ou bien ils en conclueront que, naïves et jeunes, nous n'avons rien compris, et ils nous permettront avec joie de terminer notre année à Sainte-Barbe...

Zozine s'arrêta, et parut réfléchir.

— Ou bien? demanda Lucan.

Zozine la regarda en face : « Ou bien, cela signifiera que c'est nous qui les chassons, et que nous ne les lâcherons que lorsqu'ils seront morts.

« Ils ne croient pas encore que les choses se passeront ainsi; mais ils sont malins et ils réfléchissent à cette possibilité. Ils seront sûrs de nos intentions demain ou après-demain, et alors...

alors, ils ne nous laisseront plus quitter Sainte-Barbe. »

Ayant marché vite contre le vent, elles s'assirent, hors d'haleine, au bord de la route, à l'abri d'un châtaignier. L'herbe sèche brillait au soleil de l'après-midi.

— Zozine? dit Lucan, après un silence. Sais-tu bien ce que tu fais? Tu es libre, dis-tu, de t'enfuir d'ici pendant quelques jours encore; et tu refuses de t'enfuir? Tu dis aussi que, tôt ou tard, ils donneront une nouvelle preuve de leur méchanceté. Mais cette preuve peut être décisive pour nous aussi; elle est peut-être le signe de notre mort? Rappelle-toi que les gens auxquels tu as affaire sont infiniment plus malins que toi, et rappelle-toi que leurs mains sont tachées de sang.

— C'est précisément ce que je me rappelle, dit Zozine, je pense sans cesse à Rosa. J'ai l'impression, où que j'aille, qu'elle compte sur nous. Sans amis, elle était livrée à des êtres épouvantables, mais elle n'a pas voulu céder : quand les autres filles lui parlaient, elle les frappait.

« J'ai rêvé d'elle et, en me réveillant ce matin, j'ai aperçu un cercle rouge autour de mon poignet : c'était la marque des doigts de Rosa, qui ne voulait pas me lâcher. »

Zozine joignit les mains sur ses genoux et regarda gravement Lucan :

— Prends la diligence à Neuvéglise, dit-elle lentement, et emporte les deux cents francs qu'on nous a donnés pour ma montre, et je rentrerai seule à la maison.

— Me juges-tu donc si mal ? s'écria Lucan, dont les yeux se remplirent de larmes.

Mais Zozine dit : « Je vais te raconter une histoire que je tiens de papa. Au cours d'un voyage en Allemagne, il vit un précipice dans la montagne, qu'on appelait : le Saut du Chevalier. Un jeune chevalier avait été poursuivi et fait prisonnier par ses ennemis. « Oh ! dit-il, que n'ai-je eu « trois toises d'avance ? Mon cheval aurait sauté « par-dessus l'abîme, et vos chevaux auraient été « incapables de le suivre. »

« Ses ennemis ripostèrent : « Si ton cheval est « capable de franchir d'un saut ce précipice, tu « seras libre, et on ne saccagera pas ton pays ; mais « aucun cheval ne peut faire pareil tour de « force. »

« Le jeune chevalier remonta à cheval, le fit reculer et le lança au galop. Le cheval comprit qu'il s'agissait du salut de son maître ; il fit un bond formidable par-dessus l'abîme, et depuis lors, cet endroit s'appelle : le Saut du Chevalier.

« Papa disait qu'en ce monde, il y a deux sortes de courages ; il qualifiait l'un de « courage noble », l'autre de « courage bourgeois », mais je ne comprends pas bien ce que cela veut dire. Peut-être l'un des courages est-il celui de l'homme qui ne craint pas de mourir pour ce qui lui est cher ; mais l'autre courage consiste à aimer le danger lui-même.

« On trouverait, disait papa, beaucoup de bons bourgeois qui, pour sauver leur ville, se jetteraient sans hésiter dans l'abîme; mais ils ne feraient pas le saut du chevalier.

« J'ai aussi lu l'histoire de deux hommes condamnés à mort par un sultan en Turquie : l'un était un pirate, l'autre un paysan, dont la misère avait fait un voleur. Le Sultan était grand joueur d'échecs. Il offrit aux deux condamnés de faire une partie d'échecs sous la potence même : le gagnant retrouverait la liberté, le perdant serait pendu. Le pirate accepta la proposition aussitôt, mais le paysan ne voulut rien savoir :

« – Non, dit-il, j'aime mieux qu'on me pende et qu'on me laisse la paix.

« Pour aimer le danger, ajouta Zozine, il faut être dur, et d'un naturel fantaisiste, c'est pourquoi tu n'as pas ce genre de courage bien que tu sois plus brave que moi. C'est moi, qui, depuis toujours, ai été gâtée, moi qui suis une fille égoïste; car c'est bien ce que je suis, Lucan, et si tu en doutes, c'est parce que cela m'a amusée, vivant avec un ange, d'être aussi un peu angélique, moi, qui ai fait souffrir mes soupirants, tourmenté Olympia et même mon papa. C'est moi qui entreprends la lutte contre ce méchant homme à Sainte-Barbe. »

Ce même soir, lorsque, après le repas, on s'assit autour du feu, le pasteur Pennhallow demanda aimablement aux amies si elles savaient jouer aux échecs. Toutes deux connaissaient le jeu. Le père de Lucan avait appris à sa fille à jouer, et celui de Zozine faisait une partie avec elle quand ils étaient seuls à Tortuga.

Le premier soir, le pasteur joua avec Lucan :

c'était une joueuse intelligente et réfléchie, et le jeu se prolongea longuement; mais le pasteur gagna trois parties.

Le lendemain, Zozine fut sa partenaire, et il la fit également échec et mat. Il avait suivi son jeu attentivement.

Lorsqu'ils s'arrêtèrent de jouer, le pasteur joignit les mains sur l'échiquier et considéra la jeune fille assise en face de lui avec un petit sourire attendri.

Le père Vadier.

Pendant la dernière promenade qu'elles firent ensemble pour obéir à leurs parents adoptifs, Lucan et Zozine passèrent devant une ferme de belle apparence, qu'on appelait le Haubourdin. C'était la propriété la plus voisine de Sainte-Barbe; elle en était distante d'un quart de lieue.

Les jeunes filles s'arrêtèrent à regarder une servante qui faisait rentrer des chèvres dans la cour. Quand elles voulurent poursuivre leur route, un petit garçon courut après elles. Il leur dit que le père Vadier, qui faisait une visite au Haubourdin, désirait fort leur parler. Étonnées, elles suivirent le gamin dans la maison.

Le père Vadier vint en personne à leur rencontre sur le perron, et les pria de l'excuser de les avoir fait appeler. Il désirait depuis longtemps, dit-il, rencontrer les jeunes étrangères de Sainte-Barbe. « Aujourd'hui, je vous ai vues depuis la fenêtre, mais, ajouta-t-il en souriant, je ne crois pas que j'aurais pu vous rattraper moi-même. Entrez donc, je vous en prie. »

Le père Vadier était un homme encore jeune et robuste. Dans son large visage coloré brillaient des yeux bleu clair, au regard tranquille. Ses traits exprimaient la bonté et le sérieux, et il gardait la voix sonore d'un tout jeune homme. Il était lui-même fils de paysans, né dans les environs de Peyriac et la fermière du Haubourdin, qu'il était venue voir, était sa tante.

Les jeunes filles furent reçues avec amabilité et déférence dans la ferme. L'arrivée des deux étrangères intimida un peu le vieux vigneron et sa femme; mais la réunion de famille avait été visiblement trop cordiale et gaie pour qu'une visite inaccoutumée pût la troubler, et le sourire ne s'était pas effacé sur les vieux visages. Pourtant, l'attitude des hôtes français de Lucan et Zozine trahissait une certaine réserve, et Zozine pensa : « C'est parce que nous venons de Sainte-Barbe. » Il y avait dans la pièce quelques enfants qui ne quittaient pas des yeux les nouvelles venues.

Lucan et Zozine étaient presque décontenancées de se trouver dans une grande famille, au milieu de gens étroitement liés et qui se ressemblaient. Les habitants de la ferme témoignaient au père Vadier le respect qui lui était dû, mais ils riaient et plaisantaient avec lui comme avec un des leurs.

Lucan se sentait tout émue par cette atmosphère de foyer heureux, qui lui rappelait son propre foyer. « Dieu veuille, se disait-elle, que Zozine se confie à ces braves gens, et trouve un secours auprès d'eux ! »

La grande salle de la ferme était simplement meublée, mais les deux jeunes Anglaises y aperçurent quelques beaux meubles français anciens, hérités des générations précédentes.

Le vieux fermier leur offrit un verre de vin de sa vigne, et la conversation roula sur le vin et la récolte de l'année. Au bout d'un moment, les fermiers s'en allèrent, emmenant les enfants, et les jeunes filles restèrent seules avec le père Vadier.

Le visage et le ton du prêtre prirent plus de gravité.

Lui aussi parut d'abord embarrassé en face de ces jolies étrangères, mais sa sincérité et son ardeur à accomplir la tâche qui lui tenait à cœur triomphèrent de son embarras.

— Pardonnez-moi, dit-il, de vous poser quelques questions, car je parle au nom d'une de mes très chères et très honorées pénitentes. Je connais naturellement tous les habitants de la région et j'ai parlé récemment au vieux marchand de Peyriac, qui m'a montré une belle montre qu'il venait d'acheter. Dans le boîtier, on avait gravé un nom et des armes fort connues, tant de moi-même que de la vieille baronne de Joliet. Cette dame, bouleversée par cette découverte, a fait appeler le marchand et l'a interrogé. Il a déclaré qu'il avait acheté cette montre à une des jeunes Anglaises de Sainte-Barbe. Mais, pour ce que j'en sais, le nom gravé dans la montre ne correspond pas à l'un des vôtres.

« Je vous en prie, Mesdemoiselles, dites-moi ce que vous savez de cette montre, et dites-moi comment elle est tombée entre vos mains. »

Pendant qu'il parlait, son clair regard se posait alternativement plein de douceur, mais singulièrement pesant, sur l'un ou l'autre des visages.

Lucan et Zozine se disaient : « On a parlé ici de Sainte-Barbe; la descente de police est connue dans le pays, et le père Vadier se demande s'il doit nous considérer comme des victimes ou des complices. »

Et Zozine ajoutait, en elle-même : « Ce serait assez drôle qu'on me soupçonne de complicité dans mon propre assassinat et dans le vol de ma propre montre. »

Cependant, le silence répondit seul aux instances du père Vadier, qui ne s'était pas attendu à un pareil mutisme. Il reprit :

— N'avez-vous pas vendu la montre au vieux Pinbrache, à Peyriac.

— Si! dit Zozine, c'était ma montre.

— Et vous en connaissez l'inscription?

— Oui; on lit dans le boîtier : Zozine d'Acier d'Orville et, au-dessous, cette devise : *Durior ferro, purior auro*. Ce qui veut dire : « plus dur que l'acier, plus pur que l'or. »

— Mais ce ne sont ni votre nom ni votre devise.

— C'est peut-être ma devise, mais ce n'est pas mon vrai nom, répondit gravement Zozine.

— Il y a une chose qu'il me tient à cœur de savoir, chère Mademoiselle. Vous avez vendu cette montre très bon marché au vieux Pinbrache, et il a deviné que vous aviez un urgent besoin d'argent. Cet argent vous était-il vraiment indispensable ? En ce cas, je vous prierais de me confier vos préoccupations ; je crois être en mesure de vous aider. Ou bien, cherchiez-vous à vous débarrasser de cette montre aussi rapidement que possible ?

Les questions du père Vadier se succédaient plus vite qu'au début de l'entretien, et il ne détournait pas son regard du visage de la jeune fille qu'il interrogeait.

Après un instant de réflexion, Zozine dit :

— Je ne puis pas vous répondre.

Le père Vadier jeta un coup d'œil du côté de Lucan, qui secoua la tête presque imperceptiblement ; puis il reporta toute son attention sur Zozine, mais se contenta de la regarder, sans lui adresser la parole. Enfin, il dit :

— Écoutez-moi, Mademoiselle, je vous en supplie ; je ne vous dis rien à quoi je n'aie longuement réfléchi ; mon insistance est motivée par une raison sérieuse. Notre conversation peut être d'une grande importance pour des personnes qui me sont chères et pour lesquelles j'ai une haute estime. Elle peut être fort importante pour vous aussi.

« Je m'exprime librement en présence de votre sœur, parce qu'elle connaît certainement tout ce qui vous concerne, et parce que vous-même gagnerez à en parler avec elle. Il me semble que, par suite de circonstances que j'ignore, vous vous trouvez toutes deux dans une situation difficile, trop difficile pour d'aussi jeunes filles. Je ne répéterai qu'avec votre consentement ce que vous penserez pouvoir me confier, mais auparavant, il faut que je vous raconte quelque chose.

« Peut-être savez-vous qu'une tradition interdit aux membres de la famille Valfonds de quitter la province, où se trouvent leur maison et leurs terres. Le baron Thésée reste fidèle à cette tradition, il l'a juré dès le jour de sa première communion et, en même temps, il a fait le serment de ne jamais épouser, sans le consentement de sa grand-mère, une jeune fille qui n'accepterait pas cette même obligation et ne promettrait pas de rester toujours ici. Je connais l'origine de cette tradition de famille, mais le baron Thésée l'ignore. Cependant, comme c'est un jeune homme de noble caractère, il ne trahira jamais son serment.

« Le baron Thésée s'est épris, depuis quelques mois, d'une jeune fille, dont il désire demander la main. Mais, comme je vous l'ai dit, c'est un jeune homme d'un esprit élevé. Il ne voudrait pas exposer la femme qu'il aime à être reçue avec méfiance dans sa famille ou à Joliet; encore moins voudrait-il se lancer, avec une jeune fille innocente, dans une aventure légère.

« Il m'a confié ses scrupules à moi qui le connais depuis son enfance, et qui suis son confesseur et celui de sa grand-mère. Il en a parlé également à Mme de Valfonds, nous faisant comprendre à tous deux que, s'il ne peut épouser cette jeune fille, il ne se mariera pas.

« Pour la première fois, j'ai assisté, avec douleur, à une mésentente entre ces deux êtres si proches l'un de l'autre, et qui ont donné à toute la province l'exemple d'une belle et sainte vie de famille.

« La baronne de Valfonds est une femme d'une force de caractère exceptionnelle. Certes, elle n'est pas sans avoir quelques préjugés nobiliaires concernant sa position sociale, mais le bonheur de son petit-fils lui tient à cœur et elle serait prête à recevoir, à son foyer et dans sa famille, une bonne et innocente jeune fille. Mais la jeune fille, qui aurait quelque droit au nom et à la devise gravée dans la montre, serait certaine d'être reçue à Joliet avec une bienveillance et une tendresse particulières. »

Le père Vadier fit une nouvelle pause, mais Zozine resta muette comme auparavant. Lucan s'aperçut qu'elle était très pâle. Toute menue et fragile, sur son massif siège de bois, on eût dit une enfant.

Le père Vadier reprit :

— Il y a quelque chose que je ne comprends pas dans votre attitude, mais j'ai acquis une certaine expérience concernant la nature humaine. Je crois, mon enfant, que vous êtes une jeune fille innocente, et dont les sentiments sont élevés.

« Permettez-moi de vous amener à Joliet, chez Mme de Valfonds. Ouvrez-lui votre cœur, ou bien ouvrez-le-moi. N'avez-vous pas besoin d'amis tels que vous les trouverez en nous ? »

Zozine adressa au prêtre le même regard grave qu'il lui adressait à elle :

— Mon père, dit-elle très bas, ma mère était

catholique. Elle fit promettre à mon père de m'élever dans sa religion. Mais, après sa mort, la famille de mon père ne lui permit pas de tenir sa promesse; il n'y ajoutait d'ailleurs pas grande importance et il céda à la pression des siens. Je suis protestante mais, à cause de maman, j'éprouve un grand respect pour l'Église catholique et ses prêtres; je n'essaierai jamais de les tromper.

« Je ne peux pas vous accompagner à Joliet; j'ai une mission à remplir, une obligation à exécuter auprès d'une personne de Sainte-Barbe et je ne dois pas y renoncer. Cette personne attend de moi un effort, dont je ne saurais parler ni au baron Thésée ni à sa grand-mère. Je comprends très bien que le baron Thésée ne puisse se parjurer, et il comprendra que je suis dans le même cas que lui.

« Voulez-vous saluer le baron Thésée de ma part, ajouta Zozine, les lèvres tremblantes, et lui répéter ce que je vous ai dit, et voulez-vous lui dire adieu de la part de Lita.

Le père Vadier ne la quitta pas des yeux pendant plusieurs minutes.

— Une personne de Sainte-Barbe? fit-il comme un écho.

— Oui, dit Zozine.

— Mon enfant, demanda le père avec douceur, êtes-vous heureuse à Sainte-Barbe? Est-il bon pour vous et votre sœur d'y vivre?

Zozine s'était levée; elle restait debout, tête baissée devant le père. Son attitude et son aspect étaient ceux d'une frêle enfant désemparée.

— Je ne connais pas, comme vous, un grand nombre d'habitants de la région, dit-elle, mais j'ai causé avec Baptistine; Baptistine Labarre à Sainte-Barbe. Je sais que Joliet et Sainte-Barbe ne peuvent rien avoir de commun, et il en est ainsi depuis longtemps. Mais moi, moi, j'appartiens à Sainte-Barbe.

Le père Vadier les raccompagna en silence jusqu'à la porte. Quand il serra la main de Zozine, il lui dit :

— Envoyez-moi chercher, si je puis vous être de quelque utilité.

Et il resta debout à suivre du regard les jeunes filles qui s'éloignaient sur le chemin de Sainte-Barbe.

Le pasteur Pennhallow s'en va.

Comme il a déjà été dit, le pasteur Pennhallow faisait de charmants petits dessins de fleurs et de paysages. Lucan, qui avait appris à peindre dans son enfance, aurait bien souvent désiré pouvoir exécuter elle-même de si gracieux petits tableaux. Cependant, quand le pasteur était plongé dans de profondes réflexions, son crayon courait presque automatiquement sur le papier, traçant de singulières images.

Zozine et Lucan avaient trouvé deux ou trois fois sur la table de classe ces extraordinaires dessins. Elles en avaient souri, bien que leur vue les fît légèrement frissonner; jamais, elles n'avaient rien vu de pareil. On distinguait des figures humaines, mais conçues de bien étrange façon. Les visages, les membres prenaient un aspect fantastique; ils rappelaient les sombres idoles taillées dans le bois qu'Olympia avait rapportées de son pays.

Le lendemain du jour où le pasteur Pennhallow avait joué aux échecs avec Zozine, il s'amusa à tracer des lignes sur une feuille de papier. Parfois, il levait la tête, pour jeter un coup d'œil rapide vers l'une ou l'autre de ses élèves, de sorte que Lucan eut peur qu'il ne veuille faire leur portrait.

Ce soir-là, le pasteur et sa femme étaient restés pensifs plus que d'habitude; ils paraissaient comme absents. En ce moment, Mr Pennhallow ne se pressait pas d'achever ses dessins. Mais il finit quand même par y jeter un dernier regard, et les passa à Mrs Pennhallow, assise en face de lui. Elle y jeta un premier regard, puis un second et, tout à coup, poussa un tel éclat de rire qu'elle dut appuyer son mouchoir contre sa bouche pour se calmer.

Les dessins restèrent sur la table, et chaque fois que la vieille dame les regardait, elle était reprise d'un fou rire; des mouvements convulsifs agitaient même ses bras et ses jambes; elle finit par se lever et sortir de la pièce.

Le lendemain matin, Zozine et Lucan entendirent leurs parents adoptifs se lever de très bonne heure; ils allaient et venaient dans la salle à manger, où ils avaient passé la soirée, ouvrant des tiroirs, feuilletant des paperasses. Parfois une vive discussion semblait s'élever entre eux, cependant ils ne parlaient qu'à voix basse.

Ils fourgonnaient aussi dans la cheminée avec un tisonnier. Enfin, ils appelèrent Baptistine, et on aurait dit qu'ils lui posaient des questions.

En entrant dans la salle à manger, Zozine et Lucan ne purent s'empêcher de remarquer le regard figé, par lequel les deux vieux les accueillirent.

Il se passait quelque chose d'exceptionnel; mais quoi?

Dans le courant de la matinée, le pasteur Pennhallow et sa femme entrèrent ensemble dans leur chambre à coucher et s'y attardèrent longuement. Un peu plus tard, le pasteur écrivit une lettre qu'il remit à Clon; mais il rappela le jeune garçon avant qu'il eût quitté la maison.

Quand vint le soir, il sortit lui-même et son absence se prolongea assez pour que Mrs Pennhallow parût s'en inquiéter beaucoup. Le soir, les deux époux restèrent levés bien longtemps après avoir envoyé leurs élèves se coucher; ils allaient et venaient, ne s'arrêtant pas de parler.

Le lendemain, vers midi, le pasteur appela les jeunes filles et leur annonça que sa femme et lui étaient forcés de quitter Sainte-Barbe pour deux ou trois jours. Ils avaient reçu une lettre les appelant d'urgence à Marseille. Un ancien camarade d'études du pasteur qui, durant des années, avait été missionnaire en Chine, était tombé très malade en se rendant en Angleterre, et désirait ardemment revoir ses amis une dernière fois. Mr et Mrs Pennhallow prendraient donc à Lunel la diligence du soir. Une voiture de paysan, commandée tout exprès, les mènerait au chef-lieu.

Mrs Pennhallow alla faire ses paquets; elle était très pâle et ses mains tremblaient.

— Cette fâcheuse nouvelle l'a bouleversée, dit le pasteur.

Quant à lui, il resta encore quelques instants avec ses élèves et parla de la mort qui se présente souvent à l'heure où on l'attend le moins.

Quand la vieille dame revint dans la salle à manger, ce fut pour donner à ses protégées de nouvelles instructions.

Toute à son chagrin, elle avait oublié, dit-elle, que ce jour-là, précisément, elle devait se rendre à Vaour, un village situé à environ une lieue de Sainte-Barbe, dans la direction opposée à celle de Lunel.

A Vaour vivait une vieille Anglaise, jadis gouvernante à Joliet. Elle était malade, et Mrs Pennhallow avait eu l'intention de lui apporter de la soupe et des fortifiants. A présent qu'un événement imprévu l'appelait ailleurs, elle chargeait les deux amies de la remplacer à Vaour. Baptistine les y conduirait et porterait le panier de provisions; mais il leur incomberait, à elles deux, de faire une bonne œuvre, en visitant leur compatriote. Les jeunes filles ignoraient ce que pouvait bien signifier le départ subit de leurs hôtes, et elles n'avaient jamais entendu parler de la présence d'une vieille dame anglaise à Vaour, ni des visites de charité que Mrs Pennhallow faisait dans le voisinage.

Elles auraient bien préféré se passer de la compagnie de Baptistine, mais Mrs Pennhallow pensait que, sans cette assistance, elles ne trouveraient pas le chemin du village, et elle leur enjoignit de partir tout de suite.

Comme les jeunes filles ne seraient de retour à Sainte-Barbe que vers le soir, et qu'à ce moment-là, le pasteur et sa femme seraient en route vers Marseille, il fallait prendre congé les uns des autres dès maintenant. Les vieux époux prolongèrent les adieux. Il ne s'agissait que d'une absence de quelques jours et, cependant, on eût dit que Mr et Mrs Pennhallow jouissaient de cette scène attendrissante. Mrs Pennhallow s'assit, les mains jointes, et écouta, d'un air satisfait et attentif, les admonestations de son mari à ses protégées.

– J'espère que vous n'avez pas peur de rester seules à la maison, disait le vieillard.

Il ajouta à sa question une foule de conseils, puis se tut, paraissant réfléchir à ce qu'il pourrait dire encore.

Sa femme et lui accompagnèrent les jeunes filles jusqu'à la porte. Lorsqu'elles furent déjà sur le chemin avec Baptistine, Mrs Pennhallow rappela Lucan et la considéra pendant une minute, d'un regard à la fois figé et inquisiteur, le même qu'elle avait fixé jadis sur la jolie fille de l'auberge d'Angleterre lors de leur première rencontre. Puis elle resta longtemps à suivre des yeux les deux amies qui s'éloignaient.

L'automne se faisait sentir; la végétation se flétrissait; des feuilles sèches jonchaient le sol; il faisait froid, et les nuages étaient bas. Les deux jeunes filles ne pouvaient se défendre d'une certaine inquiétude : Y avait-il vraiment un village du nom de Vaour, où vivait une vieille demoiselle anglaise ? Elles auraient volontiers échangé leurs pensées en anglais; mais Baptistine, qui trottait derrière elles, massive et puissante dans ses gros souliers, paraissait les surveiller étroitement, et elles se turent.

Peu à peu, elles s'intéressèrent à leur promenade, et au paysage qui se déployait devant elles. Depuis longtemps elles ne s'étaient autant éloignées de Sainte-Barbe. Quand elles y arrivèrent enfin, Vaour se révéla comme un village tout gris au bout d'un chemin bordé, des deux côtés, de murs de pierres sèches. Après s'être renseignées, elles trouvèrent, en effet, dans deux petites chambres proprettes au-dessus d'une boulangerie, une Anglaise vieille comme le monde, qui avait l'air d'un des derniers témoins d'une époque oubliée.

Miss Pinkney n'était pas malade, mais maigre et desséchée comme une momie, et elle tombait en enfance.

Elle ignorait même le nom de Mrs Pennhallow, et secoua la tête quand les visiteuses le lui répétèrent. Il leur fut impossible de lui faire comprendre qui elles étaient elles-mêmes. Au bout d'un moment, elle leur attribua des noms inconnus, les prenant évidemment pour d'anciennes élèves d'Angleterre.

Dans son salon, des livres anglais apparaissaient entre les plantes en pots, et les cages d'oiseaux;

mais la vieille demoiselle savait à peine parler encore sa langue maternelle; les mots lui revenaient lentement.

Lucan laissait errer ses regards autour d'elle, et se disait qu'elle aussi pourrait un jour se trouver reléguée et oubliée dans un misérable petit recoin du monde, comme une épave emportée par la tempête.

Cependant, lorsque les jeunes filles prononcèrent le mot de Joliet, une délicate rougeur apparut sur les joues de Miss Pinkney, et elle se lança dans un long discours.

Elle se figurait, bien entendu, qu'elle racontait à ses auditrices quantité de faits intéressants au sujet du château et de la famille qui l'habitait, mais presque tout ce qu'elle disait restait incompréhensible. Elle exhumait, comme d'un tiroir, un passé lointain; se signait en évoquant le général Bonaparte, qui s'était fait couronner empereur, et affirmait avec force son espoir de la restauration prochaine du pouvoir royal, par le retour des souverains légitimes. Alors, tout rentrerait dans l'ordre.

Elle fit aussi mention du baron Thésée, et Lucan échangea un regard avec Zozine, mais elles comprirent vite qu'il ne s'agissait pas du propriétaire actuel de Joliet, mais de son grand-père, qui avait été assassiné. La vieille demoiselle en parlait avec une admiration passionnée, comme d'un amour de jeunesse. Mais, quand Lucan et Zozine voulurent l'interroger sur la femme du baron, qu'elles avaient vue à Peyriac, Miss Pinkney garda le silence.

Pendant la conversation, il y eut un petit incident singulier. Zozine dit que Mme Labarre, de Sainte-Barbe, les avait conduites à Vaour. En entendant ce nom, la vieille Anglaise blêmit, comme si elle était sur le point de s'évanouir et, quand elle se remit un peu, elle voulut chasser Baptistine de la pièce. Zozine parvint cependant à l'en empêcher, en orientant la conversation sur d'autres sujets.

Près de la fenêtre, se trouvait un vieux clavecin, et Zozine pria Lucan de jouer un morceau. Lucan y consentit, et se mit à chanter, en s'accompagnant au clavecin, de vieilles mélodies anglaises. Miss Pinkney, en entendant le chant mélodieux de la jeune fille, oublia sa colère, et elle finit par répéter elle-même, d'une petite voix presque imperceptible, mais encore pure, les refrains de la chanson d'Annie Laurie.

Lorsque Baptistine donna le signal du retour, et que les amies voulurent prendre congé de la vieille demoiselle, Miss Pinkney regarda attentivement Zozine, et s'écria :

— Oh, Madame! Est-ce bien vous? Que je suis heureuse de vous voir!

Elle descendit jusque chez le boulanger avec ses jeunes visiteuses, et leur offrit un gros gâteau à emporter chez elles. Cette fois, elle les appela de nouveau Fanny et Élisabeth.

La pluie et le vent avaient repris, mais il y avait si longtemps que Zozine et Lucan n'avaient plus chanté, que, toutes à ce plaisir inaccoutumé, elles chantèrent tout le long du chemin des mélodies populaires de leur pays.

Soudain, Lucan pensa au triste sort de Baptistine, toujours seule dans un monde indifférent, et elle essaya de lui poser quelques questions sur sa jeunesse; mais les réponses de Baptistine furent très brèves. Ses pieds lui faisaient mal, et elle n'était pas disposée aux confidences.

Il faisait presque nuit lorsque les trois femmes arrivèrent en vue de Sainte-Barbe. Les contours de la vieille maison de régisseur se découpaient sur le ciel plus clair.

Un jour, Lucan avait fait une petite peinture de la propriété vue de ce même côté. Elle s'arrêta et dit :

— Comme les choses prennent un autre aspect le soir qu'à la lumière du jour! Je croirais presque qu'il y a quelque chose de changé ici. Ne dirait-on pas que le tas de bois, près du pignon, n'est plus à sa place habituelle, et qu'il se trouve plus près de la maison?

Baptistine se hâta d'interrompre les réflexions de Lucan. Elle voulait entrer dans la maison; contente d'être de retour, elle parlait tout à coup sans y être invitée. Cependant, elle s'adressait plus à elle-même qu'aux autres.

— Quelle idée, dit-elle, de faire une histoire et de faire promener les gens en pleine tempête à cause d'un chiffon de papier! Si je l'avais brûlé, eh bien! je l'aurais brûlé! D'ailleurs, peu importe, personne ne pense à s'emparer d'un de ces dessins et à se sauver avec.

Les jeunes filles ne comprirent rien à ce monologue, et ne s'en souvinrent que bien plus tard ce même soir.

Où donc est mon chapeau ?

Les trois femmes étaient lasses et trempées. Baptistine elle-même éprouva le besoin de boire un petit coup pour se redonner du cœur, car elle apporta une bouteille de sa liqueur de cerises, et engagea les jeunes filles à en absorber un plein verre. La liqueur était forte et les réchauffa, mais elle leur monta un peu à la tête. Quand Baptistine voulut leur en verser encore, elles refusèrent, disant qu'elles préféraient attendre le souper.

Lucan ne passait pas aisément d'une idée à une autre. La nature impétueuse, aux impulsions changeantes de Zozine, la surprenait toujours. Elle ne comprit pas non plus ce soir-là le soulagement extraordinaire que paraissait éprouver son amie, en se retrouvant seule avec elle dans la maison.

Lucan ne s'était pas encore débarrassée de ses vêtements mouillés, et tandis que Baptistine s'occupait de mettre la table, que Zozine courait de la chambre des jeunes filles à la salle à manger, et de là à la cuisine, puis de la cuisine à la chambre et ainsi de suite, elle soupirait d'aise et avait l'air radieux.

— Mais, Zozine, dit Lucan, nous ne savons pas

du tout ce qu'il va advenir de nous. Que signifie ce voyage des deux vieux ? Qu'est-ce qu'ils nous cachent en s'en allant ainsi ? Est-ce le répit avant la potence qui te réjouit ?

— Oui, dit Zozine; mais ce répit m'est nécessaire; il me permet de reprendre haleine. Il me semblait qu'une mer sans fond nous entourait de tous côtés, et voici que nous sommes quand même réfugiées sur un petit îlot. Ses dimensions sont effroyablement réduites; ses limites sont : d'un côté, cette pièce; de l'autre, une durée de quelques heures. Mais quel bonheur cependant d'y avoir atterri. Il nous est possible de nous asseoir sous les arbres, et de courir dans l'herbe. J'ai tant lutté contre les vagues et les courants contraires, si nous n'avions trouvé ce lieu d'asile, je crois que je serais morte.

« Ce soir et demain matin, continua-t-elle en s'arrêtant un moment de courir de-ci de-là, je veux oublier les deux vieux. Je n'ai que trop pensé à eux, et tu ne sais pas combien leurs regards et leur souffle ont été près de m'empoisonner.

« Le pasteur nous a parlé lui-même du serpent qui, avant d'avaler sa proie, doit cracher sur elle pour l'humecter de sa salive.

« C'est tout juste cette impression que j'ai eue; leur nature me contaminait; je devenais comme une partie d'eux-mêmes.

« Ce soir, je veux bannir cette impression, et redevenir Zozine Tabbernor. »

Lucan considérait son amie : « Ne suis-je pas plus contaminée encore que Zozine, se disait-elle; Zozine n'a cessé d'agir, d'être prête au combat. »

Parfois, il lui semblait qu'elle comprenait mieux que Zozine ce qui les menaçait, et elle s'apercevait avec angoisse que cette compréhension l'éloignait de son amie et la rapprochait des vieux époux.

— Qui est Zozine Tabbernor? demanda Zozine; une mauvaise petite fille, une enfant gâtée; mais c'est pourtant une honnête personne. Depuis que nous avons trouvé la lettre de Pedro Smith, j'ai tant pensé à papa. Bien des gens de sa famille avaient des reproches à lui faire; ils l'accusaient d'insouciance et le qualifiaient de sybarite. Mais personne n'a dit de lui qu'il avait abandonné un ami, ou qu'il s'était montré cruel envers de plus faibles que lui, ou envers ceux qu'il tenait en son pouvoir.

« Ce soir, je veux être Zozine Tabbernor, la fille gâtée de papa, pour avoir la force de triompher de ce sinistre vieillard, quand il reviendra. »

Lucan, qui s'était assise sur le canapé, se leva et alla à la fenêtre :

— Quel temps! fit-elle, le vent est déchaîné et la pluie fouette les vitres. Il faut changer de robe, Zozine.

Zozine inspecta la chambre du regard et dit :

— Remettons des bûches au feu.

Elle alluma aussi toutes les lampes.

— Regarde, Lucan, Baptistine a mis le gâteau de Miss Pinkney sur la table, et elle y a laissé la bouteille de liqueur de cerises; nous allons passer une bonne soirée à Sainte-Barbe, ce soir. Pendant quelques heures, ce sera l'ancienne Sainte-Barbe de 1793, une maison, où de braves gens sont heureux et, assis devant le feu, n'évoquent que de belles et bonnes choses.

Tout en parlant, elle ôtait son manteau, et aidait Lucan à ôter le sien trempé par la pluie; puis elle lissa les boucles blond cendré de son amie, que l'humidité faisait paraître presque brunes.

— Faisons de la toilette, ce soir! cria-t-elle, débarrassons-nous de ces robes, dont les vieux nous ont affublées. Mettons les belles robes que nous portions pour le voyage, en quittant l'Angleterre. Alors, nous aurons l'air d'arriver seulement à Sainte-Barbe et de n'avoir jamais vécu ici. Nous serons nous-mêmes de nouveau; nous n'aurons jamais connu le pasteur Pennhallow et sa méchante vieille femme.

Les deux amies étaient si jeunes encore que la pensée de mettre de jolies robes les mettait en émoi. Elles restaient à demi nues à se contempler l'une l'autre, conscientes du tort que les mois écoulés avaient fait à leur jeunesse. Le regard, avec lequel le pasteur Pennhallow et sa femme avaient considéré leur beauté, avait fini par leur inspirer de l'effroi. Mais, à présent, elles se miraient avec joie : Lucan dans les yeux de Zozine, Zozine dans les yeux de Lucan.

Leur vieux maître s'était montré infiniment plus compétent que ses élèves dans toutes les branches du savoir, qui les avaient intéressées à Sainte-Barbe; la profondeur de ses jugements et ses connaissances les avaient, pour ainsi dire, convaincues de leur nullité. Aujourd'hui, elles regrettaient de s'être laissé entraîner à se plonger dans l'unique étude de l'histoire et de la philosophie, oubliant qu'elles avaient de grands yeux et de petits pieds.

Les beaux cheveux de Zozine avaient repoussé; elle eut envie de se faire une coiffure à la mode d'autrefois, d'après un vieux portrait qu'elle admirait chez son père. Elle se promena, à demi vêtue, entre sa chambre et la salle à manger, où se trouvait une glace. De la salle à manger, elle cria à Lucan de prendre leurs robes de voyage, ainsi que de jolis châles, et même de chercher leurs chapeaux. L'un d'eux était orné de belles plumes; l'autre était en soie marron à carreaux, garni d'une voilette de tulle, qui encadrait le visage. Lucan n'avait qu'à choisir celui qu'elle voudrait.

— Je me souviens parfaitement, dit Zozine en se faisant des boucles, du jour où j'ai acheté ces deux chapeaux; celui aux plumes d'autruche était horriblement cher. Tante Arabella a choisi l'autre à mon intention quand nous sommes allées aux courses à Newmarket. Lady Flora Hastings avait acheté le même. Olympia prétendait qu'en me voyant on m'aurait prise pour la reine elle-même, et en était très fière. Oh! ma bonne Olympia! Mais apporte-moi donc mon chapeau!

— Comment veux-tu que je te l'apporte? Je ne le trouve nulle part.

Zozine, qui n'avait pas beaucoup d'ordre, se hâta de s'excuser auprès de son amie : « Je n'ai pas touché à ce chapeau, et je ne l'ai pas revu depuis notre arrivée à Sainte-Barbe, dit-elle. Il est à la place où tu l'as rangé, avec nos châles et nos gants. »

Lucan apparut à la porte de la chambre à coucher, en chemise et en petit jupon; elle avait l'air d'un petit ange effaré :

— Je ne trouve ni nos châles ni nos chapeaux! dit-elle.

— Qu'est-ce que tu racontes, riposta Zozine; ils sont certainement là, regarde bien!

— Viens voir toi-même, dit Lucan.

Les jeunes filles n'avaient guère de place pour ranger leurs affaires et elles eurent bien vite fait le tour des tiroirs et des placards, où elles auraient pu les mettre. Elles ne trouvèrent plus trace d'aucun des vêtements portés au cours du voyage d'Angleterre à Sainte-Barbe, et qu'elles avaient soigneusement mis de côté. Seuls, leurs petits souliers leur restaient.

L'étonnement leur ôtait la parole. Comment comprendre cette surprenante disparition? Les explications qui leur venaient à l'esprit étaient si fantastiques qu'elles manquèrent d'en éclater de rire. Mrs Pennhallow leur aurait-elle emprunté leurs chapeaux pour aller à Marseille voir le vieux missionnaire?

Mais leur gaieté ne dura que quelques minutes : à Sainte-Barbe, tout ce qui était inexplicable pouvait se révéler terrifiant.

La même pensée s'imposa presque en même temps aux deux jeunes filles; un regard leur suffit pour se comprendre. Zozine était très pâle, elle hocha la tête, et Lucan s'écria :

— Ils sont de la même taille les deux, et de la même taille que nous.

— Et c'est pour cela, ajouta Zozine, qu'ils ont décidé de prendre la diligence du soir à Lunel; il y fait sombre; les voyageurs ne peuvent distinguer les traits de leurs compagnons de route. S'ils ont baissé leurs voiles, personne ne se doutera de rien, et tout le monde croira que nous avons quitté le pays dans la voiture postale.

— Et c'est pourquoi, conclut Lucan après un court silence, ils se sont débarrassés de nous, en nous envoyant avec Baptistine à Vaour.

Zozine resta longtemps si absorbée dans ses pensées qu'elle n'écoutait plus Lucan, et n'entendait même pas ce qu'elle disait; enfin, elle murmura :

— Mais ils n'ont pas pu mettre nos chaussures!

Une visite du soir.

L'angoisse, l'inquiétude, le désespoir, qui ont pesé lourdement sur l'esprit d'un être humain, ne disparaissent pas en un instant. Pendant quelques minutes, Lucan se sentit désorientée, bousculée comme sur le bateau balancé par les vagues, quand elle se rendait d'Angleterre en France. Mais la pièce chaude, le feu clair, la lumière des lampes, le gâteau de Miss Pinkney, la bouteille de liqueur de cerises et la joyeuse humeur récente encore de Zozine, tout contribuait à lui faire reprendre confiance.

Elle regarda Zozine, et bien qu'elle eût un peu de vertige, ses yeux brillaient.

— Ils sont partis, s'écria-t-elle, ils sont partis, Zozine !

— Que dis-tu ? demanda Zozine.

— Je dis qu'ils sont partis pour toujours, répéta Lucan. Ne se sont-ils pas enfuis de Sainte-Barbe dans nos robes ? Ils ont eu peur de nous ! et l'ombre d'un sourire passa sur son visage. Ils ont fini par comprendre que nous savions tout.

— Crois-tu ? demanda Zozine du même ton.

— Mais il ne peut en être autrement, insista Lucan. Pourquoi auraient-ils caché avec autant de soin leur départ ? et seraient-ils partis dans la nuit et la tempête ? Nous n'avons jamais cru à cette histoire du vieux missionnaire malade. Mais nous ne pouvions deviner que c'était leur fuite que ce mensonge était destiné à cacher.

Les jeunes filles gardèrent de nouveau le silence ; elles cherchaient à reprendre pied en quelque sorte dans cette situation imprévue, qui les dépassait. Pour sa part, Lucan se sentait délivrée en grande partie de son angoisse ; ses sinistres pressentiments semblaient avoir reculé bien loin. Elle n'était plus obsédée par cette mission, que Zozine leur imposait, et qui l'effrayait si fort, parce qu'elle doutait que ce fût son devoir de l'accomplir. La vengeance que Zozine voulait exercer n'était plus nécessaire.

Elles étaient libres.

Presque en même temps, Lucan et Zozine s'écrièrent :

— Nous sommes sauvées, Zozine !

— Ils se sont débarrassés de nous, Lucan!

Lucan entoura le cou de Zozine de ses bras, et sentit sous ses bras lisses et frais la fraîcheur des épaules de Zozine.

— Oh! Zozine! Permets-leur de s'échapper, dit-elle. Aujourd'hui, ils n'ont plus de foyer; ils sont terrifiés, et ils sont obligés de cacher leurs visages; ne sont-ils pas assez punis?

Zozine se taisait; ses regards semblaient vouloir inspecter toute la maison.

— Jamais plus ils ne pourront faire de mal, dit encore Lucan. Comprends-le donc, cette fuite est précisément une nouvelle preuve, la preuve décisive de leur crime que tu attendais. Maintenant, nous pourrons aller chez le juge de paix de Lunel pour tout lui dire. Il ne pourra mettre en doute les faits que nous lui raconterons, quand il saura que ce vieux pasteur et sa femme sont partis dans nos vêtements. Le postillon et les passagers l'attesteront.

— Le postillon et les passagers croient que c'est toi et moi qui avons pris la fuite, dit lentement Zozine.

Dans la terrible aventure à laquelle elles avaient été mêlées, Lucan avait, jusqu'à présent, suivi Zozine, craignant sans cesse les manifestations violentes et hâtives des sentiments de son amie. Zozine l'avait persuadée, d'abord, de croire aux mystères et aux dangers à Sainte-Barbe et, depuis, sans avoir très bien compris la pensée de Zozine, Lucan avait partagé ses appréhensions. Elle avait vécu constamment dans l'indécision et la crainte. Maintenant, elle croyait voir de nouveau une route bien tracée s'ouvrir devant elle, et elle sentait qu'il était de son devoir d'y engager Zozine.

Elle parla à Zozine doucement, mais avec insistance, comme elle avait fait pendant les premiers jours qui suivirent la catastrophe de Tortuga, et du même ton qu'elle employait jadis pour s'adresser à l'enfant aveugle de Fairhill.

— La police va les rechercher à Marseille, tu peux en être sûre. Le juge de paix de Lunel saura mieux les poursuivre et les faire incarcérer, que n'auraient jamais pu le faire deux jeunes filles comme nous.

— Pourquoi donc ont-ils eu tout à coup si peur de nous? rétorqua Zozine.

Lucan réfléchit un moment avant de répondre :

— Ils croient que nous avons trouvé une preuve de leurs agissements. Te rappelles-tu que hier matin, de bonne heure, ils étaient déjà en train de mettre tout sens dessus dessous dans la salle à manger, et paraissaient chercher fébrilement quelque chose de précieux?

« Et Baptistine, poursuivit-elle d'un air pensif, nous a parlé aussi, en revenant de Vaour, d'un papier, dont la perte les avait inquiétés. Je crois qu'elle pensait aux dessins que le pasteur a mis si longtemps à exécuter et qu'il a montrés à sa femme. Ils en ont ri tous les deux.

« Ils étaient distraits avant-hier soir, et peut-être ont-ils perdu ce papier, et cru que nous l'avions trouvé et caché. C'est lui qu'ils ont cherché si longtemps. N'es-tu pas de mon avis ? »

A cette question, il apparut sur le visage de Zozine une telle expression d'horreur, que Lucan prit peur elle aussi. Elle devina que Zozine essayait de se représenter l'image, qui aurait trahi les vieux époux si d'autres yeux que les leurs avaient pu la voir. Elle se hâta de détourner la pensée de Zozine vers une autre voie.

— Ils nous ont dit que leur absence durerait deux ou trois jours, ce qui leur donne largement le temps de s'enfuir bien loin. Comment se seraient-ils doutés que tu voudrais mettre ton chapeau précisément ce soir ? Ils sont partis et nous sommes sauvées.

— Je ne pensais pas, objecta Zozine, qui parlait toujours avec une extrême lenteur, je ne pensais pas que les choses se passeraient ainsi. Je ne crois pas que c'est ce que Rosa attendait de moi.

— Zozine ! s'écria Lucan, chasse donc ces idées ; elles te sont inspirées par ces méchantes gens ; on dirait que tu ne peux plus te détacher d'eux. Mais tu les as vaincus, Zozine. Quel mal peuvent-ils faire encore puisqu'ils sont obligés de se cacher, et n'oseront plus révéler leurs noms. Il faut les oublier, sinon ils t'entraîneront dans les sinistres ténèbres auxquelles ils appartiennent. J'ai le droit de te conjurer de n'y plus penser, car je ne t'aurais pas abandonnée si les événements avaient suivi un autre cours. J'ai été fidèle envers toi, Zozine, comme tu voulais être fidèle à Rosa.

Lucan avait légèrement repoussé Zozine pour

bien voir son visage. En prononçant ces derniers mots, elle l'attira de nouveau à elle et, peu après, elle sentit que Zozine poussait un soupir de soulagement.

— Oui, fit-elle, en écartant ses cheveux, qui lui tombaient sur la figure, je veux croire que tout se passe comme tu me le dis, ma bonne et fidèle amie, et je ferai ce que tu me diras de faire.

Elles étaient encore enlacées et leurs traits exprimaient le bonheur, lorsqu'on sonna à la porte du jardin.

La cloche était petite, on entendait à peine son tintement éraillé, en cette nuit de pluie et de vent, mais quelqu'un avait sonné, à n'en pas douter. Les deux amies, le cœur battant, attendaient un nouveau coup de cloche.

Qui donc sonnait à cette heure tardive ?

L'inconnu qui venait ainsi ne sonna plus, mais Zozine et Lucan entendirent parler Baptistine qu'elles croyaient au lit depuis longtemps. Peu après, Baptistine en personne entra dans la salle à manger et dit qu'un monsieur était à la porte et demandait à parler aux demoiselles anglaises.

— Un monsieur ? s'écrièrent d'une même voix les deux jeunes filles.

Quantités de suppositions se présentaient à la fois à leurs esprits.

— Nous ne pouvons recevoir personne, Baptistine ; le pasteur Pennhallow nous a dit de n'ouvrir notre porte à qui que ce soit.

Baptistine ne bougea pas d'une semelle.

— Dites-lui, fit Lucan que le pasteur Pennhallow est absent.

— Il dit qu'il le sait parfaitement, répondit Baptistine.

— Le connaissez-vous donc?

— Oui, c'est M. Emmanuel Tinchebrai.

Les deux jeunes filles se rappelèrent alors qu'elles étaient bien sommairement vêtues. En toute hâte, mais toujours étroitement enlacées, elles sortirent de la salle à manger pour se rendre dans leur chambre.

— Qu'il attende que nous soyons rhabillées.

Elles durent renfiler les robes qu'elles avaient jetées sur le lit et les chaises peu de temps auparavant, et ne s'aperçurent même pas qu'elles étaient encore mouillées; une seule pensée les occupait :

« Que vient faire M. Tinchebrai à Sainte-Barbe, en l'absence du pasteur Pennhallow? »

Un allié inattendu.

M. Emmanuel Tinchebrai, debout devant la cheminée, son pardessus mouillé sur le bras, et son chapeau à la main, semblait attendre qu'on l'invitât à se débarrasser de ces deux objets. Les jeunes filles le considérèrent avec la plus vive surprise.

Avant que la terreur s'installât à Sainte-Barbe, elles avaient ri entre elles de ce beau garçon, si bien pomponné, et de son admiration langoureuse pour Lucan. Depuis lors, il était venu dans cette même pièce en qualité de représentant de la loi, jeune adjoint muet et correct du vieux juge.

Aujourd'hui, il arrivait chez elles en pleine nuit, par un temps affreux, dans l'intention évidente de leur faire une communication d'une importance extrême.

Lucan se souvenait des attentions qu'il lui avait témoignées, et se tint un peu à l'écart, laissant à Zozine le soin de diriger la conversation.

L'attitude du jeune homme, plus encore que son arrivée intempestive, soulignait l'importance de sa visite. Il n'avait plus son habituel teint blanc et rose, mais son visage était d'une pâleur mortelle et, par contraste, sa belle chevelure aux reflets roux paraissait presque noire.

Il s'inclina profondément devant les deux amies quand elles s'avancèrent vers lui, mais il les regardait à peine et, au cours de l'entretien, il s'essuya le front à plusieurs reprises, et bégaya en parlant.

Zozine pensait : « Cet élégant jeune homme, si satisfait de lui-même, est forcé de venir à Sainte-Barbe contre sa volonté, par une force qui le dépasse. Est-ce l'amour ? Vient-il, en l'absence du vieux pasteur, déclarer sa flamme à Lucan ? »

Elle se souvenait des propos de Baptistine, selon lesquels M. Tinchebrai faisait autrefois de fréquentes visites à Sainte-Barbe, mais qu'il y avait renoncé. Ses relations avec le pasteur ne s'étaient pas améliorées depuis l'interrogatoire. Peut-être ne pouvait-il plus venir à Sainte-Barbe qu'en secret ?

« Mais, dans ce cas, pensait Zozine, il est un prétendant exceptionnellement emprunté, en dépit du courage dont il fait preuve en venant ici au milieu de la nuit. Son maintien est fort digne, mais on s'aperçoit qu'un violent combat se livre en lui. »

Enfin, M. Emmanuel dit, d'une voix rauque, presque étouffée : « Vous devez vous étonner de me voir ici, à pareille heure, et en l'absence de vos parents adoptifs? Mais je m'y vois forcé. Ce n'est d'ailleurs pas dans mon propre intérêt que je viens... mais... »

Il s'arrêta un instant, puis ajouta :

— Parce que je ne fais que penser à vous.

Zozine le regarda : « Déposez votre pardessus trempé, monsieur Tinchebrai, dit-elle, et rapprochez-vous du feu. »

Les trois jeunes gens s'assirent côte à côte; leurs visages étaient éclairés par la flamme. Personne n'avait touché à la table mise, sur laquelle la liqueur de cerises projetait sa lueur rosée. Pour un peu, on aurait pu croire qu'on attendait un invité à Sainte-Barbe.

— Comment saviez-vous donc, demanda Zozine obéissant à une intuition fugitive, que nos parents adoptifs étaient partis?

Le visage de M. Tinchebrai fut dénué de toute expression pendant quelques secondes, puis il dit :

— Le pasteur Pennhallow est venu il y a quelques jours au cabinet du juge à Lunel, pour demander certains renseignements. C'est alors qu'il a parlé de son prochain départ.

« Je n'ai fait que penser à vous, enchaîna

M. Tinchebrai, depuis ma dernière visite dans cette maison; j'en perdais le sommeil. Vous serez peut-être surprises qu'un fonctionnaire subalterne ose agir sans en avoir référé à son supérieur, et même, dirai-je, ose s'opposer à lui. J'ai le plus grand respect pour M. Belabres, mais personne, personne, ne peut combattre les puissances qui dirigent une destinée. Dussé-je m'exposer à la colère de mes supérieurs, la démarche que je tente en ce moment me ferait-elle perdre mon emploi, je ne puis plus reculer. »

Pour la première fois, le jeune homme regarda Zozine bien en face, et la jeune fille crut presque lire le désespoir dans ses yeux. Il n'avait même pas regardé Lucan, et il évita de lui parler pendant toute la durée de sa visite.

« Non, se disait Zozine, ce n'est pas l'amour qui lui dicte ses actes, c'est la crainte de nuire à sa carrière qui le bouleverse si fort. M. Tinchebrai est un jeune homme ambitieux. En ce moment, l'ambition et l'amour se livrent un violent combat dans son cœur. »

Ces réflexions de Zozine furent les dernières que lui inspira l'état d'esprit de son hôte pendant leur entretien nocturne.

Lorsque après un court silence il reprit la parole, les pensées de la jeune fille se concentrèrent sur un autre sujet. M. Tinchebrai reprit :

— Cet interrogatoire qui satisfit M. Belabres ne me rassura pas, moi. Je quittai Sainte-Barbe fort troublé. Au début, je parvins à oublier par moments mon inquiétude, mais peu à peu je ne m'en débarrassai plus. Les jours qui se sont écoulés depuis ont été intolérables et, en venant ici, je n'ignore pas ce que je risque.

« Vous allez croire peut-être que je suis fou, ou bien vous vous moquerez de moi, et me mettrez à la porte; mais je viens... (il eut une courte hésitation)... par amour de la vérité. D'autres dangers que celui que je cours en ce moment me menacent, et il se pourrait que vous soyez vous-mêmes dans le plus grand péril, et qu'il soit en mon pouvoir de vous sauver. »

Il baissa les yeux, en proie à une violente émotion, puis il ajouta : « Je vous supplie de répondre à cette seule question. Si vous la jugez folle, je m'en irai immédiatement. »

Ayant dit ces mots, il resta muet pendant longtemps, tandis que les deux jeunes filles l'observaient, le cœur battant.

— Depuis l'après-midi que j'ai passé ici, dit-il brusquement d'une voix basse et enrouée, ne s'est-il rien passé, qui a ébranlé la conviction, que vous avez exprimée en déposant votre témoignage? Êtes-vous aujourd'hui aussi sûres de l'innocence de vos parents adoptifs que vous l'étiez ce jour-là?

« Répondez-moi, je vous en conjure. Quoi que vous pensiez de moi, soyez certaines que je n'ai d'autre désir au monde que celui de vous aider et de vous servir. »

Là-dessus, M. Emmanuel se tut comme s'il eût dit tout ce qu'il voulait dire. Les deux amies gardèrent également un si long silence que le jeune homme finit par lever les yeux de l'air de craindre qu'elles ne répondissent pas du tout à sa question. Pendant plusieurs minutes, elles furent incapables, en effet, de répondre. Elles venaient de vivre dans une si terrible solitude, qu'elles croyaient ne pouvoir attendre du monde qui les entourait que ruses et cruautés. Que devaient-elles donc faire de l'aide qu'on leur offrait?

Lucan fut prise d'un tremblement nerveux; elle avait envie de se jeter à genoux devant ce jeune homme, tant la reconnaissance la submergeait. Mais, presque aussitôt, il lui arriva une chose étrange : elle fut frappée de la ressemblance de M. Emmanuel, assis devant le feu qui faisait rougeoyer ses vêtements sombres, avec Mr. Armworthy, qu'elle revoyait près de la cheminée à Fairhill. Un homme lui faisait une offre, mais cette offre était différente de ce qu'elle paraissait être. Ce brusque souvenir la pétrifia, et elle ne parvint plus à exprimer son émotion et sa reconnaissance.

Zozine, les yeux brillants, regardait droit devant elle. Elle avait concentré toutes ses forces, depuis une éternité lui semblait-elle, pour atteindre un seul but. La fuite de ses ennemis l'avait presque effrayée, ce même soir. Elle ne savait plus quelle était sa tâche en ce monde. Lucan, elle-même, ne la comprenait pas; ses douces et persuasives paroles rappelaient les anciens jours et avaient inquiété Zozine, la mettant en face de sa propre dureté; pourtant, elle ne pouvait donner raison à son amie. Or, voici que, dans la salle à manger même de Sainte-Barbe, un homme, un étranger, lui parlait comme eût fait un ami, et lui offrait de lui venir en aide. Elle en était touchée et fort émue en pensant que cet homme était l'ancien soupirant de Lucan, dont elle, Zozine, s'était moquée. Il était insignifiant, vaniteux et faible, mais il avait deviné sa détresse et avait fait une longue route dans la tempête poussé par un mobile qu'elle ignorait, pour se charger de sa tâche et lui porter secours.

En se levant de sa chaise, elle chancelait presque; sa voix était mal assurée, mais elle sonnait clair :

— Oui, dit-elle, les choses sont telles que vous dites.

M. Emmanuel poussa un profond soupir.

La lettre de tante Arabella réapparaît.

— Oui, tout est vrai, reprit Zozine. Les deux vieux, qui vivent à Sainte-Barbe, sont des assassins; ils sont pires que des assassins, pires que tout ce qu'on peut s'imaginer. Ils ont fait assassiner une jeune fille. Un homme épouvantable, leur ami, l'a étranglée avec une corde; et elle avait dix-huit ans!

« Dieu soit loué! s'écria-t-elle, je puis de nouveau parler librement. Dieu soit loué! parce que vous êtes venu ce soir, et que vous voulez m'aider pour que ces méchantes gens paient de leur mort tout le mal qu'ils ont fait!

— Oui, Mademoiselle, vous pouvez parler librement, dit M. Emmanuel, d'une voix que l'émotion et l'horreur rendaient presque indistincte; vous pouvez tout me dire. Je suis votre ami. Racontez-moi quand et comment sont nés vos premiers soupçons des méfaits de ce vieillard et de sa femme.

— Quand ? répéta Zozine en interrogeant ses souvenirs. Oh ! Il y a longtemps ; il y a une éternité ; personne ne peut se douter de ce que nous avons éprouvé ici, seules au milieu de gens qui avaient l'intention de nous assassiner nous aussi.

— Oui, je sais, je comprends, dit le jeune homme, de la même voix étouffée et sans timbre. Mais tout cela est passé. Il faut me raconter plus encore ; ce que vous avez éprouvé et pensé ici ne me suffit pas à provoquer la mort des gens.

M. Emmanuel s'arrêta pour essuyer son visage avec son mouchoir de soie, puis il dit, très bas :

— N'avez-vous pas trouvé... une lettre, un bout de papier, qui vous a réconfortées dans votre affreux isolement ?

Zozine le regarda bien en face : il restait recroquevillé sur sa chaise, un peu plus pâle encore qu'auparavant, et paraissait plus ébranlé, et plus terrifié encore que ses interlocutrices. Pourtant ses yeux changèrent d'expression quand ils rencontrèrent ceux de Zozine : ce n'étaient plus les yeux du beau garçon intimidé, mais ceux du policier, ceux du chien de chasse sur la trace de sa proie, mais qui l'abandonne avant que le gibier soit pris et été tué. Une impitoyable résolution se lisait dans ces yeux-là. Zozine pensa : « Les vieux ne peuvent s'attendre à aucune pitié chez cet homme-là. »

L'ardeur de M. Emmanuel dans l'affaire, qui

préoccupait tant Zozine, la frappa brusquement; elle ne se rendit même pas compte qu'elle avait fondu en larmes avant d'essayer de lui répondre, et de s'apercevoir qu'elle n'en avait pas la force.

Dans son impuissance, elle donna libre cours à ses sanglots; elle pleura sans se retenir, secouée comme par une tempête par la violence de son émotion.

Les pleurs de Zozine épouvantèrent Lucan, qui, elle, avait souvent pleuré à Sainte-Barbe, mais n'avait assisté qu'une seule fois en Angleterre à pareil déluge de larmes chez son amie. Lucan sentait bien que Zozine n'attendait pas qu'on la consolât; elle-même était d'ailleurs bouleversée sans bien comprendre pourquoi, au point que si elle l'avait voulu, elle n'aurait trouvé aucune parole pouvant calmer Zozine. Elle se leva et s'approcha d'elle.

M. Emmanuel, qui était resté immobile sur sa chaise pendant que Zozine sanglotait, répéta sa question à voix basse.

— Je vous ai demandé, dit-il, si vous avez trouvé une lettre, ou un papier révélateurs?

Zozine parvint enfin à maîtriser son émotion; elle pressa son mouchoir contre ses lèvres tremblantes, et inclina gravement la tête en signe d'acquiescement. Un silence suivit ce geste; il se prolongea au point que Lucan se tourna vers son amie. Zozine ne bougeait pas; elle fixait M. Emmanuel du regard. Tout à coup, elle demanda :

— Quel est donc ce bruit?

Malgré la pluie et le vent, on percevait, en effet, un faible bruit, comme des coups se répétant à intervalles réguliers.

— Quelqu'un creuse un trou dans le jardin, reprit Zozine.

M. Emmanuel se leva; il vacillait presque en allant à la fenêtre, puis il s'arrêta, fit volte-face, et avança encore d'un pas avant de s'immobiliser de nouveau :

— Non, dit-il, personne ne creuse de trou, mais quelqu'un est en train de fendre du bois. Je sais, ajouta-t-il d'une voix plus haute et plus claire que précédemment, je sais que le pasteur s'est plaint des vols de bois, commis la nuit à Sainte-Barbe par des gens des environs. Les voleurs ont appris que le pasteur était absent cette nuit, et ont cru que tout le monde dormait dans la maison. Le vent et la pluie font un vacarme qui favorise les voleurs de bois.

Le ton de voix de M. Emmanuel changea encore tout à coup et ne fut plus qu'un chuchotement :

— Je puis sortir et aller voir ce qui se passe, si vous le désirez, mais cela importe peu en comparaison de notre entretien. Qui sait de combien de temps nous disposons encore pour parler. Laissons donc les voleurs emporter des bûches, Mesdemoiselles, et revenons à nos propres affaires.

S'adressant entièrement à Zozine, il poursuivit :

— Je devine que vous possédez une lettre, un document à produire à la charge des gens que nous accusons; c'est une grande chance, une chance décisive pour nous tous.

Zozine ne bougeait pas plus qu'une statue, et considérait le jeune homme avec des yeux écarquillés; sa main ne pressait plus le mouchoir sur ses lèvres, mais elle semblait respirer encore avec peine. Elle poussa un léger gémissement, ou bien était-ce un hoquet?, et ouvrit la bouche à plusieurs reprises avant de parler.

— Une lettre? Vous voulez une lettre? Oui, j'en ai une dans notre chambre, je vais vous la chercher, vous la verrez vous-même.

On aurait dit qu'elle s'écartait de lui comme pour le fuir. Elle ne cessait de le fixer en faisant, à reculons, les quelques pas qui la séparaient de la porte. Lucan tendit l'oreille pour se rendre compte de quel côté Zozine portait ses pas.

Zozine passa de leur chambre dans le couloir, puis à la cuisine. « Où va-t-elle donc? se demandait Lucan. Que cherche-t-elle puisque nous ne possédons aucune lettre? »

Restée seule dans la salle à manger avec le jeune homme, elle appuya la main sur la chaise qu'avait occupée Zozine. Elle percevait encore à travers le silence le bruit sourd des coups réguliers au jardin. Une seule fois, elle leva les yeux et regarda le visiteur; le regard de M. Emmanuel rencontra le sien. Puis, elle entendit Zozine revenir.

Prise de vertige, elle se tourna vers elle. Zozine n'apportait aucune lettre, mais sa main droite tenait la lourde hache, qui était toujours suspendue à la cuisine, et dont Baptistine se servait pour faire du petit bois, quand elle allumait son feu.

Lucan, sans dire un mot, fit un pas vers son amie.

Au même moment, M. Emmanuel, sans ouvrir la bouche lui non plus, recula d'un pas.

— Impossible de trouver cette lettre, dit Zozine; et, voyant les regards que Lucan et le jeune homme fixaient sur la hache, elle parut presque étonnée de leur stupéfaction effrayée.

— C'est la hache de la cuisine, leur expliqua-t-elle, comme pour s'excuser; je voulais voir si les voleurs de bois l'avaient enlevée aussi, mais ils ne l'ont pas fait.

Et elle se tut, de l'air de réfléchir; puis répéta :

— Impossible de retrouver cette lettre, mais je la sais par cœur; reprenons nos places, et je vais vous la réciter du commencement à la fin.

Elle s'assit, très droite, devant la cheminée, sans déposer sa hache; ses yeux brillaient d'un singulier éclat. Les deux autres s'assirent aussi sur leurs chaises respectives.

— Écoutez-moi bien, dit Zozine, afin que vous vous rappeliez les termes de cette lettre. Lucan la connaît, elle l'a lue comme moi. Vous me demandiez si nous n'avions pas quelque lettre pour nous réconforter dans notre isolement? Mais oui, nous en avons une, bien que je ne parvienne pas, ce soir, à mettre la main dessus. J'ai une vieille tante en Angleterre, miss Arabella Dibdin; c'est ma marraine. Tante Arabella m'adore, et ferait tout au monde pour moi. Mais, quelque temps avant que j'aie cherché une place à Londres, nous avons été, pour la première fois, en désaccord, elle et moi. Elle m'avait grondée parce que j'étais gâtée et trop insouciante; pourtant, elle m'offrait de me recevoir chez elle, et Lucan disait que ce serait, pour moi, la solution la plus heureuse. Mais, moi, j'étais sotte et entêtée, et ne voulais rien entendre.

« J'ai dit à tante Arabella que je comptais me débrouiller toute seule, et gagner mon pain par mes propres moyens. Alors tante Arabella m'a écrit avant mon départ, et j'ai gardé sa lettre; elle se trouve quelque part dans mes affaires; je ne l'ai que trop bien rangée. »

Tout en parlant, Zozine n'avait pas regardé ses compagnons, et elle ne les regarda pas non plus lorsqu'elle se tut; mais les yeux de Lucan et de M. Emmanuel restaient rivés sur ses traits. Elle reprit : « Voici ce que m'écrivait tante Arabella :

« *Il est bon et utile d'apprendre à connaître la vie. Tu passeras par de lourdes épreuves. Nul être humain ne peut les éviter; mais garde toujours ta dignité : cette dignité consiste à obéir à son destin.*

tante Arabella disait encore :

« *Tout ce que je possède me fera chaque jour penser à toi,* et tante Arabella pense réellement ce qu'elle dit, monsieur Tinchebrai, elle tient toujours parole. La suite de la lettre était moins facile à lire que le début; j'ai cependant bien retenu ces lignes :

« *Pour l'amour de ton père, je ne t'abandonnerai jamais; tu me resteras plus chère que qui que ce soit en ce monde. Même si tu pars pour me braver, tu ne déchireras jamais le lien qui nous unit. Je saurai me procurer de tes nouvelles où que tu sois. Si tu t'établis en pays étranger, je le saurai, car j'ai des relations dans le monde entier.*

« J'étais fière en ce temps-là, monsieur Tinchebrai, et je n'ai pas répondu à ma tante Arabella, mais je sais qu'elle a accompli sa promesse, même si je ne puis vous dire exactement comment elle s'y est prise. J'ai eu des preuves de sa sollicitude.

« Aujourd'hui encore, je suis fière. Je n'ai jamais rien fait que je ne puisse avouer à tante Arabella. Si elle pouvait me voir en cet instant, elle me comprendrait, m'estimerait, et n'aurait pas honte de moi. Elle m'écrivait :

J'ignorais qu'autrefois il existait de telles possibilités de souffrir.

« Moi aussi, je l'ignorais alors. Je ne comprenais pas combien tante Arabella avait pu souffrir par la faute de gens gâtés par la vie et insouciants. Quand nous nous reverrons, je le lui dirai. »

Pendant le long silence qui suivit, Lucan revit par la pensée le petit salon de Zozine à Tortuga, où elle avait trouvé son amie lisant près de la fenêtre la lettre de tante Arabella. Elle se rappelait aussi la conversation entre la tante et la nièce. D'abord, Zozine avait dit qu'à aucun prix, même s'il s'agissait de sa vie, elle ne ferait plus mention de cette lettre.

Un peu plus tard, elle avait ri de voir l'air grave et effrayé de Lucan, et lui avait sauté au cou en disant : « Pour reconnaître toute ta bonté envers moi, je te promets que, s'il s'agit vraiment un jour, de ma vie, je parlerai de tante Arabella et de sa lettre, mais jamais auparavant. »

M. Emmanuel restait muet; il essaya d'ouvrir la bouche à plusieurs reprises, mais y renonça. Enfin, il dit :

— Je constate, Mademoiselle, qu'en dépit de tout, vous avez des amis, qui savent où vous trouver et qui veillent sur vous.

— Oui, nous en avons, en vérité, dit Zozine.

La hache et la corde.

M. Emmanuel resta encore un moment assis à regarder Zozine, puis il se leva et, d'un geste automatique, voulut saisir son chapeau; mais son bras retomba, il semblait comme hypnotisé par ce qu'il voyait de la fenêtre. Il dut se forcer à rester debout, mais le sol dallé lui brûlait littéralement les pieds :

— Vous avez des amis, murmura-t-il, on veille

sur vous, en ce cas ma présence est inutile, ce soir, ici.

— Mais si!, elle est nécessaire, monsieur Tinchebrai, dit Zozine. Vous aussi avez des amis et de l'influence; vous êtes venu ici par amour de la vérité et de la justice, et vous allez certainement servir, par vos actes, la vérité et la justice. Vous parlerez au juge de Lunel.

— Oui, dit M. Emmanuel, oui, il faut que je parle... cet extraordinaire et heureux retournement de la situation...

Il ne put continuer, tout à ce qu'il cherchait à distinguer dans le jardin.

On entendait toujours tomber la pluie et le vent hurler, mais le bruit sourd, qui, tel un battement de tambour, accompagnait le fracas des éléments, avait cessé.

— Ils se sont arrêtés, là dehors, dit Zozine.

Lucan, que l'incertitude et la peur bouleversaient, ne se contint plus; elle prit sur la table une des chandelles et se dirigea vers la fenêtre pour écarter les rideaux et regarder dehors. Le jeune homme lui prit le bras :

— Non! cria-t-il, non! N'approchez pas de la fenêtre avec cette lumière! Restez ici.

Elle fut si désagréablement surprise par le contact de cette main qu'elle faillit laisser tomber le chandelier, et elle sentit que la seule proximité de leurs deux corps le faisait frémir, lui aussi. Il lâcha son bras comme s'il avait été un fer rouge. Il tremblait si fort que, pendant un instant, elle crut qu'il allait tomber :

— Je ne me sens pas bien, dit-il, je crois que je vais me trouver mal.

En dépit de sa répugnance, Lucan déposa le chandelier et tendit un verre d'eau à M. Emmanuel, mais il recula sans le prendre et s'appuya contre le mur.

— Au nom du ciel, s'écria-t-il d'une voix déchirante, pourquoi n'êtes-vous pas parties pour l'Angleterre ? Pourquoi êtes-vous restées à Sainte-Barbe ?

Lucan, effarée par cette soudaine explosion de passion, se taisait, mais Zozine répondit : « Peut-être ne resterons-nous plus à Sainte-Barbe ?

— Oui ! Partez ! » cria M. Emmanuel.

A la lueur de la bougie, que Lucan avait déplacée, elle vit le front baigné de sueur du jeune homme, qui ajouta :

— Je pourrai, sans doute, vous aider à quitter ces lieux.

Puis, il dit encore :

— Vous feriez bien, je crois, de ne souffler mot à qui que ce soit de notre conversation de ce soir. Vous avez des amis, et vous pouvez espérer vivre longtemps heureuses en Angleterre. Voulez-vous aussi renoncer à vous occuper de toute cette affaire quand vous serez en sécurité dans votre pays...

— En sécurité ! fit lentement Zozine.

— Oui, affirma-t-il très vite, et presque en bégayant. Comprenez-moi bien : ce doit être affreux pour vous d'avoir été mêlées à de pareils événements. Si nous tombons d'accord, ce soir, pour nous engager à ne jamais en faire mention, il serait possible... il y aurait une possibilité...

Il se pencha en avant, comme sous l'emprise d'une vive souffrance physique; puis, se tournant soudain vers Zozine :

— Si je vous le conseille, murmura-t-il, me donnerez-vous votre parole de ne jamais redire à d'autres ce que vous m'avez confié ce soir?

Zozine ne répondit pas.

Après un nouveau silence, il dit encore, très bas :

— Il faut que je vous quitte.

Mais il ne s'en alla pas tout de suite; il promena ses regards autour de la pièce; il regarda aussi Lucan, qui ne devait jamais plus oublier ce regard dément et désespéré. Cependant, il s'était emparé de son chapeau et de son manteau, et il répéta :

— Je ne me sens pas bien; j'ai besoin de réfléchir. Merci de m'avoir reçu, et merci pour votre sincérité. Au revoir.

— Je vais vous éclairer, monsieur Tinchebrai, dit Zozine.

Le jeune homme voulait protester, mais elle tenait déjà le chandelier dans sa main gauche, et accompagna le visiteur jusqu'à la porte d'entrée, qui ne s'ouvrait pas sur la partie du jardin d'où leur étaient parvenus les bruits des coups de hache. Quand elle ouvrit la porte, la pluie cingla la jeune fille, mais elle ne quitta pas le seuil avant d'avoir vu M. Emmanuel s'éloigner presque au pas de course. Le vent faisait flotter son manteau autour de lui. Il s'avança précipitamment vers le portail, sur le sentier dallé, et disparut sans prendre le temps de tirer les lourds vantaux.

Zozine ferma la porte de la maison et, déposant le chandelier sur le coffre du couloir, elle s'appuya contre le mur et regarda Lucan, qui l'avait suivie.

— Tout s'est passé comme tu l'avais prévu, dit-elle. Tu as eu constamment raison : voici la nouvelle preuve de la méchanceté du vieux que je désirais, et cette preuve, c'est notre propre mort.

Lucan voulut parler, mais n'y parvint pas.

— Oui, tu avais raison, reprit Zozine; tu me disais de me rappeler que les gens, auxquels j'avais affaire, étaient infiniment plus malins que nous. Tu me disais de me rappeler que leurs mains étaient tachées de sang. Il ne sert plus à rien maintenant que je me souvienne de tes paroles.

— Oh, Zozine! dit Lucan. Oh, Zozine!

— Les as-tu entendus? Sais-tu où ils ont creusé une fosse? demanda Zozine, d'un air égaré, c'était sur l'emplacement habituel du tas de bois. Tu avais raison aussi sur ce point-là : ils ont changé le tas de bois de place pour creuser notre tombe à l'endroit où il se trouvait. Demain, ils le rangeront là où il se trouve d'ordinaire.

« Et dire que c'est moi qui t'ai obligée de rester à Sainte-Barbe! »

Elle s'appuyait contre le mur; on aurait dit qu'elle y était clouée.

— Je croyais, dit-elle encore du même ton, qu'en m'attachant à Rosa, je pourrais l'aider à sortir des ténèbres; mais, maintenant, c'est toi et moi qui la suivrons; nous sommes perdues, Lucan!

— Mais, nous vivons encore, Zozine.

— Tu te trompes.

Zozine parlait d'un ton moqueur véritablement effrayant. « Nous ne vivons plus; nous avons déjà quitté ce monde. Ce n'est pas pour s'enfuir que le pasteur et sa femme ont pris nos vêtements, c'est pour nous faire partir : Lucan et Zozine ont pris ce soir la diligence à Lunel, le postillon et les voyageurs en sont témoins; et qui les contredira? Une vieille Anglaise, que personne ne connaît et qui tombe en enfance, et ne se rappelle même plus nos noms et nos visages?

« Non! Nous sommes déjà bien loin de Sainte-Barbe. Où les vieux ont-ils remis leurs propres vêtements, et laissé les nôtres? Je l'ignore; peut-être est-ce à Marseille, où les traces de Lucan et de Zozine auront rapidement disparu. Mais, de toute façon, nous ne sommes plus ici. Ici, il n'y a qu'une seule place qui soit prête à nous recevoir : c'est la tombe, qu'ils ont creusée sous le tas de bois.

« Oh! Que ne sommes-nous déjà à demain soir! s'écria-t-elle, tout, alors, sera terminé; nous serons couchées paisiblement; personne ne nous touchera plus. Mais ils me toucheront auparavant, et ce sera pire que la mort. »

— Viens, dit-elle un peu plus tard. Traînons ce coffre devant la porte; il faut qu'ils n'entrent pas trop facilement chez nous.

Lucan ne voulut pas la contrarier; elles déplacèrent ensemble le coffre pesant. Zozine désira s'assurer que la porte de la cuisine était fermée également; ce travail les essouffla et leur donna chaud, mais il les soulageait. Zozine, qui avait déposé la hache, la reprit aussitôt leur besogne achevée, et elle pria Lucan d'élever le chandelier très haut pour voir si les fenêtres étaient bien fermées.

Les deux jeunes filles s'aperçurent alors qu'une nouvelle et solide corde était enroulée autour de la chaise de cuisine, elle ne s'y trouvait pas d'ordinaire. Lucan recula d'un pas, et un gémissement lui échappa; mais Zozine alla crânement vers la chaise, elle frissonna cependant, comme si, au contact de la corde, elle avait touché un serpent mort; mais elle ne la lâcha plus après l'avoir prise en main.

— Reviens donc! dit Lucan.

Zozine lui obéit lentement, mais elle emporta la corde, la traînant à sa suite sur le dallage de la cuisine.

Elles ne reprirent leur conversation que longtemps après, quand elles se retrouvèrent devant le feu, dans la salle à manger.

— Crois-tu, dit Lucan, qu'il savait tout en venant ici ce soir?

Elle répugnait à prononcer le nom de M. Emmanuel.

— Bien sûr! répondit Zozine. Ne lui ont-ils pas envoyé un message le chargeant de découvrir jusqu'à quel point nous étions informées de leurs intentions, car c'est un gros risque d'assassiner les gens quelque soin qu'on prenne pour exécuter son coup. S'ils avaient pu éviter de nous tuer, ils auraient bien préféré nous laisser vivre. La lumière à la fenêtre était le signe qu'ils pouvaient rentrer.

— Pourtant, je ne comprends pas, objecta Lucan, obsédée par la pensée de l'homme qui était venu les voir, je ne comprends pas comment il est devenu leur ami ? Pourquoi s'est-il associé à des êtres aussi méchants ?

— Moi, je le comprends parfaitement, dit Zozine. Il s'est toujours senti mis à l'écart par les autres gens à Lunel. Dès le début, il a été le compagnon des vieux Pennhallow, parce qu'il y gagnait. Il voulait s'enrichir pour dominer ses semblables, qui le dédaignaient et pour les mépriser à son tour.

« Mais, ce n'est pas tout : cette seule raison n'explique pas son effroyable duplicité; ce qui l'a motivée, c'est que, dès qu'il s'est mis entre les mains du pasteur, celui-ci l'a tenu à sa merci. Ce n'était plus la loi qu'il craignait; c'était le vieil homme. »

Rien qu'en prononçant ces mots, et en pensant à la terreur que leurs ennemis avaient inspirée à un autre, Zozine se mit à trembler. Elle frémissait toute d'horreur et de dégoût.

— Pourtant il est parti, dit Lucan après un silence. Ce que tu lui as dit l'a ébranlé. Ils croient maintenant que nous avons en Angleterre des amis qui ne nous perdent pas de vue. Qui sait ? Ils n'oseront peut-être pas nous faire de mal ?

— Oh, si ! Ils n'hésiteront pas. Il est possible que nous les ayons fait tergiverser pendant un moment;

mais ils sont bien trop malins pour tomber vraiment dans le panneau, et croire à la pauvre petite ruse que nous avons inventée. La lettre de tante Arabella ne nous sauvera pas. Rien ne peut plus nous sauver.

— Pourquoi as-tu pris cette hache? demanda Lucan à voix basse. As-tu l'intention de t'en servir pour nous défendre?

Zozine jeta un regard étonné vers son amie, puis sur la hache qu'elle tenait en main.

— Me défendre? dit-elle. Non! Je n'y pense pas; cela ne nous serait d'aucun secours; qui sait à combien ils arriveront? Ils vont certainement amener Clon et Baptistine, qui a essayé de nous faire boire. Il se peut qu'il y en ait d'autres.

« Non! Ce n'était pas pour nous défendre; c'était pour tenir en main un objet en fer; le fer est honnête, Lucan, il est noble. On a besoin de toucher du fer lorsqu'on a eu affaire à un individu comme celui qui était ici ce soir. « Durior ferro! » Je souhaiterais, dit-elle encore, que l'on dépose cette hache dans ma tombe. Mais elle ne sera plus d'aucun secours pour nous. Il n'y a rien qui puisse nous être un secours maintenant; nous sommes perdues, Lucan! »

Olympia réapparaît.

En dépit de leur extrême fatigue, les jeunes filles restèrent longtemps debout devant le feu, qui mourait dans la cheminée. Elles paraissaient avoir oublié qu'elles auraient pu s'asseoir. Elles ne parlaient pas non plus; elles écoutaient. Lucan rompit une seule fois le silence; elle fit un mouvement brusque et poussa une exclamation étouffée :

— Il faut essayer quand même de nous échapper; essayer d'arriver chez le père Vadier !

Zozine répondit : « Mais ils sont là ! dans le jardin ! Je ne veux pas sortir dans la nuit et me trouver en face d'eux ! »

De vives douleurs dans les jambes, et le tremblement qui s'était emparé d'elles, finirent par obliger Lucan à se laisser tomber sur la chaise, qu'avait occupée M. Emmanuel. Zozine s'assit également, mais pas à côté de son amie. Celle-ci remarquait, avec une vague inquiétude, que Zozine, comme le jeune homme un peu plus tôt, semblait appréhender de se trouver près d'elle, ou encore l'évitait. Elle ne comprenait pas que sa pureté et son innocence écartaient d'elle, en quelque sorte, ceux qui sombraient dans la terreur et la démence. Zozine détournait la tête et ne regardait pas Lucan. Ses grands yeux sombres luisaient dans son pâle visage. Tout à coup, elle dit : « Que crois-tu qu'on éprouve quand on est mort ? »

Cette question de Zozine effraya Lucan, et ses yeux se remplirent de larmes. Elle aurait voulu consoler, réconforter son amie, et répondit : « Je crois que nous serons heureuses quand nous serons mortes. » Et elle ajouta : « Peut-être bien des peines et des déceptions sont-elles épargnées à ceux qui meurent jeunes comme nous ? »

Malgré le désir qu'elle en avait, elle ne put en

dire davantage. Si soit Zozine, soit elle-même étaient mortes dans leur lit, elle aurait trouvé des paroles de consolation; mais la mort brutale et terrible qui les attendait la laissait muette de désespoir.

— C'est la troisième nuit que nous passons à Sainte-Barbe sans dormir, dit Zozine. La première nuit, je suis venue dans ton lit pour te dire que toutes les accusations du juge étaient justes. T'en souviens-tu? La deuxième nuit, nous nous sommes imaginé que nous pourrions nous enfuir loin de Sainte-Barbe, t'en souviens-tu? Lucan fit signe que oui; elle restait immobile sur sa chaise, et passait doucement ses doigts sur les plis de sa robe.

— Maintenant, il nous reste à peine assez de temps pour que tu me pardonnes tout le mal que je t'ai fait. Tu es venue à Tortuga, et tu m'as dit : « Mon père est mort, je n'ai plus de foyer où me réfugier; si tu ne veux pas me recevoir, je ne sais pas où aller. C'était le jour de notre anniversaire. Et maintenant, je t'ai amenée ici, dans cette pièce... »

Lucan l'interrompit : « Ne parle pas ainsi; n'es-tu pas ici avec moi? J'étais seule et je n'avais pas d'amis le jour de mon arrivée à Tortuga; mais toi, tu as été mon amie.

— Dis pourtant que tu me pardonnes, insista Zozine.

— Je te le dirai puisque tu le veux. »

Un peu plus tard, Zozine dit : « Oh, pourquoi n'as-tu pas pris la diligence à Neuvéglise? Moi, je ne pouvais pas quitter Sainte-Barbe, mais toi, tu aurais été heureuse en Angleterre.

— Moi ? s'écria Lucan.

— Oui, toi ! Tu sais bien qu'il y a en Angleterre quelqu'un à qui tu penses, et dont tu souffres d'être séparée. Je l'ai toujours su, mais moi, pendant trop longtemps, je n'ai pensé qu'à Rosa, et c'est pour cela que je ne t'ai jamais posé aucune question sur tes sentiments. Mais il n'y a plus aucune raison de laisser subsister des secrets entre nous deux. Je suis si égoïste et si capricieuse, Lucan. Cela me ferait du bien de savoir maintenant à quoi tu penses, car je sais que tu ne peux t'attacher qu'à ce qui est bon et beau. »

Lucan resta longtemps silencieuse; elle réfléchissait. Son amour pour Noël et le chagrin qui s'y rattachait restaient trop enfouis au plus profond de son cœur, pour qu'en tout autre moment elle eût pensé à les exposer au grand jour. Mais, à la perspective de la mort prochaine, elle était tentée de partager sa peine avec Zozine. Tout doucement, comme lorsque à Fairhill elle racontait un conte de fée à l'enfant aveugle, elle dit tout ce qui s'était passé entre elle et l'homme qu'elle aimait. Elle se rappelait jusqu'au moindre mot prononcé par Noël pendant cette nuit et, en les répétant, elle croyait entendre la voix chérie au travers de la sienne. Elle en était à la fois désolée, exaltée et ravie. Les terreurs et les déceptions amères, la mort elle-même, perdaient leur aspect cruel au contact de l'amour, et la lumière réapparaissait jusque dans les ténèbres.

Zozine avait écouté le récit de Lucan sans faire un mouvement et les mains jointes sur ses genoux; elle se penchait vers son amie et ses traits, naguère durcis par la souffrance et la terreur, reprenaient leur douceur habituelle; ils gardèrent même une expression de tendresse quelque temps après que Lucan eut cessé de parler.

— Mais, Lucan, finit-elle par dire, comment est-ce possible que tu aies été si aveugle et si sotte? Sir Noël t'aime; il n'a jamais pensé à moi; il a vu des centaines de filles pareilles à moi, et sait ce que nous valons. Mais il n'a jamais rencontré une jeune fille comme toi. Comment peux-tu croire qu'un homme ait distingué la couleur de nos châles, ou qu'il se soit demandé si le châle blanc était le tien ou le mien? Puisque la lune brillait, sa lumière faisait apparaître tes boucles toutes dorées; je les ai vues moi-même souvent au clair de lune à Sainte-Barbe. Il ne pouvait se tromper sur la couleur de tes cheveux. Sur la route de Lunel, il s'est effectivement entretenu avec moi, mais c'était toi qu'il regardait; et, lorsque à un certain moment, nous nous sommes trouvés seuls lui et moi, il m'a parlé de toi, et j'ai compris ce que signifiaient ses paroles. Crois-moi, Lucan, je sais ce que c'est qu'un garçon amoureux; il t'aime et ne t'oubliera jamais.

Une émotion inexprimable s'était emparée de Lucan. Pour la première fois, elle révélait ses sentiments, croyant faire le bilan de toute sa vie. Et voici que les affirmations de Zozine changeaient tout ce qu'elle avait pensé et cru savoir. Elle avait

Rosa est vengée

été persuadée qu'elle n'avait plus à attendre que la mort; et c'était la vie même qui s'offrait à elle; une vie plus réelle et plus riche que ne l'entendent en général les hommes, en prononçant ce mot.

Au milieu même de son angoisse, et malgré son épuisement, Lucan se disait qu'elle mourrait volontiers si, pendant une seule heure, elle pouvait croire que Noël l'aimait.

Elle se leva, poussée comme par une force irrésistible, pour chercher un lieu où aller. Zozine se leva en même temps qu'elle en murmurant : « Écoute, Lucan !... »

Des pas lourds se faisaient entendre sur les dalles, entre le portail et l'entrée de la maison; mais la personne qui marchait avançait si lentement que les jeunes filles eurent le temps de se dire : « Celui qui vient chez nous était au jardin, car nous n'avons pas entendu ouvrir le portillon. »

Aussitôt après, quelqu'un frappa à la porte d'entrée, comme avec un gros poing fermé.

L'attente était terminée.

Zozine s'agrippa au bord de la table, puis le lâcha :

— Non, dit-elle, je ne peux pas rester ici à attendre; je vais sortir et leur faire face.

Lucan fit quelques pas avec elle, puis elle s'arrêta; incapable en cet instant de voir et d'entendre, c'est à peine si elle sentait encore le sol sous ses pieds. Ses paupières se fermaient; elle murmura une prière qu'elle avait apprise dans son enfance, mais dont elle ne s'était plus souvenue depuis.

Une voix profonde et retentissante, que la jeune fille se rappelait avoir déjà entendue, cria quelques mots impatients tout près de la porte. Lucan entendit Zozine répondre par un cri strident; et puis, la voix furieuse résonna encore. Les deux voix se mêlèrent, et soudain, de nouveaux cris aigus de Zozine firent trembler la pièce :

— Viens Lucan! Viens donc! hurlait-elle. Viens à mon aide! Viens m'aider à pousser le coffre!

Lucan s'appuyait contre le mur; elle voulait courir au secours de Zozine, mais, en cet instant où elle croyait son amie déjà en train de mourir, la pensée d'un combat violent, d'une lutte corps à corps, la terrifiait. Elle entendit que Zozine traînait le coffre pesant sur le carrelage, et chancelait sous l'effort.

Enfin la porte s'ouvrit sous l'action du vent qui s'intensifiait.

La lueur d'une lanterne parvint à Lucan; elle tendit toutes ses forces pour faire quelques pas en avant, et voir qui arrivait. Par l'entrebâillement de la porte, elle aperçut un personnage massif, informe qui avait à peine figure humaine et qui se hissait moitié grimpant, moitié rampant, par-dessus la caisse qui avait été poussée devant le seuil. Zozine se précipita vers ce personnage inconnu.

Une seconde plus tard, Zozine et ce dernier étaient dans les bras l'un de l'autre et Zozine criait :

— Olympia! Mon Olympia! Est-ce toi vraiment?

— Bien sûr que c'est ton Olympia, répondit la vieille négresse de sa voix sonore, bien qu'elle fût presque étouffée par les caresses de Zozine.

— Bien sûr, mon agneau, ma petite étoile! Lâche-moi, tu m'étrangles. Tu m'arraches la tête! A-t-on idée de se comporter de cette façon?

Le bruit de baisers retentissants arrêta ses protestations, mais elle reprit : « Laisse-moi, au moins, poser mes pieds par terre. Qu'est-ce qui te prend? Êtes-vous donc obligées de vous enfermer de la sorte, dans ce pays?

— Oui! cria Zozine, referme la porte et pousse le coffre tout contre; des ennemis sont à l'affût au-dehors. Nous sommes en grand danger, Olympia! Mais il faut que je te regarde; tiens-moi dans tes bras, Olympia! Comment as-tu donc fait pour venir ici? »

La grosse et massive négresse avait réussi à se tenir debout, mais son manteau et sa robe restaient accrochés aux ferrures du coffre, découvrant jusqu'aux genoux une paire de jambes solides comme des poteaux. Trempée par la pluie, sa capote de travers, Olympia s'écarta du coffre, franchit le seuil et regarda autour d'elle.

— Vous avez eu raison de faire du feu dans cette baraque, dit-elle; vous êtes blanches comme deux chemises. Je savais bien et, dans la diligence, j'étais sûre que tu étais en danger. Dis-moi le nom de celui qui veut te faire du mal. Je pensais mourir, vois-tu, tant je me languissais de toi, mon agneau pascal, mon ange, toi, le précieux petit doigt de M. Théodore. Oh! Je te mangerais de baisers, mon trésor! Laisse-moi prendre ton cher petit corps dans mes bras; si Olympia ne parvient pas à te sauver, elle mourra avec toi.

— Comment as-tu fait pour arriver ici? répéta Zozine.

— Il aurait été bien difficile de me retenir loin de toi. Lorsque la voiture, que j'ai louée en ville, n'a plus voulu avancer parce qu'un arbre était tombé en travers de la route, j'ai enlevé une des lanternes, et j'ai escaladé le tronc d'arbre, puis j'ai marché dans la nuit.

— N'as-tu rencontré personne en chemin, demanda Zozine, le souffle coupé? N'y avait-il personne près de la maison?

— Si. J'ai croisé un jeune homme, dit Olympia, et je me demande pourquoi il courait ainsi de toute la vitesse de ses jambes; on aurait dit qu'il avait le diable à ses trousses. Je lui ai demandé mon chemin, et j'ai levé ma lanterne; mais quand il a vu ma figure noire, il a crié comme si je lui avais crevé les yeux, et il a couru plus vite. Les gens sont encore plus fous en Angleterre qu'à Saint-Domingue; mais, dans ce pays, ils le sont certainement plus qu'en Angleterre. De quoi avez-vous peur, cette nuit?

Les jeunes filles se rappelèrent alors que, dans sa fuite, M. Emmanuel avait dû laisser ouverte la porte du jardin; c'est ce qui avait permis à Olympia d'entrer sans être entendue.

Des nouvelles d'Angleterre.

— Mais, puisque personne ne t'a arrêtée, dit Zozine, en considérant Olympia avec surprise, et que tu n'as aperçu personne près de la maison, ils sont peut-être vraiment partis. La lumière à la fenêtre devait être un signe convenu entre eux.

« Cette lumière devait indiquer, depuis la fenêtre, que M. Tinchebrai était sûr de son affaire, et alors ceux qui se trouvaient au jardin devaient entrer pour nous tuer.

« Or, aucune lumière n'a paru à la fenêtre; et voici que M. Tinchebrai s'est sauvé sans les avertir de rien.

« Maintenant, ils hésitent sur le parti à prendre, peut-être délibèrent-ils avant de se décider. Mais ils reviendront, soyez-en sûres, seulement il se peut qu'ils nous accordent encore quelques heures de répit.

— Mais qui sont ces méchantes gens qui veulent te faire du mal? redit Olympia, en roulant ses yeux sombres et en découvrant ses dents. Où sont ceux qui doivent venir, et à cause desquels tu as barricadé la porte? Ils ne t'approcheront pas tant que j'aurai des ongles aux doigts et des dents dans la bouche. Dis-moi leurs noms!

— Oui, je te raconterai tout, dit Zozine en poussant un grand soupir, mais je veux encore attendre un peu.

« Si nous avons une heure de grâce, Olympia, profites-en pour me parler de l'Angleterre et des gens qui y vivent; rappelle-moi qu'il y a encore des êtres humains qui disent la vérité et qui m'aiment. Qui donc t'a envoyée vers moi, Olympia?

— Oh! On était tous malheureux en Angleterre, dit Olympia; tu ne peux te figurer à quel point Miss Arabella se désolait; elle n'en dormait plus la nuit; si tu la voyais, tu te mettrais à pleurer; elle ne parle pas de son chagrin, mais elle en meurt. Au début, cela allait encore, bien qu'il soit difficile de vivre chez elle, car elle ne veut pas dépenser un sou. Elle disait que lorsqu'elle serait morte de chagrin et de faim, tu lui pardonnerais peut-être en acceptant sa fortune. Ah! la pauvre! elle n'a jamais eu beaucoup de chair sur les os, mais à présent, on dirait un bâton habillé.

« Ses gens, qu'elle affamait, lui ont donné leur congé; son vieux maître d'hôtel, sa vieille femme de chambre et moi sommes les seuls qui soient restés chez elle. Il fallait bien que quelqu'un consente à la servir. Elle ne s'achetait même pas une paire de chaussures, elle, la plus élégante des dames qui fréquentaient la maison de M. Théodore.

« Mais la situation a empiré quand elle a eu des nouvelles de M. Théodore, de Saint-Domingue.

— Elle a eu des nouvelles de papa? s'écria Zozine.

— Oui, de ton papa. Précisément de ton papa; et ces nouvelles étaient bonnes, car la récolte du tabac est faite. M. Théodore est riche comme avant; il peut payer toutes ses dettes. Alors, Miss Arabella a refusé de quitter son lit, même dans la journée : « J'ai honte de me faire voir à la lumière du jour, disait-elle. Quand il reviendra en Angleterre et qu'il m'interrogera sur le sort de sa fille, que devrai-je lui répondre ? J'ai oublié que je suis une vieille fille ; j'ai pensé, parlé, écrit comme fait une jeunesse de dix-huit ans ! Que m'importe ma propre destinée ? La destinée n'existe plus quand on a passé cinquante ans. »

« Tout le monde, dans la maison, travaillait et mangeait la nuit ; les volets restaient fermés pendant la journée.

— Alors, poursuivit Olympia, je suis allée chez le jeune M. Ambroise.

Zozine poussa une exclamation : « Chez Ambroise ? Où est Ambroise ?

— Il est marié, et c'est un homme fort estimable à présent, si calme, si compréhensif ; on ne peut s'empêcher d'avoir du respect pour lui.

— Fait-il toujours des sottises ? Joue-t-il aux cartes ? Va-t-il au théâtre ?

— Oh ! Que non ! Il ne pense qu'à ce qu'il va manger, comme un petit bébé. « Qu'aurons-nous pour le dîner ? » demande-t-il le matin, quand il se lève. J'ai mangé pour la première fois à ma faim dans la maison de M. Ambroise, car sa femme était sortie, et il m'a fait asseoir à sa propre table. Il a fouillé ses tiroirs et a trouvé l'adresse d'une dame Quincy. C'est la dernière personne chez qui tu es allée avant de quitter l'Angleterre. Je suis allée la voir, et lui ai promis cent livres si elle me donnait ton adresse et, dans le cas contraire, je l'ai menacée de lui couper le cou.

Zozine l'interrompit : « Elle ignorait où nous étions.

— C'est vrai, dit Olympia.

— Alors, comment nous as-tu trouvées ? »

Le visage noir de la vieille femme perdit soudain toute expression; on aurait dit qu'une porte se fermait.

— Qui donc, parmi vous, connaît nos voies et nos chemins? Les noirs ont une âme particulière, un flair particulier; il ne faut pas en parler et, cette fois, ajouta-t-elle comme en s'adressant à elle-même, quelqu'un est venu du temps passé pour m'aider. Les vieux de mon pays m'ont indiqué le chemin. Le nègre, avec lequel j'étais mariée, est venu, et mon petit enfant riait devant moi sur la route. Pourquoi l'ont-ils fait? Je l'ignore. Enfin, cette nuit, j'ai senti ton inquiétude, ta peur. Qui donc, alors, m'aurait fait revenir sur mes pas.

« Mais il ne convient pas à de jolies demoiselles blanches de poser des questions ou d'en apprendre bien long sur ce sujet-là. »

Le récit d'Olympia semblait à Lucan pure fantaisie de l'imagination, et presque une preuve de folie. Mais Zozine, habituée à entendre parler des négresses, savait qu'à leurs yeux les hommes et les événements se présentaient sous un aspect différent de celui qu'ils ont chez les autres gens.

— Mais, tu aurais dû rebrousser chemin, Olympia, dit Zozine. Tu viens de si loin, et tu nous as tant cherchées, rien que pour mourir avec nous. Oh! Mon pauvre papa!

« A quoi lui servira, quand je serai morte,

d'avoir retrouvé sa fortune et sa bonne réputation, dont nous nous sommes tant souciées ? La maison, que tu as fini par découvrir, s'appelle Sainte-Barbe : c'est un repaire d'assassins. Les gens qui l'habitent sont partis hier soir, rien que pour revenir nous tuer demain. Pendant que la diligence te conduisait vers nous, Olympia, et que tu escaladais l'arbre tombé, ils creusaient notre tombe dehors, au jardin.

— Mais raconte-moi donc, dit Olympia, comment ils s'appellent, ces gens, et comment les choses se sont passées ?

— Oh, oui ! Je vais te le raconter ; Lucan le sait aussi. Lucan a été mon amie à Sainte-Barbe, Olympia. Quand nous étions à Tortuga, tu n'étais pas gentille avec elle ; mais aujourd'hui, tu devrais lui baiser les mains. Il y a encore une autre jeune fille, dit Zozine, dont les lèvres tremblaient, que je veux que tu connaisses. Mais tu viens de loin, et tu es bien vieille ; tu dois être fatiguée. Je vais te verser un verre de liqueur, et nous avons aussi un gâteau. Mange et bois pour ne pas t'endormir au cours de mon récit.

La vieille femme but de la liqueur de cerises et mangea du gâteau pendant la première partie du récit de Zozine.

Au début, la jeune fille eut de la peine à rassembler ses idées ; elle bégayait, respirait avec difficulté et recherchait l'assistance de Lucan. Mais, peu à peu, elle se laissa emporter par son histoire. Pour la première fois, elle décrivait l'ensemble de ce qu'elle avait vu et éprouvé à Sainte-Barbe.

Elle se tenait très droite devant la vieille nourrice de son père, et raconta tout, exactement et consciencieusement, comme un enfant qui répète ce qu'il a lu. La négresse l'écouta sans faire un mouvement; une de ses énormes mains posées sur chacune de ses cuisses, les yeux à demi fermés, elle suivait le déroulement du récit. Mais, tout à coup, elle poussa une sorte de rugissement :

— Qu'est-ce que tu dis? Ce vieux bonhomme vendait de petites jeunes filles blanches au marché, pour de l'argent, comme on nous vendait nous autres?

— Oui, tout à fait de la même façon, répondit Zozine.

— Oh! Puisse le Dieu tout-puissant le frapper! éparpiller ses membres, et moudre ses os pour en faire de la farine! cria Olympia d'une voix vibrante. Il faut me boucher les oreilles, car je vais m'évanouir; personne ne saurait t'entendre raconter de telles choses sans perdre la tête. Comment? Il envoyait des jeunes filles blanches par-delà la mer, loin de leur papa et de leur maman et les livrait à des marchands étrangers? Non, non, ne t'arrête pas! Je veux tout savoir; je ne vais pas en mourir maintenant; il faut d'abord que je lui crache au visage, à ce vieux!

Zozine raconta alors la visite de M. Emmanuel, et la ruse qu'elle avait imaginée en récitant la lettre de tante Arabella. Elle raconta la fuite éperdue du jeune homme; elle ne s'arrêta que lorsqu'elle en vint au moment où les pauvres abandonnées avaient perçu le bruit des pas d'Olympia dans l'allée.

– Oh! Que tu es bonne! dit Olympia, en hochant la tête; tu es bonne comme M. Théodore, quand il parlait aux gens qui lui voulaient du mal; tu sais même ronronner comme un chat si tu es très en colère! Tu as effrayé tes ennemis, ces méchantes gens et, maintenant, ils n'osent plus revenir.

« Quand il fera assez clair pour voir le chemin, nous partirons d'ici, et tu ne reverras jamais cette maison. »

A ces paroles d'Olympia, Lucan reprit courage, et s'écria :

– Oh, oui! Zozine, quand il fera jour, nous pourrons partir; nous irons chez le père Vadier; il viendra à notre aide.

– Mais faut-il le laisser nous échapper? dit Zozine très lentement.

Le vieille négresse s'était levée; les bras pendants, elle ouvrait et fermait ses mains noueuses et respirait très fort :

– Non! Il ne nous échappera pas, dit-elle. Maintenant, la vieille Olympia commence à comprendre les choses. J'ai passé beaucoup, beaucoup de nuits à ne pas dormir et à me désoler de n'être pas morte depuis que M. Théodore m'a quittée. Mais il est bon que je sois encore en vie. J'ai vécu soixante-quinze ans, et certaines de mes années m'ont paru bien longues, mais elles n'ont pas été trop nombreuses.

— Avec une corde, disais-tu ? Il a étranglé cette fille avec une corde ? Et ils en ont préparé une autre pour toi. Fais-la voir, cette corde... Elle est bonne, neuve, solide ; j'aurai plaisir à la lui passer autour du cou.

Elle balançait son corps pesant d'un pied sur l'autre et roulait les yeux, dont le blanc brillait à la lueur de la lanterne.

— Je me doutais bien qu'il y avait un crochet au plafond : il attend le vieux ; c'est moi qui le pendrai à ce crochet.

— Que dis-tu, Olympia ? dit Zozine ; tu es vieille et je pourrais te renverser d'une chiquenaude ; tu te plaignais tous les jours de devoir monter les escaliers de Tortuga ; comment peux-tu te croire capable de résister au vieux pasteur ? Oseras-tu même le toucher ? Zozine frissonna. « Tu ne l'oserais pas, n'est-ce pas ?

— Tais-toi ! Petite poupée, interrompit Olympia ; tu n'entends rien à tout ceci. Les escaliers de Tortuga ? J'escaladerai une plus haute marche cette nuit ! »

Elle traîna depuis la cheminée jusqu'au milieu de la pièce l'escabeau sur lequel Lucan s'asseyait lorsqu'elle faisait la lecture à son professeur et, gardant avec peine son équilibre, elle hissa son corps massif sur cet escabeau et attacha à l'un des crochets fixés au plafond de la salle à manger la corde que Zozine était allée chercher à la cuisine ; puis elle fit un nœud coulant, qu'elle serra avec ses dents.

Lucan ne la quittait pas des yeux : sur son

escabeau, la vieille négresse avait l'air d'un personnage surnaturel.

Lorsqu'elle se retrouva sur le sol, elle chancela et ferma les yeux. Zozine courut à elle, l'entoura de ses bras et la fit asseoir sur une chaise. Au bout d'une minute, Olympia rouvrit les yeux, et regarda la corde qui pendait jusque par terre.

— Voilà le grand serpent! dit-elle d'une voix sourde.

— Es-tu malade, Olympia? lui demanda Zozine.

— Non, ma petite, dit la servante, en ce moment je me sens tout à fait bien. Ce qui importe maintenant, c'est qu'il rentre chez lui.

Le retour du pasteur Pennhallow.

Le coq chanta à Sainte-Barbe; et ce fut un nouveau matin. Lucan et Zozine étaient restées assises sur le canapé, chacune dans son coin des deux côtés d'Olympia. La tête de Zozine reposait sur l'épaule de la vieille négresse.

On avait chaud, on reprenait espoir près d'Olympia; une fois, même, les jeunes filles s'étaient endormies pendant quelques instants. Olympia s'était débarrassée de ses chaussures mouillées, et tendait ses pieds vers la cheminée pour les sécher. Mais le feu s'était éteint et les chandelles, sur la table, étaient presque consumées. A la lumière grise du petit matin, on devinait les contours des fenêtres et des grandes armoires de la salle. Le vent s'était calmé et, de l'intérieur de la maison, il n'était pas possible d'entendre s'il pleuvait ou non.

Une porte s'ouvrit quelque part. Les deux jeunes filles ne firent pas un mouvement. Au craquement de la porte succédèrent quelques bruits légers, et Lucan et Zozine se rappelèrent, en même temps, que la cave se trouvait au-dessous d'elles, et qu'un escalier de pierre menait de la cave à l'allée, sur laquelle ouvrait la salle à manger. Pendant la nuit, elles n'y avaient pas pensé. On ne se servait plus de cette cave, à Sainte-Barbe.

La lourde porte qui y conduisait au-dehors, et qui avait été percée dans la façade de la maison, en face du tas de bois, était restée verrouillée depuis que Zozine et Lucan avaient connu son existence. Mais, un jour, peu après leur arrivée, elles étaient descendues dans ce vaste local humide.

La cave, plus ancienne que le reste du bâtiment, en avait été jadis la partie la plus importante; c'était au temps où un grand nombre de vignes faisaient partie du domaine. Les deux amies avaient aperçu les énormes barriques, le long des murs, dont l'épaisseur les avait frappées. Aucun bruit du dehors ne pénétrait dans ces profondeurs. Elles se disaient : ou bien celui qui, de l'extérieur, ouvrait aujourd'hui la porte donnant sur l'escalier de la cave avait choisi cette voie d'accès parce qu'il n'avait pas envie de passer devant le tas de bois; ou bien il était resté pendant plusieurs heures dans la cave, après qu'elles avaient accompagné M. Emmanuel jusqu'au portail. Et, maintenant, il prêtait l'oreille au moindre bruit de la nuit : nul autre, sinon celui des pas au-dessus de sa tête, n'aurait pu lui parvenir.

Peut-être avait-il perçu, comme un frémissement lointain dans les ténèbres qui l'entouraient, les cris stridents que Zozine avait poussés lorsqu'elle avait reconnu la voix d'Olympia à travers la porte d'entrée.

Enfin, des pas lents et tranquilles foulèrent les dalles de l'allée. A l'ouïe de ces pas, Olympia se redressa; elle tendit l'oreille davantage et Zozine sentit que son corps se raidissait. Peu après, elle se leva et, silencieusement, avec une extraordinaire légèreté, pareille à un gigantesque chat noir, elle se glissa le long du mur entre la porte et l'armoire. On la distinguait à peine, contre la paroi obscure.

Celui qui arrivait prenait tout son temps. Il se dirigea d'abord vers la porte de la salle à manger, puis s'arrêta comme pour réfléchir, et fit quelques pas en direction de la porte qui ouvrait sur la chambre des jeunes filles.

Celles-ci, les nerfs, et jusqu'aux moindres fibres de leurs corps, tendus à l'extrême, suivaient exactement la progression du nouvel arrivant, comme s'il se fût trouvé devant leurs yeux. Il resta immobile à leur porte, et parut vouloir s'assurer que personne ne bougeait dans la pièce. Puis, il tourna doucement la poignée.

Il hésita encore une fois, et avança la tête avant de franchir le seuil et d'inspecter la petite chambre du regard. Apercevant les deux lits non défaits, il hocha la tête. Il se cogna contre une chaise en allant à la fenêtre pour tirer les rideaux; la lumière de l'aube le confirma dans ses suppositions : personne n'avait couché cette nuit dans la chambre. Ses ordres avaient été exécutés; ce qui devait être fait avait été fait. Il avait raison de rentrer chez lui.

Lucan et Zozine avaient reconnu le pas du vieux pasteur. Elles reconnurent aussi sa voix basse et rauque lorsqu'il éclata d'un petit rire satisfait et approbateur.

Un peu plus tard, la porte de la salle à manger s'ouvrit sans bruit; le vieillard avança la tête et jeta autour de lui un regard inquisiteur.

En entendant qu'on ouvrait la porte de leur chambre, les deux jeunes filles étaient tombées du canapé, ou plutôt s'étaient affaissées sur le plancher : Lucan pressait sa tête contre le meuble, et Zozine, accroupie, y posait un bras. Le haut dossier les cachait au pasteur; mais Zozine le suivait des yeux par l'intervalle qui existait entre le dossier et le mur.

Le vieillard n'avait pas changé depuis le jour où il avait ouvert la porte de Mrs Quincy, et franchi le seuil du bureau de placement à Londres. Il portait la même longue redingote noire, les mêmes gros souliers, le même vieux chapeau haut de forme. Il arrivait aussi tranquillement que ce jour-là, et son léger et doux sourire semblait dire que, plus que ceux de la plupart des gens, ses sourires pouvaient être chargés d'une profonde signification; mais qu'il évitait ces sourires-là de crainte de faire une trop forte impression sur ses semblables.

Lors de cette première rencontre, Zozine avait, en toute hâte, appuyé son mouchoir sur sa bouche pour ne pas éclater de rire; aujourd'hui, elle serrait les lèvres pour étouffer ses cris.

Le pasteur Pennhallow considéra la pièce avec attention. Venant d'une chambre où il avait fait pénétrer la lumière, il mit un peu de temps à distinguer les divers meubles ou autres objets de la longue salle. Il jeta un regard sur la table mise et les chandelles qui s'éteignaient dans les chandeliers, et sur les chaises qu'on avait reculées.

Puis il alla à la fenêtre et ouvrit les rideaux; le pâle rayon du jour frappa son visage, qui était gris, comme à l'habitude, ou peut-être plus blafard encore, à cause de la nuit passée dans la diligence, ou dans la cave de Sainte-Barbe, ce qui ne lui avait pas accordé beaucoup de sommeil.

Le vieillard était las; mais, tandis qu'il laissait errer ses regards autour de lui, une délicate rougeur monta à ses joues et, de contentement, il passa le bout de sa langue sur ses lèvres.

Au moment même où le vieux visage joyeux apparut à la lumière matinale, Olympia, de son recoin près de l'armoire, poussa un long et terrible hurlement, comme si l'énorme bête, qui un peu plus tôt avait grogné près du feu, s'apprêtait à bondir : « Papa-le-Roi! » cria-t-elle.

De surprise et d'effroi, le pasteur Pennhallow recula d'un pas et la faible rougeur disparut sur ses traits. Mais il resta debout et, de ses yeux gris et clairs, il considéra la vieille négresse :

— C'est Papa-le-Roi ! répéta Olympia.

Elle s'était avancée au milieu de la pièce, en agitant les bras et en se balançant d'arrière en avant :

— C'est l'homme gris de la forêt qui est de retour !

Zozine s'était relevée d'un mouvement instinctif; le pasteur Pennhallow l'aperçut derrière les formes imposantes d'Olympia. Un éclair fugitif brilla dans ses yeux.

Zozine ne devait jamais oublier cet éclair. Pendant des années, elle essaya d'en bannir le souvenir, et parfois elle pensait : « on aurait dit l'œil d'un serpent, qui comprend qu'il a manqué son coup. »

Mais déjà, le pasteur tournait le dos à la jeune fille. Tout tranquillement, comme s'il ne se passait rien d'extraordinaire, il alla à la fenêtre du milieu et en tira aussi les rideaux. Puis, mesurant du regard la vieille négresse, mais sans lui parler, il s'adressa d'une voix singulièrement douce à la jeune fille, et lui demanda : « A qui donc avez-vous ouvert la porte, cette nuit ? Cette malheureuse folle est-elle venue chercher ici un abri contre la tempête, à Sainte-Barbe ? Dans ce cas, vous avez agi avec bonté et humainement en la recevant ici. »

Zozine ne répondit pas. La tête lui tournait à la pensée que, s'ils avaient été seuls dans la maison, ce vieil homme aurait pu la replonger dans l'océan de mensonges et de désespoir, où elle avait vécu près de lui. Mais Olympia se dressait entre eux, telle une réalité massive et inébranlable, et les murs renvoyaient encore l'écho de son cri.

Olympia faisait partie de Tortuga, et de la vie même de Zozine; elle était prête en ce moment même à mourir pour la fille de son maître, et elle jetait au vieux pasteur son infamie au visage. La négresse parlait et se comportait comme une démente et, pourtant, c'était elle qui chassait le mensonge de Sainte-Barbe, de même que la lumière de l'aube repoussait les ténèbres dans les recoins de la salle.

— Pourquoi, reprit le pasteur Pennhallow, vous êtes-vous levées si tôt? Que s'est-il passé à la maison cette nuit?

Zozine ne répondit pas non plus à cette question, mais elle continua à regarder l'homme qui parlait. Pour la première fois, depuis qu'ils vivaient ensemble, la haine, l'horreur, le mépris qu'il lui inspirait se peignaient sur le visage de la jeune fille. Ses yeux menaçaient davantage le pasteur que les accusations de la vieille négresse.

Le visage grisâtre du vieillard perdit son sourire, qui se transforma en un rictus. Le pasteur recula légèrement vers l'embrasure de la fenêtre : « Mais oui, ma chère petite, dit-il; nous allons parler de ce qui s'est passé cette nuit, et de ce qui va se passer aujourd'hui. »

Olympia resta tout à coup immobile : elle avait l'air d'une statue noire et majestueuse, puis elle fit

un pas vers l'homme en face d'elle, et le regarda
fixement, en criant :

— D'où viens-tu donc? d'une voix tonnante :
« D'où viens-tu, homme gris, qui a mangé mon
enfant? Tu étais vieux il y a cinquante ans; n'as-tu
pas trouvé le repos dans ta tombe? »

Encore la corde.

Le pasteur Pennhallow n'accorda pas un regard
à Olympia; mais il faisait des yeux le tour de la
pièce, et il vit Lucan écroulée près du canapé, et il
vit aussi la corde suspendue au clou; alors il poussa
un éclat de rire pareil à un gloussement :

— Qu'avez-vous donc l'intention de faire ici?
dit-il. Quelle est cette comédie que vous jouez?
Venez me raconter vos projets.

Olympia glissait ses doigts entre les plis de sa
jupe, et elle en tira un objet pesant : c'était un
vieux pistolet, le même avec lequel elle avait voulu
défendre son maître à Tortuga. Elle éleva son
arme, et la dirigea droit sur l'homme debout à la
fenêtre. On entendit un bref déclic :

— Il faut d'abord, dit-elle, que tu m'avoues tout
le mal que tu as fait; tant que tu parleras, je ne
tirerai pas. As-tu mangé mon enfant; as-tu apprécié cette chair tendre? Avais-tu l'intention de
vendre la fille de M. Théodore? démon, cochon
des vaisseaux négriers, comme tu vendais les jeunes
négresses. Rappelle tes souvenirs, tu ne m'échappe-

ras pas. Il te faudra grignoter la chair de tes propres doigts avant que je te lâche!

Le pasteur Pennhallow continuait à rire silencieusement.

— Va là-bas! cria Olympia, en désignant du pistolet le tabouret sous le nœud coulant. Monte sur cet escabeau, et raconte-moi tout!

— Là-dessus? répéta le vieux pasteur. Sur mon propre escabeau? Celui qui servait à mes jeunes élèves quand elles me faisaient la lecture de pieuses histoires? C'est véritablement une chaire digne du prêche que je vais vous faire.

Il monta sur l'escabeau, toujours souriant, comme s'il cédait aux caprices d'enfants chéris, et prenait part à leurs jeux.

— Mets la corde autour de ton cou! commanda la négresse.

— Autour de mon cou? Je ne le refuserai pas, j'ai envie de savoir ce que l'on éprouve quand on met une corde autour de son cou; c'est une belle fraise convenant à un pasteur. Suis-je bien à ta guise maintenant? Eh bien! Causons! Ce sera fort amusant.

Et il enroula, en effet, la corde autour de son cou.

Son visage était couleur de cendres, et ses grandes mains grises, qui pendaient le long de son corps, tremblaient; mais sa dignité sereine ne l'abandonnait pas, tandis que, debout sur l'escabeau, il voyait, dirigé contre lui, le pistolet de la furieuse négresse.

— Oh! Sottes gens, oh, gens naïfs! dit-il lentement, je vais vous éclairer, et vous faire voir le sombre abîme au bord duquel vous vous trouvez dans votre ignorance. Vous croyez pouvoir me nuire? Mais il n'est personne en ce monde qui puisse me nuire.

« Quand tu appuieras sur la gâchette de ton pistolet, vieille négresse, tu entendras un déclic, et rien de plus. Ce n'est pas moi qui suis en danger, mais toi et tes petites filles. Vous êtes affreusement en danger; j'ai le cœur déchiré en y pensant.

« Pourquoi, demanda-t-il, ne vous répondrai-je pas à vous avec la même politesse, la même exactement, qu'au juge lorsqu'il est venu au nom de la loi, et s'en est allé en me faisant d'humbles excuses? Jamais je n'ai refusé de répondre à personne digne d'estime, qui me posait des questions. Mais je suis en mesure de vous répondre au-delà de ce que vous demandez.

« Vous avez eu peur de mourir cette nuit, et vous vous réjouissez maintenant d'avoir échappé à la mort; mais il y a quelque chose d'autre à quoi vous n'échapperez pas : c'est à la folie. Toi, ma vieille, tu te figures que tu n'as rien à craindre parce que tu es déjà folle; mais c'est bien triste pour toi de voir cette petite, à laquelle tu es venue porter secours, se comporter d'une manière plus insensée que toi-même, si insensée qu'elle pousse des cris à ta vue, et te mord lorsque tu veux la cajoler. Personne ne sera capable de t'épargner ce chagrin.

« Moi, je suis en sûreté, et je suis dans la joie où

que j'aille, poursuivit le vieux pasteur; ses dents claquaient il est vrai, mais son visage rayonnait.

« Personne ne pourra m'ôter la satisfaction que j'éprouve. Le marché que j'ai fait repose sur une base plus solide qu'on ne le croit.

« Mes enfants, vous avez beaucoup à craindre; vous aviez peur de la mort, vous qui êtes pieuses et honnêtes, et qui entrerez au paradis. Je vous affirme qu'il vous sera plus difficile de vivre que de mourir. Ce n'est pas moi qui vous ferai de mal, mes enfants, vous vous en chargerez vous-mêmes. Croyez-moi, je connais les gens pieux et leurs scrupules de conscience. Mon père, mon grand-père et mon bisaïeul étaient des prophètes dans leurs paroisses, dans ma froide patrie. Leur conscience ne leur permettait aucun écart en ce monde. Ils disposaient à leur propre usage d'instruments de torture plus puissants et plus perfectionnés que ceux que j'ai vus dans les caves des vieux châteaux forts et ils avaient les mains nues liées derrière le dos, tout autant que les prisonniers qu'on mettait à la question là-bas.

« Hélas! Comme ils ont dû pratiquer le renoncement! Comme ils ont dû pâtir! Comme ils ont dû faire jeûner leurs corps et leur âme sur l'ordre de leur conscience! En fait de récompense, ils avaient de pieuses paroles à la bouche et une petite auréole autour de la tête, qui prouvait leur supériorité sur leurs semblables.

« A quelle pénitence ne se résignaient-ils pas pour cette joie fugitive. Une seule pensée impudique les tenaillait, les brûlait; un mensonge irréfléchi les tourmentait des nuits entières. Et comme il leur fallait veiller sur les âmes de leurs enfants, et les obliger à renoncer à tout bien-être, pour bannir le mal de leur foyer! Leur conscience marquait leurs visages de rides profondes pareilles à des cicatrices de brûlures. Leur conscience leur crevait les yeux; elle les faisait trembler et frémir dans les ténèbres. Leur féroce jalousie, à l'égard de ceux qui n'obéissaient pas aux ordres de leur conscience, était pareille au pieu sur lequel on empalait jadis les victimes. A son contact, leur âme pourrissait.

« Croyez-moi, je connais mieux que quiconque les supplices des braves gens; et vous imaginez-vous, oh! naïves que vous êtes! que vous pourrez tuer un autre être et vivre encore?

« Moi, je suis très bien sur cet escabeau; la corde est une de mes vieilles connaissances; je ne désire pas faire meilleure figure. Mais comment apparaîtrai-je dans vos rêves nocturnes sur cet escabeau, la nuit? Vous vous sentirez mal lorsque vous tendrez la corde de chanvre pour y suspendre votre linge; vous vous évanouirez douze fois par an, à la vue du sang. »

Lucan se releva, incapable d'écouter plus longtemps le discours du vieillard.

Elle resta un instant debout, pâle comme une morte devant Mr Pennhallow, puis se dirigea, en chancelant, vers la porte de sa chambre; mais le pasteur la retint :

— Viens, ma vertueuse petite fille! dit-il, j'ai une lettre pour toi, que j'ai cachée pendant longtemps. Prends-la à présent et lis-la.

Il tira la lettre de sa poche, et la tendit à Lucan. Comme elle était hors d'état de s'approcher de lui, il lâcha l'enveloppe qui tomba par terre, et dit en souriant :

— Ton amoureux d'Angleterre va venir te voir et te chercher si tu l'appelles; sa bonne amie l'a abandonné, et rien n'empêche plus votre mariage et votre bonheur. Crois-tu que sa bague pourra briller à ton doigt si elle y colle avec du sang? Ton enfant naîtra le cou marqué d'un cercle rouge, et il te demandera pourquoi. Quand tu lui apprendras à lire, les lettres formeront de vilains mots; elles se rattacheront pour toi aux souvenirs de Sainte-Barbe. Je serai derrière toi sur mon escabeau quand tu te pencheras vers le miroir dans ta belle maison, et tu finiras par mettre le miroir en pièces, en hurlant. Ton époux sera forcé de t'enfermer derrière d'épais rideaux avec une gardienne qui te mettra la camisole de force.

Le pasteur Pennhallow se tut, et son visage reprit son paisible rayonnement. Puis, il s'exclama soudain :

— Moi, je suis en sécurité où que j'aille; tout m'est permis; je puis faire ce que je veux, mais je n'ai besoin de rien faire : mon bonheur est trop profond. Les actes, pour lesquels vous me condamnez, mes chères enfants, n'étaient que de petites preuves d'amitié envers vous et m'ont rendu heureux. Ce n'étaient que de petites plaisanteries occasionnelles, par lesquelles je vous témoignais ma reconnaissance. Mon oncle, dont tu te souviens, et avec lequel tu me confonds, ma vieille, faisait aussi bien souvent preuve d'une grande ardeur à servir son prochain et, cependant, il n'en avait pas plus besoin que moi. Quand il a mangé ton enfant, ma bonne mère, c'était pour faire plaisir à son maître. Quand j'envoyais d'innocentes petites Anglaises chez mes amis, au-delà des mers, c'était dans l'humble espoir de le faire rire un instant. Hélas! un jour les choses devaient mal tourner pour moi quand elles ont tourné mal pour votre amie Rosa.

« J'en ai été tout honteux et marri, comme un enfant qui doit réciter une poésie d'anniversaire et qui est resté coi.

« Mais j'ai eu également de la chance et, à plusieurs reprises, je me suis bien amusé. J'ai vu une autre de mes petites filles au cours d'un de mes voyages; elle était au bout de la carrière dans laquelle je l'avais engagée. La rose fraîche et parfumée, cueillie dans un jardin d'Angleterre, était toute noire et sentait mauvais. Le mal avait bien prospéré et s'était étendu. Je pense souvent et volontiers à elle, et je vais y penser maintenant.

— Fais-le taire, Olympia! cria Zozine d'une voix tremblante.

— Et moi, continua le pasteur, d'un air triomphant, je peux rester dorénavant à me tourner les pouces, convaincu au fond du cœur que le mal finit toujours par remporter la victoire. Que puis-je demander de plus?

Il sourit encore et dit :

— Peut-être vous direz-vous, mes enfants, que je

paierai dans un autre monde le bonheur dont j'ai joui dans celui-ci ?

« Oh ! Comme vous vous trompez ! Ma satisfaction persistera. Comment en serait-il autrement, alors que tout est dans mon propre esprit ? Lorsque là, en bas, je rencontrerai mes petites, elles hurleront et grinceront des dents à ma vue ; et moi, je rirai une fois de plus.

— Oh ! Fais-le taire, Olympia ! supplia Zozine.

Olympia leva son bras puissant, qui était retombé, et visa.

Dans la chambre des jeunes filles, Lucan était restée à genoux ; elle se redressa avec précipitation et entra en courant dans la salle à manger ; elle criait :

— Zozine ! Olympia ! Ne le tuez pas ! Ne comprenez-vous pas qu'il a raison ? Nous ne pourrons plus vivre si nous le tuons ; aucune de nous ne supportera plus de vivre.

Hors d'elle-même, elle saisit les deux bras de la négresse et s'accrocha à elle. Olympia se dégagea avec violence. Dans le grand silence qui suivit, on entendit le déclic du pistolet. Olympia pressa encore sur la gâchette ; le pistolet cliqueta.

— Tu vois bien, dit le vieux, la poudre a été mouillée par la pluie de cette nuit, ma sœur noire ! Le pistolet ne part pas.

— Oh ! Olympia ! Oh ! Zozine ! cria Lucan, épargnez-le ! Ne voyez-vous pas qu'il est fou ? Il n'est pas aussi mauvais qu'il le croit lui-même ; et, même s'il l'était il y a cependant un pardon pour tous les hommes. Une pitié infinie règne sur ce monde. Épargnez-le! Exercez la miséricorde envers lui!

L'émotion étouffait la voix suppliante; mais, au moment même où elle n'eut plus la force d'articuler une seule parole, le vieux pasteur poussa un cri terrible, qui se répercuta dans la pièce:

— Que dis-tu? Une jeune fille demande grâce pour moi? Elle supplie qu'on m'accorde le pardon? C'est Rosa qui prie pour moi? Il ne faut pas: voilà ce qui ne devait jamais arriver, jamais, jamais! Faites-la taire! Frappez-la! Forcez-la à se taire! Chassez-la d'ici! Chassez-la!

— Oui, je prie pour obtenir votre grâce, murmura Lucan, en tombant à genoux.

Le pasteur Pennhallow leva la main, comme s'il eût été pris d'une douleur intense; il menaça la jeune fille de son index noueux; ses traits se contractèrent; il ouvrit la bouche, les yeux révulsés; il essaya de parler, mais, de ses lèvres figées, coulait un flot de salive. Et, avec une rapidité inouïe, comme s'il s'enfuyait devant un incendie, il passa le cou dans le nœud coulant et repoussa l'escabeau du pied.

On entendit un râle enroué monter de sa gorge. Pendant un court instant, ses pieds se balancèrent au-dessus du sol, et l'on perçut le bruit que faisait son corps en se débattant dans le vide. Quelques secondes plus tard, la corde pendait immobile à son crochet; le poids lui avait fait reprendre sa position verticale.

Zozine, comme Lucan, était tombée à genoux à côté de la vieille négresse; elle enfouit son visage dans les vêtements d'Olympia. Mais Lucan, toute tremblante, fixait de ses yeux clairs le pendu en face d'elle :

— Oh, oui, qu'il obtienne miséricorde et pardon ! murmura-t-elle, sans même se rendre compte qu'elle parlait.

Deux lettres.

Lorsque, après ce qui lui parut une éternité de terreur, Lucan se remit debout, elle n'eut plus qu'une pensée : quitter Sainte-Barbe ! quitter pour toujours ce lieu maudit. Elle prit Olympia et Zozine par la main pour les entraîner dans sa fuite, hors de la pièce, hors de la maison. Mais la vieille négresse ne bougeait pas.

Quand le fou poussa son dernier cri furieux et désespéré, la gorge d'Olympia se gonfla comme pour lui lancer de nouveau sa malédiction. Mais, lorsqu'il repoussa du pied l'escabeau, la mâchoire inférieure de la vieille femme tomba, et il en fut de même pour le bras qui brandissait le pistolet. Maintenant, elle contemplait, dans une muette stupeur, l'ennemi qui venait de mourir.

Au contact de la main de Lucan, les membres d'Olympia se détendirent lentement; elle murmura quelques mots dans une langue que la jeune fille ne comprit pas, puis elle se signa trois fois avec solennité et fit un pas pour suivre la jeune fille. Mais Zozine restait par terre, effondrée, et dans une immobilité qui effraya son amie. Olympia et

Lucan la relevèrent, mais elle restait inanimée dans leurs bras, ses yeux sombres grands ouverts, comme si tout son être prenait l'attitude de l'effroyable mort qui pendait au bout de la corde, et comme si ses regards reflétaient la dernière vision des yeux éteints, et restaient désormais insensibles à toute autre.

Lucan et la négresse, qui gémissait tout haut et couvrait de caresses son enfant chérie, la soutinrent ou plutôt la portèrent jusqu'à la porte.

Aucune des deux femmes ne pensa à prendre un chapeau ou un châle; elles s'enfuirent telles qu'elles étaient, dans leurs robes tachées et fripées par la pluie. Elles ne se demandèrent pas, non plus, où elles devaient aller. Mais Lucan avait, par deux fois, prononcé le nom du père Vadier, et c'est vers lui que ses pensées se tournèrent.

En sortant de la salle, elle jeta un dernier regard de détresse autour d'elle, et elle aperçut la lettre, que du haut de son escabeau, le pasteur Pennhallow lui avait tendue, et qu'elle n'avait pas eu la force de recevoir de sa main. Elle avait à peine entendu ce qu'il disait au sujet de cette lettre; cependant, elle se rappelait obscurément qu'elle lui était adressée et venait d'Angleterre. Comment la laisser dans cette tragique demeure après son départ? Au dernier moment, elle la ramassa en frissonnant.

Avec l'aide d'Olympia, elle tira loin de la porte le coffre, que Zozine et elle-même avaient traîné devant l'entrée de la salle. Pendant cette opération, Zozine, tremblante et muette, resta appuyée contre le mur.

Lucan ne devait jamais plus oublier l'air frais qui lui caressa le visage, quand elle ouvrit la porte, ce matin-là. Il faisait grand jour; les champs étaient voilés de brume; les arbres dégouttaient par suite de la pluie nocturne; il y avait de grandes flaques d'eau dans l'allée.

Lucan, obligée de soutenir Zozine, ne savait que faire de la lettre qu'elle tenait à la main. Elle y jeta un coup d'œil avant de ne rien décider.

— Tiens! Il y a deux lettres! s'écria-t-elle.

L'une venait d'Angleterre, et portait son nom; elle avait été ouverte. L'autre n'était qu'une feuille de papier pliée. Lucan voulut la jeter, mais Olympia arrêta son geste : « Non! Il y a peut-être sur ce papier certaines indications utiles. Lis ce qui est écrit dessus, toi qui sais lire. »

La jeune fille lissa la feuille; elle reconnut, pour l'avoir souvent vue au cours des leçons, l'écriture du pasteur Pennhallow et elle eut peur de lire ce qu'il écrivait. La lettre ne consistait qu'en quelques mots :

Venez tout de suite à Sainte-Barbe; j'ai quelque chose à vous communiquer; il s'agit d'une décision à prendre.

Le billet n'était pas daté, mais adressé à M. Emmanuel Tinchebrai à Peyriac.

Lucan réfléchissait : cette lettre a été écrite avant-hier... non... hier — je ne me souviens plus exactement de rien. Le pasteur a d'abord chargé Clon de la porter, mais il l'a rappelé; il est allé lui-même à Peyriac, au lieu d'écrire. A l'air matinal de la campagne, Lucan ne pouvait concevoir que le message, dont Mr Pennhallow avait voulu charger Clon, avait pour but d'avertir M. Tinchebrai que Zozine et elle étaient au courant des crimes commis à Sainte-Barbe, et des dispositions qui allaient être prises pour la mort des jeunes Anglaises. Et elle s'apprêtait à déchirer le billet, quand Zozine lui prit la main en disant ces seuls mots : « Non! Attends encore un peu! »

Quelques instants plus tard, elle ajouta avec effort :

« Quelqu'un va certainement venir à Sainte-Barbe; laissons-le venir, lui; il croira que ce billet le convoque pour ce matin. Il faut bien que je déclare publiquement ce que j'ai fait cette nuit. M. Tinchebrai est au service de la police; il est préférable que ce soit la police qui ouvre la porte.

— Mais comment lui enverrons-nous cette lettre? »

Zozine tarda à répondre; son cerveau paraissait travailler avec une extrême lenteur : « Nous la donnerons à la première personne que nous rencontrerons », dit-elle enfin.

Elle n'avait pas fermé la bouche que les deux amies aperçurent Clon, près du mur du jardin. Il n'y avait rien d'étonnant à ce qu'elles ne l'eussent pas vu plus tôt, car il ne faisait pas un mouvement, et ses chaussures, sa blouse, ses mains, son visage étaient couverts de terre et de boue, au point qu'il se confondait avec le mur. Le jeune garçon s'appuyait à moitié contre ce mur, et à moitié sur sa bêche. Il était trempé par la pluie et avait l'air de tenir à peine sur ses jambes.

Les yeux écarquillés, il considéra les trois femmes, mais il était visiblement trop épuisé pour se rendre compte de ce qu'il voyait. La singulière apparition d'Olympia eut pour seul effet de le faire ricaner, en ouvrant la bouche jusqu'aux oreilles; il paraissait ne pas croire au témoignage de ses yeux.

Zozine s'arrêta pour le regarder :
— Clon! dit-elle doucement, Clon! Viens ici!

Clon hésita comme s'il avait envie de s'enfuir; pourtant, il déposa la bêche et s'approcha gauchement.

— Parle-lui, Lucan, dit Zozine; il te comprend mieux que moi, dis-lui qu'il doit porter cette lettre du pasteur Pennhallow à M. Tinchebrai, et repartir aussitôt sans lui parler.

Sans bien comprendre les intentions de Zozine, Lucan répéta les paroles de son amie au jeune garçon, et lui remit le papier. La main de Clon tremblait en prenant la feuille : « Il est malade, pensa Lucan, il a la fièvre pour être resté toute la nuit sous la pluie. »

Clon lut dans son regard la pitié qu'il lui inspirait, et fut si visiblement effrayé à l'idée qu'on allait lui parler encore, ou le toucher, que Lucan n'ajouta plus un mot.

Il mit pourtant la lettre dans sa poche.

Alors Lucan pensa à sa propre lettre. Elle n'en connaissait pas l'écriture; qui donc pouvait lui écrire d'Angleterre ? Quelques mots prononcés par le pasteur Pennhallow lui revinrent cependant lentement à la mémoire, et elle se tourna vers Zozine pour trouver auprès d'elle la confirmation de ses soupçons, avant de remettre la lettre dans sa poche. Pendant que la petite bande poursuivait sa route à travers la forêt, elle s'assura que l'enveloppe restait bien à sa place. Mais elle ne la reprit pour lire son contenu que quelques jours plus tard.

Ce n'était pas une lettre élégamment présentée, et aux proportions normales. Un long *post-scriptum* suivait un billet assez court, dont voici les termes :

Mademoiselle Lucan Bellenden,

Ai-je mérité que vous lisiez une lettre écrite de ma main ? je me le suis demandé bien souvent ; mais il vous appartient à vous de répondre à ma question, comme il vous appartient de décider de ma vie.

Je suis un jeune homme sans grandes qualités, sans mérites, un marin fruste et sans doute un grand pécheur devant Dieu et devant les hommes. Mais, de même que nous autres, en mer, nous nous guidons d'après les étoiles, c'est votre volonté qui, désormais, orientera le cours de ma vie.

Je vous écris cette lettre pour vous dire deux choses. Permettez-moi de vous annoncer que je suis libre. La parole qui me liait quand nous nous sommes rencontrés en France, m'a été rendue. Je me serais efforcé de la tenir de mon mieux mais la jeune fille, qui devait être ma femme, a trouvé pour maître, et Dieu l'en bénisse!, le plus riche vieillard de toute l'Angleterre. Mieux que moi, il lui donnera ce qu'elle ambitionne en ce monde. Ceci est la première chose que je voulais vous dire.

Et maintenant, permettez-moi de vous demander l'autorisation d'aller vous voir une seule fois. Par pitié, envoyez-moi la réponse que vous dictera votre bonté de cœur.

Celui qui, jusqu'à la mort, sera votre serviteur respectueux et dévoué

NOËL HARTRANFT.

P.-S. – *Mademoiselle Bellenden,*

Vous ne m'avez jamais entendu prononcer une parole sensée, à l'exception de la toute dernière phrase que j'ai osé vous dire au jardin.

S'il m'était possible de croire que vous me permettrez de répéter cette phrase pendant ma vie entière, non pas seulement en tant qu'affirmation verbale, mais par tous mes actes, vous me jugeriez peut-être mieux que vous ne le faites en ce moment.

Mademoiselle Lucan, je ne voudrais pour rien au monde que vous me trouviez exigeant, ou présomptueux; ne croyez pas, puisque vous avez la bonté de lire cette lettre, que je me fasse des illusions sur votre amitié. Je vous jure que je vous écris cette lettre avec la plus profonde humilité.

Mais je constate qu'elle trahit pourtant le fol espoir et l'immense joie qui me submergent à la pensée que je pourrais vous aider, vous servir si peu que ce soit sur cette terre.

Je sais que je ne fais pas bien de vous écrire ainsi, mais je ne peux m'en empêcher. J'ai recommencé plusieurs fois cette lettre et n'ai pas réussi à y rien changer. C'est pourquoi je la termine enfin de ne pas vous fâcher tout à fait.
Votre serviteur,
NOËL HARTRANFT.

Quand Lucan, Zozine et la vieille négresse eurent fait un bout de chemin dans la forêt, elles s'assirent sur un tronc d'arbre, pour que Zozine puisse se reposer. Mais Zozine, jetant un regard autour d'elle, dit tout à coup :

— En somme, nous nous ressemblons, Clon et moi.

Elle parlait si lentement et d'un air si absent, ses paroles étaient si étranges, que Lucan ne trouva rien à répondre. Mais Zozine ajouta : « Il n'y a d'ailleurs rien d'étonnant à cela. »

Et, cette fois-ci, il était facile de deviner la pensée qui se cachait derrière ces paroles : ne sommes-nous pas tous deux des assassins?

D'inquiétude et de pitié, Lucan crut que son cœur allait s'arrêter de battre.

Joliet.

La maison du père Vadier, devant laquelle Zozine et Lucan avaient souvent passé au cours de leurs promenades, était située un peu à l'écart avant l'entrée du village. Elle s'entourait d'un jardin que bordait un petit mur de pierres sèches. Un vieux mûrier étendait son ombre sur les abords. La maison était grise, basse, sans apparence, et le toit penchait d'un côté. Mais, lorsque les jeunes filles et la négresse débouchèrent du sentier, elles remarquèrent une élégante voiture arrêtée devant la porte.

Le père Vadier, debout à côté de la voiture, s'entretenait avec le cocher.

Le prêtre aperçut le petit groupe et, abritant ses yeux de la main pour mieux voir, interrompit sa conversation avec le cocher et vint à la rencontre des arrivantes. Il les salua aimablement et prit Zozine par la main :

— Venez vous asseoir, Mademoiselle, dit-il.

Il la conduisit jusqu'à un banc de pierre contre le mur et ajouta : « Je suis heureux de vous voir chez moi. »

Lucan se disait qu'elles devaient produire une bien singulière impression toutes les trois à la grande lumière du jour.

Zozine s'était assise, raide comme une poupée mécanique, et pâle comme une morte. Olympia s'effondra à côté d'elle. Leurs vêtements étaient en désordre, et souillés de boue depuis la veille.

« Et moi, pensait la jeune fille, je ne fais sans doute pas meilleure figure. »

Elle resta debout à côté du père Vadier, consciente qu'elle devait lui raconter tout ce qui s'était passé à Sainte-Barbe. Mais, elle se rappelait les pasteurs sévères, et trop zélés, qui avaient réprouvé son père en Angleterre, et c'est en tremblant qu'elle se prépara à affronter les questions du père Vadier, et à défendre son amie. Le père Vadier ne lui posa aucune question; il se contenta d'élever un peu la voix pour se faire entendre dans la maison :

— Brigitte! appela-t-il.

Une paysanne en bonnet blanc montra son visage rond à la porte.

— Apporte-nous tout de suite du bon café, très fort; ces jeunes dames sont fatiguées et ont besoin de quelque chose de chaud!

Après avoir donné cet ordre à la servante, le père Vadier s'en retourna vers le cocher, et eut avec lui un rapide entretien; puis il resta près du banc pendant que Brigitte versait le café.

Comment croire à la possibilité de faire de nouveau une chose aussi simple, aussi banale, comme boire du café? Zozine ne parvint pas à tendre la main pour prendre la tasse. Le père Vadier dit à Brigitte de la tenir et de la porter aux lèvres de la jeune fille, qu'il encouragea d'un bon sourire à absorber cette boisson fortifiante.

— Et maintenant, dit-il affectueusement, il faut que vous veniez avec moi à Joliet.

A ces mots, Zozine fut prise d'un grand frisson.

Le prêtre dit à Lucan : « Vous, et votre sœur, ainsi que cette négresse, qui, si je ne me trompe, est votre compagne ou votre servante, serez les très bienvenues à Joliet. Votre sœur est souffrante. Vous avez besoin de changer de vêtements, et de soins plus éclairés que les miens. Par un heureux hasard, Mme de Valfonds m'a envoyé sa voiture tout juste ce matin.

Zozine s'était levée :

— Non! Je ne peux pas aller à Joliet, murmura-t-elle, il faut que j'aille plus loin; laissez-moi partir!

Mais elle chancela et le père Vadier lui prit le bras pour la soutenir : « Si, ma chère enfant, il faut que vous me suiviez à Joliet. On s'occupera de vous au château. Depuis qu'elle vous a vue aux vendanges, Mme de Valfonds s'est prise de sympathie pour vous. Elle désire vous parler et savoir tout ce qui vous concerne. »

Zozine regarda le prêtre : « Vous dites que Mme de Valfonds a envie d'apprendre tout ce qui me concerne?

— Oui, mon enfant. »

Elle resta un moment sans parler, puis elle dit :

— Eh bien! Allons au château.

Lucan avait l'impression de rêver lorsque, après cette épouvantable nuit, elle longea, en voiture, la longue allée qui menait à Joliet, entre les bosquets et les terrasses, qu'elle n'avait vus que de loin jusqu'à présent. Aussitôt assise, Olympia s'était endormie d'un lourd sommeil; elle soupirait et gémissait tout en dormant. Zozine avait l'air de ne rien voir et de ne rien entendre. A un certain moment, elle posa la main sur le drap moelleux de la banquette, et parut étonnée de ce contact. Le père Vadier échangea quelques mots avec Lucan pendant le trajet; il parla de la tempête, qui avait enfin cessé, et du soleil en train de percer les nuages, et il indiqua du doigt un vieil arbre du parc :

— Le philosophe Montesquieu avait gravé son nom sur son écorce. Le baron Thésée, dit le prêtre, a quitté Joliet pour quelques jours; il est allé voir des parents à Nîmes. Sa grand-mère n'est jamais tranquille en son absence; elle est vieille et a besoin de paix à la fois dans sa maison et dans son cœur. Cette nuit, elle a été agitée et n'a pu dormir; c'est pourquoi elle m'a envoyé chercher, ce matin, comme elle le fait souvent. Mais elle ne sait pas que je lui amène deux jeunes hôtes.

Au pied de l'escalier qui montait au long bâtiment en pierre blanche du château, Zozine se remit à trembler et jeta au père Vadier un regard presque suppliant. Il lui tendit une main, et entraîna Lucan de l'autre. Olympia resta debout sur l'escalier. Dans le vestibule, Lucan remarqua que le domestique qui s'avançait vers la négresse demeurait pétrifié à la vue de ce personnage aux proportions gigantesques.

Le salon, où le père Vadier conduisit ses protégées, était clair et spacieux; toutes les jolies choses qui s'y trouvaient paraissaient accueillir les jeunes filles avec amitié.

Les yeux de Lucan se remplirent de larmes tandis qu'elle laissait errer un regard craintif autour d'elle; mais le premier objet qu'elle aperçut lui coupa le souffle : c'était le portrait d'une jeune personne, dans un jardin plein de verdure; elle tenait à la main une corbeille de fleurs. Sa taille, son visage, le joyeux et confiant sourire qu'elle semblait adresser à ceux qui la regardaient, tout en elle rappelait Zozine, et Lucan fut sur le point de s'écrier : « Mais, c'est le portrait de Zozine ! » Jusqu'à la manière négligente dont elle avait relevé ses cheveux, qui étaient pareils à la jolie coiffure de Zozine, la veille au soir.

Quelle surprise de retrouver Zozine ici, sur ce mur bleu, entre deux hautes fenêtres ! Mais, hélas ! le contraste était bien douloureux entre cette gracieuse apparition, dans un cadre idyllique, et la pauvre Zozine, qui semblait prête à rendre l'âme !

Une vieille dame était assise près d'une fenêtre, à l'autre extrémité du salon; elle paraissait s'abandonner à de tristes souvenirs. Une femme mince, plus jeune, à l'air rigide, cette même dame de compagnie, que Lucan et Zozine avaient aperçue à Peyriac, était en train d'arranger ses coussins, et se retira derrière la chaise de sa maîtresse, à l'arrivée des deux jeunes filles. Le père Vadier s'adressa avec respect à la vieille dame :

— Madame, je vous amène les deux jeunes Anglaises, qui ont vécu dans votre voisinage; mais elles ont quitté Sainte-Barbe par suite d'un événement, j'ignore lequel, qui les a bouleversées. Elles ont le plus urgent besoin de trouver un refuge à l'abri des agitations et des souffrances de ce monde; et Joliet peut être ce refuge.

Mme de Valfonds considéra les étrangères avec

surprise et une sorte de réserve, fréquente chez les gens âgés.

La châtelaine de Joliet était une personne des plus imposantes, mais fort gracieuse. On disait qu'elle avait été une beauté dans sa jeunesse.

Mais elle avait vieilli depuis les vendanges; son noble visage et ses mains étaient presque transparents; ses yeux noirs et expressifs s'enfonçaient dans leurs orbites.

Elle se leva avec l'aide de sa dame de compagnie, s'avança de quelques pas, et adressa un petit salut, à la fois aimable et plein de distinction, au prêtre et à ses jeunes compagnes. Son regard s'arrêta avec complaisance sur le joli visage de Lucan; mais quand il effleura celui de Zozine, la vieille dame eut un sursaut :

— On m'a dit vos noms, Mesdemoiselles, dit-elle d'une voix tremblante après un long silence, mais je les ai oubliés; il faut me le pardonner. Comment vous appelez-vous?

En parlant, elle ne quittait pas Zozine des yeux.

— Je m'appelle Zozine Tabbernor, dit Zozine.

Mme de Valfonds pâlit; ses paupières battirent :

— Qui est-ce qui portait encore ce nom dans votre famille?

— Maman et la mère de maman.

Mme de Valfonds porta ses mains à son cœur.

— Et quel était le nom de famille de votre grand-mère? dit-elle dans un souffle.

— Grand-maman était Française, dit Zozine; elle s'appelait Zozine Dacier d'Orville.

Les joues de Mme de Valfonds se couvrirent

d'une délicate rougeur; tout son visage rayonna, bien que ses yeux se remplissent de larmes. Elle répéta :

— Zozine !

Cette émotion subite, la joie, l'afflux des souvenirs paralysèrent la vieille dame pendant quelques instants; ses deux bras pendaient inertes le long de son corps. Mais elle se ressaisit très vite et, d'un geste majestueux et ravi, elle les leva tous les deux, et les tendit à la jeune fille, qu'elle serra contre sa poitrine. Zozine s'abandonna à cette étreinte mais pour s'en arracher presque aussitôt :

— Non, Madame, il ne faut pas me toucher.

— Ne m'appelez donc pas Madame, dit Mme de Valfonds, qui pleurait toujours. Nous sommes parentes ! Ta grand-mère était la chère cousine, l'amie que j'ai perdue. Appelle-moi « grand-maman » comme tu l'aurais appelée, elle.

— Madame ! reprit Zozine avec désespoir, il ne faut pas me serrer dans vos bras. J'ai tué un homme; je l'ai tué par esprit de justice; c'était un méchant homme, un assassin ! Mais ma place n'est pas à Joliet; laissez-moi m'en aller; il faut que je parte. Oh ! grand-maman ! cria-t-elle d'une voix déchirante, si tu me touches, je mourrai !

Mme de Valfonds parut comprendre très lentement qu'elle se trouvait en face d'une véritable tragédie. Son visage prit une expression de profonde gravité; mais tandis qu'elle regardait, avec une attention intense, la jeune fille qui reculait en chancelant, la gravité fit place à un généreux élan de tendresse :

— Zozine! dit-elle, Zozine! *Durior ferro!*

Les yeux dilatés de Zozine fixèrent une fois encore ceux de la vieille dame, et elle répondit tout haut : « *Purior auro* », mais sans avoir réellement conscience de ce qu'elle disait. Sur le point de s'évanouir, elle allait tomber si le père Vadier ne l'avait entourée de ses bras.

Le récit de Mme de Valfonds.

— Zozine Dacier d'Orville était la nièce de mon père. Tu sais que la femme du roi Tigrane portait ce nom; Pompée l'avait fait conduire à Rome en triomphe. Ma tante avait joué le rôle de Zozine dans une tragédie représentée à la cour, et elle avait eu un succès tel qu'elle baptisa sa fille du nom de cette reine. On prétendait que ma cousine et moi nous nous ressemblions beaucoup : nous nous amusions avec les mêmes poupées; nous avons été ensemble au couvent. J'étais mariée depuis deux ans, et Zozine était fiancée au moment où la Révolution éclata à Paris, et provoqua l'émigration de beaucoup de gens. Le fiancé de Zozine était de leur nombre.

« Avant de s'enfuir en Angleterre, les deux fiancés vinrent à Joliet, et notre curé les maria dans cette pièce. Ma cousine me promit alors en pleurant de revenir à Joliet quand cette sinistre époque aurait pris fin.

« Ne crois-tu pas, ma Zozine, que ce serait tout à fait charmant si tu rendais mes dernières années aussi heureuses que celles de mon enfance l'ont été grâce à ta grand-mère ? »

C'est ainsi que Mme de Valfonds essayait de convaincre Zozine. La jeune fille s'était endormie pour quelques heures dans la chambre qu'on lui avait préparée à Joliet; mais elle s'était relevée et habillée.

Assise à la fenêtre, elle écoutait la vieille dame, installée dans un fauteuil en face d'elle. Zozine était très pâle; et elle dit après un long silence :

— Je ne peux pas me faire adopter comme une fille à Joliet, moi qui serai interrogée par le juge de Lunel, et que les habitants de Peyriac montreront du doigt. Laissez-moi m'en aller d'ici.

— Mais, Zozine, il n'y a pas un seul doigt à Peyriac qui osera menacer la fille adoptive de Joliet.

— Peut-être? dit Zozine; pourtant il y a le sien !

Et, de nouveau, le silence tomba entre les deux femmes.

— Sais-tu? reprit Mme de Valfonds avec effort, que mon petit-fils m'a déclaré que s'il ne peut épouser la jeune fille qu'il aime – et c'est toi, – il ne se mariera jamais?

« Veux-tu qu'une famille, dont l'histoire de France a cité le nom des centaines de fois, s'éteigne pour toujours?

— Je ne peux plus le revoir, répondit Zozine. Lorsque nous nous sommes connus, j'étais une fille innocente et joyeuse. Les événements terribles qui me tuent n'avaient pas encore troublé ma vie. Ton petit-fils ne doit garder que le souvenir de celle que j'étais alors; il faut donc que tu me permettes de quitter Joliet.

— Mon petit-fils, dit Mme de Valfonds, tremblante d'émotion, m'accuse au fond de lui-même d'être cause de ton refus de le revoir. Il m'a toujours aimée; il est la prunelle de mes yeux; c'est un ange. Veux-tu donc qu'un des enfants de Joliet haïsse sa grand-mère? Oh! Zozine! J'ai terriblement souffert à cause de toi, tous ces derniers temps! Aujourd'hui, je supplie une jeune fille venue d'un pays étranger de rester à Joliet jusqu'à ce que mon enfant revienne, et puisse lui parler; vas-tu dire non à ma prière?

— Je ne veux pas rester à Joliet, s'écria Zozine. Oh! que je voudrais le revoir, et lui parler si c'était possible. Je ne suis à Joliet que depuis vingt-quatre heures, mais je crois que pendant ces heures, j'ai deviné et compris plus de choses, et d'une tout autre façon, qu'en n'importe quel autre moment de ma vie. Je sais que des êtres pleins de bonté, et qui ne veulent se faire que du bien, vivent à Joliet. Je sais qu'ici personne ne ment, ni ne déteste son prochain. Tous les habitants de Joliet se sont efforcés d'en faire une demeure, où règnent la justice et le bonheur. Jusqu'aux meubles du salon, et aux arbres, que j'aperçois dans le parc, qui m'ont dit la même chose.

« Je ne veux pas apporter ici le souvenir de forfaits et de mensonges. Les miroirs de Joliet ne peuvent refléter un visage blêmi par la haine comme le mien.

« Grand-maman ! Je ne suis restée à Joliet que trop longtemps ! Laisse-moi m'en aller ! »

La vieille dame resta longtemps sans dire un mot.

Zozine leva les yeux, et s'aperçut avec surprise que le visage de Mme de Valfonds se couvrait lentement d'une délicate teinte rosée; cette couleur fugitive disparut avec une égale lenteur, et les traits flétris reprirent leur ton d'albâtre.

— Zozine, dit alors Mme de Valfonds, ne penses-tu pas qu'il existe des péchés pires que la haine ? Je veux, à ce propos, te raconter une histoire.

« Tu sais que dans notre famille une ancienne tradition ne nous permet pas de quitter la province sans un ordre du Roi; mais tu ne connais pas l'origine de cette tradition; c'est pour te l'apprendre que je te raconte cette histoire.

« Je n'en ai parlé moi-même qu'une seule fois, il y a huit ans, au père Vadier, quand mon petit-fils a fait sa première communion. Mais tu es la petite-fille de ma Zozine, et je veux te parler sans détours comme je parlais jadis à ta grand-mère, certaine de ne rencontrer chez elle que sympathie et compréhension affectueuse.

« Une femme de notre famille avait épousé un homme de noble naissance beaucoup plus âgé qu'elle et ils avaient un fils. Le mari, châtelain de Joliet, était un véritable gentilhomme, un ami fidèle pour ses terres, un père pour ses fermiers. Il connaissait tous les enfants du village, tous les chênes de ses bois, tous les petits ruisseaux dans les prés, et les besoins de son prochain lui tenaient plus à cœur que les siens propres. Il était fidèle à son Roi, ignorait le mensonge, et ne pensait pas que les autres pouvaient lui mentir.

« Mais sa jeune femme s'ennuyait à Joliet; elle rêvait de voyages et aspirait à visiter des pays étrangers. La vie dans la propriété lui paraissait monotone et sans intérêt. C'était une personne bien douée, mais d'un caractère instable.

« Dans son désœuvrement, elle se mit à lire les philosophes à la mode, et à jouer avec les idées bouleversantes et dangereuses de l'époque. Elle ne croyait pas à la royauté de droit divin, et à peine à la grâce divine elle-même.

« Elle disait que le roi Louis était un faible, et que sa race était pourrie. Aux premiers signes de la Révolution à Paris, elle fut prise d'enthousiasme et vantait ses adeptes et ses orateurs.

« Son mari souriait un peu de son manque de jugement mais, plus tard, quand vinrent les jours plus sombres et qu'elle persista dans son erreur, il s'inquiéta. Il veilla à ce que, s'il devait mourir lui-même, la tutelle de son fils fût ôtée à la mère de l'enfant et confiée à un de ses cousins, prélat éminent.

« La jeune femme adorait son enfant; la décision de son mari la blessa, et elle en éprouva un vif chagrin. Les rapports des deux époux furent moins confiants. On aurait dit que chacun d'eux essayait d'attirer l'enfant à lui.

« Un jeune fugitif vint de Paris précisément en ce temps-là, et demanda asile à Joliet. C'était un prince de la maison royale, mais je ne puis te révéler son nom. Le maître de Joliet cacha le jeune homme pendant trois semaines dans un pavillon du jardin. Il le servait lui-même, pour ne pas faire courir de risques à ses gens. Sa femme refusa d'abord de l'aider dans sa tâche, mais la curiosité la fit changer d'avis; d'ailleurs, on se trouvait alors dans une période agitée; nul ne pouvait vivre à l'écart des préoccupations générales. La châtelaine portait donc à manger au fugitif du pavillon.

« Le jeune prince, qui n'avait rien d'autre à faire, entreprit de séduire la femme de son bienfaiteur. Elle, presque une enfant encore, ignorant tout du vaste monde, écouta le séducteur lorsqu'il l'assura de son amour, et finit par lui permettre de venir dans sa chambre un soir que son mari était allé voir un de ses fermiers.

« Cette même nuit, Baptistine Labarre, de Sainte-Barbe, dénonça le fugitif aux membres de la Convention, qui se trouvaient dans la région.

« Des soldats vinrent à Joliet s'emparer de sa personne. Le Baron de Valfonds, arrêté sur la grand-route, fut ramené chez lui. Les sbires de la Convention firent ouvrir le pavillon; il était vide, mais on voyait qu'il avait été habité, et les soldats fouillèrent la maison entière. Pour finir, ils voulurent aussi inspecter la chambre de la jeune femme; mais, comme ils avaient entendu parler de son enthousiasme pour les principes de la Révolution, ils n'y firent pas brusquement irruption, comme dans les autres pièces, mais frappèrent à la porte.

« Elle leur ouvrit en chemise de nuit, les cheveux épars, et s'aperçut qu'ils s'étaient fait accompagner par son mari. Ils la soumirent à un court interrogatoire, et ne jetèrent qu'un regard distrait dans la pièce. Pourtant, ils étaient convaincus d'avoir assez de preuves contre le maître de Joliet pour l'accuser de traîtrise, et ils lui enjoignirent de les suivre à Sainte-Barbe.

« Il les pria de se retirer un moment pour lui permettre d'échanger quelques mots avec sa femme, et ils l'y autorisèrent.

« Il lui dit alors : « J'ai remarqué que le portrait
« de ma mère, qui est dans cette pièce, est accro-
« ché de travers. Vous avez donc risqué votre
« propre vie pour notre hôte, et l'avez caché
« derrière le tableau, dans le réduit secret. Je vous
« prie de me pardonner d'avoir eu quelques dou-
« tes concernant votre fidélité à la bonne cause.
« Nous n'avons plus guère de temps. Prenez dans
« mon secrétaire la lettre par laquelle je vous
« retire la tutelle de notre fils, et déchirez-la
« devant les yeux de ces gens. « Car, Zozine!, ses mains à lui étaient liées.

« Vous ferez bien, demain matin, ajouta-t-il, de faire revêtir une de vos robes par notre hôte, et de le faire partir dans votre propre voiture; car les ennemis peuvent revenir. Dites-lui que je suis heureux et fier de mourir pour lui. »

« Les serviteurs de la Convention éclatèrent de rire; quelques-uns d'entre eux battirent des mains quand la jeune femme obéit à l'ordre de son mari et déchira la feuille de papier.

« – Et maintenant, ma chère épouse, » dit le baron de Valfonds, « je vous prie d'assumer la

« direction de Joliet, et d'élever notre fils dans le
« même esprit qui vous a fait agir cette nuit. Et je
« vous prie encore de me prouver que vous m'avez
« pardonné, de vous pencher vers moi et de me
« donner un baiser d'adieu; nous ne nous rever-
« rons plus. »

« Aussitôt après, les soldats l'emmenèrent.

« La châtelaine de Joliet contempla longuement le portrait après le départ de son mari. Elle se disait : « Je n'ouvrirai pas cette porte et laisserai
« mourir de faim et de soif celui qui est enfermé
« derrière. »

« Mais, au cours de la nuit, elle se rappela les paroles de son mari et alla prendre la clé du réduit secret. Par trois fois, elle l'enfonça dans la serrure; par trois fois, elle l'en retira. « Comment oserai-je
« affronter la lumière du jour demain et les jours
« qui suivront, pensait-elle; quel visage vont reflé-
« ter les miroirs de Joliet? »

« Vers le matin, elle prit la résolution de vivre pour Joliet, comme le lui avait ordonné son époux, et elle se dit en elle-même : « Nul membre de ma
« famille ne devra plus, à aucun prix, abandonner
« Joliet et notre province, pour se perdre dans le
« monde. Nos cœurs resteront indissolublement
« attachés à la terre de Joliet et lui resteront fidèles
« jusqu'à la mort. »

« Lorsqu'il fit jour, elle ouvrit la porte.

« — Zozine! cette femme, c'était moi, et l'homme qu'on emmena à Sainte-Barbe était mon époux. Je donnai mes vêtements à mon hôte, et lorsqu'il fut habillé, il me dit : « Je ne quitterai pas Joliet avant que vous ne m'ayez embrassé. »

« Car je ne l'avais jamais fait encore. Je lui répondis :

« – Je garde sur mes lèvres le baiser d'adieu de mon mari, le baron de Valfonds, dont les dernières paroles ont été pour me dire qu'il mourait heureux et fier pour vous. Il ne conviendrait pas à Votre Altesse royale d'effacer ce baiser. »

Le silence règne à Sainte-Barbe.

Le lendemain de son arrivée à Joliet, Lucan était assise dans sa chambre vers le soir, et fixait à sa robe une garniture, qu'elle avait arrachée en marchant dessus lorsqu'elle avait déplacé le coffre à Sainte-Barbe.

Zozine était au lit dans la pièce voisine; elle avait de la fièvre et tombait, de temps en temps, dans une légère somnolence. Elle gémissait en dormant, mais se taisait quand elle était réveillée. « Elle a compris qu'elle est trop faible pour voyager, et c'est tant mieux! pensait Lucan; mais comment son âme trouvera-t-elle le repos? » Zozine avait exprimé le désir de rester seule. Elle avait renvoyé Olympia, toute en pleurs, et congédié Lucan d'un muet regard de ses yeux sombres.

Lucan vivait dans une sorte de rêve étrange, et ne parvenait plus à faire une distinction nette entre les circonstances nouvelles et les souvenirs. Quand

Mme de Valfonds lui parlait, elle ne savait que répondre. Elle ignorait ce que lui réservait l'avenir; elle ne savait pas, non plus, jusqu'à quel point elle était coupable de la tragédie, qui s'était déroulée à Sainte-Barbe. Mais elle refusait de laisser libre cours aux pensées, qui l'entraînaient vers l'Angleterre; et elle se représentait l'effet que produirait son nom dans les journaux, ainsi que la nouvelle de son interrogatoire et de sa condamnation en France. C'était à d'autres, maintenant, de réfléchir et de décider de son sort. A plusieurs reprises, durant cette journée, une voiture s'était arrêtée devant Joliet, et des gens en étaient descendus. Le père Vadier était venu rendre visite à la vieille dame, et Lucan attendait qu'on lui communiquât le résultat des entretiens et les décisions prises.

Le père Vadier entra pendant qu'elle était en train de coudre; il avait l'air très calme. Après l'avoir saluée, il vint s'asseoir près d'elle et dit :

— Je voudrais vous parler, à vous et à votre amie, si Mlle Zozine a repris quelques forces et peut m'écouter.

Le père Vadier et Mme de Valfonds savaient maintenant que Lucan et Zozine n'étaient pas sœurs.

— Comment aurait-elle pu reprendre des forces? objecta tristement Lucan; pendant des semaines, elle a concentré tous ses efforts sur un objectif unique. Nul autre qu'elle n'en aurait été capable. Tout a abouti à cette fin terrifiante.

Le père Vadier la considéra pendant un instant :

— Mademoiselle Lucan, dit-il, voulez-vous me raconter tout ce qui vous est arrivé, à vous et à votre amie, depuis que vous êtes en France ?

Lucan pâlit légèrement : « Oui ! » répondit-elle.

Elle joignit les mains sur ses genoux. « Il est bon, pensait-elle, que ce soit moi qu'on interroge d'abord ; Zozine s'accuserait avec trop de violence. »

Elle commença son récit en décrivant sa première rencontre avec Mrs Pennhallow devant l'auberge de Staines, et raconta lentement et consciencieusement tout ce qui lui était arrivé depuis lors. Ce faisant, elle croyait encore rêver ; il lui semblait presque qu'elle parlait d'une autre personne, et elle parvint, sans que sa voix tremblât, à répéter les termes de la lettre trouvée dans les tiroirs de Mrs Pennhallow, et à décrire la dernière nuit passée à Sainte-Barbe.

Arrivée à la fin de son récit, elle leva les yeux vers le père Vadier et attendit son jugement. Le père Vadier garda longtemps le silence ; enfin, il dit :

— Il faut pourtant que je parle à votre amie. Je sais bien qu'elle souffre beaucoup, mais son unique recours, à présent, est de dire toute la vérité à un tiers, et je crois qu'elle-même le désire.

Au même moment, le prêtre et Lucan entendirent bouger Zozine dans la pièce voisine.

— Allez chez elle, dit le père Vadier, et faites-moi savoir si je peux vous suivre.

Lucan entra chez Zozine.

— A qui parlais-tu ? demanda celle-ci.

— Au père Vadier, il a quelque chose à nous dire, paraît-il.

Zozine soupira et dit :

— Tant mieux qu'il soit venu.

Lucan arrangea les oreillers de son amie, l'aida à s'asseoir dans son lit, et tira un fauteuil près d'elle. Il faisait sombre dans la chambre; Zozine pria Lucan d'allumer la lampe. En reposant le globe, Lucan remarqua, avec inquiétude, la pâleur et l'air épuisé de Zozine.

— Je suis contente que vous soyez venu, mon père, dit Zozine, car ici tout le monde croit que je puis continuer à vivre comme avant avec d'autres gens; mais c'est une chose impossible pour ceux qui ont à se reprocher la mort d'un de leurs semblables. Tous ces temps-ci, je n'ai fait que rêver à ce vieillard, que je voyais toujours la corde au cou; et mes rêves étaient précis ! Mon père ! Il finissait toujours par se pendre lui-même. Mais, écoutez-moi, je vais tout vous raconter.

— Ne me racontez pas ce qui s'est passé à Sainte-Barbe, dit le père Vadier, je le sais et le savais avant de venir ce soir. Parlons de ce que vous avez l'intention de faire.

La tête brune de la jeune fille s'agitait sur l'oreiller :

— Je ne peux pas croire que je regrette ce que j'ai fait, mon père ! Je le referais si je devais revenir à Sainte-Barbe et que rien n'y ait changé. Ce vieillard méritait la mort; sa mort était juste. Mais, savez-vous, mon père, que la justice est une chose terrible. Celui qui ne peut vivre sans la justice, et qui rencontre un être aussi néfaste que le pasteur Pennhallow s'abandonne forcément au désespoir. Il est lui-même perdu, et dans l'impossibilité de vivre avec ses semblables.

« Vous croyez, mon père ! Mme de Valfonds, Olympia et Lucan croient aussi que je n'ai qu'à remettre de l'ordre dans ma coiffure, monter à cheval, m'asseoir paisiblement sous la lampe avec tout le monde... mais ce n'est pas concevable.

« Mon père ! Je vivrai, s'il le faut, en prison, mais je mourrai si je reste ici... »

Le père Vadier l'interrompit :

— Laissez-moi vous dire pourquoi je suis venu : hier matin, de bonne heure, M. Tinchebrai reçut une lettre de Peyriac. Elle venait de Sainte-Barbe, sa femme de charge connaissait le messager. M. Tinchebrai dit à cette personne qu'il sortait faire une course. Personne ne l'a revu depuis ; mais je m'imagine qu'il est allé à Sainte-Barbe.

« Un peu plus tard, dans la journée, après vous avoir accompagnées à Joliet, je m'y suis rendu également. La porte était ouverte, mais il n'y avait âme qui vive dans les alentours. Dans la vaste salle à manger, j'ai trouvé le pasteur Pennhallow et la femme qui se faisait passer pour son épouse pendus à deux crochets au plafond. Tous deux étaient morts depuis plusieurs heures. J'ai compris que la femme était rentrée peu après votre départ de la maison et, qu'en apercevant le pendu, elle a mis fin à sa propre vie.

« La corde qui avait servi au pasteur était

longue; la femme l'avait coupée au moyen d'une hache posée sur la table. »

« La pauvre! pensa Lucan, elle n'a pu supporter de lui survivre. Cependant, il n'a pas prononcé son nom quand il nous a parlé dans sa dernière heure. »

— Dans la maison, poursuivit le père Vadier, les indications ne manquaient pas sur les raisons qui poussèrent ces deux êtres humains à se donner la mort.

« Le juge de paix de Lunel, épouvanté par ce qui vient d'arriver, a ouvert leurs tiroirs secrets et trouvé les preuves d'une série de crimes épouvantables. Le pasteur Pennhallow, sans que l'on connût son nom, était recherché par la police française. Si on l'avait trouvé, il eût été condamné à mort, comme il s'est condamné lui-même. Papiers et lettres ont révélé que ces deux habitants de Sainte-Barbe n'étaient pas mariés, mais qu'ils étaient frère et sœur.

« Il n'y aura pas d'interrogatoire dans cette affaire, mademoiselle Zozine. Mme de Valfonds et moi-même avons parlé à M. Belabres. Par une singulière coïncidence, le postillon de Peyriac venait de lui apprendre que le soir qui précéda les événements, vous et votre sœur aviez pris la diligence de Peyriac à Les Matelles, où l'on change de voiture. M. Belabres en avait conclu que c'était votre fuite qui avait prouvé au pasteur Pennhallow que vous connaissiez ses agissements, et c'est cette révélation qui a fait de l'assassin un suicidé.

« Baptistine Labarre n'était pas à Sainte-Barbe. »

Le père Vadier et les deux jeunes filles restèrent un long moment sans parler.

— Et Clon ? murmura enfin Lucan.

— Le valet de Sainte-Barbe a été trouvé dans une remise, où il avait cherché refuge après être allé chez M. Tinchebrai. Il est malade. Dans son délire, il nous a dit bien des choses sur ce qui s'est passé pendant la nuit à Sainte-Barbe et même auparavant. Il paraît avoir beaucoup d'affection pour vous, ma chère enfant !

Et le prêtre regarda Lucan « ... mais il ne se souvient pas de votre nom, et il vous appelle Mlle Rosa. Il affirme qu'il ne voulait pas être complice de votre mort, mais que les « autres », comme il les appelle, l'y ont forcé.

« Après avoir attendu longtemps de voir la lumière à la fenêtre, signal convenu pour son retour et celui des Pennhallow à la maison, il passa de l'autre côté du bâtiment, et resta là toute la nuit exposé à la pluie et au vent. Il n'est pas certain qu'il survive.

« A présent, le silence règne à Sainte-Barbe. »

Le silence régna aussi dans la chambre, après le récit du père Vadier. Ce fut lui qui reprit la parole le premier :

— Vous m'avez demandé, Zozine, dit-il, si je sais que la justice est une chose terrible ? Oui, dans vos mains, c'est une chose terrible, et la vengeance détruit celui-là même qui se croit autorisé à l'exercer. Car la magistrature a la charge de faire triompher la justice parmi les hommes. La magistrature peut seule juger sans haine les criminels et faire respecter ses jugements. La mort de ce méchant homme n'était que justice. Mais vous avez fait preuve d'orgueil et de présomption en voulant vous instituer vous-même son juge.

« Ne voyez-vous pas, Zozine, que la Providence, dans sa grâce, vous en a préservée, et aucune prison ne vous enfermera entre ses murs. La main qui tenait le pistolet voulait faire justice; elle-même a manqué son coup. C'est la pitié qui, en la personne de cette bonne jeune fille, a réduit à néant votre haine et votre obstination, et qui a eu raison de ce méchant homme. N'étant que ténèbres, il n'a pu supporter la lumière du pardon.

« La prière d'une enfant innocente l'a fait reculer et se précipiter dans l'abîme.

« Votre amie m'a raconté que le pasteur avait poussé ce dernier cri terrifiant : « Rosa, prie pour moi? » Vous voyez bien que cette Rosa, dont le malheur vous avait bouleversée, et que vous cherchiez à venger, avait un plus grand pouvoir que le vôtre. Elle punissait une atteinte à une justice plus haute et plus pure, au moment où elle renonça à se venger, et accorda son pardon. »

Le père Vadier prit Lucan par la main, et l'amena près du lit de Zozine :

— Zozine! dit-il, embrasse ton amie pendant que je ne vous regarde pas.

Lucan, émue et hésitante, se pencha vers Zozine. Une seconde plus tard, elle sentit les bras de son amie autour de son cou, et son visage contre le sien.

— Il n'y a aucune raison pour que tu ne vives pas avec tes semblables, Zozine! dit le père Vadier. Il faut que tu apprennes au milieu d'eux la pitié et la compassion.

Lucan s'assit près du lit de Zozine, et vit peu à peu son pâle visage reprendre son animation coutumière. Elle ressemblait à la petite fille qui, jadis à l'école, dormait dans le lit voisin de celui de son amie. Rassurée sur l'état de Zozine, la jeune fille permit à une autre pensée de s'imposer à elle; elle se dit : « Je vais lire ma lettre. »

Bientôt, on apprit à Joliet qu'un jeune étranger était arrivé à l'évêché de Nîmes tard dans la soirée, quelques semaines plus tôt et avait demandé à parler à l'évêque. Peu après, l'étranger était reparti en grande hâte et comme s'il eût été en proie à une vive émotion. La conversation avait bouleversé l'évêque; il en tomba malade et fut long à se remettre.

Quant au jeune homme, on ne le revit plus.

Ne le crois-tu pas?

Quand la première Zozine était venue à Joliet, elle avait apporté son trousseau de mariée; mais c'était au temps de la Révolution. La situation était trop incertaine, et chaque heure trop précieuse pour que des fugitifs risquent de voyager avec un chargement de malles et de caisses. La nouvelle mariée se sépara en pleurant de ses trésors.

« Comment, pensait-elle, peut-on se résigner à vivre sans lingerie fine et sans dentelles ? »

Mme de Valfonds et sa cousine s'étaient consolées en se disant qu'un beau jour elles ouvriraient ensemble les caisses, que l'on avait fait porter au grenier. Depuis lors, la poussière de près d'un demi-siècle s'y était amassée sous les combles de Joliet.

Mme de Valfonds les fit chercher ce jour-là : tout ce qu'elles contenaient revenait à la nouvelle Zozine.

L'arrivée de la jeune fille, et sa présence à Joliet avaient provoqué chez la châtelaine une agitation inaccoutumée. La vieille dame ne distinguait pas toujours clairement le passé du présent. Zozine était revenue ! Quelle joie !

L'ancienne tendresse pour son amie, la douceur nouvelle de revoir au château la jeunesse et la beauté, la perspective du bonheur pour un enfant chéri se mêlaient, se confondaient dans l'esprit de la grand-mère, qui s'abandonnait toute à une sorte de ravissement passionné. Mais une ombre obscurcissait sa joie. Pour une raison incompréhensible, il n'était pas certain que Zozine restât à Joliet.

Jadis, Mme de Valfonds avait nourri son fils, contrevenant à tous les usages de l'époque, et il arrivait parfois que l'enfant ne voulût pas téter, quand elle lui présentait le sein. Le chagrin d'autrefois se répétait et, de même que jadis, désolée par les caprices du bébé, elle essayait de le distraire en l'amusant, elle essayait aussi de détourner de son déplorable projet la petite-fille de son amie d'enfance, qui paraissait ne pas vouloir le lait qu'on lui offrait, c'est-à-dire la vie elle-même.

Elle fit descendre les malles dans la chambre de Zozine, et pria Lucan de la décider à en examiner le contenu.

– Elle ne croit plus qu'elle puisse vivre et être heureuse, disait-elle, les yeux pleins de larmes; et Lucan devinait que la vieille dame ajoutait, par la pensée : « Y a-t-il rien au monde qui puisse consoler une femme affligée, si le linge fin et les dentelles n'en sont pas capables? »

Lucan déposa l'un après l'autre les trésors, qui étaient rangés dans les malles près du fauteuil de Zozine. Elle se rappelait qu'à Tortuga, elle avait vu son amie vider armoire et tiroirs pour en tirer des objets presque aussi beaux, et les éparpiller dans tous les coins de la pièce.

« Oh! Qu'elle a donc changé! » se disait-elle. Ce jour-là, elle évaluait en un tournemain la valeur de chaque chose et, selon le caprice du moment, les mettait de côté ou les jetait au rebut. Aujourd'hui, elle réfléchit et pèse ses décisions. Elle considère le trousseau, qui a fait pleurer sa grand-mère, comme si elle pensait : « Vaut-il la peine d'être accepté? » Le regard grave de Zozine brisait le cœur de son amie.

– Est-ce que tout cela est pour moi? demanda enfin Zozine.

– Bien sûr!

– Eh bien! Prends-le! Il ne faut pas que tu sois

une jeune épouse aux mains vides quand tu arriveras à Wanlock Hall. Si ton Noël voit mon nom sur cette lingerie, dis-lui que je te l'ai donnée pour que tu penses à moi de temps à autre quand tu te coucheras entre ces draps et sur ces oreillers.

— Crois-tu donc, s'écria Lucan, que j'aie envie de posséder douze douzaines de chemises de nuit? De toute ma vie, je n'en ai jamais eu que six.

— Mais si! répondit Zozine. Tu vas vivre dorénavant pour réjouir le cœur de ton entourage, jusqu'à ce que tu sois une charmante vieille dame, et que tu aies usé toutes ces franfreluches; et tu seras heureuse dans chacune de ces douze douzaines de chemises de nuit.

Lucan déposa celle qu'elle tenait à la main, et dit :

— Et toi, Zozine? Ne crois-tu pas que tu seras heureuse?

— C'est ce que je ne sais pas, répondit Zozine.

Mais, en voyant le visage attristé de Lucan, elle ajouta :

— Je ne suis plus ni malheureuse ni désespérée; je suis contente d'avoir accompli ce que je m'étais proposé de faire, et à quoi je n'avais cessé de penser. Mais je ne suis plus la fille que j'étais autrefois, et je ne crois pas que je pourrais vivre encore de la même vie que par le passé. Je pense que, si j'avais la religion de ma mère, j'aimerais entrer au couvent.

Lucan s'approcha du fauteuil :

— Sais-tu, demanda-t-elle, que le voyage du

Baron Thésée à Nîmes est terminé; il rentre demain à Joliet.

— Oui, sa grand-mère me l'a dit.

— Alors, tu voudras sans doute lui parler?

Zozine garda le silence pendant quelques instants, puis elle dit : « Quand je l'aurai revu, je pourrai répondre à ta question de tout à l'heure. Mais, comment puis-je le revoir? Où pourrai-je le revoir et lui parler?

— Oh! dit Lucan; ce ne sera pas bien difficile, sois-en sûre! »

Le baron Thésée de Valfonds revint le lendemain à Joliet. Vêtu encore de son grand manteau de voyage, il entra au salon où se trouvait sa grand-mère avec Lucan. La vieille dame alla au-devant de lui, et le serra dans ses bras. Elle prit bien son temps pour raconter à son petit-fils tout ce qui s'était passé en son absence, mais elle ne se rappelait plus trop la succession des événements, et elle demanda l'aide de Lucan pour son récit. Elle ne s'attarda pas non plus sur le drame de Sainte-Barbe, comme si elle avait banni une fois pour toutes ce qui s'y rapportait, et ne voulait plus l'évoquer, même par la pensée.

Mais elle revint à plusieurs reprises sur l'arrivée des jeunes filles à Joliet; sur l'incident de la montre de Zozine achetée par le vieux marchand de Peyriac; sur la révélation inattendue de la parenté de cette dernière, une deuxième Zozine, avec la famille de Valfonds.

La vieille femme tirait les choses en longueur; elle craignait évidemment d'impatienter son petit-fils;

mais elle craignait encore davantage la décision qui s'imposait. Elle dit que Zozine était souffrante et avait gardé le lit, et proposa d'aller voir si la jeune fille était assez bien pour recevoir des visites. Sur ces mots, elle se leva et sortit du salon.

Lucan resta seule avec le jeune homme. Elle se rappelait son visage et l'ensemble de sa personne, qu'elle avait remarqués lors de leur première rencontre. Mais, quand il la salua avec tant de courtoisie, et qu'après le départ de sa grand-mère il la pria de lui raconter tout ce qui s'était passé à Sainte-Barbe, elle fut frappée de la noblesse particulière de ses traits, de son attitude affable et de son regard franc.

Il était très jeune, à peine son aîné de quelques années, et dans sa manière d'être si simple se révélait un équilibre, une clarté d'esprit, qui ne pouvaient provenir que des efforts de plusieurs générations.

Lucan le vit pâlir pendant qu'elle parlait; son récit le bouleversait visiblement; mais elle ne put s'empêcher de se réjouir du trouble du jeune homme. « Nous allons être bons amis tous deux ! » se dit-elle.

Son récit terminé, elle murmura à part soi : « Je m'explique maintenant que Zozine ait pu l'aimer, même après avoir rencontré Noël à Sainte-Barbe. »

Mme de Valfonds rentra alors au salon, suivie d'Olympia. Sur ses traits se peignait une vive inquiétude : Zozine n'était pas dans sa chambre. On l'avait cherchée partout sans la trouver.

En entendant arriver la voiture, elle s'était fait habiller en toute hâte par Olympia.

Mais, après avoir renvoyé Olympia, elle était sortie, et la négresse ignorait où elle était allée.

Pendant quelques secondes Lucan eut peur. N'avait-elle pas entendu elle-même les avertissements railleurs du pasteur Pennhallow, pendant qu'il restait debout sur son escabeau, le nœud coulant d'Olympia autour du cou? Elle entendait encore ses horribles paroles dans ses rêves. Résonnaient-elles aussi aux oreilles de Zozine, de sorte qu'elle n'osait plus permettre à un homme de passer une bague à son doigt et n'osait plus, non plus, se regarder dans un miroir. La voix basse et pesante du vieil homme avait-elle été assez puissante pour l'entraîner loin de ses amis?

Lucan sentit qu'elle pâlissait affreusement, et que l'expression de son visage effrayait ceux qui l'entouraient. Dans son angoisse et tandis que sa vue s'obscurcissait presque, elle eut une inspiration, et elle s'écria : « Peut-être est-elle allée à l'écurie? » Le jeune homme ne fit qu'un saut jusqu'au bas de l'escalier de pierre. Lucan, toute frémissante, le suivit du regard pendant qu'il traversait la cour.

Les écuries de Joliet avaient été, de tout temps, l'orgueil de la maison. Ce jour-là aussi, elles brillaient de propreté. Le soleil de l'après-midi, dont les rayons filtraient par les fenêtres basses, faisait luire les croupes bien étrillées des chevaux, et les plaques d'or portant leurs noms, fixées au-dessus des box.

Dans le box réservé au cheval blanc, qu'elle avait baptisé du nom de Mazeppa, Zozine enfonçait ses doigts dans la crinière de l'animal et lui donnait du sucre.

En retrouvant l'atmosphère amicale de l'écurie, et l'odeur familière des chevaux, Thésée se sentit en pays de connaissance, et la vue de la jeune fille près du cheval blanc l'enchanta au point qu'elle lui coupa la parole pendant un moment. Zozine l'aperçut, mais fit comme si de rien n'était.

— Lita! s'écria enfin Thésée, pourquoi veux-tu me fuir?

Mazeppa tourna la tête, mais Zozine ne répondit pas.

— Lita! reprit le jeune homme, tu m'as fait horriblement souffrir.

Il fit un pas dans le box vers la jeune fille, mais aussitôt elle se baissa et, passant sous le cou du cheval, se trouva de l'autre côté de Mazeppa.

— Tu n'as pas voulu me répondre lors de notre dernière rencontre, dit-il encore; et tu n'es pas revenue. Mon chagrin ne te suffisait-il pas? Je sais à présent que tu as été en danger, et dans la détresse sur mes propres terres; et tu ne m'as pas envoyé chercher!

A nouveau, il voulut s'approcher du cheval, et à nouveau elle s'écarta de lui et se glissa sous le cou de l'animal.

Thésée se fâchait :

— Ne disais-tu pas que nous pourrions être des amis? fit-il avec colère. A qui donc appartenait-il, à Joliet, de venir en aide à une jeune fille, et de faire en sorte que justice soit rendue, si ce n'est à moi, qui t'aime?

Les deux jeunes gens avaient perdu tout contrôle d'eux-mêmes, mais le cheval blanc restait paisiblement entre eux : il se contentait de frotter sa tête contre la main tremblante de Zozine, qui continuait à la caresser.

— Comment veux-tu donc que nous vivions maintenant? reprit Thésée impétueusement. Comment veux-tu que je te pardonne?

Indigné, désespéré par le silence de Zozine, il posa la main sur le dos de Mazeppa et, d'un brusque élan, sauta par-dessus le cheval dans le box du côté où se trouvait la jeune fille. Pour ne pas la repousser contre le mur de l'écurie, il dut se laisser tomber sur un genou dans le foin. En dépit de cette posture humiliante, il prit les deux mains de Zozine dans les siennes, l'attira à lui, et répéta : « Comment pourrai-je te pardonner? »

Zozine, qui s'entendait à manier les chevaux, avait perdu le souffle devant ce saut hardi de Thésée; elle lui abandonna ses mains, et prononça quelques mots, qui s'étranglèrent dans sa gorge. Était-ce le rire? Étaient-ce des larmes qui l'étouffaient quand elle dit enfin :

— Je sais bien, moi, comment nous allons vivre, car j'ai parlé à Mazeppa; il me dit que je dois garder les chèvres à Joliet, tout en regardant mon mari conduire la charrue. Il est plus sage que nous, Mazeppa; je crois ce qu'il me dit, et il faut que tu fasses de même, Thésée!

Ce soir-là, au moment où on se sépara pour la

nuit, Mme de Valfonds prit tendrement la main de Zozine et conduisit la jeune fille devant un grand tableau suspendu au mur. Malgré les déficiences de sa mémoire, la vieille dame parlait par moment avec la dignité et l'autorité d'une sibylle :

— Zozine! dit-elle, le jour de ton arrivée, tu craignais les miroirs de Joliet; aujourd'hui, je tiens à te montrer le miroir, où tu te verras toi-même. Puisqu'il t'attend depuis ta naissance, n'a-t-il pas le droit de refléter ton image? Lorsque l'original du portrait souriait et parlait, Joliet lui donnait en retour toutes ses fleurs, comme tu vois. Ne crois-tu pas qu'il en sera de nouveau ainsi?

Zozine contemplait le portrait avec une vive surprise. Elle n'était pas sortie de sa chambre depuis qu'elle avait franchi le seuil de la maison pour la première fois et, à ce moment-là, elle avait accordé à peine un coup d'œil à ce qui l'entourait. Maintenant elle s'arrêta longuement devant le tableau : c'était elle-même qu'elle retrouvait; c'était Zozine insouciante et heureuse, qui souriait dans ce jardin, paré de sa verdure estivale.

Lorsqu'elle se tourna vers Mme de Valfonds, qui retenait sa main, elle sourit à la vieille dame, qui pleurait, du même sourire radieux de la jeune fille du portrait :

— Oui, grand-maman, je le crois! dit-elle et, au fond, je l'ai toujours cru.

Nous ne nous reverrons plus jamais.

La belle voiture à quatre chevaux de Joliet, qui devait conduire à Lunel Noël Hartranft et sa jeune femme, au début de leur voyage de noces, descendait l'allée du château. On s'était dit, et redit adieu. Les mouchoirs s'étaient agités, tant sur l'escalier que dans la voiture. Lucan se retourna vers son mari, après avoir fait un dernier signe vers l'angle de la terrasse, d'où l'on voyait la route; elle avait pleuré dans les bras de Zozine, et elle pleurait encore sans essayer de cacher ses larmes à Noël. Il lui semblait que de pouvoir pleurer librement à côté de lui ajoutait à son bonheur, son inconcevable bonheur.

Il y avait trois jours que le mariage des jeunes Anglaises avait été célébré à Joliet.

Sir Noël était venu d'Angleterre pour chercher sa femme; il voulait l'emmener en Italie et en Grèce, où il avait voyagé autrefois, avant de rentrer avec elle dans son foyer.

Le pasteur du consulat d'Angleterre à Marseille les avait mariés dans le même salon, où Lucan, conduite par le père Vadier, était entrée, épuisée et affolée après cette nuit fatale à Sainte-Barbe. Le même jour, Zozine était devenue la femme de Thésée de Valfonds. Elle avait écrit à son père pour obtenir son approbation à ce mariage, et elle se réjouissait en attendant Mr Tabbernor à Joliet. Mais elle avait exprimé le désir de le revoir seulement après que son propre sort serait réglé, et elle-même liée par des liens indestructibles à sa nouvelle patrie, et à sa nouvelle famille. Mme de Valfonds renonça avec peine à rassembler à Joliet tous ses parents de France, à l'occasion de cet heureux mariage, et de la réunion imprévue de deux branches de la famille.

Mais elle s'était conformée au désir de ses enfants.

Il n'y eut qu'un petit nombre de témoins au salon de Joliet; mais le soir, il y eut une grande fête dans le parc du château pour tous les habitants des environs.

Zozine avait porté la robe de mariée de sa grand-mère, et les petits souliers retirés de la caisse. Les vieilles gens se rappelaient avoir vu, aux temps paisibles de jadis, une jeune fille qui ressemblait à la jeune épouse d'aujourd'hui, à l'église de Peyriac, ou à cheval sur les routes de la forêt. Ils furent très émus de la retrouver, et d'apprendre qu'elle était leur future châtelaine. Les événements, qui s'étaient déroulés à Sainte-Barbe, et dont personne ne savait rien de précis, formaient comme un sombre arrière-plan à cette lumineuse apparition. Les paysans de Joliet avaient l'impression qu'un miracle, seul, leur avait amené Zozine.

Sainte-Barbe restait vide. On disait que la maison allait être démolie. Le bruit courait aussi que Baptistine Labarre, que personne n'avait revue depuis la mort de ses locataires étrangers, errait la nuit autour de la propriété, telle une âme en peine; elle n'osait plus se montrer là où elle avait eu son foyer, et ne parvenait pas à s'en détacher.

Lucan se rendait à Lunel dans un costume de voyage, que Mme de Valfonds lui avait fait faire chez son propre fournisseur à Nîmes. Les jolies robes et les jolis chapeaux, derniers restes des élégants vêtements que portaient les jeunes filles à leur arrivée en France avaient disparu pour toujours et, s'ils avaient été retrouvés, personne n'aurait voulu y toucher.

Lucan s'était regardée dans la glace, vêtue d'un châle de cachemire, dont aucune femme n'avait le pareil en Angleterre, et d'un chapeau, qui encadrait son visage comme d'un nuage léger, en accentuant la fraîcheur de son teint.

Derrière son image, elle voyait dans le miroir Zozine, qui battait des mains derrière elle, et prétendait que jamais son amie n'avait été aussi délicieuse.

« Comme une rose! » pensait Noël.

Il savait qu'il n'était pas trop expert pour trouver de jolies comparaisons, quand il s'agissait de sa femme. Il ajouta cependant : « Comme une fleur! Comme une branche de pommier! », tout en se jugeant lui-même pareil à un gros bourdon, qui s'enivre de nectar dans le calice d'une fleur, mais qui est bien trop terne et trop lourd pour avoir le droit de s'approcher de cette délicatesse florale.

Dans la voiture, il prit la main de Lucan et dit :

– A quoi penses-tu?

Lucan ne répondit pas tout de suite; elle pensait à Zozine, mais se refusait à formuler ses pensées.

De tous les événements, qui les avaient si fortement liées, aucun n'avait été aussi singulier ni aussi émouvant que le dernier : c'est-à-dire leur mariage le même jour.

Les héros nordiques, qui échangeaient leur sang, ne pouvaient pas réaliser union plus mystérieuse et plus éternelle que celle des deux amies après le double mariage.

La veille, Zozine avait serré Lucan dans ses bras :

— Te souviens-tu, lui demanda-t-elle, des premiers mots que je t'ai dits quand tu es arrivée à Tortuga ? J'ai prié John d'aller avertir papa qu'une grande joie m'avait été donnée. Mais pouvais-je me douter que ma meilleure amie était venue pour m'aider et me soutenir ; et pouvais-je me douter alors de l'aide merveilleuse que tu me prêterais dans ton extrême bonté ?

Durant les trois jours qui s'étaient écoulés depuis, Lucan et Zozine n'avaient guère causé ensemble ; leurs maris les avaient accaparées, mais elles n'en avaient pas moins compris, l'une et l'autre, que désormais les paroles étaient inutiles entre elles. Les brefs regards heureux qu'elles échangeaient de temps en temps étaient plus expressifs que tout ce qu'elles auraient pu se dire encore.

— Je pense à Clon ! répondit enfin Lucan à son mari.

Le sort du jeune domestique l'inquiétait depuis qu'elle l'avait vu pour la dernière fois, près du mur du jardin de Sainte-Barbe. Elle était contente que

Mme de Valfonds eût accepté de le prendre à son service à Joliet.

— Et je pense aussi à Olympia ! Elle se plaît à ravir à Joliet. Elle est allée se confesser au père Vadier, elle qui dit ne pas s'être confessée depuis soixante-dix ans.

« Maintenant, elle remet en état le pavillon pour recevoir son maître. Zozine le destine à son père. Il prétend qu'il sera heureux de tourner parfois le dos à ses amis d'Angleterre, et de s'installer chez sa fille à Joliet. »

Lucan sourit encore à part soi, en pensant que Zozine lui avait dit gravement : « Papa ferait bien d'épouser tante Arabella. N'est-ce pas elle qui nous a sauvées, toi et moi ? »

Pourtant, la pensée de Zozine arracha de nouveau quelques larmes à la jeune femme. Elle pensait qu'un jour, alors que le baron Thésée voulait passer une bague ancienne, de grand prix, au doigt de Zozine, il avait souri, en apercevant un anneau puéril, et sans valeur, fabriqué avec un fil de fer et de petites perles de verre, telles que celles qu'emploient les brodeuses. Étonné, il avait demandé à Zozine de qui elle tenait cet anneau ?

Zozine avait levé vers son fiancé ses brillants yeux noirs, puis, ôtant sa bague, elle la lui donna : « Je te la donne, je ne veux plus la porter. Mais je ne la jetterai pas non plus. Elle a un caractère particulier et a pour mission de s'occuper des faibles, des maltraités, des déshérités : c'est à toi qu'elle convient; garde-la à ma place. »

Le soleil commençait à percer les nuages devant les voyageurs.

— Nous roulons vers le sud, dit Noël, vers Gênes, le premier port étranger où j'ai fait escale quand je n'étais encore qu'un jeune « cadet ». La Méditerranée te plaira; sa couleur s'accorde si bien avec celle de tes yeux. Et, dans quelques jours, nous verrons le Vésuve, et nous parcourrons ensemble les ruines de Rome. Tu seras alors mon professeur d'histoire, car j'ai oublié tout ce que j'avais appris jadis sur les faits du passé.

Les paroles de Noël éveillèrent un faible écho dans les souvenirs de Lucan : quelqu'un lui avait parlé, un jour lointain, de l'emmener à Rome... Mais qui donc?... Puis elle se rappela sa conversation avec Mr Armworthy.

Comme elle gardait le silence, Noël se tourna vers sa femme, et la vit rougir lentement sous son chapeau fleuri. Cette vue l'enchanta et, pour ne rien perdre de cette charmante vision, il renonça à demander à Lucan la cause de ce trouble subit, et se contenta de lui baiser la main.

Lucan s'interrogeait : fallait-il raconter à son mari ce qui lui était arrivé à Fairhill? Peut-être aurait-elle dû lui en parler depuis longtemps? Pourrait-il lui reprocher la proposition que Mr Armworthy avait osé lui faire?

« Mais, se disait-elle en soupirant, si je lui en parle, il se mettra en colère, et qui sait à quelles extrémités il se portera pour punir l'homme qui m'a offensée? Mais moi, je ne veux pas me venger. »

Lucan avait parfaitement conscience de n'avoir rien eu à se reprocher quand Mr Armworthy lui avait infligé cette cruelle humiliation. C'était son ignorance du mal, son innocence qui la lui avait value. Une autre raison encore l'incitait à se taire : elle désirait fort, une fois de retour en Angleterre, et si les circonstances s'y prêtaient, revoir le petit aveugle de Fairhill. La femme de Sir Noël, si elle devait se retrouver face à face avec Mr Armworthy, pouvait effacer le souvenir de ce qui s'était passé entre elle et lui de manière qu'il n'en subsiste rien. La perspective d'une visite à Fairhill occupa pendant un long moment la pensée de Lucan, et sa résolution de pardonner s'affermit au point qu'elle murmura, comme pour elle-même : « Au fond, tout cela n'a aucune réalité. »

Il lui sembla qu'elle avait porté seule pendant des années un lourd fardeau et qu'elle avait été chargée d'une responsabilité à la fois pénible et douce. On lui avait confié la garde d'un trésor; elle n'avait cessé de veiller sur ce trésor précieux, qui appartenait à Noël, et lui avait été destiné de toute éternité. Elle aurait préféré mourir que de manquer à ce devoir de vigilance. Paupières baissées et lèvres closes, elle n'avait cessé de veiller, comme derrière un rideau fermé ou une porte verrouillée. Elle avait brossé ses cheveux et les avait cachés sous son chapeau, parce qu'ils appartenaient à Noël. Elle avait préservé son cœur de toute agitation, de toute dureté, de toute amertume, parce que ce cœur était à Noël. Elle avait serré sa taille fine dans un corset pour que Noël pût l'entourer exactement de son bras. Mais, depuis les trois jours qui avaient suivi leur mariage, la jeune femme avait obscurément deviné qu'elle était déchargée de sa mission. Elle avait abandonné son bien à Noël, que ce don enrichirait pour la vie entière. A présent, c'était lui qui veillerait sur le trésor. Lucan, non seulement, se sentait en sécurité sous sa garde, mais indiciblement légère et heureuse.

Encore peu habituée à lever les yeux, à entendre sa propre voix, elle apprendrait vite à regarder autour d'elle avec une complète liberté, à prêter l'oreille aux voix du monde et à leur répondre.

Maintenant qu'elle était délivrée comme un enfant de tout souci, de toute responsabilité, elle saurait bien donner à la vigilance jalouse de son jeune mari le caractère d'un simple jeu.

— Je voudrais t'offrir tout ce que je possède au monde, rien que pour les trois jours que j'ai vécus depuis notre mariage, dit Noël, qui voyait les joues de Lucan perdre peu à peu leur coloration inaccoutumée. Quelle ne sera pas ma dette envers toi, si nous atteignons un grand âge! Mais il faut que tu me dises tes moindres désirs, et comment je peux te faire plaisir. Que pourrai-je t'acheter à Rome? Que te montrer à Athènes? Toi, qui es si sincère, tu es fort secrète, ma bien-aimée!

Lucan lui sourit. « Nous aurions dû nous rencontrer plus tôt, reprit-il, j'aurais dû suivre la trace de tes pas depuis le temps où tu n'étais qu'une toute petite fille, et apprendre ainsi ce qu'étaient tes désirs, tes espoirs. »

La jeune femme leva les yeux, et dit lentement :

– Un soir, en Angleterre, je me suis posé la question que tu me poses maintenant. Je me disais : « Qu'est-ce donc que je demande à la vie? A quoi ai-je aspiré? Qu'ai-je espéré depuis toujours? » Et, sais-tu que j'ai pu aussitôt, sans réfléchir, sans me creuser la tête, répondre à cette question, la tienne d'aujourd'hui... c'est l'amour, Noël!

Un instant plus tôt, Lucan n'aurait pas cru possible de prononcer ces mots, qui lui échappaient maintenant, comme s'ils eussent jailli de son cœur. Ses lèvres frémissaient à leur passage, comme frémit la corde de l'arc quand une main ferme lance la flèche.

Noël ne se contenta plus de baiser la main de Lucan; il se pencha vers le visage qui lui souriait, sous le joli chapeau, et il l'embrassa.

Le cocher arrêta les chevaux. Sans se retourner ni déranger les jeunes époux, il leur fit comprendre d'un signe de son fouet que, de ce lacet de la route, on pouvait apercevoir une dernière fois le corps de logis de Joliet dans le lointain.

I. DEUX AMIES	5
II. LES CANARIS	123
III. ROSA EST VENGÉE	271

DU MÊME AUTEUR

Aux Éditions Gallimard

LA FERME AFRICAINE
LE DÎNER DE BABETTE
OMBRES SUR LA PRAIRIE
CONTES D'HIVER
NOUVEAUX CONTES D'HIVER
LES CHEVAUX FANTÔMES ET AUTRES CONTES
LETTRES D'AFRIQUE 1914-1931
LES FILS DE ROIS ET AUTRES CONTES

Aux Éditions Stock

SEPT CONTES GOTHIQUES

Impression Brodard et Taupin,
à La Flèche (Sarthe),
le 20 décembre 1990.
Dépôt légal : décembre 1990.
Numéro d'imprimeur : 1897D-5.
ISBN 2-07-038320-2 / Imprimé en France.

51158